María Amparo Escandón
El clima de Los Ángeles

María Amparo Escandón nació en la Ciudad de
México y ha vivido en Los Ángeles, California,
por casi cuatro décadas. Es autora de *Santitos*,
bestseller #1 de *Los Angeles Times*, y de *Transportes
González e Hija, S. A.*

También de María Amparo Escandón

Santitos

Transportes González e Hija, S. A.

El clima de Los Ángeles

El clima de Los Ángeles

Una novela

MARÍA AMPARO ESCANDÓN

Traducción de María Laura Paz Abasolo

VINTAGE ESPAÑOL

Penguin
Random House
Grupo Editorial

Título original: *L.A. Weather*

Primera edición: octubre de 2022

Copyright © 2021, María Amparo Escandón
Copyright por la traducción © 2022, María Laura Paz Abasolo
Copyright por la edición © 2022, Penguin Random House Grupo Editorial USA,
LLC
8950 SW 74th Court, Suite 2010
Miami, FL 33156

Publicado por Vintage Español,
una división de Penguin Random House Grupo Editorial USA, LLC.
Todos los derechos reservados.

Impreso en México / *Printed in Mexico*

ISBN: 978-1-64473-564-0

22 23 24 25 26   10 9 8 7 6 5 4 3 2 1

Para Marinés, la niña que di a luz.

Y para Zooey, la mujer en quien se convirtió.

Índice

Creo que Ícaro no fracasaba al caer,
sino que se acercaba al final de su triunfo.

—"FAILING AND FLYING", *REFUSING HEAVEN*,
DE JACK GILBERT

2016

Enero

Domingo, 10 de enero

Las gemelas estaban aquí un minuto sí y al siguiente no.
Concebidas *in vitro*, Diana y Andrea habían disfrutado la
atención, los cuidados y el amor que sus padres les ofrecieron abnegadamente a manos llenas, después de haberlas tenido bajo circunstancias tan desesperadas, artificiales,
antinaturales, milagrosas, controversiales y diabólicas
(como señaló la tía Belinda en un tono bajito afuera de
la sala de parto a su amiga Bertha, quien no escuchó nada
porque había olvidado su aparato auditivo en casa). Y
así, a lo largo de sus tres años de vida, las niñas habían
acumulado una amplia variedad de coloridas pelotas de
playa y personajes de caricatura inflables que tenían en la
enorme alberca en forma de riñón de sus abuelos Keila y
Óscar Alvarado. Esta clase de alberca era una característica
casi obligatoria en la mayoría de los jardines del oeste de
Los Ángeles. Sin embargo, debido a un lamentable estado
de descuido que había durado ya más de diez meses, estaba
llena de cuatro pies de agua verdosa en la que proliferaban
colonias de mosquitos y otros insectos alados y patilargos
que no sentían ninguna envidia de la húmeda espesura de
la selva amazónica. Suspendidos de manera permanente

sobre una manta de hojas podridas de los liquidámbares que rodeaban el jardín, los juguetes medio desinflados habían desarrollado una capa de moho resbaloso. Aun así, las niñas amaban sus juguetes y sabían que estaban ahí, incluso en la oscuridad del atardecer. Fue así como Diana intentó alcanzar una sirena y Andrea un hipopótamo, y ambas niñas cayeron al agua, una después de la otra, mientras la abuela Keila le abría la puerta al repartidor de pizza. Eran las 6:48 p.m.

Con la pizza de pepperoni y anchoas aún caliente en su caja, Keila llamó a sus nietas para cenar, buscándolas en sus escondites secretos por toda la casa. Todavía no cumplía sesenta y se movía por las habitaciones con la agilidad que había perfeccionado después de años de practicar yoga. Su rostro apenas tenía arrugas, planchado con un poco de Botox aquí y un poco de relleno allá. Un mechón gris meticulosamente seleccionado caía a un costado de su frente; el resto de sus suaves rizos cortos los usaba pintados de castaño.

Salió primero por la puerta trasera hacia el extremo del jardín y revisó en el garaje, situado a un lado de la casa principal, donde había de todo menos coches. Óscar había usado el lado derecho del espacio como gimnasio antes de adquirir el hábito de mirar The Weather Channel durante ocho horas seguidas. Ahora, las mancuernas, el Nautilus, la caminadora y el Soloflex estaban bajo una lona, en espera del siguiente arranque de ejercicio cargado de culpa, mismo que no llegaría. La falta de interés de Óscar en las cosas, en especial su descuido del jardín y de la alberca, había sido gradual, pero absoluta. Su esposo desde hacía treinta y nueve años —apasionado, emprendedor, honesto, fiel, encantador, intelectual y triunfador— ya no era el mismo, así que su vagina había quedado prohibida para él desde que el jardín se volviera territorio salvaje.

Junto a los aparatos de ejercicio había tres bicicletas que no se habían usado en doce años. La azul pertenecía a Claudia, la primogénita de Keila. La rosa era de Olivia, su segunda hija y madre de las gemelas. Y la roja con canasta era de Patricia, la más joven de las tres.

A un costado de las bicicletas, un archivero, que Óscar mantenía bajo llave, servía como pared divisoria. El cajón de arriba contenía folders y folders llenos de cartas de amor con matasellos de los años setenta del servicio postal de México y Estados Unidos, acomodadas en orden cronológico. El segundo y tercer cajón guardaban diez años de declaraciones de impuestos, por si acaso; las actas de nacimiento y matrimonio de Óscar, Keila y sus tres hijas; diplomas escolares, ensayos y proyectos varios; viejas pólizas de seguros, y cualquier cosa del pasado que se pudiera necesitar en el futuro. En un sobre de papel antiácido estaba el Certificado de Naturalización de Estados Unidos de Keila, junto con una bandera del país, no más grande que un pañuelo, y una carta de bienvenida firmada en facsímil por el presidente Reagan. En el último cajón, las escrituras originales de la casa familiar en Rancho Verde (pagada al contado en el momento de la compra) ya tenían un ligero olor a moho provocado por la humedad que se filtraba lentamente de una tubería rota en el subsuelo.

Junto al archivero, un árbol de Navidad artificial, dividido en cuatro secciones envueltas con cuidado en gruesas bolsas de basura para protegerlo del polvo y las alimañas, se recargaba contra tres grandes maletas de la era anterior a las rueditas. Dos estaban repletas de adornos, luces y botas para la chimenea, y un nacimiento completo con todo y la Sagrada Familia, pastores, ovejas, un ángel y los tres Reyes Magos montados en su elefante, su camello y su caballo, respectivamente. La tercera maleta tenía una menorá, una caja de velas, frascos de miel de abeja, platos para Séder y otros objetos rituales. A un lado de la puerta, en el lugar más accesible, estaban el equipo de supervivencia para terremotos con suficientes provisiones de emergencia para toda la familia, y las maletas para evacuar en caso de incendio, listas en todo momento. "Hay que estar preparados, siempre preparados", solía decirle Óscar a su esposa y sus hijas. Keila, ahora un poco preocupada, llamó a sus nietas otra vez. Estaban en otra parte de la casa definitivamente. Eran las 6:53 p.m.

Su siguiente parada fue el estudio de arte, contiguo al garaje. La puerta, con una colorida mezuzá clavada en el marco, estaba medio abierta, así que las niñas bien pudieron haber entrado, aun cuando se les había ordenado que no lo hicieran. El espacio no era grande. Una tornamesa, un banco, una mesa de trabajo, una caja de herramientas, un horno de gas y diversas cubetas de distintos tamaños y colores con esmaltes, recubrimientos y arcilla endurecidos estaban dispersos al azar, haciendo que la habitación se viera todavía más pequeña. En el otro extremo había una repisa con varias cajas señaladas con nombres de piezas de arte y fechas, pero la ausencia de nuevas obras era evidente, y más para Keila, que acarició con las manos la suave superficie de la mesa vacía y suspiró. Había dejado de crear sus preciadas esculturas de gres de parejas desnudas para la Galería Brik & Spiegel, en la Ciudad de México, como parte de su Huelga de Piernas Cerradas, una protesta contra la apatía de Óscar. Extrañaba la sensación de sus dedos apretando la maleable arcilla para dar forma a cuerpos que ardían con deseo. Su última serie transmitía lo opuesto: falta de interés.

Evidentemente las niñas no estaban en el estudio, así que continuó su búsqueda por la casa. Después de hacer una parada en la cocina para dejar la pizza en la barra, Keila subió a la recámara que antes había sido de Olivia, la mamá de las gemelas. Dos mantitas rosas estaban aventadas sobre la cama deshecha donde las niñas habían dormido una siesta esa tarde. El sol del invierno ya se había puesto hacía un rato, pero la luna brillaba entre nubes grises y le brindó a Keila suficiente luz para hacer una rápida búsqueda atrás del sofá, en el clóset, bajo la cama. Se preguntaba por qué había accedido a cuidar a las gemelas otra vez después del último susto, cuando Andrea se metió un frijol pinto en la nariz y ella lo tuvo que sacar con unas pinzas de cejas mientras la niña gritaba y forcejeaba entre sus brazos. Buscó en las demás recámaras y bajó. Tal vez las niñas estaban explorando el bosque prohibido, aquel que en otros tiempos había sido un deslumbrante jardín, ahora en franco deterioro.

Eran las 6:59 p.m.

Dos minutos después, Keila escuchó que Olivia la llamaba. Ella y su esposo, Félix Almeida, regresaban de una comida en la Marina, un evento de seis horas en Vittorio's, lleno de abrazos, besos y promesas de futuras reuniones con amigos que casi no veían, que siguió al bautizo de *El Patito Feo*, el velero de cuarenta y siete pies de largo Hans Christian Offshore Explorer de los Donoso. Keila salió de entre los arbustos. Su molestia y frustración se habían disipado y ahora se sentía un tanto inquieta.

—No puedo encontrar a las niñas.

Olivia dejó caer la bolsa con las sobras de ravioles de huevo de codorniz en salsa cremosa de azafrán con lajas de queso parmesano, y le gritó a Félix:

—¡Busca en la alberca!

Eran las 7:03 p.m.

Olivia saltó a aquella agua turbia que le llegaba hasta la cintura y chapoteó buscando a sus hijas entre hipopótamos, sirenas de plástico y restos podridos de vegetación. Keila y Félix se lanzaron tras ella. La luna ya no compartía su luz con la noche, así que debían confiar en lo que sintieran con los pies; una búsqueda frenética de un bulto, un cuerpo. Olivia se topó con algo. Una cubeta. La pierna de Keila se enredó en hierbas que parecían algas. Una tímida llovizna anunció un diluvio durante la noche, motivo para celebrar dada la sequía. Pero nadie estaba celebrando. No en esa alberca. Antes de saber con seguridad que sus gemelas se habían ahogado, Félix marcó al 911 desde su celular y gritó frases incoherentes, como "¡Tienen que estar en el agua!" y "¡Vengan ya!", hasta que el operador logró obtener suficiente información para enviar una ambulancia. Arrastrando los pies, los tres peinaron el fondo, desde la parte baja hasta el extremo más profundo.

Con los mismos tacones altos con que accidentalmente había hecho un diminuto rasguño (en realidad imperceptible) en la cubierta pulida del Patito Feo aquella tarde, Olivia ahora pateaba desesperadamente restos en descomposición en la misma alberca donde aprendiera a nadar treinta y tres años atrás, cuando era apenas una niña. Finalmente encontró a Andrea. Félix halló a Diana unos pies más adelante. Sacaron a sus hijas y las llevaron a un camastro, donde comenzaron a darles respiración de boca a boca. Keila corrió a abrir la puerta principal a los paramédicos, dos hombres jóvenes cargados con equipo de rescate, quienes corrieron directo hacia donde estaban las niñas, sin necesidad de indicaciones, como si ya antes hubieran hecho prácticas en aquella casa. Rápidamente resucitaron a las gemelas. Ambas tosieron agua y empezaron a llorar de manera casi simultánea.

—¡Un milagro! —gritó Keila. Eran las 7:12 p.m.

Olivia se fue en la ambulancia y Félix y Keila la siguieron en su Jaguar. Mientras los paramédicos trabajaban para estabilizar a las niñas, que ahora estaban envueltas en capullos térmicos portátiles, Olivia se arrinconó en una esquina para no estorbar. Con náuseas, medio escuchó a los socorristas mencionar cierta condición, el *reflejo de inmersión*, como explicación médica a la increíble supervivencia de las niñas. ¿Lo estaba inventado, o en serio lo había escuchado? Culpaba a su madre por ser una niñera inepta y descuidada, culpaba a los Donoso por comprar un nuevo velero, culpaba a Félix por haberla convencido de ir a la Marina y, sobre todo, se culpaba a sí misma por insistir en tener bebés cuando no solo la naturaleza, sino el cosmos entero, se habían opuesto a la idea. Quería poder culpar a Dios, pero de pronto dudó de su existencia.

Una vez que las niñas ingresaron a la sala de emergencias, Olivia, Félix y Keila fueron llevados a la sala de espera, donde pasaron lo que para ellos fueron cientos de horas. El vestido de lana de Olivia, los pantalones de Félix y los pantalones deportivos de Keila se secaron mientras caminaban de un lado a otro. Félix apretó fuerte la mano de Olivia y miró por la ventana, como si estuviera a punto de saltar por un acantilado y arrastrarla con él hacia el vacío.

Un conserje vino a limpiar los charquitos de agua sucia que había goteado de su ropa. Fue entonces cuando Olivia notó que había roto una de las tiras de sus zapatos "Cógeme ya", como Félix los llamaba. Nunca usaba tacones altos para trabajar. Pasaba casi todos sus días caminando por polvosas construcciones en obra, llenas de obstáculos, en casas y pequeños edificios de departamentos que compraba para renovar y vender. Los tacones eran para fines de semana, no para andar en los andamios.

—¿Cómo se te ocurrió mirar en la alberca? —preguntó Keila, rompiendo el silencio después de una hora.

Olivia no podía responder la pregunta de Keila. Su mandíbula estaba trabada y apretaba los dientes queriendo impedir que su furia se escapara en forma de palabras. Pero su intento por mantener la situación en términos civilizados fracasó cuando soltó un sonoro chillido, similar al de un animal herido.

—¡Nunca, jamás voy a dejar que cuides a las niñas otra vez! ¡Nunca! ¿Y papá? ¿Él dónde estaba?

Lunes, 11 de enero

Con los años, la silla de Óscar había desarrollado una forma cóncava, como una hamaca, castigada por su persistente peso. Había pasado varias horas frente al televisor, en la sala de estar afuera de su recámara, sin importarle que estuviera apagado. Lo había hecho algunas veces; sobre todo últimamente. Pasaba la noche entera mirando el oscuro monitor antes de decidirse. Eventualmente apuntaba el control remoto y apretaba el botón de encendido.

El cielo no tenía ninguna intención de despejarse. The Weather Channel lo había pronosticado. Aunque la tormenta eléctrica tan anunciada se había convertido en una promesa rota, se esperaba que una vaguada de baja presión se cerrara sobre el noroeste del Pacífico, empujando una profunda bruma sobre la curvada costa del sur de California. Óscar se inclinó hacia adelante para echar un vistazo al cielo a través de la ventana, su corroboración personal del pronóstico. Se rascó la cabeza y entrecerró los ojos para enfocar. La gente se maravillaba de que a los sesenta años todavía tuviera la cabeza cubierta de pelo, aunque completamente cano, a lo que siempre respondía:

—Así somos los mexicanos.

La luz del día, aunque tímida y triste, empezaba a colarse en la salita adyacente a la recámara principal. La casa estaba en silencio. Keila ya debería haberse levantado, pensó. Todos los días a las seis de la mañana recogía el *Los Angeles Times* de la acera y lo traía al interior para leerlo en el desayuno. Antes lo compartían, dividiendo las secciones en armonía y luego intercambiándolas. Últimamente, ella solo leía las tiras cómicas. Él leía las esquelas funerarias (siempre con una ligera combinación de miedo y deseo de encontrar la suya). Pero ahora, ni siquiera leer sobre los muertos lo entretenía.

Se levantó de su silla y se asomó a la habitación, donde no encontró señal alguna de que Keila hubiera dormido ahí. La cama estaba hecha. Su ropa y sus zapatos no estaban, como de costumbre, esparcidos al azar por el suelo, a modo de obstáculos para que él se tropezara. De pie en lo alto de la escalera esperaba escuchar ruido abajo, en la cocina —quizá las gemelas se habían quedado a pasar la noche y ya les estaba sirviendo sus Cheerios, sus fresas con yogur—, pero no escuchó nada. ¿Cómo podría? Las niñas apenas respiraban a través de un respirador a tres millas de distancia, sin que nadie supiera con seguridad si sobrevivirían o si tendrían daños permanentes.

—¿Dónde estarán todos? —preguntó en voz alta a la casa vacía.

Eran las 7:12 a.m.

Claudia Alvarado conservó su apellido de soltera después de casarse porque era famosa. Había invertido miles de horas en construir una reputación como chef y crear una personalidad bajo aquel nombre, y no estaba dispuesta a perderlas solo por cumplir con la tradición. Ella y su esposo, Gabriel Breene, llevaban juntos tan poco tiempo que seguían probando nuevas posiciones sexuales. Si no se hubiera casado con él dos meses después de haberlo conocido en una fiesta en San Marino, en la que ella había preparado el banquete, seguiría viviendo en el mundo de la soltería, o de la *solteronería*, como bromeó en su brindis durante la cena previa a la boda, que también cocinó. Su vestido, de un blanco cremoso, sin adornos, sin encaje, sin volumen, solo seda suave y fluida como una cascada cayendo por su piel como en cámara lenta, acentuaba su cuerpo alto y delgado. ¿Quién puede confiar en una chef flaca? Esa era la predecible pregunta que frecuentemente hacía su poco original némesis, una cocinera rival que usaba su blog para atacarla y dirigir la atención de sus lectores hacia la cintura sospechosa de Claudia, en parte regalo de la naturaleza y en parte resultado de su hábito de correr maratones.

En Rancho Verde no importaba que tuviera su propio programa de cocina por televisión, *La Cocina de Claudia*, que por cierto contaba con un magnífico *rating*, de acuerdo con Nielsen. No era relevante en absoluto que su negocio apareciera en la mayoría de las revistas culinarias, que su programa de televisión tuviera millones de televidentes y que sus dos libros de cocina estuvieran entre los favoritos de todos los entusiastas de la comida mexicana en el país, tanto para quienes buscaban recetas tradicionales como para quienes se aventuraban en la fusión cultural de la gastronomía angelina. De lo que todos hablaban era el hecho de que, a la madura edad de treinta y seis, Claudia no había encontrado al hombre de su vida, y hasta sus más queridos parientes, como la tía Belinda, concordaban en que, mientras más esperara, más se reducían sus posibilidades de bendecir a la familia con un bebé.

Pero cuando se casó con el *fashionista* Gabriel, con un gusto por las camisas rosas en todos los tonos, patrones y texturas, incluso la tía Belinda levantó las cejas y exclamó:

—Bueno, pues —de acuerdo con todos en que había valido la pena esperar.

Dejemos de lado que no le presentó sus credenciales a nadie; su pedigrí, como se refería Óscar a cualquier forma de currículo o prueba de un estatus social en particular, era desconocido. El hecho de que Gabriel pasara una gran cantidad de tiempo comparando Los Ángeles con Nueva York, de donde era, intrigaba a la mayoría de los parientes de Claudia, que no tenían ningún interés en el tema. Lo que le dio acceso inmediato a la familia fue que en su primera cita con Claudia llegó con dos docenas de rosas rojas para Keila. Poco después pidió a Óscar la mano de su hija en una ceremonia demasiado pomposa, considerada excesiva por toda la familia: una serenata con mariachi bajo la ventana de Claudia y un fotógrafo profesional que grabó todo el evento y produjo un video que transmitieron en vivo a través de redes sociales esa misma noche. Poco después, Gabriel se mudó con ella, llevando consigo no más que un par de maletas y su gato azul ruso, Velcro.

Pero esa mañana, mientras sus sobrinas Diana y Andrea estaban en un hospital del otro lado de la ciudad, Claudia no despertó pensando en su estatus marital, como lo había hecho por años. La llamada entró cuando aún estaba en pijama, en su cocina, examinando el cenicero que se robó de una fiesta donde había cocinado la noche del sábado. No era elegante sino más bien lo opuesto. Nadie lo extrañaría, y eso le molestaba. ¿Por qué llevarse un cenicero cuadrado de vidrio común y corriente, la clase de cenicero que, si te lo toparas en la habitación de un motel de carretera, echarías en un cajón con tal de dejar de verlo? Había visto una caja de copas Riedel en la alacena de su cliente y fácilmente pudo haberlas guardado en la camioneta junto con las escalfadoras y llevárselas a su casa sin que nadie notara nada. Pero en lugar de tomar decisiones inteligentes en tales circunstancias, inevitablemente actuaba por impulso. Ese hábito suyo, esa necesidad de acumular las posesiones ajenas, no era algo que pudiera o quisiera explicar. Mientras consideraba regresar el cenicero a sus dueños antes de que Gabriel lo descubriera —anónimamente, por supuesto; digamos, dejándolo en el buzón a mitad de la noche— sonó el teléfono.

—¿Las niñas? ¿Dónde?

La imagen del cenicero barato, visto en panorámica y de reojo, permaneció en la mente de Claudia, entrelazándose intermitentemente con otros pensamientos sueltos, aleatorios, durante todo el trayecto en coche hasta el hospital. Mientras bajaba por la autopista, imaginaba un cenicero de vidrio gigantesco, lleno de agua y con los cuerpos inertes de sus sobrinas descansando en el fondo. Seguramente Olivia se mataría por haber perdido a sus hijas en un descuido así.

¿Por qué la vida de su hermana era como una telenovela, cuando la suya era tan predecible?

—Espera un momento —dijo en voz alta—. Las telenovelas *son* predecibles.

¿En dónde radicaba la diferencia entonces? Tal vez en el hecho de que la vida le sucedía a Olivia, mientras que Claudia planeaba la suya y cumplía sus metas. Se prometió a sí misma reexaminar este pensamiento en otra ocasión, cuando no tuviera que poner atención al camino. Ya se había pasado algunas salidas y eso la retrasó diez minutos.

Al corregir la ruta se preguntó si tendría la fuerza para encargarse de la comida del funeral, Dios no lo quiera, y concluyó que sí. En situaciones de profunda tristeza, la gente tiende a ocuparse y ser útil como una manera de aliviar la pena, y Claudia sabía que eso haría. Rápidamente organizó un menú de botanitas y lo almacenó en la memoria, solo en caso de que una o ambas niñas no se salvaran. Evitaría los taquitos de pollo con guacamole sostenidos con un palillo; un grasoso cliché. Tampoco incluiría las tortas ahogadas. Un platillo con la palabra "ahogada" en su nombre no podía formar parte del menú. En cambio, serviría los pequeños tamales de flor de calabaza. Las flores comestibles eran algo sensible y apropiado para la ocasión, pensó. Luego añadiría al menú las brochetas de cola de langosta asada con dip de tamarindo; las miniquesadillas de chilorio; las tostadas de ceviche de Culiacán en jugo de limón agrio; mucho tequila para ahogar la tristeza, y además llevaría una muestra de buenos vinos del Valle de Guadalupe, en Baja California, contrabandeados a través de Tijuana para evitar el excesivo impuesto de exportación.

Pisó el acelerador y se metió al carril de viaje compartido. Sabía que la podían multar, pero desde que había destinado un presupuesto para pagar esa clase de multas hacía unos años, solo la habían atrapado cuatro veces, lo que demostraba que no se excedía con esta licencia auto-asignada. Su estrategia había resultado tan exitosa que en el último año se había ahorrado cientos de horas del horroroso tráfico de Los Ángeles a un costo muy bajo, considerando que en promedio sus multas sumaban unos cuantos dólares cada vez que conducía en el carril de viaje compartido sin ningún compañero en el coche.

—Están estables —le dijo Keila a Claudia cuando entró a la sala de espera de la unidad de cuidados intensivos pediátricos, donde las niñas yacían en camas adyacentes—. Olivia está adentro. Solo permiten que pase una persona a la vez.

Claudia pareció no escuchar la última parte. Pasó corriendo junto a Keila y Félix, sin siquiera saludarlo, y entró directamente a la unidad, abriendo puertas al azar hasta que encontró a Olivia. Ver a las niñas conectadas a respiradores y tubos y monitores al fin volvió real la crisis. "Nunca tendré hijos", se juró a sí misma.

Olivia la abrazó con fuerza por largo tiempo.

—Gracias por venir, hermana —murmuró—. Van a estar bien.

Claudia claramente escuchó "*No* van a estar bien". Siempre se daba cuenta cuando su hermana decía cosas para convencerse a sí misma de algo que en realidad no creía. Era el estremecimiento casi imperceptible de sus labios, la forma como su voz luchaba por salir de su boca en pequeños impulsos vacilantes lo que le dio a entender la verdad.

—El doctor dijo que están haciendo otros análisis para ver si hubo daño cerebral, y hay un riesgo posible de infección porque tragaron mucha agua contaminada, pero estoy rezando, todos estamos rezando —dijo Olivia.

—¿Hay algo que pueda hacer antes de irme?

—Pero acabas de llegar —dijo Olivia.

—Tengo que correr al mercado de pescado, pero llámame si hay noticias.

Lo cierto era que no había pescado en el menú de Claudia ese día, pero ver a sus sobrinas en tal estado le provocó un sentimiento de esperanza que intentó reprimir, pues desde su punto de vista, recurrir a la esperanza implicaba que no tenía el control, y eso la enfurecía. Sin importar cuánto amara a las niñas, no había nada que pudiera hacer para salvarlas. Claudia medía los eventos de la vida en un balance de esperanza versus control. Entre menos control tuviera uno sobre cierta situación, más esperanza necesitaba para enfrentarlo. En cierta ocasión, cuando estaba explicándole su teoría a Olivia, usó un ejemplo médico: uno recurre a muchas más esperanzas de recibir un resultado positivo cuando padece cáncer terminal que cuando se está curando de un raspón en la rodilla. Para ella, ese era el principio básico de la esperanza: la gente le entrega la gestión y la resolución de una circunstancia a una autoridad mayor — ya sea un médico o Dios mismo— cuando es incapaz de manejarlo directamente, así que demuestra la necesidad de tener grandes esperanzas en situaciones desesperadas. Dado que ella se rehusaba a ceder su poder a terceros, se fue jurando nunca más volver a pisar un hospital.

Patricia, la más chica de las hermanas Alvarado, supo del accidente en Minneapolis, mientras visitaba a su cliente Target en sus oficinas centrales, como hacía cada dos lunes. Conocida en la industria como el As Social, usaba medios digitales para conectar marcas con su público al más profundo nivel emocional. No existía deseo ni necesidad en el consumidor que ella no supiera cómo identificar, atender y ayudar a satisfacer con productos y servicios. "No les cuento a mis amigos de tu marca porque me guste la marca, sino porque quiero a mis amigos". Esta era su máxima regla de combate cuando publicaba mensajes y anuncios de sus clientes en plataformas digitales.

Keila le había llamado a Patricia a mitad de una junta donde estaba discutiendo la presencia social de Target en los próximos Premios Billboard a la Música Latina, y Patricia ignoró la llamada, como siempre hacía. Varios mensajes después, cuando por fin hizo caso a la vibración incesante de su teléfono, Patricia se disculpó y salió de la sala de juntas para llamar a Keila.

—Las niñas se ahogaron en la alberca y las resucitaron. —La voz de Keila temblaba al darle la noticia—. Estamos en Cedars-Sinai. Olivia está deshecha.

Patricia se fue inmediatamente, prometiéndole al cliente que trabajaría durante el fin de semana en la estrategia social para los premios, y tomó el último vuelo fuera de Minneapolis antes de que una inminente nevada cerrara el aeropuerto. Como viajera experta de clase turista, prefería el asiento tras la mampara que dividía las secciones del avión o junto a una salida de emergencia para tener más espacio y estirar las piernas. Sus clientes no siempre pagaban boletos de clase ejecutiva. Pero en esta ocasión no le importó estar en el asiento de en medio —el único disponible en una reservación de último minuto—, en la penúltima fila del avión, donde la gente que quería ir al baño se juntaba a tirarse pedos. Lo único que le importaba es que había podido salir antes de que cayera la tormenta e iba de camino a consolar a su hermana. Pero había mucha turbulencia, se sentía débil y tenía náuseas. Se preguntaba si era porque el avión se movía tanto o si se trataba de una genuina reacción física a la emergencia. Estar en el séptimo día de un *detox* de jugos probablemente tampoco ayudaba.

Intentó distraerse con trabajo, pero no pudo. En algún punto cruzando Nebraska se dio cuenta de que estaba rezándole a un Dios en el que no creía, pidiendo a las nubes hinchadas ahí afuera, en el gran vacío, que salvaran a su hermana de tener que vivir otra tragedia. Todos sabían que Olivia era ante todo mamá, lo mucho que había querido tener a esas bebés y todo lo que pasó para lograrlo, pero nadie hablaba de los abortos ni de las desilusiones. Era como si nunca hubieran sucedido.

¿Qué tenía de misterioso el sufrimiento? ¿Por qué la gente evitaba hablar de la desgracia y del dolor? Fuera de anunciar cirugías o el fallecimiento de alguien en contadas ocasiones, nadie hablaba del sufrimiento ni de la adversidad. Patricia había vuelto suya la misión de enfrentar lo bueno y lo malo, de compartir la felicidad lo mismo que el drama, y sacar a relucir todo el espectro de las emociones y las experiencias humanas... "sacar" en redes sociales. Pero en ese momento, mientras el avión volaba sobre Colorado, intentó dejar de pensar en la ansiedad y se enfocó en pedir a la azafata una comida caliente, resignada a sobrevivir a otra espantosa experiencia culinaria en un avión. Quizá era momento de dejar el *detox* de jugos y comer algo sólido. Esta vez pidió un plato de chilaquiles, pero podría haber jurado que era vómito. Pensó enviárselo al director de la aerolínea en un contenedor refrigerado para que lo probara, pero en cambio le tomó una fotografía con su teléfono e hizo una nota mental de subirlo a cuanta plataforma de redes sociales tuviera en su panel tan pronto como aterrizara.

Patricia tenía claro que Olivia y ella compartían un vínculo que su hermana no tenía con Claudia: la maternidad. Aun antes de que Olivia se casara con Félix, un corredor de bienes raíces un tanto mediocre que irritaba a Patricia con sus chistes machistas, y antes de que empezara los tratamientos de fertilidad, había demostrado tener instinto materno al ayudar a Patricia a criar a su hijo, Daniel. Mientras que ella, madre soltera adolescente, terminaba la prepa, salía con muchachos, se emborrachaba, consumía drogas, chocaba el coche, se cogía a varios tipos, volvía a la escuela de manejo por conducir a gran velocidad (dos veces), terminaba con novios, saltaba del *bungee* y en paracaídas, iba a la universidad, viajaba al extranjero, tenía trabajos durante el verano, chocaba otro coche, cambiaba de carrera, se graduaba, tenía más trabajos y se casaba con Eric Remillard en un arranque impulsivo.

"El texto infinito" era como apodaba a la historia de su vida con su marido. Ella vivía en Los Ángeles, Eric residía en San Francisco y los dos tenían agendas muy ocupadas por viajes de negocios. Habían acordado vivir en ciudades diferentes, pero se las habían arreglado para pasar todos los fines de semana juntos, aquí o allá, o donde estuvieran en ese momento. Mensajear era su forma favorita de comunicarse. Se mandaban selfis, enlaces, artículos nuevos, ideas, gifs, memes y todo lo que pudiera ayudarlos a seguir habitando el mismo planeta. Este acuerdo le permitía a Patricia estar cerca de sus padres y, lo más importante, de Olivia.

Como una muestra de profundo agradecimiento por ayudarla con su hijo, Patricia le había creado una presencia social como @laotramama__, subiendo contenido constantemente y alabando los logros de Olivia como madre. ¿Qué iba a compartir ahora?

Durante el viaje en Uber hacia al hospital, Patricia pudo hablar con Olivia por teléfono e hilar los detalles del accidente de las niñas y lo que los médicos estaban diciendo con respecto a su recuperación. Tuvo tiempo de googlear la condición del *reflejo de inmersión*, en el cual, en casos excepcionales, un niño que se ahoga en agua muy fría experimenta un descenso en el ritmo cardiaco y una menor necesidad de oxígeno, y tiene posibilidades de sobrevivir si se resucita antes de cuarenta y cinco minutos, y tuiteó este importante dato para sus miles de seguidores. Mientras su Uber aceleraba por las calles, Patricia contemplaba los mini centros comerciales con salones de manicure, franquicias de helados de yogur, lavanderías y locales de restaurantes tradicionales —seguramente administrados por familias, seguramente propiedad de inmigrantes. Se sintió en casa. La luz vespertina de Los Ángeles —con sus naranjas y sus rojos saturados como un mal filtro de Instagram— le devolvía un reflejo distorsionado de su rostro en la ventana. A sus veintisiete, no tenía imperfecciones en la piel, salvo por un barro que se había reventado durante el vuelo.

—Eres la viva imagen de tu bisabuela —le decía Keila a veces, enseñándole una fotografía borrosa de una joven mujer cuyos días pronto habrían de terminar en un campo de concentración en Polonia.

Patricia suspiró y volvió a su teléfono. Había un mensaje de texto de su cliente Benjamín.

¿Todo bien?

No. Te cuento al rato —contestó Patricia rápidamente cuando el coche ya se detenía frente al hospital.

El horario de visita estaba en su apogeo. La fila para subir al elevador le parecía demasiado larga para esperar, así que subió los siete pisos de escaleras hasta Pediatría, brincándose escalones (recordando, mientras subía el último tramo, que había olvidado la maleta en el Uber) y corriendo hasta tener a su hermana entre sus brazos. De repente, sin ánimo de ofender a Keila, deseó que Olivia hubiera sido su madre.

Martes, 12 de enero

Las gemelas se fueron a su casa después de que se descartaran infecciones. Tendrían que hacerles pruebas de funcionamiento cerebral, cardiaco y vascular periódicamente a lo largo del año, pero el pronóstico general era positivo.

—Un milagro —había declarado el doctor al darles la buena noticia, minimizando implícitamente su propio logro al traerlas de vuelta a la vida.

Keila, que había estado acampando en la sala de espera desde la primera noche, dejando su asiento solo para ir al baño y realizar breves viajes a la cafetería del hospital, seguía alimentando su culpa, un peso en el pecho que limitaría su capacidad de respirar el resto de su vida.

En el coche, de camino a Rancho Verde, apagó la radio, subió la ventana y, mientras recorría las calles flanqueadas de palmeras de Los Ángeles, donde los jardines de las casas pedían agua a gritos, se permitió pensar en Óscar. Atizó su decepción por la forma en que él había manejado la situación hasta convertirse en un rencor vengativo. De hecho, se corrigió a sí misma: él no había manejado nada en absoluto.

Si el accidente de las niñas hubiera ocurrido dos años antes, Óscar se habría hecho cargo de la emergencia con inteligencia y autoridad. A lo largo de su matrimonio, Óscar había demostrado ser extraordinario para resolver problemas y pensar rápido, como la vez que Olivia, de nueve años, había estado jugando con los cachorros de un vecino mientras visitaba a sus abuelos en la Ciudad de México y dos semanas después de volver a Los Ángeles se enteró de que toda la camada había contraído rabia. En ese entonces, no era fácil encontrar la vacuna en Estados

Unidos, ya que la enfermedad se había erradicado, así que Óscar voló con Olivia de regreso a México para que le pusieran las dolorosas inyecciones. ¿Y qué tal cuando el terremoto destruyó los puentes en la autopista 10 en 1994? Las reparaciones iban a tardar más de un año. Su trayecto diario a la oficina aumentaría hora y media de ida y de regreso, maniobrando por desviaciones atestadas, así que mudó temporalmente su oficina a una suite ejecutiva cerca y subarrendó su propia oficina a alguien más. Cuando Patricia fue víctima de una violación y quedó embarazada a los catorce años, Óscar de inmediato la hizo identificar al joven, reportó la agresión a la policía y presentó cargos. Le encontró un terapeuta, la sacó de la escuela para protegerla de posibles burlas de sus compañeros, le consiguió un tutor y, cuando ella decidió que quería tener al bebé, le dio la mejor atención médica posible. Cuando el pequeño Daniel nació, Óscar lo recibió en la familia como a un verdadero Alvarado. Pero ahora Keila esperaba encontrar a Óscar donde lo había dejado: sentado frente al televisor, viendo The Weather Channel, ignorante de la crisis que había tenido lugar a su alrededor. Se había pasado horas ponderando qué había podido cambiar en la vida de Óscar, pero no se le ocurría nada. Su descenso a la apatía había sido vertiginoso e inexplicable. Fue entonces que la palabra "divorcio" penetró en su mente como un anuncio de YouTube que no podía omitir.

Cuando Keila llegó a su casa, no encontró a Óscar frente al televisor. En cambio, estaba mirando por la ventana con cierta curiosidad y hablando sin apartar los ojos del cielo nublado:

—El Niño está a punto de soltar cuatro pulgadas de lluvia en el lugar equivocado, justo en medio de la ciudad.

—¿Siquiera estás consciente de lo que ha estado pasando? Me fui dos días, ¿y no te diste cuenta? Podría estar muerta, pudriéndome en una zanja.

—¿Dónde estabas? Te estuve buscando.

—¿Desde el domingo en la noche? ¿No te preocupaste por nosotras? Estaba esperando que me llamaras.

—Sí te llamé. Dejaste el teléfono en tu buró. Pensé que estarías con alguna de las niñas.

Óscar tenía razón, pero en lugar de reconocer su error, ella atacó:

—¡Tus nietas casi se mueren enfrente de tus narices y tú estabas viendo a la pared! Estuvimos todo este tiempo en el hospital.

—¿De qué hablas? ¿Qué pasó?

—Es que tú simplemente no ves lo que tienes enfrente.

—¡Me hubieras hablado! Seguro Olivia tenía su teléfono. ¿Dónde están las gemelas?

—¿Te importa? Tú ni siquiera estás presente en tu propia vida, ya no digamos la de alguien más. No tengo idea de qué te pasa. ¿Por qué te rindes? ¡Mírate!

Óscar bajó la vista hacia su ropa: una vieja mancha de café corría por el bolsillo de su pijama y su manga tenía un hoyo en el codo. Tenía un sabor amargo en la boca. ¿Se había lavado los dientes? No recordaba la última vez que se había cortado el cabello ni las uñas. Se rascó la barba crecida y se preguntó si esa punzada atrás del esternón era un nuevo problema de salud no diagnosticado, o algo peor: vergüenza.

—Quiero el divorcio, Óscar. —"Palabras extrañas de decir después de treinta y nueve años de matrimonio", pensó Keila al hablar. Pero allí estaban, sus sentimientos vueltos palabras flotando con desgano en el aire atrapado de la habitación.

Óscar se sentó en su silla y no dijo nada al principio, pero, en un arranque de fuerza, logró murmurar:

—Haz lo que tengas que hacer.

Miércoles, 13 de enero

Aquella noche, El Niño no entregó la tan necesitada lluvia, como se esperaba. Las palmeras se doblaban de sed. En varias partes al oeste del Valle de San Fernando, aisladas ráfagas de viento de cincuenta y cinco millas por hora sacaban a los autos pequeños de sus carriles, como plantas rodadoras. Se esperaban peligrosas olas de ocho pies a lo largo de la costa de Santa Mónica debido a la marea alta. Ya se sabía que esta arrastraba a la gente de la playa y de las escolleras. Las resacas podían jalar a los nadadores hasta mar abierto. Seguramente el océano arrancaría la vida a otro surfista. Seguramente Keila cumpliría su amenaza. O no.

Sábado, 16 de enero

¿Qué puedes decirle a tu esposa después de enterarte de que ya no te quiere? Óscar andaba por la casa como si lo hubiera espantado un demonio, mirando por encima de su hombro, esperando no toparse con Keila. Ella regresaba de sus múltiples pendientes —ir al supermercado, pasar a la tintorería, hacerse un pedicure, ir a la tienda de arte y quizá tomarse un café con alguna de sus amigas del club de lectura— y él corría a encerrarse en el clóset más pequeño y más oscuro, entre abrigos y pantalones, como autocastigo. Estaba consciente de su culpa. Keila tenía un buen motivo para dejarlo. Pero más tarde, en la noche, cuando la casa finalmente quedaba en silencio, Óscar se iba a la cama, se acostaba junto a Keila, de cara a la pared, y fingía quedarse dormido.

Viernes, 22 de enero

Keila convocó a una reunión familiar de emergencia. Claudia, Olivia y Patricia vendrían a cenar sin hijos ni maridos. Para sorpresa de las tres, Óscar estaba sentado en la cabecera, la barba afeitada y las uñas recortadas. Una pequeña curita redonda en su mejilla delataba su incapacidad para prestar atención. Las tres hermanas habían notado la obsesión de Óscar con el clima y su indolencia por casi todo, pero estaban demasiado ocupadas con el ajetreo de sus vidas para preocuparse, así que descartaron su comportamiento como una excentricidad pasajera. Solo Patricia se sentaba junto a él, le sostenía la mano y miraba la pantalla apagada durante unos minutos antes de pasar a otras actividades más interesantes, como ojear los perfiles de personas en OkCupid (ay, la pequeña cibervoyerista). Pensó en comentarle que se daba cuenta de su letargo, pero decidió únicamente darle muestras de amor, como siempre había hecho, sin cuestionarlo.

Keila abrió una botella de prosecco y pasó las copas sin preguntar si alguien prefería otra cosa. Todos tenían su asiento asignado en la mesa desde que las hermanas tenían memoria, así que cada una fue hacia su lugar en estricto orden de nacimiento, presintiendo alguna especie de aviso trascendental.

—Sin duda podrán adivinar por qué las llamé. No hay mucho que decir —dijo Keila. Respiró hondo.

—Espero que nos hayas llamado para disculparte por tu estúpido descuido —dijo Olivia, midiendo sus palabras, intentando, sin éxito, controlar el volumen de su voz—. ¿Qué era tan importante en la casa como para que ignoraras a tus nietas? Y tú, papá, ¿la pantalla de la tele era más entretenida que cuidar a las gemelas? —Azotó la mano en la mesa para enfatizar y siguió—: ¿Cuántas veces te dije, te dijimos, Claudia, Patricia, que la alberca es un peligro? Si la hubieran arreglado y le hubieran puesto una valla, este accidente nunca habría pasado. ¡Son las normas de seguridad de la ciudad, carajo! ¿Cómo puedo volver a confiar en ustedes?

Se le llenaron los ojos de lágrimas al sentarse. Lo había dicho todo y, sin embargo, seguía sintiendo una presión atrás de las costillas, como si se hubiera tragado una almohada.

—Lo siento mucho, Olie —dijo Keila, rompiendo un largo silencio—. Estoy segura de que algún día podrás perdonarme, incluso si no lo merezco, porque así eres tú. Pero también sé que yo nunca me lo voy a perdonar.

—Tal vez lo haga, mamá, pero no sé si pueda volver a confiar en ti para cuidar a las niñas. ¿Tienes ADHD no diagnosticado? Siempre estás pensando en otra cosa. No puedes dejar a dos niñas de tres años deambulando solas por la casa si tienes una alberca abandonada, llena de agua infestada de bacterias —dijo Olivia. Luego se dirigió a Óscar—: Y tú, papá, reacciona. Si esa alberca es tu forma de decirnos que ya te diste por vencido, a ver si encuentras una manera más segura de hacerlo. No necesitas arrastrarnos contigo. ¡Nada más ve lo que pasó! Papá, di algo. ¡Papá!

Óscar abrió la boca, pero no pudo decir ni una palabra. Se le enrojeció el rostro de vergüenza. Fue todo lo que pudo expresar.

Claudia le dio un trago a su prosecco y se levantó para irse.

—Ya no tengo hambre. Mamá, ¿quieres decirnos para qué nos invitaste a cenar antes de que me vaya?

—Lo siento, Clau, no es el momento. ¿Por qué no vuelven mañana las tres y lo hablamos?

—Como quieras —dijo Claudia, y se dirigió hacia la puerta.

—Lamento haber arruinado tu cena, madre —dijo Olivia, encontrando un nuevo nivel de sarcasmo que no sabía que tenía, y se fue sin tocar su chayote caliente con mantequilla.

Sábado, 23 de enero

A las 6:00 a.m., un gran estruendo despertó a Óscar. Encontró su bata sobre una silla, debajo de una pila de ropa y salió al jardín para encontrarse con que una cuadrilla de trabajadores había tumbado una parte de la barda. Tres de ellos ya estaban ocupados vaciando la alberca con bombas sumergibles. También habían traído cinceles para concreto, martillos neumáticos, palas y carretillas. Un camión de volteo esperaba en el callejón para llevarse todo el cascajo.

—¿Qué está pasando? —Óscar le preguntó a uno de los trabajadores. Pero antes de que pudiera contestar, Olivia entró al jardín por la abertura en la barda.

—Anoche me quedó claro que no iban a hacer nada al respecto —dijo—. Les tuve que pagar extra por el trabajo urgente. Esto no puede esperar un día más.

—Lo siento mucho, Olie. Yo también estaba aquí. Pude haber cuidado a las niñas. Pude haber arreglado la alberca y pude haber instalado la barda de seguridad alrededor.

—Pudiste. Pero no lo hiciste.

Se volteó a hablar con uno de sus trabajadores:

—Gracias por venir tan pronto, Miguel.

Olivia había trabajado con ellos antes, cada vez que necesitaba demoler la alberca de un cliente. Eran parte de su equipo de confianza, sus muchachos. A pesar del tenso intercambio con Óscar, seguía habiendo un sentido de camaradería con los trabajadores, que la llamaban "Arqui". Una vez que terminaran de vaciar el agua estancada, iban a demoler las paredes interiores y preparar el hueco para rellenarlo.

Óscar se hizo a un lado y miró desde el pórtico del jardín. Keila salió a mirar, seguida de Daniel, el hijo de doce años de Patricia, que también se había despertado con todo ese ruido.

—Lo merecemos —le dijo a Óscar, y regresó a la casa.

—¿Por qué está haciendo esto la tía Olivia? —preguntó Daniel a su abuelo.

—No queremos que las gemelas tengan otro accidente —explicó Óscar, intentando sonar tranquilo.

—Pero ¿por qué está tan molesta bubbe? ¿Se enojó con Olie por destruir la alberca?

—Al contrario. Tu bubbe, bueno, los dos, nos sentimos muy apenados por no cuidar bien a Diana y Andrea. Nos distrajimos y mira lo que pasó.

—Qué mal.

—Más que mal.

Esa noche, después de que los trabajadores se fueran y la alberca quedara como un hoyo negro en medio del jardín, un lúgubre recordatorio del accidente de las gemelas, Claudia y Olivia llegaron para la cena de emergencia que no se había podido dar la noche anterior.

—Bien hecho, Olie —dijo Patricia cuando bajó para saludar a sus hermanas—. Nadie iba a quitar esa maldita alberca si tú no lo hacías.

—Pueden venir a usar la mía si quieren. Siempre tengo el agua a noventa grados Fahrenheit —dijo Claudia.

—Ya está servida la cena, niñas —gritó Keila desde el comedor.

Después de que todos se sentaran en silencio en sus lugares de siempre, Keila pasó la cena recalentada de la noche anterior, sirvió prosecco de una nueva botella y dijo sin rodeos:

—La razón por la que les pedí que vinieran a cenar es para anunciarles que su padre y yo nos vamos a divorciar.

Claudia acababa de tomar un trago de su prosecco, pero fue la primera en responder, en shock, después de escupir una parte de su bebida sobre el mantel:

—Pensé que nos ibas a decir que iban a vender la casa.

—No entiendo. Llevan casados, qué, ¿treinta y ocho años? —dijo Olivia, sin registrar todavía las devastadoras consecuencias de la noticia.

—Treinta y nueve.

En el segundo después de que Keila corrigiera a Olivia, cada uno de esos treinta y nueve años —sus veladas románticas con Óscar, los nacimientos de sus hijas, las vacaciones familiares, las ferias de la escuela, sus días en la playa, sus peleas y desacuerdos— saltaron de su archivo de memoria, recordándole algo que no estaba dispuesta a admitir. Se subió las mangas del suéter, un tic habitual, y dio un largo trago a su prosecco.

—¿Ya para qué? Han aguantado tanto tiempo, ¿para qué darse por vencidos ahora? —dijo Patricia con voz quebrada, los ojos una presa a punto de desbordarse—. ¿Es por el accidente de las gemelas?

—No, no es por eso, pero no ayudó. Miren, no sé quién es este hombre, pero desde luego no es su padre. El hombre con el que me casé desapareció el año pasado y tengo a este lamentable avatar en su lugar.

Óscar se estremeció y otra vez bajó la mirada a su plato vacío. Las voces de sus hijas se apagaban, convirtiéndose en un murmullo de temor e incredulidad.

—Seguro papá solo está pasando por una fase extraña. ¿Qué vas a hacer después, cuando estés sola y vieja? —preguntó Patricia, secándose una lágrima con la servilleta.

—No estoy pensando en eso ahora —dijo Keila. Se pasó su característico mechón gris atrás de la oreja y rellenó su copa de prosecco, esperando que nadie notara cómo le temblaban las manos.

—Tal vez no estemos cerca para hacerte compañía. A lo mejor me voy a vivir lejos —dijo Olivia, en un intento inútil de disuadir a su madre.

—¿No se pueden contentar? ¿No pueden superar lo que sea que estén pasando? —preguntó Claudia.

—Ya tomé una decisión y es definitiva.

Patricia intentó contener las lágrimas sin éxito con la mirada fija en el platón de pollo en salsa de almendra y chipotle con arroz —una de las famosas recetas de Keila—, que permanecía intacto en el centro de la mesa.

—¿Y tú qué tienes que decir a todo esto, papá? —le preguntó finalmente a Óscar, que parecía haberse vuelto invisible para todas hasta ese momento.

—No tengo nada que decir. Su madre es muy determinante. Ya saben cómo es.

Durante el largo silencio que siguió, Patricia se preguntó cómo le daría la noticia a Daniel. Sus padres eran los padres de facto de Daniel, pues habían ayudado a criarlo junto con Olivia mientras ella acababa la escuela. Y una vez que abrió la llave de las preguntas, la invadió un flujo constante de incógnitas. ¿Cómo tomaría Daniel la decisión de su abuela? ¿Descuidaría sus estudios como aquel otro niño de sexto cuyos padres se habían separado unos meses atrás? ¿Comenzaría a actuar de manera imprudente o ensimismada? ¿Habría otras cenas familiares en domingo? ¿Su madre se quedaría con la casa y su padre tendría que irse, o al revés? De todos sus amigos, ¿quiénes se pondrían de parte de ella y quiénes de parte de él? ¿Alguna de esas amistades había provocado la separación? ¿Sería por un amorío? A su edad, seguro que no. Diferencias irreconciliables sería un motivo absurdo después de tantos años de matrimonio. Pero bueno, ¿ella qué iba a saber?

De pronto, el hogar familiar empezaba a verse más como una casa. Una casa de estilo neocolonial español como cualquier otra en Rancho Verde, lo mismo que las casas que aparecen en cualquier revista de bienes raíces, una casa desprovista de todo significado, vestida para las imágenes del anuncio: 4 recámaras/4 baños, sala de televisión, jardín cerrado, techo de teja, paredes de estuco amarillo mostaza desvanecido, arcos por todas partes, un pórtico amplio, garaje independiente con un estudio contiguo y el cuarto de servicio común en los hogares de Los Ángeles de aquellos tiempos, cocina equipada con línea blanca moderna y una puerta de servicio hacia el patio que parecía habérsele ocurrido al arquitecto de última hora, la típica característica de las casas construidas en la década de 1920, cuando el terreno posterior de la casa se empleaba solo para colgar la ropa y dejar que los niños se ensuciaran. Súbitamente, todas las mejoras que sus padres hicieron con amor a lo largo de los años parecieron desaparecer en su mente: un cierto mecanismo de defensa involuntario. Si se perdía su hogar, ninguna de esas renovaciones tendría significado alguno: no tendría sentido haber añadido al modelo original una sala familiar, la alberca (ahora en pleno proceso de demolición), el patio de ladrillo con una gran mesa para sentar a sus amigos en interminables almuerzos y parrilladas los fines de semana, donde todos elogiaban la cocina de Keila, la lavanda que rodeaba la pérgola apoyada en el garaje, las suculentas, la salvia, la fucsia de California que crecía a lo largo de la barda oeste y el minuciosamente cuidado seto de ficus en la parte de atrás, cerca de los liquidámbares, todo elegido con cuidado para ahorrar agua y prevenir incendios al reducir el riesgo de propagar el fuego en la interfaz urbano-forestal donde se desarrolló Rancho Verde.

Los cuestionamientos de Claudia eran de otra clase: ¿Quién se quedaría la casa? ¿Se dividirían los bienes a la mitad? ¿Y qué pasaría con la casa que su madre había heredado de sus padres en la Ciudad de México? ¿Un divorcio afectaría el fideicomiso familiar? ¿Por qué le hacían esto sus padres?

—No van a sobrevivir por separado —dijo Claudia, alzando la voz.

—No lo voy a aceptar —dijo Olivia, sin saber de dónde venía esa reacción.

—¿No te vas a defender, papá? —preguntó Patricia, ahora en verdad preocupada por el tedio de Óscar. ¿O se trataba de una derrota preventiva? Realmente no parecía estar del todo en la habitación, y el hecho de que Claudia y Olivia no lo notaran la irritaba hasta el punto de querer levantarse y huir, pero se quedó por solidaridad con su padre.

Óscar alzó los hombros y miró a Patricia intensamente, como si necesitara revelarle un secreto, pero no pudiera.

Keila volvió a llenar su copa de prosecco, abrió una nueva botella y miró a Óscar, esperando verlo de otra manera, quizá con suficiente compasión para hacerla cambiar de opinión. Las arrugas a lo largo de su frente parecían más pronunciadas ahora. La piel de sus párpados colgaba sobre sus pestañas como mantas tibias, pero no había calidez en sus ojos. Parecía enfocado en la cortina, o quizá en el marco de la ventana. Keila se imaginó preparando huevos revueltos con matzá y mermelada de fresa para desayunar, y no tener a nadie con quién compartirlo. Al principio, la idea parecía atractiva pero, proyectándola hacia un futuro distante, se preguntaba si llegaría a disfrutar estar sola o si aquello se convertiría en una dolorosa soledad imposible de aliviar. Le faltaba la visión necesaria para anticipar los detalles, lo cual le hacía sentir una incomodidad apabullante.

—Esto es lo que van a hacer —ordenó Claudia finalmente—. Van a buscar un psicólogo de parejas y se van a dar un año antes de tomar una decisión. Prométannoslo. Ahora.

La orden de Claudia tomó a Keila por sorpresa. El hecho de que sus hijas rechazaran determinantemente su decisión de divorciarse de Óscar le era incomprensible. Uno podría esperar esta clase de resistencia de niñas pequeñas, todavía vulnerables y por completo dependientes de sus padres para su bienestar. Ella nunca hubiera dejado a Óscar mientras las criaban. No habría tenido ninguna razón; su vida en verdad había sido dichosa. El evento más doloroso que se le ocurrió en aquellos treinta y nueve años de matrimonio fue cuando Óscar vendió la última parte que quedaba del rancho en el Valle de Santa Clara, al norte de California. Rancho Horno Caliente —treinta y ocho mil acres de terreno, colinas, arroyos, pozos naturales y brisas cálidas— había sido de su familia desde antes de que México perdiera California a manos de Estados Unidos en 1848. El propio gobernador Figueroa les había otorgado el rancho al gran don Rodrigo Alvarado y su esposa, doña Fermina de la Asunción Ortega, bajo recomendación del respetable don

Juan Bautista de Anza a principios del siglo XIX. Se les entregó la tierra porque habían demostrado ser rancheros expertos. Fue ahí donde la pareja tuvo a sus doce hijos y crio ganado fino. Pero con el tiempo, los abuelos, padres y tíos de Óscar dividieron las tierras y vendieron casi todo a inmobiliarias. Las praderas donde alguna vez pastaron libremente los caballos y las vacas ahora eran la tierra donde prosperaban los gigantes de la industria de la tecnología. Apple, Netflix, eBay y Roku habían construido sus oficinas centrales ahí y transformado el plácido rancho familiar en lo que ahora se conoce como Silicon Valley. Keila nunca se lo perdonó a Óscar; no por vender el último terreno, ya que la transacción demostró ser una decisión económica acertada, sino por no preguntarle a ella primero.

Ahora que las niñas estaban casadas y tenían su vida independiente, ella no tenía ninguna razón para soportar el descenso de Óscar hacia el insignificante hombrecito en el que se había convertido. Peor, incluso: Óscar era como un yunque amarrado a su cuello. Keila se sentía como si se estuviera hundiendo en una cueva submarina sin fondo, como las que Óscar y ella habían explorado, buceando cerca de Tulum. Por otra parte, pensó, sentir aversión hacia Óscar no le daba derecho a tomar una decisión tan drástica sin siquiera pensarlo dos veces. No podía ignorar las conspicuas fuerzas opositoras en su mente: ¿qué clase de ejemplo les estaría dando a las niñas divorciándose de su padre? Su único grito de guerra referente al matrimonio siempre había sido: "¡Aguanta!". Así que ahora, precisamente porque sus hijas estaban casadas, debía honrar su postura y arrastrar el yunque un año más.

—Está bien. Consigan algún contacto. Ustedes deben de tener bastantes amigos en terapia.

Domingo, 24 de enero
Keila canceló la cena familiar.

———

Óscar pasó el día igual que cualquier otro durante el último año, salvo por el hecho de que quien había sido su esposa desde hacía treinta y nueve años acababa de anunciarles a sus hijas que tiraba la toalla. Había visto a Keila echar unas bolsas reutilizables del supermercado en la cajuela de su coche y salir, posiblemente a comprar fruta y verdura al mercado, una de sus pasiones. Ayudó a Daniel con su tarea de matemáticas, que había sido siempre una materia misteriosa para el muchacho. Llamó a Olivia preguntando por las gemelas. ¿A lo mejor podía visitarlas más tarde? ¿Olivia siquiera lo dejaría estar cerca de ellas después de su estrepitoso fracaso cuidándolas? Sacó una manta al patio, se abrigó y se sentó bajo la pérgola. Nadie sabía cuáles eran sus sentimientos mientras observaba un nido vacío a punto de caerse de una de las ramas de un liquidámbar próximo. Si tan solo no fuera tan bueno para ocultar su dolor, si al menos pudiera desahogar con Patricia, su chamaquita, la angustia que lo consumía. En cambio, apretó los labios y no le quitó los ojos al nido, sin comprender realmente la metáfora.

Demoler la alberca de sus padres resultó ser una labor ardua. Todavía exhausta, Olivia visitó a Lola, su nana de la infancia, en Highland Park, una zona histórica del noreste de Los Ángeles, donde había vivido desde que tenía memoria. Había poco tráfico desde Santa Mónica, donde estaba renovando un condominio, así que tomó la 10, luego atravesó volando el centro sobre la 110 Norte hacia Pasadena, la autopista más vieja de la ciudad, con aquellos túneles sin ninguna razón de ser, pues casi no soportaban tierra alguna. Conocía bien la zona; había transformado algunas casas ahí en los últimos dos años.

—¡Mi niña adorada! —dijo Lola cuando vio a Olivia de pie en la puerta—. ¡Qué sorpresa! ¿Qué andas haciendo por aquí?

Un *collage* de marcos con retratos familiares —desordenados por tantos temblores— cubría toda la pared detrás del sillón: una pareja joven con dos niñitos aparecía en varias de las fotografías, el hermano mayor de Lola, Sebastián, con su esposa y sus hijos. Había unas cuantas más viejas, en blanco y negro, de otra familia, con los padres, un niño más grande y una bebé. Eran los papás de Lola, con Sebastián y ella. En otra fotografía, Lola, de adolescente, sonreía, abrazada por sus sobrinos. Olivia reconoció una foto de ella y sus hermanas, Claudia y Patricia de bebé, niñas sentadas en las piernas de Lola, en el jardín.

—¿Y cómo está tu hermano? Es Sebastián en esta foto, ¿verdad? —preguntó Olivia, señalando uno de los marcos.

—Siguen en Australia. Melbourne. En estos días ya solo los veo a él y a los niños por FaceTime —dijo Lola, con un toque de tristeza en la voz—. Pero cuéntame qué hay de nuevo contigo. ¿Tienes fotos de las gemelas?

Olivia sacó su teléfono para enseñarle a Lola: Diana y Andrea con vestidos idénticos, sonriendo a la cámara en brazos de Olivia y Félix. Lola se ajustó los lentes para leer sobre la punta de su nariz y miró más de cerca.

—Un verdadero milagro. Ya te contaré todo con detalle —dijo Olivia.

—No podemos dejar que pase tanto tiempo. ¿Cuánto ha pasado, cinco años desde que nos vimos? ¡La próxima vez ya estaré muerta!

—¡Ni lo digas! ¿Qué te pasa? ¿Ya te retiraste?

—Ay, no. Yo nunca me voy a retirar. ¿Te refieres a que si sigo trabajando para los Haldipur? Sus hijos ya se hicieron mayores hace un par de años, pero me mantengo ocupada con cosas del barrio. ¿Y tú? ¿Qué tal va el negocio de la arquitectura?

—Dos de mis proyectos han salido en revistas de diseño. Muchos son propiedades viejas en renta, descuidadas. De hecho, acabo de terminar uno en la calle Hub, aquí a la vuelta. A lo mejor la has visto, es la casa a la que se añadió un segundo piso.

—Ya veo.

—¡Y tú has conservado tu casa tan hermosa como siempre! Puedo ver el amor en las paredes —dijo Olivia, señalando los marcos.

—Una casa es solo el amor que le pones.

Olivia observó el hogar de Lola. Pequeño, pero perfecto.

—Mira, Lola, me encantaría que me ayudaras con mis gemelas. Por favor considéralo, por los viejos tiempos. Me ha estado apoyando mi mamá, pero es demasiado distraída. Ya sabes cómo es. Para serte honesta, ha sido un desastre.

Lunes, 25 de enero

—Mi mamá canceló la cena familiar anoche. Así de mal está —dijo Patricia.

Estaba con su esposo, Eric, en un cuarto de hotel cerca del aeropuerto de Los Ángeles.

—Ay, Pats, lamento oír eso. Seguro te sientes horrible. ¿Qué dicen tus hermanas? —dijo Eric con un acento francés que aún conservaba, incluso después de veintiún años viviendo en Estados Unidos y después de obtener su ciudadanía en una emotiva ceremonia con otros cuatro mil inmigrantes ondeando banderitas americanas.

—Nos mensajeamos en la mañana. Claudia nos preguntó qué esperábamos, considerando que mamá acaba de anunciarnos que se quiere divorciar de mi papá. Olivia dice que es el principio del fin. Y no le he dicho a Daniel. Creo que no le va a caer nada bien. Ya veremos si las cosas se siguen deteriorando, supongo. Espero que sí se den un año para contentarse.

—Doce meses es mucho tiempo. Confío en que tus papás enfrentarán lo que sea que esté pasando —dijo Eric, apretando la mano de Patricia—. ¿Ya hablaste con tu papá de todo esto? Algo le está pasando. Puedo sentirlo.

—Claro que algo anda mal, yo también lo siento, pero no es la amenaza del divorcio. Ha estado raro desde hace tiempo, pero no dice nada, ya lo intenté. Es tan frustrante, maldita sea.

Patricia se giró de cara al buró, esperando que la conversación con su marido terminara, y ajustó la almohada para descansar la cabeza. No había dormido mucho y —todavía peor e inaudito— se había negado a hacer el amor con Eric la noche anterior.

—¿Cómo te puedo hacer sentir mejor? ¿Quieres hacer algo especial mañana por tu cumpleaños? Me puedo quedar aquí y trabajar desde el hotel. Vamos a cenar.

—No, está bien. No estoy de humor para cumpleaños.

Martes, 26 de enero

Óscar no llegó a dormir.

Después de dejar a Daniel en la escuela, Patricia, preocupada, les escribió a sus hermanas para verse en un desayuno de emergencia en John O'Groats, una de sus salidas favoritas los fines de semana. No importaba que fuera martes.

—Papá desapareció. No durmió en la casa anoche. Su maleta no está y su coche no está en la entrada —dijo tan pronto como sus hermanas se sentaron a la mesa—. Ya le dejé varios mensajes en su celular. Nada.

—Nunca ha hecho esto —dijo Olivia—. ¿Mamá dijo algo?

—Tampoco estaba en la casa cuando me fui en la mañana —dijo Patricia.

—Tal vez se fueron juntos —dijo Olivia, esperanzada.

—Es broma, ¿verdad? ¿Así como están las cosas entre ellos? Háblale a mamá —dijo Claudia.

Patricia presionó el contacto de su mamá entre la lista de favoritos y activó el altavoz para que sus hermanas pudieran escuchar mientras la mesera traía tres platos de huevos con tocino y bísquets para acompañar.

—¿Mamá? ¿Dónde estás? Papá no llegó a dormir anoche —dijo Patricia.

—Ya sé —contestó seca—. Pero no te preocupes. Ya volverá tarde o temprano.

—¿Ya reportaste su desaparición?

—¿Y por qué haría eso? No está perdido. Se fue por su propia voluntad y por su propio pie. Feliz cumpleaños, por cierto. ¿Vendrá Eric a Los Ángeles para celebrar contigo?

—No. Lo veré el fin de semana. Adiós, mamá.

Si el celular de Patricia hubiera sido un teléfono fijo, habría azotado el auricular. Desafortunadamente, con estas nuevas tecnologías era difícil expresar la ira, a menos de que recurrieras al uso de emojis, pero esta era una llamada, no un texto, así que se quedó con sus emociones, un coctel de fastidio, frustración y miedo, preguntándose cómo proceder. Sintió un odio repentino por el desinterés de su madre.

—Por supuesto —les dijo a sus hermanas, enfurecida—. Está enojada con él. ¿Por qué le iba a preocupar?

—Vaya cumpleaños estás pasando, Pats —dijo Olivia—. ¿Vas a hacer algo interesante?

—No realmente.

—Podemos llevarte a tomar algo en la noche si tienes ganas.

—Conozco un nuevo bar en el centro —dijo Claudia.

—Gracias por la invitación, pero solo puedo pensar en papá. Espero que mamá tenga razón en que solo se fue y volverá pronto, que solo es un berrinche.

—Seguro lo es —dijo Claudia—. Entonces, ¿no vamos?

—Hoy no —contestó Patricia.

Después de dejar a sus hermanas y llamar a su oficina para pedir el día libre, Patricia condujo hasta Eagle Rock, en Topanga. Había recorrido el Musch Trail varias veces y sabía que tendría buena señal en el teléfono en caso de que Óscar quisiera contactarla. Ese era el regalo de cumpleaños que quería: disfrutar de aquellos perfectos setenta y dos grados ella sola, caminando entre el chaparral y la artemisia, admirando las Santa Monica Mountains a lo lejos y pensando seriamente cómo estaban las cosas entre los Alvarado. Conforme sus piernas manejaban el ascenso disparejo y por momentos riesgoso por los senderos de terracería, su mente volvía a una sola pregunta: ¿cuándo se había alejado tanto su familia? Recordaba los días en que todos sabían dónde estaba cada uno, qué estaban haciendo. Año con año pegaban en el refrigerador calendarios con distintos colores que todos actualizaban diariamente. Había una lata con marcadores en la barra de la cocina: amarillo para Óscar, verde para Keila, azul para Claudia, rosa para Olivia, rojo para Patricia, naranja para Daniel y negro para los compromisos familiares. Todo estaba ahí: los torneos de ajedrez y las competencias de natación de Daniel, las mastografías y las inauguraciones de las exposiciones de Keila, las fiestas y los viajes de fin de semana de Patricia, los múltiples pendientes de Óscar por toda la ciudad, las presentaciones escolares de Olivia, los maratones de Claudia. Las fiestas de cumpleaños, los quince años, los bat mitzvahs, las bodas, los días festivos, las vacaciones. Todo se compartía. Ese ritmo, la forma como los Alvarado se movían a través de las horas y los días y las semanas en aquellos calendarios, año tras año, había servido como el hilo que unía a la familia de cierta manera. Pero en el momento que sus hermanas mayores partieron a la universidad en Nueva York y Miami, se casaron y se mudaron a sus respectivas casas, algo se rompió. El calendario había desaparecido hacía mucho; los marcadores, todavía en la lata, se secaron y quedaron relegados a la alacena, en el entrepaño de hasta arriba, junto con la olla *sous vide*, la máquina para hacer helado y el juego de recipientes para *crème brûlée* en su caja original, envejeciendo imperturbables. A Patricia le parecía que cada miembro de su familia era un trompo girando sobre una superficie, solo, indiferente a lo que los demás trompos estuvieran haciendo o hacia dónde se dirigieran. Lo que más le sorprendía era el hecho de que se siguieran reuniendo a cenar los domingos en familia, lloviera, tronara o relampagueara; con o sin maridos, con o sin las gemelas. Pero sentarte en una mesa no te hace una familia. Los monólogos no son una conversación. Incluso la comida más deliciosa y meticulosamente preparada por Keila ya no los inspiraba. Y en el último año había visto a su padre descender hacia la apatía. No descartaba una depresión, pero se inclinaba más a creer que algo lo estaba alterando. ¿Había hecho lo suficiente para averiguar qué? Creía que no, y esto la molestaba. Le hubiera gustado abrir su mente y extraer su dolor, su angustia. ¿O este deterioro era parte de su proceso de envejecimiento? Se preguntaba si todas las familias pasaban por aquella separación emocional conforme crecían los hijos y los padres se hacían mayores. Quizá era más sensible ante lo que estaba pasando porque ella vivía con sus papás y podía ver la degradación diaria de la atención y el afecto que se tenían. Y a todo esto, ¿ella por qué vivía allí? ¿Esperaba aferrarse al hilo de días y semanas que la conectaba con sus padres y sus hermanas en el calendario familiar? Decidió preguntar a su leal tribu de Twitter.

> ¿Sufro un caso agudo de milenialismo, o se justifica que esté viviendo cómodamente en casa de mis papás a los veintiocho?
> Compartan su opinión.

Publicó su tuit, pero lo borró casi de inmediato, avergonzada de pronto ante la idea de que quizá tuviera una relación más estrecha con gente desconocida que con su propia sangre.

Miércoles, 27 de enero

Mientras Lola iba conduciendo arriba y abajo por las colinas de Highland Park, el vecindario donde había vivido los últimos treinta y siete años, fácilmente podía distinguir qué casas se habían comprado y renovado para venderlas al doble de precio, y cuáles todavía no: la de ahí todavía tenía su pátina, el encanto de un viejo jardín poblado de gnomos y cisnes y santos católicos, una reja de hierro forjado y pintura ligeramente descascarada en las paredes. La otra, con el Tesla estacionado en la entrada, brillaba con novedad, rodeada de un jardín ahorrador de agua, una puerta rojo brillante y una barda construida con tablillas horizontales de cedro. Se preguntaba cuál de esas nuevas casas había transformado Olivia, enviando a los inquilinos de toda la vida a vivir hasta donde el viento da la vuelta, el único lugar donde podían costear una renta.

Mientras bajaba por Figueroa, la calle principal, contaba los puntos de referencia y los establecimientos que habían sobrevivido —hasta ese momento— a la vertiginosa transformación de su barrio de un pintoresco enclave latino al "Vecindario de moda en Estados Unidos", por lo menos de acuerdo con *L.A. Weekly*. Lola encontró un pequeño espacio dónde estacionarse frente a la florería, insertó su Honda Fit amarillo claro, ligeramente abollado, y saludó con la mano a su amiga Susana, la florista, a través de la ventana de su tienda. Lola había trabajado con ella como nana hacía años. Cinco niños; todos mayores ya, pero todavía pasaban de vez en cuando a llevarle regalos, como un pavo vivo que en lugar de comida se volvió mascota, un costal de camotes que regaló, un rebozo fucsia que le encantaba y solo se ponía en ocasiones especiales. Susana abrió la puerta y gritó:

—¡Lola! ¡Vente a cenar en la noche! Los muchachos están en la ciudad y les va a dar gusto verte. ¿A las siete?

—¡Les llevo tamales costeños! —gritó Lola al pasar. Su junta con la abogada de oficio era unas cuantas cuadras más adelante, así que bajó por Figueroa, en dirección a la avenida York, pasando rápido frente al restaurante La Fuente (su sopa de albóndigas era un platillo del cual había reportado maravillas en Yelp). Nunca pedía servicio a domicilio; prefería ir a recoger la comida solo para tener oportunidad de echar un vistazo al Chicken Boy, la vieja y exótica estatua que dominaba la calle, alzándose sobre la azotea del vecino. Siempre la hacían sonreír todas las rarezas que L.A. tenía para ofrecer si tan solo sabías dónde mirar. Deseó que Chicken Boy se quedara ahí para siempre. Aunque sabía que estaba condenado: los prospectores, especuladores, revendedores y desarrolladores se estaban adueñando rápidamente del vecindario. Se estaba volviendo un recreo para hípsters pudientes; y ahí estaban, comiendo en Martita's, su taquería favorita, o gastando dinero en Verde, la barra de jugos orgánicos, o en Vegan-O, el restaurante vegano contiguo. Lola había visto una nueva librería justo al lado de una tienda de 99 Cents Only y Our Daily Bread, una panadería que vendía cruasanes por cuatro dólares. Por lo menos ese lugar había conservado un famoso mural de la Virgen de Guadalupe pintado años antes en la fachada. Ella había peleado por ese mural. Enérgicamente. No porque fuera religiosa. Era una cuestión de principios.

Y ahora se enteraba de que Olivia, la niñita que ella había ayudado a criar, estaba contribuyendo al asalto. ¿Cómo pudo? Siempre había acudido a ella, no a su madre, cuando necesitaba consuelo, hasta que se fue a la universidad y Lola siguió con su vida. Fue doloroso aceptar que la pequeña y dulce Olie de sus recuerdos resultaba ser... bueno, la enemiga. ¡La pinche enemiga!

Se sentía mareada. Al intentar recargarse en un poste de luz casi la tiró un joven que iba pasando en una patineta.

Cuando llegó a Kindness & Mischief, una de esas nuevas cafeterías, Kamirah Jones, ostentando una explosión de rizos del color de las alas de un cuervo, ya la estaba esperando. Kamirah era una férrea abogada pro-bono de derechos humanos, especializada en casos de desalojo. Lola y ella se habían hecho amigas tiempo atrás, cuando Lola fue a buscar ayuda legal en nombre de uno de sus vecinos.

—Casi me atropella un torpedo de hombre —dijo Lola, todavía espantada.

—No me sorprende. ¡Esa gente! —dijo Kamirah, ofreciendo a Lola una taza de café de filtro y un panecillo de semillas de amapola para calmarla—. Te pedí lo mismo de la otra vez.

Ambas mujeres se sentaron para comentar el nuevo caso que Lola le había traído, una viuda de noventa y dos años que había recibido una notificación de desalojo ilegal y no tenía adónde ir. En medio de la conversación, Kamirah preguntó:

—Te ves molesta. ¿Qué pasó?

—¿Recuerdas a la familia con la que trabajaba, en el Westside?

—Fue hace varios años, ¿no?

—¡Ellos! Me encantaba trabajar ahí. Hablaban español y cocinaban comida mexicana. Y la niña de en medio, Olivia, era mi favorita. —Lola pareció sentirse culpable un momento—. Se supone que no debo tener favoritos, pero ella me conquistó desde el primer día, cuando juntó un ramo de las rosas del jardín de su mamá para darme la bienvenida a la familia. Nunca voy a olvidar la cara de su mamá cuando reconoció sus flores, ¡*mis* flores! Pero la niña ya creció. Es arquitecta, ¡una de las personas que están destrozando Highland Park! Y solo lo sé porque me vino a visitar el otro día, pidiéndome que regrese para que cuide a sus gemelas. ¡Que casi se ahogan! Eso les pasa por tener una alberca. Un pinche accidente de gente rica —dijo Lola—. ¡Eso nunca hubiera pasado bajo mi cuidado!

—¿Y luego?

—¡Me molesta como si fuera una piedra en el zapato!

—¿Sabe ella que eres una de las defensoras que trabaja con nosotros?

—No.

Después de su cita, Lola volvió a su casa. Su propiedad estaba sobre la avenida Range View, una calle empinada con una vista parcial de la ciudad. La había podido comprar de contado hacía años gracias a la indemnización que había recibido tras el accidente de autobús donde murieron sus padres. Llegó justo cuando el sol de la tarde bañaba su casa verde aguacate haciendo resaltar el color. Sombras danzaban por las paredes mientras las ramas de su sicomoro se mecían con la ligera brisa. Era como si la casa entera estuviera reluciente de alegría. Cruzó la reja de hierro forjado hacia su patio, donde había plantado dos surcos de maíz y una parcela de chiles serranos, tomates verdes y epazote para regalar a sus amigos. Una vez dentro, dejó su bolsa, se dejó caer en el sillón y se quitó los zapatos. Su casa de dos recámaras era pequeña, pero era suya. Lola era la dueña, no debía nada, y no iba a permitir que nadie la obligara a mudarse, ni por un millón de dólares.

Jueves, 28 de enero
—Apuesto a que tu papá está en algún cuarto de hotel, haciendo berrinche —dijo Gabriel, sorbiendo su café matutino.

—No está con la tía Belinda. Ya le preguntamos. No se fue a México; Patricia dice que su pasaporte está en el clóset. Nunca había hecho esto. Nunca. Le he estado dejando mensajes de voz en el celular y nada. ¿Y si se mata? Ha estado de un humor extraño desde hace mucho —dijo Claudia.

—Ya aparecerá. Estoy seguro.

—No, no puedes estar seguro, así que deja de invalidar mi angustia.

—Mi intención es apoyarte. Probablemente considerando su situación y preguntándose cómo va a salvar su matrimonio. La gente hace esta clase de cosas. Se aparta, lejos del problema, para poder pensar bien. Yo seguro haría algo así.

Claudia se paró atrás del camastro de Gabriel y le apretó los hombros en un masaje profundo.

—¿Cuánto tiempo te vas a quedar?

—Me voy a Nueva York el domingo. Tengo una junta tras otra toda la siguiente semana.

Claudia quitó las manos de los hombros de Gabriel. Tal vez nunca se acostumbraría a los constantes viajes de su marido. La volvían loca. De repente sintió unas ganas incontrolables de correr al baño y lavar el sudor de Gabriel de la noche anterior, y eso fue exactamente lo que hizo.

Domingo, 31 de enero

—¿Intentaste llamar a tu papá de nuevo?

—Por millonésima vez —le dijo Olivia a Félix en su caminata matutina—. No contesta. Y encima de todo, mi mamá canceló la cena familiar otra vez.

—¿Por qué no vamos por tacos en la noche? A las gemelas les caería bien salir y a nosotros también.

Olivia estaba ansiosa por recuperar la normalidad de la vida familiar después del accidente y hasta había organizado que las niñas jugaran con el hijo pequeño de una vecina el día anterior con la idea de probar su resistencia a la actividad. Quizá este esfuerzo por retomar su vida la ayudara a quitarse la sensación de incompetencia maternal que la agobiaba.

—Es probable que le esté dando una lección a tu mamá. Quiere que lo extrañe —dijo Félix.

—En lo personal, creo que es muy grosero de su parte tenernos a todos preocupados.

—Yo no me metería.

—Ay, por ahora no puedo hablar de mis papás y su estúpido pleito.

Olivia aceleró el paso, dejando a Félix unos metros atrás.

—Oye, espera —dijo él, sin aliento—. ¡Párate!

Pero Olivia mantuvo el paso, arriesgándose a una reacción explosiva del terrible carácter que convertía a Félix en un basilisco con poco o ningún motivo.

Afortunadamente para Olivia, esa noche Félix estaba más interesado en la desaparición de Óscar que en buscar pleito por cualquier cosa que la hiciera sentir incompetente (*¡Abollaste el coche! ¡Perdiste las llaves otra vez!*), así que más tarde, luego de decidir que no querían tacos, se quedaron en su casa.

—¿Y si solo es cuestión de que tu papá tome Prozac? Es obvio que está deprimido —dijo Félix, continuando su conversación de la mañana.

—No estoy segura de que eso resuelva sus problemas —dijo Olivia, ya irritada, consciente de hacia dónde iba la conversación que Félix insistía en tener. Rápidamente se dirigió a Andrea—: Mija, no escupas tu pollo. Si quieres que lo corte en pedazos más chiquitos, solo dime.

—¿Cómo puedes estar deprimido teniendo tanto dinero? —dijo Félix con sarcasmo y una pizca de amargura.

—Vendió el terreno de Santa Clara en los ochenta —explicó—. Quién sabe si todavía tenga ese dinero. A lo mejor se lo gastó.

—He ahí la buena vida.

—Pues no parece tan buena ahora —dijo al tomar el plato de Diana—. ¿Quieres más nopalitos con huevo, mi amor?

—Mami, tengo sueño —dijo Diana, frotándose los ojos.

—Vamos a lavarte los dientes, mijita —dijo, alzándola—. Usted también, señorita —le dijo a Andrea, llevándose a las niñas y dejando a Félix solo en la mesa.

———————

Ya que todos estaban en la cama y la casa en silencio, Olivia fue a la cocina, se sirvió una taza de té de tila y se sentó en uno de los bancos a pensar. ¿Dónde estaba ese sentimiento, la indomable bestia, como llamaba al amor, con tal de describirlo? Olivia jamás había podido darle palabras a lo que sentía por Félix, desde el primer día, cuando se conocieron en un evento de TED Talk sobre arquitectura sustentable. Después de tres meses de relación, el impacto del amor era inconmensurable. Ella era todo lo que Félix quería, según decía él. Olivia se sentía deseada, esencial. No podía decidir a qué dios agradecer, así que le dio las gracias a Cupido por atravesarla con un AK-47 en lugar de una flecha.

Sin embargo, también estaba el otro lado de Félix, el lado "azoto la puerta". Olivia también lo llamaba el lado "aviento la taza de café contra la ventana", el lado "me largo de aquí", el lado "rompo el espejo de un puñetazo", el lado "te agarro del cuello de la blusa y te zarandeo". Cada vez que Olivia entregaba una casa bellamente remodelada a sus dueños o conseguía un nuevo proyecto, no pasaba mucho antes de que Félix reaccionara de una manera incomprensiblemente desagradable por alguna razón injustificada, que él utilizaba para hacerla sentir tonta e incompetente. "Ahí vas otra vez", decía. "¡Se te olvidó comprar huevos! ¡Parece que nunca hay huevos en esta casa! ¡Y la sigues cagando!". Y ella lo aguantaba.

Febrero

Martes, 2 de febrero

Mientras Punxsutawney Phil, allá en Pennsylvania, pronosticaba la llegada temprana de la primavera, Óscar, el meteorólogo experto de la familia Alvarado, seguía fuera, y Keila no parecía preocupada. De modo que Claudia, Olivia y Patricia decidieron invitarse a cenar para enfrentarla.

—A ti simplemente te vale madres que papá esté vivo o muerto —dijo Patricia, intentando controlar su furia.

—Puedes seguir odiando a papá; está bien, lo entiendo, sea lo que te haya hecho, ¿pero que no te importe si está bien? —dijo Olivia, mirando a Keila con ojos penetrantes—. ¡Es nuestro papá!

—Dinos la verdad ya. ¿Te engañó? ¿Te lastimó? ¿Qué atrocidad cometió para merecer esta clase de ira? —exigió Claudia.

—Para que sepas, mamá, lo reporté como persona desaparecida antes de venir aquí. Espera una llamada de la policía. Quieren hablar con toda la familia —advirtió Patricia.

Keila se sirvió lentamente otra copa de vino y se sentó en la península de la cocina, soportando todo el ataque emocional de sus hijas.

—Sé exactamente dónde está su papá. No necesitan venir y arruinar mi cena con su chantaje judío —dijo Keila.

—Ah, ¿sí? ¿Te importaría compartir esa información con nosotras, tus hijas? —dijo Patricia a punto de explotar con la ira de un paquidermo enloquecido—. Nos dejas fuera de esto, ¡como si no nos afectara!

—No se necesita ser detective. He estado monitoreando sus actividades en nuestra aplicación de la tarjeta de crédito. Manejó hasta Florida, durmió en moteles de carretera, cargó gasolina y comió a lo largo de la 10, luego se quedó en un hotel en Aventura. Ya viene de regreso, no se preocupen. A la velocidad que maneja, deberá estar llegando por ahí del domingo. Así que cancela la alerta para personas seniles desaparecidas.

—Lo reporté como una persona desaparecida común. No está senil, mamá —dijo Patricia.

—Bien podría estarlo. Un zombi senil.

—¿Por qué no nos dijiste? ¿Qué clase de persona retorcida te has vuelto, mamá? ¿Disfrutaste torturándonos con esto? —dijo Patricia, arrastrando la silla al alejarse de la mesa.

—¡Siquiera nos pudiste haber dicho que estaba a salvo! —dijo Claudia, siguiendo a Patricia rumbo a la puerta.

—Lo acabo de hacer.

—Esto fue vil, mamá. ¿Quién eres? —dijo Olivia, tomando su bolsa para seguir a sus hermanas. Como fue la última en salir, tuvo el privilegio de azotar la puerta.

Miércoles, 3 de febrero

Con Gabriel de vuelta en Nueva York durante unos días, la casa de Claudia estuvo enteramente disponible para que las tres hermanas se desahogaran y maquinaran qué hacer. Mientras el sol se ponía tras el océano, se tumbaron en la cama king size. Patricia le sobaba la espalda a Claudia y Claudia se la sobaba a Olivia, como cuando eran pequeñas. En la mesita quedaban algunas sobras que habían sacado del refrigerador, todavía en sus contenedores de plástico. Velcro, el gato de Gabriel, se unió a la manada, encontrando un rinconcito cálido junto a Olivia.

Las gemelas habían intentado jugar con él, pero el gato las ignoró, así que estaban sentadas cerca de su mamá, entretenidas de mala gana con un par de juguetes. Su última nana había renunciado abruptamente (problemas con el novio, ¿qué más?), así que Olivia se vio obligada a cargar con las gemelas por toda la ciudad, soportando berrinche tras berrinche: por no haberlas dejado jugar con la herramienta de los trabajadores en la obra en Santa Mónica, en el supermercado porque las dos querían subirse al carrito, en el coche porque Andrea insistía en desabrocharse el cinturón de seguridad mientras Olivia aceleraba en la rampa de acceso a la autopista. Y ahora ahí estaban, en la casa de Claudia peleándose por Velcro.

—Mínimo ya sabemos que papá está bien —dijo Claudia.

—¿Por qué mamá no nos dijo? —preguntó Olivia.

—No quiero escuchar ni media palabra de mamá —dijo Patricia.

—Tal vez tenía miedo de que le dijéramos a papá que lo estaba rastreando y él dejara de usar la tarjeta de crédito —dijo Claudia.

—Has visto demasiadas series de televisión. Creo que mamá está furiosa con él por haberse ido y no hacer lo que nos prometió, que es intentar componer su matrimonio —dijo Patricia—. ¡Y nos lo cobró a nosotras!

—*Whatever*. Necesitamos sentarnos con mamá y arreglar este desmadre. No podemos dejar de hablarle así nomás —dijo Olivia, siempre conciliadora.

—Yo no puedo. Todavía no —dijo Patricia—. ¿Me puedo quedar a dormir otra vez? —le preguntó a Claudia.

No muy lejos de la casa de Claudia en Malibú, Keila sollozaba en su propia cama. ¿Cómo pudo ser tan egoísta, tan cruel? Una cosa era estar enojada con su marido. Otra muy distinta era hacer pagar a sus hijas por ello. Se echó unas cuantas gotas de tintura de CBD bajo la lengua para calmarse y llamó a Patricia.

—¿Puedo hablar contigo?

—Ahora no, mamá.

—¿Vas a venir más tarde?

—No. Estoy en casa de Claudia.

—Mira, me porté como una idiota. ¿Puedo ir para hablar con ustedes? ¿Por favor?

—Olivia tiene que acostar a las gemelas. Ya se va. Y Claudia tiene que ir a una cata de vinos.

—¿Y mañana? ¿Pueden venir las tres a cenar mañana?

Keila recibió silencio por el auricular. Esperó.

—¿Hola? —dijo finalmente—. ¿Patricia?

—Está bien, mamá. Ahí estaremos.

Jueves, 4 de febrero

Las reconciliaciones siempre habían sido rápidas entre los Alvarado. Los desacuerdos, discusiones y peleas duraban poco y se resolvían sin mucho drama. Al final, casi todos eran irrelevantes. Pero el comportamiento de Keila había cruzado esa línea invisible que todos en la familia conocían aun sin haberla señalado explícitamente.

De camino a verla —Claudia manejando su Audi TT desde su casa en Malibú por la Pacific Coast Highway y Patricia siguiéndola en su Prius—, las hermanas pusieron sus teléfonos en altavoz para poder platicar de un coche al otro.

—Tú habla. Yo tengo miedo de insultarla y llevar el pleito hasta un punto irreversible —dijo Patricia.

—Solo piensa en la increíble mamá que siempre hemos tenido y descarta esto como una etapa súper rara por la que está pasando. Ella no es así de siniestra, nunca lo ha sido, en serio —dijo Claudia, sorprendida de sí misma, ya que nunca había destacado por su empatía.

—Él no le ha dado ninguna razón para dejarlo.

—¿Y tú cómo sabes?

—Vivo con ellos. Me hubiera dado cuenta si estuviera pasando algo extraño.

—No inventes, Pats. Los hombres son muy buenos para esconder sus infidelidades. No digo que papá esté haciendo nada malo. Me refiero en general.

—Ella no puede lidiar con su humor depresivo. Papá necesita ayuda.

—Bueno, ¿y has intentado ayudarlo?

—No se abre... Te acabas de pasar la salida del California Incline, por cierto.

—Mierda. Vamos a tener que tomar la 10.

Claudia miró por su espejo retrovisor para asegurarse de que Olivia manejaba justo atrás de ella y aceleró para tomar la autopista.

—¿Puedes conectar a Olivia? —preguntó.

Patricia añadió a Olivia a la llamada sin quitar los ojos del camino.

—Ey, ¿ya van de camino a casa de mamá? —dijo Olivia al altavoz.

—¿Dónde estás? —preguntó Patricia.

—Ya casi llego. Tuve que dejar a Félix a cargo de las gemelas, pero quedó de enseñar una propiedad en West Hollywood, así que tengo que regresar a mi casa rápido. Las espero afuera.

Cuando Claudia y Patricia llegaron a casa de su mamá, saltaron hacia el interior de la camioneta Honda Odyssey de Olivia, apodada "Homero".

—¡Órale, este coche es más grande que mi departamento cuando iba a NYU! —dijo Claudia.

—Concéntrense, por favor. Necesitamos decidir cómo vamos a manejar esto.

Casi una hora después de que las hermanas se estacionaran afuera de la casa de Keila, entraron por la puerta con la cabeza llena de palabras. Keila estaba en la cocina haciendo malabares con ollas y sartenes.

Olivia había sido la elegida para hablar, así que se aclaró la garganta y transmitió el mensaje:

—Ya vendrá tu turno para hablar, mamá, así que por favor no interrumpas. Si tienes un problema con papá, no nos metas. Arréglenlo ustedes dos. Nosotras podemos darles apoyo, pero definitivamente no vamos a pagar por tu enojo. Esto se acaba hoy.

Tal cual. Conciso y al grano. Olivia nunca le hubiera hablado con tanto aplomo a su madre (o a nadie, fuera de algún subcontratista necio que trabajara con ella en su despacho de arquitectos) si no hubiera preparado el mensaje con sus hermanas y lo hubiera practicado hasta la perfección.

—¡Bien dicho, Olie! —intervino Patricia, contenta de ver que escribir el mensaje para su madre como si fuera una lámina de PowerPoint había probado ser útil—. Ya puedes hablar, mamá.

Keila respiró hondo y lentamente sostuvo la mirada sobre sus tres hijas mientras pensaba qué decirles. Tenía frente a ella el pipián con camarones que había estado cocinando.

—Tienen razón. Lo que está pasando entre su papá y yo no es su culpa. Nunca volveré a descargar contra ustedes mis frustraciones con él; lo prometo. ¿Me perdonan, niñas? —preguntó Keila con un hilo de voz.

—Lo tienes que demostrar, mamá —dijo Patricia—. Ahora, ¿podrías mirar tu aplicación de la tarjeta de crédito y ver dónde está papá?

Keila abrió la aplicación en su teléfono y se las mostró a sus hijas.

—Acaba de registrarse en un Motel 6, en El Paso. Estoy segura de que viene para acá. Es prácticamente una línea recta sobre la 10 hasta Rancho Verde. Seguro pasará la noche en Phoenix y llegará a la casa el domingo.

Y justo cuando Patricia pudo al fin liberar la opresión en su pecho, Keila reventó:

—¡Pero todavía le quiero retorcer el pescuezo a su papá!

Domingo, 7 de febrero

Óscar estacionó su SUV en la entrada y rodó su maleta hasta la casa. No había nadie ahí para recibirlo ni para regañarlo. Estaba consciente de la inquietud que su imprudente desaparición debía haber causado. Lo merecía. Probablemente estarían viendo el Super Bowl con algunos amigos, pensó. Anduvo por todas partes, de cuarto en cuarto, exhausto del viaje, preguntándose cómo sería su vida si de pronto todo a su alrededor desapareciera. Pasó la palma de la mano sobre las paredes, acariciándolas, como si estuvieran en peligro de extinción.

Afuera, la sensación de aquel día inusualmente cálido bañaba su piel. Estimaba que la temperatura era de ochenta y cuatro grados contra el promedio histórico de sesenta y ocho. Sin pensar que el extraño calor de febrero podía ser efecto del cambio climático, se quedó parado en la orilla de la fosa que ya no era la alberca familiar, llena a medias con una mezcla pastosa de cemento Portland y arena. A partir de ese momento, el parche de cemento en forma de riñón en medio del jardín sería conocido entre los Alvarado como "la cicatriz queloide". A un lado había una excavadora estacionada y dos apisonadoras recargadas contra la cerca. Cualquiera que observara desde el otro lado del jardín habría visto a Óscar como una versión devastadora de una pintura de David Hockney: una figura miserable, encorvada por la autocompasión y una leve escoliosis diagnosticada tardíamente, moviendo la cabeza de un lado a otro, siguiendo la trayectoria de un nadador imaginario. ¿Dónde estaba Keila? ¿Dónde estaban las gemelas? ¿Dónde estaban las niñas? Se supone que debería haber una cena en domingo, pero la casa estaba en terapia intensiva. ¿O era él?

Lunes, 8 de febrero

—¿Qué clase de berrinche imbécil fue ese? —le gritó Keila a Óscar desde el asiento del conductor de su coche—. ¡Las niñas se morían de la preocupación! —añadió, expresando con cuidado su recriminación para no incluirse y al mismo tiempo administrarle a Óscar una buena dosis de culpa.

Desde el asiento del pasajero, Óscar miró por la ventana, queriendo saltar hacia el abismo de Mulholland Drive. Todavía tendría que soportar unos cuantos minutos la ira de Keila antes de llegar a la casa de Olivia a visitar a las gemelas. Aceptaba el reproche de Keila y sentía una punzada en el pecho. Su esposa tenía razón. ¿En qué clase de hombre se estaba convirtiendo como para no haber considerado en lo mínimo los sentimientos de sus hijas?

—Solo necesitaba un poco de espacio. —La voz de Óscar era casi inaudible.

—En serio se te va a tener que ocurrir una mejor explicación cuando veamos al terapeuta esta semana. ¡Ni siquiera eres bueno para desaparecer! Sabía exactamente dónde estabas.

—No intentaba desaparecer. Solo quería estar lejos para pensar. Esto, lo que le estás haciendo a nuestro matrimonio, a nuestra familia, es cruel e innecesario.

Keila pisó el acelerador y tomó una curva demasiado rápido. Alguien en el carril contrario tocó el claxon.

Óscar mantuvo la mano en la manija de la puerta y, cuando finalmente se estacionaron, salió del coche y caminó rápido hasta la entrada, como si estar dentro de la casa de su hija lo protegiera de la criatura salvaje en la que se había convertido su esposa.

Pero algo inesperado sucedió tan pronto como cruzaron el umbral de la casa de Olivia y encontraron a las gemelas en la salita, untando Play-Doh en la alfombra mullida. Hubo de pronto una tregua implícita y ambos se arrodillaron para jugar con sus nietas, aliviados de verlas tan recuperadas. Ambos sabían que el siguiente año sería difícil. Quizá no tendrían éxito en recuperar su matrimonio. Pero sentados en el piso, ayudándose mutuamente a quitar la pegajosa pasta roja de la alfombra verde menta, cada uno juró en silencio que lo intentaría.

Miércoles, 10 de febrero

Olivia y sus hermanas habían sido criadas como judías (por Keila) y como católicas (por Óscar). Para evitar confusiones, ambos habían definido el Viejo y el Nuevo Testamento a sus hijas como la Película y la Secuela, creándoles una fe fluida, híbrida, que finalmente se reducía a la celebración de todas las festividades indiscriminadamente, sin ningún otro cuestionamiento teológico. Janucá era el momento de encender la menorá, Navidad era cuando decoraban el árbol de Navidad, se entregaban y recibían regalos, y hasta ahí.

Aquella mañana de febrero, Olivia manejó hasta Death Valley para celebrar el miércoles de ceniza sola, como lo había hecho los últimos cinco años. No se trataba de devoción, aunque el mensaje de la festividad sobre mortalidad le era más claro que nunca. Aceleró por la carretera 14, rebasando hileras de semirremolques y conductores lentos. Tenía una cita con sus otros bebés, Sarah y Elías, y quería llegar lo suficientemente temprano para pasar el día con ellos. Nadie va a Death Valley entre semana, así que estaba segura de tener todo el desierto para ella sola. Esperaba ver los grises y marrones de su textura perenne, las rocas y la arena de la tierra árida y el limo agrietado en la superficie de la playa; un paisaje al que se había acostumbrado después de años de visitar el parque. Sin embargo, se encontró rodeada de un mar amarillo. Las flores silvestres del desierto —variedades que Olivia no sabía identificar— miraban hacia el sol, luciendo pétalos morados y rosas y anaranjados. Recordaba cuando su padre le contó de una súper floración, inusitada en Death Valley, que había visto de niño durante unas vacaciones familiares; y aquí estaba de nuevo, tantos años después. Qué irónico, pensó, que mientras los frondosos jardines de Los Ángeles se secaban, drenados por la sequía, el lugar más seco del planeta florecía de manera exuberante. ¿Podía ser efecto de El Niño, el fenómeno meteorológico del que hablaba su padre, o simplemente un regalo de la naturaleza para calmar su dolor? Desaceleró el coche para contemplar aquella vista. Le parecía como si un arco iris de vidrio soplado se hubiera estrellado en millones de pedazos y se hubiera regado por la tierra. Más abajo, el viento suave levantaba pequeñas nubes de arena de las crestas de las dunas blanqueadas por el sol. Olivia había subido por esas dunas y había rodado las suaves pendientes arenosas varias veces cuando era más joven, pero estas montañas en constante movimiento significaban mucho más para ella ahora que sus hijos se habían vuelto parte de ellas.

Se estacionó en el borde del camino, justo pasando Zabriskie Point, una formación geológica de rocas que habían inspirado una escandalosa película a principios de los setenta cuyo escenario no podía comprender: ¿por qué elegir un lugar tan agreste para tener sexo salvaje y correr descalzos y desnudos? Olivia tomó su mochila y comenzó a andar por un sendero angosto que desaparecía y reaparecía a medida que el desierto se reconfiguraba a sí mismo.

Olivia y Félix habían decidido intentar la fertilización *in vitro* al no conseguir embarazarse con ninguna otra clase de método o tratamiento, incluyendo un chamán de Tucumcari, Nuevo México, que dijo haber operado las trompas de Falopio de Olivia sin necesidad de abrirla, y lo demostró enseñándole a Félix una bola de algodón con una gota de sangre después de su supuesta cirugía.

—No cargues nada pesado en los siguientes dos días —le aconsejó.

De los treinta y seis óvulos extraídos de los ovarios de Olivia en el Instituto de Fertilidad de Manhattan Beach, veintidós, los más fuertes, se fertilizaron con el esperma de Félix. De esos, diez no sobrevivieron al tercer día. Doce se congelaron, y de estos, seis se descongelaron y se implantaron en su útero en pares a lo largo de tres años, pero todos terminaron en abortos espontáneos. De los últimos seis embriones que quedaban, dos se volvieron Sarah y Elías, dos eran Diana y Andrea, y los últimos dos seguirían criopreservados indefinidamente en el laboratorio de fertilidad.

Después de tres abortos consecutivos, Félix le rogó exhausto a Olivia:

—¿No podemos olvidarnos de todo esto y solo volver a disfrutar la vida?

—¿Te refieres al sexo? —preguntó ella.

—Sí, sexo. Quiero que volvamos a tener sexo por diversión, pero también quiero todo lo demás. Quiero vida. Esta obsesión me está matando.

—A mí también me está matando, pero tenemos seis embriones esperando en el laboratorio. Hagámoslo otra vez. Una vez más. Por favor.

Olivia pensó en aquellos días, cinco años atrás, cuando después de seis meses de embarazo, los cólicos y el sangrado anunciaron el principio del fin de Sarah y Elías. Ese embarazo era el que más esperanza le había dado, el que más había durado. Incluso se había permitido sentir el optimismo suficiente para comprar cunas y parafernalia de bebés, contrario al optimismo cauteloso de Félix. Pero durante un fin de semana largo en Acapulco, su cérvix empezó a dilatarse antes de tiempo y los fetos contrajeron una infección del agua de mar que se abrió paso hasta su útero. Félix la llevó al hospital local, donde un médico del turno de la noche en urgencias le dio un calmante y un analgésico, y le susurró que todo estaría bien con una voz trémula carente de convicción.

No había camas disponibles ni salas de parto, y Olivia jadeaba recostada en una camilla en pleno pasillo, junto a una mujer ebria que había estampado su coche en una palmera, destrozándose la cara. Sin considerar a los demás pacientes, el doctor llenó un guante de látex con solución salina, como un globo de agua, y lo insertó en la vagina de Olivia.

—Con suerte, el tapón retrasará el parto —dijo.

Luego inclinó la camilla para que Olivia tuviera la cabeza más abajo que los pies, con la esperanza de que la gravedad hiciera lo suyo, impidiendo a los bebés salir. El ángulo le permitía ver la parte de abajo de las camillas contiguas, una de las cuales tenía una bola de chicle pegada a la estructura oxidada. Era esa clase de hospital.

Le tomó varias horas de esfuerzo e intenso dolor. Ningún entrenamiento Lamaze, ninguna epidural, ninguna intravenosa, ninguna esperanza. Con el paso de los años, cuando la agonía fue disipándose, llegó a aceptar el hecho de que no era la única madre en la historia cuyos bebés nacían muertos. Pero aquella noche, en el atestado hospital de Acapulco, creyó que algún ser sobrenatural la había elegido a ella y solo a ella para soportar ese interminable sufrimiento.

La conmoción alrededor de su camilla no había terminado todavía. El médico seguía suturándola y las enfermeras limpiaban apresuradas el área cuando Olivia se dio cuenta de que otra enfermera se había llevado los pequeños cuerpos de sus hijos.

—¡Sigue a esa enfermera y tráeme a mis bebés! —le gritó a Félix.

Él dudó un instante, pero corrió tras la enfermera. Cuando desapareció entre la muchedumbre congregada por el pasillo, sintiendo náuseas a causa de los analgésicos, Olivia cerró los ojos y se cubrió los senos con las manos, suavemente, como si sostuviera unos pollitos que se hubieran caído del nido. Podía sentir la leche en el interior, deseosa de dar vida. Le dolían los pezones, inflamados por el deseo de alimentar. Pero no habría diminutos labios aferrados a ella, no habría niños que amamantar.

En la mañana, cuando despertó, sola, la habían trasladado a una zona más privada, un rincón cerrado con una cortina. Notó un camisón limpio y una bata al pie de la cama. Con un esfuerzo descomunal, se quitó la ropa de hospital ensangrentada y se cambió. Se recostó de nuevo, aún cansada por el esfuerzo del parto, y miró fijamente el techo. Una lagartija se coló por una grieta, como si fuera la dueña del lugar.

—¿Es usted la señora Almeida? —dijo una voz detrás de la cortina que al abrirse reveló a un hombre bajo y pesado cuya guayabera estaba a punto de estallar; cada botón un proyectil en ciernes—. Vengo de la funeraria.

Abrió una caja de zapatos y extrajo dos saquitos de satín rojo, no más grandes que un par de calcetines, cada uno con un listón dorado atado alrededor, y se los entregó a Olivia. Cada uno pesaba no más de unas cuantas onzas.

—No sé cuál es el niño y cuál es la niña. Lo siento mucho.

Olivia tomó los saquitos, suaves y blandos al tacto, como pelotas de estrés, y los guardó en los bolsillos de su bata.

—¿Podría terminar de llenar los certificados de defunción? Nadie me pudo decir cuáles eran los nombres de los bebés. Su esposo no estaba seguro.

Olivia tomó la pluma y escribió Elías en un certificado y Sarah en el otro.

—¿Ya está pagado?

—Sí. Su esposo ya se encargó de eso.

Cuando Olivia le devolvió la pluma, abrazó al hombre de la funeraria como si fuera un pariente querido y lloró en su hombro.

—Ya, ya. —La consoló de un modo profesional antes de excusarse. Tenía que ocuparse del siguiente luto.

Cuando Félix llegó, se recargó contra la cama y secó el sudor de su frente.

—¿Alguna noticia de la funeraria?

—Vinieron a que firmara los papeles —dijo Olivia, pero no mencionó los saquitos que guardaba en su bata.

Ella quería ser la única en tocarlos, en sentir su calidez desvanecerse contra su cuerpo.

—¿Y los bebés?

—Les pedí que se deshicieran de las cenizas.

—Supongo que es lo mejor. Tenemos que seguir adelante. Vámonos a la casa, estoy exhausto —dijo Félix, sobando el hombro de Olivia—. Podemos planear un funeral más adelante, algo pequeño, íntimo. Solo para nosotros.

Ahora, de pie en la cima de la duna en Death Valley, en el preciso lugar donde cinco años atrás había venido en secreto a esparcir las cenizas y los diminutos fragmentos de hueso de sus hijos, Olivia se preguntaba si podría reconfigurar los eventos dándoles otra perspectiva, una realidad distinta, como la arena del desierto, cambiando su historia con el más ligero soplo de viento. Pero no podía. Su historia parecía estar escrita en otra parte del desierto, cincelada sobre bloques macizos en las montañas que rodean el valle. Esos, pensó, no se han movido ni lo harán.

Jueves, 11 de febrero

Al doctor Feldman seguramente le habían reconfigurado y tatuado las cejas, levantado los párpados, y definitivamente le habían puesto una buena dosis de Botox. Esa fue la impresión de Keila cuando se sentó en el sillón frente a él. Había desarrollado un radar para detectar tales procedimientos cosméticos pues sus amigas se habían sometido a ellos en sus años de menopausia y luego lo negaron, así que pudo sacar sus propias conclusiones al ver sus mejillas tersas, su frente brillosa y el rostro inexpresivo. También tenía un trasplante de pelo mal logrado a lo largo de sus incipientes entradas.

Se preguntaba si había sido buena idea elegir aquel terapeuta recomendado por Claudia.

—Ningún otro psicólogo en Beverly Hills hubiera podido sacar a mi amigo Giorgio de su depresión cuando su restaurante perdió su estrella Michelin —dijo Claudia—. Los chefs se suicidan por esta clase de cosas.

Pero ahora, sentada frente al doctor Feldman, se arrepentía de haberse precipitado en hacer la cita. Los psicólogos de las celebridades lidiaban con narcisistas más que nada, no gente como Óscar, con la autoestima desgastada. Debió haber escogido la opción de Olivia:

—Es un *pothead* con inclinaciones budistas, mamá. Te va a encantar. Atiende a sus pacientes afuera, en Echo Park, junto al lago, y después de la sesión les enseña tai chi. Ponte algo cómodo.

Óscar estaba sentado en el otro extremo del sillón, escuchando en silencio las preguntas del doctor Feldman, la primera hecha a rajatabla:

—Bueno, díganme, ¿por qué están aquí?

Una inevitable sensación de importancia inundó a Keila. Era su oportunidad de contar su historia. Podía retroceder, muy, muy atrás, hasta sus ancestros unicelulares, pero dado que tenían el tiempo contado, decidió empezar cuando nació.

—Primero que nada, gracias por recibirnos a última hora —dijo Keila—. Para responder su pregunta, tuve una infancia feliz.

El doctor Feldman no levantó ni una ceja cuando escuchó el comentario de Keila, pero ella presintió que intentaba hacerlo.

—Ya veo que quiere contarme la historia de su vida, pero cuando termine necesito oír por qué está aquí. Está usted en la mira, y no voy a dejar que se me escape —dijo con una media sonrisa, como si tratara de romper el hielo.

Óscar cruzó brazos y piernas, expresando claramente su reticencia a estar ahí.

—Mis abuelos murieron en un campo de concentración en Polonia, pero mis padres evadieron el Holocausto porque los mandaron a México de niños —continuó, ahora dueña del podio—. Eran primos. Los crio una pareja de la sinagoga que no podía tener hijos. No hay muchos judíos mexicanos, así que es una comunidad muy unida. Yo le tenía un gran cariño a la bubbe Myriam. Como yo era hija única y la única nieta, tenía toda la atención y el amor de mis padres y mis abuelos. Se podrá imaginar lo que eso le hace a una niña. La búsqueda de parientes en México, Europa, Estados Unidos y hasta en Argentina, siguiendo pistas que acababan en nada, fue una constante en sus vidas hasta que murieron hace algunos años, con dos meses de diferencia. Nunca encontraron a nadie, a excepción de una tía que reconocieron en una fotografía en el Museo de la Tolerancia.

—Me pude haber casado con alguien de la comunidad judía mexicana. Tenía buenos pretendientes; excelentes, de hecho. Pero me casé con Óscar. ¿Por qué me casé con un católico? Bueno, no era muy católico y yo no era muy judía. Nunca se lo vaya a decir a mis papás. La religión no era un tema para mí. Era el hecho de que Óscar es gringo. Él dirá lo contrario, que es mexicano, aunque haya nacido en Los Ángeles. Pero no estoy aquí para contarle su historia. Yo me mudé a L.A. con él, reacia al principio, consciente de que esto mataría a mis papás, pero la decisión no fue tan difícil. Teníamos un buen matrimonio. Tenemos tres hijas muy lindas. En realidad, todo era lindo, con algunos tropiezos, ¿por qué no decirlo?, pero algo le pasó a Óscar el año pasado. No sé qué. Ahora solo se queda ahí sentado nomás, como ahorita. ¡Mírelo! Es como si alguien le hubiera metido una aspiradora en la boca y le hubiera succionado el alma. Por eso estamos aquí. Quiero descubrir si este matrimonio tiene siquiera esperanza de sobrevivir.

—¿Te gustaría decir por qué estás tú aquí, Óscar? Es Óscar, ¿cierto? —preguntó el doctor Feldman.

Óscar se enderezó en su asiento y pasó un dedo por el interior del cuello de su camisa, como estirando la tela.

—Keila está enojada conmigo —dijo Óscar en una voz apenas audible—. Quiere divorciarse, pero nosotros no nos divorciamos en nuestra familia.

—¿Podrías elaborar?

—No es una opción.

Esas fueron las últimas palabras que Óscar dijo en toda la sesión, acaparada en su mayoría por Keila, que expresó sus propias ideas al respecto de varias maneras.

—¿Por qué perpetuar algo que no está funcionando? La gente cambia. Nuestro tiempo en la tierra es limitado, deberíamos elegir con quién queremos pasar ese tiempo. El divorcio es una opción cuando ya no hay más opciones disponibles.

El doctor Feldman ojeó el pequeño reloj sobre la mesa lateral y le pasó un pañuelo desechable a Keila, quien no estaba consciente de tener una lágrima en la mejilla.

—Me gustaría escuchar más de las razones de Óscar para estar en terapia, pero se nos terminó el tiempo por hoy. ¿Les gustaría volver la siguiente semana? —preguntó, sacando su calendario.

—Sí —dijo Keila.

—No —dijo Óscar.

Cautivo en el coche, Óscar soportó la rabia de Keila mientras la veía maniobrar a través del tráfico de Sunset Boulevard.

—No me hagas perder el tiempo, ni al psicólogo. Si no lo vas a hacer, dilo ya.

—No veo cómo va a ayudar esto.

—¿Tienes una mejor idea?

—Estoy bien, Keila. He estado preocupado por la sequía, como cualquier persona sensata que vive en el sur de California. Eso es todo.

—¿Por qué? Ya reemplazamos los escusados por modelos ahorra-agua. ¡Y mira cuánto tiempo tuvimos la alberca a medio llenar! ¡Y el problema que provocó! ¡Casi perdemos a nuestras nietas! Y ahora Olivia tuvo que encargarse del asunto porque tú no ibas a hacer nada al respecto. Qué vergüenza.

Óscar cerró los ojos y pensó en su última visita a Diana y Andrea. Olivia le había permitido cargarlas; cinco minutos a cada una. Óscar había sentido una vibración casi imperceptible proveniente del pecho de Diana, quizá la actividad de su sistema inmunológico combatiendo las infecciones, su frágil cuerpecito recuperándose lentamente, una buena señal de salud para alguien más, pero no para él. No podía dejar de imaginarse a las niñas en pequeños ataúdes, sin hacer caso del ruido que hacían en sus brazos, demostrando que estaban realmente vivas y bien.

—Están bien y es todo lo que importa —dijo Óscar, contradiciendo sus pensamientos.

—¿Vas a ir a terapia la siguiente semana, o no?

—¿No tienes que estar en México para ver a la gente de la galería?

Para alguien tan abstraído, notó Keila, Óscar estaba bastante consciente de sus compromisos laborales y su agenda de viaje. También mantenía una tabla mental de la temperatura diaria y la humedad en la ciudad, y podía recitarla sin esfuerzo, como si tuviera un barómetro de fábrica en el interior de su cerebro. Keila no había encontrado su ropa interior en el congelador, ni había tenido que salir corriendo a la calle a buscarlo medio desnudo y desorientado. Un temor con el que había estado batallando inconscientemente de pronto saltaba a la vista, pero a partir de estas observaciones sobre el comportamiento de Óscar, sentía que podía descartar: Alzheimer. No podía ser.

—Tienes razón. Agendaré una sesión más adelante este mes.

Hacía mucho que se había puesto el sol sobre Sunset Boulevard, honrando su nombre como todos los días. El atardecer había cubierto con su luz índigo las interminables filas de coches llenos de gente que intentaban llegar a su casa un jueves en la noche, y las hileras de edificios bajos, muchos con letreros parpadeantes de neón de los restaurantes de fast food y sitios de comedia stand-up, o espectaculares inmensos publicitando marcas de ropa, películas y series de estreno, o celebridades sin ningún talento aparente promocionando sus propias marcas de perfumería. Latinos de toda la diáspora —mexicanos, hondureños y guatemaltecos— esperaban el bus en filas vagamente ordenadas, la mayoría camino a un segundo o tercer trabajo. Óscar levantó la vista y reconoció a Venus, el único planeta que se percibía a simple vista y que podía competir con el resplandor permanente de la ciudad en aquel cielo de febrero, y se preguntó si acaso volvería a aparecer una nube sobre Los Ángeles.

Viernes, 12 de febrero
Acababa de amanecer cuando Patricia encontró a Óscar en el cuarto de herramientas que tenían cerca del calentador de la alberca, leyendo el periódico, incómodamente sentado en un banco.

—¡Aquí estás! Te estaba buscando —dijo, dejando sobre la mesa de trabajo una taza de café que le había traído—. Te hubieras puesto tu bata. Estamos a sesenta grados. ¿Quieres entrar a la casa y desayunar conmigo?

Óscar se quitó los lentes para leer, los guardó en el bolsillo de la camisa de su pijama y miró largo tiempo a su hija antes de responder.

—Prefiero leer el periódico aquí, mi chamaquita. No hay ruido.

—¿Estás evitando a mamá?

—¿Qué? No. Claro que no. Me gusta estar a solas para pensar —mintió.

Patricia, decepcionada, le dio un beso en la frente y se dio la vuelta para dejarlo.

—Nada más recuerda que estoy aquí para ti, papi. No tienes que pasar por esto solo, sea lo que sea.

De regreso hacia la casa sintió una molestia en el pecho que interpretó como nostalgia por la calidez de Óscar.

Necesitaba al papá cariñoso que siempre había tenido, pero al mismo tiempo estaba claro que ahora mismo él la necesitaba más a ella, incluso aunque no estuviera listo para reconocerlo.

Domingo, 14 de febrero

Aquella mañana del Día de San Valentín, Claudia se obsequió correr en el Maratón de Los Ángeles. Todos los años elegía tres de las carreras más difíciles y entrenaba religiosamente para correrlas. No importaban las ampollas, al diablo con los calambres en los cuádriceps, al carajo con las axilas sangrantes. Ella corría el Maratón de San Francisco, con sus intimidantes colinas; el Maratón de Big Sur, donde se torció el tobillo en Hurricane Point, y el Maratón de Grandfather Mountain en Carolina del Norte, que era todo de subida. El Maratón de Los Ángeles era fácil en comparación, pero esa mañana, unos veinte minutos después de haber comenzado la carrera, se rindió y se fue a su casa a dormir. Cualquiera que la conociera se hubiera escandalizado. "¿Por qué? Ella nunca se rinde", dirían. Pero Claudia solo volvió a su cama sin pensarlo lo más mínimo.

Martes, 16 de febrero

Si Keila no hubiera heredado el gen artístico (quién sabe de quién, pues ninguno de sus padres podía siquiera dibujar una línea en un papel), nunca habría conocido a Simón Brik, dueño de la consolidada galería de arte Brik

& Spiegel, en la elegante colonia Polanco de la Ciudad de México. Nunca hubiera tenido que escoger entre traicionar a Óscar o no, ante la insistencia de Simón. Pero ahí estaba, en su galería, sentada al otro lado del escritorio, evitando sus ojos profundamente azules mientras él explicaba los detalles de la próxima exposición.

—Podemos irnos por las parejas cogiendo dentro de burbujas de cristal. Es realmente tu serie más potente —propuso él, mirando varias fotografías extendidas sobre el escritorio. Esculturas de cerámica policroma de mayólica, hiperrealistas, de no más de doce pulgadas, que mostraban varias parejas desnudas abrazándose en diversas posiciones sexuales —hombres con mujeres, hombres con hombres, mujeres con mujeres—, y cada pareja quedaba suspendida dentro de un globo de vidrio soplado.

—También tengo la serie anti-cucharita. Es la última. ¿No te gusta? Ve a mi página —dijo Keila, esperando redirigir su exposición hacia una temática menos romántica.

—La vi el mes pasado, cuando la subiste.

Simón dio clic en la página de Keila y la pantalla de la laptop quedó llena de imágenes de esculturas de parejas en cama, dándose la espalda, los ojos abiertos, mirando al vacío, cada uno perdido en sus propios pensamientos.

—Me llama la atención el dramatismo de esta serie, pero ahorita tengo más ganas de cucharear —dijo Simón.

A lo largo de los años, Keila había sido objeto de las insinuaciones de muchos hombres. Había desarrollado una habilidad para resistirlas empleando una cierta guía moral que le funcionaba muy bien: imaginaba a Óscar a su lado. Le daba el poder de expresar una absoluta falta de interés que los hombres rápidamente interpretaban como un "gracias, pero no gracias". Por lo general ahí terminaba la cosa. Simón era el único hombre que había seguido insistiendo. Por veintitrés años. Todavía estaba casado cuando se conocieron en la inauguración de una galería. Al principio la persiguió profesionalmente, invitándola a montar su propia exposición individual en su galería. Luego las cosas empezaron a tornarse más personales. Ella lo paró en seco, pero de vez en cuando Simón exponía de nuevo sus sentimientos por ella y los dejaba sobre la mesa, por lo general en la mesa de algún restaurante, que era el escenario favorito de Keila para encontrarse con él. Neutral. Público. Seguro. La respuesta siempre era no, pero esta ocasión era distinta. Estar peleada con Óscar debilitaba su determinación. Tuvo que imaginar a Óscar besándola en ese momento, aunque hubiera querido que fuera Simón.

—La serie cucharita, entonces —dijo, fingiendo ignorar la obvia insinuación de Simón—. Te las mando el jueves.

Dejó la galería con el corazón estrujado, deseando meterse a la cama y soñar algo, lo que fuera, en lugar de volver a la casa de sus padres, que había heredado y conservado, ahora a su nombre, después de su muerte. Decidió ir al cementerio a visitar sus tumbas. El trayecto de dos horas le dio más que tiempo suficiente para pensar en lo que acababa de pasar en la Galería Brik & Spiegel. Su repentina atracción hacia Simón era una reacción natural dadas las circunstancias con Óscar, pero si iba a seguir con el compromiso de intentar rescatar su matrimonio, tenía que matar esos sentimientos de inmediato.

—¡Aguanta! —gritó mientras estacionaba el automóvil rentado.

El Panteón Jardín, uno de los cementerios más grandes de la Ciudad de México, se había llenado hacía muchos años. "Se agotó el espacio", decía el director a los clientes potenciales, aunque a diario se realizaban nuevos entierros en cualquier rincón disponible, sin malgastar un solo metro cuadrado. Cuando los parientes no cumplían las obligaciones del contrato de perpetuidad, exhumaban los cadáveres y los pasaban a fosas comunes para dar cabida a nuevos inquilinos, muchos de ellos enterrados en ataúdes reciclados que seguían en buen estado. Dentro de las paredes del Panteón Jardín había varios pequeños cementerios, uno al lado del otro, perfectamente divididos por rejas de hierro forjado, que albergaban a los difuntos según su religión u otras formas de afiliación. Keila pensó que en ningún otro lugar era tan patente el hecho de que, incluso después de la muerte, la segregación seguía siendo un problema. Caminó junto a los mausoleos de notables familias mexicanas que todavía se aferraban a títulos de nobleza inútiles y caducos, al lado de hileras de tumbas sencillas, pintadas con colores brillantes y decoradas con vírgenes, crucifijos y flores marchitas en floreros de plástico; pasó el cementerio del Sindicato de Trabajadores de Luz y Fuerza, el cementerio del Instituto Mexicano del Seguro Social y el cementerio del Club Rotario, hasta que llegó al cementerio La Fraternidad, donde se enterraba a los judíos. Abrió la reja y fue directamente hasta el otro extremo. Una piedrita que ella había dejado sobre la lápida de su madre años atrás seguía ahí, intacta. Los cuerpos de sus padres, lavados y envueltos con todo cuidado, yacían pacíficamente descompuestos bajo la tierra en sencillos ataúdes de pino.

"Te dije que no te casaras con Óscar, pero no me escuchaste. Estoy segura de que lo hiciste nada más para lastimarnos. ¡Ni siquiera es uno de nosotros! Nunca va a entender. Y te dije que te iba a llevar a vivir a Los Ángeles. Mira desde hace cuánto no vienes", casi podía escuchar a su madre quejarse. Luego la escuchó lamentarse, como cuando las niñas eran pequeñas: "Ahora tienes tres hijas. ¿Quién te va a ayudar a criarlas? Ya tomaste tu decisión y nosotros solo nos vamos a pudrir aquí hasta morir y luego nos vamos a pudrir un poco más en nuestras tumbas. Pero está bien. Tú ve y vive tu vida sin nosotros. Está bien".

Esa perorata para hacerla sentir culpable no era algo nuevo. De hecho, la mamá de Keila la sometía al mismo discurso cada vez que hablaban por teléfono, incluso después de que las niñas dejaron atrás la adolescencia y se convirtieron adultas, mientras Keila aguantaba estoica al otro lado de la línea. Ahora, sin embargo, en el cementerio, aquella perorata resonaba más. Dolía. Era demasiado tarde para arreglar el abandono que les había impuesto a sus padres yéndose a Los Ángeles, aunque los había visitado varias veces cada año, pero todavía tenía la oportunidad de recuperar lo que había conseguido con tanto trabajo. Su matrimonio con Óscar en contra de los deseos de sus padres pronto se transformó en una familia, la suya. Sucedió con sutileza y sin que se diera cuenta por completo cuando escuchó el primer llanto de Claudia en la sala de parto. A ese momento le siguieron lecciones interminables que le enseñaron no solo cómo ser madre, sino cómo ser una madre en Estados Unidos: ¿Mamá futbolera? *Seguramente quisiste decir papá futbolero. ¿*Por qué tengo que ser voluntaria en el carnaval de la escuela? *Mi mamá ni siquiera sabía dónde* *estaba mi escuela.* ¿Tus amigos vienen a la casa y arrasan con el refrigerador, y ni siquiera saludan? *En México es forzoso tener modales y los padres siempre mandan.* ¿Que tu novio se va a quedar a dormir? *Hasta que te cases, mijita.*

Enfrentar y adaptarse a la forma como la gente criaba a sus hijos en Estados Unidos había sido el mayor reto para Keila y una división infranqueable que la aislaba de las otras mamás. No ayudaba que, en cada nueva situación, ya fuera de la vida académica o social, Keila escuchara en el interior la voz de su madre, dándole instrucciones que contradecían a todos alrededor: *"¡No puede ir a ese campamento mixto! ¡Dios sabe que las hormonas pueden abrir las puertas de cualquier dormitorio y burlar a cualquier consejero supervisando a esos niños!".*

Aun así, Keila perseveró traicionando deliberadamente su propia formación una y otra vez a lo largo de los años de desarrollo de las niñas, hasta que se convenció de que al fin había obtenido el título de Gran Mamá Americana. Pero tal noción solo duró hasta que llegó el momento de que Claudia fuera a la universidad. Era un misterio para Keila por qué había elegido ir a NYU en Nueva York, teniendo tan buenas universidades de dónde escoger en su ciudad natal. Pero lo más importante, ¿por qué cambiar su hermosa recámara con vestidor en Los Ángeles, el afecto cotidiano y el pescado a la gefilte fuera de serie de su mamá por un dormitorio sucio, lleno de cucarachas neoyorquinas, un microondas descompuesto con residuos de pizza quemados y cuatro apestosas compañeras de cuarto con quienes ni siquiera había crecido? No solo eso, como si cuatro años de ausencia no fueran suficientes, justo después de graduarse se había inscrito en una escuela culinaria en algún lugar al norte de Nueva York al que era imposible llegar en avión.

¿Y por qué se fue Olivia a la Universidad de Miami, al otro lado del país para vivir una experiencia similar? Al menos se había beneficiado con un mejor clima que el de Claudia. Si sus hijas hubieran dado un paso más lejos de ella, se habrían caído al océano Atlántico. Solo Patricia se quedó en casa y se inscribió en UCLA para estar cerca del pequeño Daniel. Keila sufría cada vez que otra mamá decía "¡Por fin!" y rápidamente redecoraba la habitación vacía de su hijo convirtiéndola en un estudio o, lo que es peor, una habitación de huéspedes. Y ahí estaba la voz de su madre, "¿Ya ves Keila, Keilita? Ahora vives el mismo infierno que tú nos hiciste pasar". Que sus hijas se fueran a la universidad lejos de ella en efecto había sido su peor castigo por abandonar a sus padres en México. Keila estaba segura de ello y lo había soportado estoicamente.

Se levantó, se sacudió la ropa y dejó el panteón, deteniéndose brevemente en la tumba del ídolo musical Pedro Infante. Seguía siendo tan famoso que todos los años, durante sesenta ya, justo el día de su cumpleaños, incluso si este caía entre semana, la administración tenía que tirar tres toneladas de basura de los fanáticos que le llevaban flores, hacían pícnics, cantaban sus canciones y celebraban. Qué raro es trascender, pensó Keila. En cien años —ni un triste pestañeo en la historia de la humanidad— a nadie le importaría su suplicio ni lo recordaría. Era fundamental permanecer humilde y sencilla. Al ser hija única, se tenía que recordar a sí misma que no todo giraba en torno a ella. Sintió unas ganas terribles de regresar a su casa.

Viernes, 19 de febrero

Patricia desaceleró su Prius y miró la pantalla de su teléfono. Era un mensaje de Eric.

al cliente no le gustó la idea

Esperó a que se pusiera el rojo en el semáforo para contestarle.

Mierda

me tengo que quedar en seattle hasta el lunes. necesito rehacer el estimado

Levantó la mirada para ver si la luz ya había cambiado a verde.

¿Quieres que vuele para allá?

ocupado con el equipo. veámonos un rato el fin de semana en sf o la, si la agenda lo permite

La fila de coches se empezó a mover y Patricia aceleró con el tráfico.

OK. Va.

Escribió el último mensaje manejando a dieciocho millas por hora y guardó rápidamente su teléfono justo antes de que una patrulla pasara a su lado a toda velocidad con la torreta encendida y la sirena aullando. Se sintió aliviada cuando el oficial detuvo a otro conductor. Ya la habían multado por usar el teléfono manejando pero, como cualquier otro angelino, no podía acatar esa ley en particular. Era imposible estar incomunicado durante los largos trayectos en el coche. La regla se tendría que actualizar para cubrir las necesidades cambiantes de la sociedad. Eso, o la tecnología se tenía que apurar para ofrecer los tan anticipados autos que se manejan solos, no solo para la élite sino para las masas; para que la gente se pudiera enfocar en otras tareas mientras iba de un lugar a otro. Esto, por supuesto, no era un concepto tan novedoso para la gente que vivía en ciudades como Nueva York, donde el transporte público había permitido hacer varias cosas a la vez mucho antes del boom tecnológico. Patricia imaginaba un futuro muy próximo en que la transportación se realizaría a través de servicios corporativos, no privados, de flotas de autos sin conductores que uno podría solicitar. Podrías pedir un viaje a través de una aplicación y llegaría un vehículo sin conductor que se adaptara a tu necesidad específica en dicho momento: un pasajero, dos, cuatro o más. ¿Vas a transportar algo pesado? ¿Será una distancia larga, o solo unas cuantas cuadras? Los automóviles particulares serían tan obsoletos como las máquinas de escribir. Los estacionamientos se volverían departamentos, ya que los autos estarían operando 24/7 sin descanso. Se preguntó qué diría Eric de sus ideas.

Eric vivía en el futuro. Disfrutaba de ese instinto ultra-afinado que le permitía predecir las tendencias de consumo para marcas y empresas. Su puesto en Avenir, empresa de tendencia y estrategia que empezó con su mejor amigo de la secundaria, era el de director en jefe de cultura. Su rutina implicaba diseccionar periódicos, revistas y blogs, sin importar lo populares o desconocidos, lo consolidados o nuevos que fueran; hablar con la gente en bares, restaurantes, clubes, escuelas, galerías y eventos; ver televisión, streaming y maratones de contenido digital; escuchar programas de radio; acosar consumidores en los supermercados y pasajeros en los aviones para hacerles preguntas sobre sus hábitos de compra. Dirigía grupos de enfoque sobre toda clase de temas, corroboraba investigaciones en curso y analizaba a la competencia. Luego se reunía con los directores generales de las corporaciones para comentar su visión de lo que vendría. Vinculaba lo que parecían datos sociales al azar, interpretaba comportamientos extraños en el consumidor, discernía patrones que nadie podía ver y aparecía en las salas de juntas de los dueños de empresas de todo el mundo para contarles historias sobre el destino de sus productos y servicios. A veces se involucraba hasta en lo más básico de la operación: por ejemplo, ese día mientras Patricia estaba sentada en su coche, Eric estaba en una junta con un cliente en Seattle, resolviendo algunos detalles de logística para Flying Burrito, una nueva compañía que estaba ayudando a lanzar, la cual entregaría comida rápida a estudiantes universitarios por medio de drones. Eso es lo que Eric hacía.

—Lo veo venir —solía bromear.

Eric y Patricia se conocieron cuando ella asistió a un panel de oportunidades laborales en la industria tecnológica para graduados de UCLA, moderado por él.

—Solo tengan cuidado —le dijo Eric al grupo de mujeres estudiantes cuando se acercaron a hacerle preguntas después de concluido el panel, cuando la mayoría de la gente ya había dejado el recinto—. Los hombres superan a las mujeres en la industria tecnológica cuatro a uno. A las mujeres se les ignora, se les aísla, se les expulsa. No se ve que vaya a mejorar mucho en los próximos años. Ustedes son una nueva generación; espero que puedan cambiarlo.

Quizá haya sido su franqueza, o tal vez la forma como apuntó su enorme nariz francesa directo hacia ella, lo que la hizo invitarlo a un bar.

—No me parece un obstáculo —le dijo Patricia más tarde esa noche después de dar un trago a su mezcal, los ojos fijos en la nariz de Eric mientras él inclinaba la cabeza para permitir que su caballito le rozara los labios—. ¿Tú crees que las mujeres no están listas para pelear esa batalla? Pruébanos.

Deslumbrado por la firmeza de Patricia, Eric le propuso matrimonio dos meses después y se casaron a pesar de la consternación de Keila y Óscar.

—¿Por qué tan pronto? ¿No pueden esperar a ver cómo evoluciona la relación? —preguntó Óscar desconcertado.

—La vamos a agilizar. Va a evolucionar sobre la marcha. Él ya aceptó mi condición más grande, que es que yo me quede en L.A. contigo y con mamá. Puedo seguir criando a Daniel aquí, con su ayuda. Eric francamente no se ve a sí mismo como una figura paterna de todos modos, así que seguirá viviendo en su casa Queen Anne en San Francisco. Le gusta manejar su oficina virtual desde ahí. Yo volaré a verlo los fines de semana. Va a estar bien, papi. No te preocupes.

Patricia se estacionó frente a la casa de Claudia y le envió un mensaje.

Llegué.

¡Voy!

Apúrate. Odio estacionarme en la PCH. Es una pinche pista
de carreras.

Cálmate. Nada más vamos de compras.

Quince minutos después, en los que Patricia solucionó la
emergencia de un cliente, contestó tres correos, se metió en
una audioconferencia de la que primero se había excusado
y añadió una capa de barniz de uñas a su manicure, Claudia
salió de su casa con una bolsa arrugada de Barneys New
York, disculpándose (pero no realmente) por la tardanza.

—No me gusta a dónde va todo esto de mamá y papá
—dijo Patricia mientras aceleraba por la Pacific Coast
Highway—. Apenas se dirigen la palabra, no han agendado
otra sesión con el psicólogo y papá se la pasa vagando por la
casa, o se va en su coche y no vuelve hasta muy tarde.

—Tal vez tiene una amante —dijo Claudia mientras
bajaba la ventana para respirar un poco de la brisa marina.

—¿Por qué dices eso? Nunca ha dado señales de algo así.

—¿Entonces adónde va? Con la tía Belinda encargándose
de las finanzas, solo tiene que ir a la oficina una vez a la
semana.

—Va a un lugar polvoso —dijo Patricia, preguntándose
si aquello acaso era indicador del extraño comportamiento
de su padre.

—¿Cómo sabes?

—He visto el coche sucio. Lo lava en cuanto llega a la
casa. Yo lo vi.

—¡Uy, mira nomás a la pequeña detective! Voy a empezar a llamarte Philip Marlowe —dijo Claudia.

—Yo nomás digo.

—Todo mundo lava su coche por lo menos una vez a la semana —dijo Claudia, como si no hubiera nada inusual en esa práctica, incluso en medio de una sequía—. Una amante, te digo —añadió un par de minutos después.

En la tienda, Claudia fue directamente al departamento de vestidos de diseñador.

—Quiero devolver este vestido —le dijo a la dependienta detrás de la caja, sacando un vestido negro de la bolsa.

Patricia jaló aparte a Claudia y murmuró en su oído:

—¿Que no te pusiste ese vestido para la cena de mis papás hace dos meses?

—Por supuesto que no. Estás confundida, pequeña Marlowe. Tengo muchos vestidos negros —articuló en respuesta.

—Qué vergüenza. Escríbeme cuando acabes.

Patricia estaba familiarizada con el viejo hábito de Claudia de devolver ropa que ya se había puesto. Les dejaba las etiquetas. Se ponía la ropa una sola vez. No usaba perfume. Devolvía todo rápido y lo cambiaba por otra cosa. Solo elegía modelos que costaran menos de ochocientos dólares, de preferencia en Barneys o Bloomingdale's, y nunca, jamás devolvía algo en Neiman Marcus. Para Patricia, este comportamiento era el peor abuso que podía hacer un consumidor, una traición a la confianza de la tienda, y ella estaba de parte de la marca. Se fue hacia el departamento de zapatería para distraerse. Se probó un par de botines Louboutin que había añadido a su tablero de Pinterest. John Varvatos tenía varios muy bonitos.

Finalmente se decidió por unas botas tachonadas Sartore sin agujetas, perfectas para sus pantalones de mezclilla boyfriend. Patricia no era mucho de ir de compras. Sus viajes al centro comercial eran más que nada por trabajo, cuando necesitaba visitar tiendas u observar ciertos hábitos de los consumidores. Cuando quería comprar algo, lo hacía en línea, pero comprar cualquier cosa en el punto de venta era una actividad ideal que le permitía pensar en otras cosas, es decir, el posible divorcio de sus padres. ¿El comportamiento de su padre realmente merecía una retribución tan drástica? ¿O era otra cosa? Hubiera querido que no fuera tan hermético, como un Tupperware. Se propuso descubrir qué era lo que le dolía tanto. Después de todo, *ella* era su chamaquita y consideraba que tenía más oportunidades de éxito que sus hermanas.

Claudia se estaba probando unos lentes cuando Patricia la encontró.

—Te he estado buscando. ¿Qué no ves tus mensajes?

—Aquí estoy, ¿no? Vámonos —dijo Claudia, tomó su bolsa y la bolsa de Barneys del mostrador, y se dirigió a la puerta—. Sabes, que el coche esté polvoso no descarta la posibilidad de una amante —añadió, retomando la conversación que habían empezado antes.

—Ay, ya basta. ¿Cuál es la probabilidad real de que cualquiera de nuestros padres tenga un amante? Y pensé que ya no ibas a devolver ropa usada. Ya habíamos hablado de esto —dijo Patricia siguiéndola al exterior.

—No te metas, Patricia, o no te vuelvo a invitar a ir de compras.

—Uy, qué tragedia. Creo que me voy a perder la emoción de ver a mi hermana engañar a la tienda.

Tan pronto como llegaron a la salida y empujaron la puerta que daba hacia la bahía del valet parking, las rodearon dos guardias de seguridad (que seguramente también trabajaban como cadeneros en algún antro nocturno).

—Por favor venga con nosotros. Se le está deteniendo por robo —dijo el más alto, mirando a Claudia directo a los ojos.

—¡Es ridículo! ¡Soy una clienta frecuente! —dijo Claudia, levantando la voz.

—Tiene un par de lentes en la cabeza que no ha pagado.

Sí, esa era su estrategia. Patricia había visto a su hermana robar lentes antes, baratos, lentes ñoños para leer que ni siquiera necesitaba, en la farmacia. Se los probaba, se los levantaba como una diadema y se probaba otros pares. Luego se iba caminando con sus propios lentes puestos y los robados todavía en la cabeza. ¿Por qué no se había dado cuenta de que tenía dos pares de lentes? De inmediato lamentó no poner más atención a las estafas de su hermana.

—Juro que fue por error —dijo Claudia—. En serio pensé que eran mis lentes.

Ese argumento era crucial, pues liberaba a Claudia de cualquier culpabilidad y la dejaba como una simple compradora distraída.

Sin embargo, llevaron a las dos hermanas a un cuarto donde un joven gerente de traje esperaba en su escritorio, las cejas cuidadosamente delineadas.

—Tiene suerte de que la mercancía que intentaba robar cueste menos de quinientos dólares. Califica como un delito menor, pero aun así tendrá que ir al juzgado y pagar una multa de mil dólares.

—¿Por qué está siendo tan hostil? ¡He comprado en Barneys desde hace mucho, me encanta!

—Pero me temo que usted ya no le gusta a Barneys. De hecho, ya no se le permitirá nunca más la entrada a esta tienda ni a ningún otro Barneys del mundo. Si lo hace, será arrestada —dijo el gerente—. Todo esto se lo van a explicar nuestros abogados.

—¡Con esa actitud van a quebrar! —le advirtió Claudia.

Después de pasar dos horas ahí, donde ambas hermanas fueron registradas y cacheadas por los guardias, interrogadas por el gerente y encerradas hasta que llegó la policía para hacer la denuncia, finalmente las dejaron ir.

—Escúchame —explotó Patricia, ya de vuelta en el coche—. ¡Nunca, en la puta vida, vuelvo a salir contigo si vas a seguir robando!

Domingo, 28 de febrero

Félix seguía poniendo pretextos para no cuidar a las gemelas. Patricia estaba hasta el tope de trabajo. Claudia no era una opción. Keila y Óscar, olvídalo. Una niñera se echó para atrás a la mera hora: *Lo siento, ¡acabo de tirar mi teléfono al escusado!* La otra sí apareció, pero se tuvo que ir en cuanto llegó: *¡Ay, Dios! ¡Mi tatuaje está supurando!* Así que, sorteando otro récord de noventa grados de temperatura a mediados de febrero, Olivia vistió a las gemelas con su mejor vestido, las aseguró en sus asientos en el coche y manejó a través del intolerable tráfico por la 134, pasando los Estudios Universal, los Estudios de la Warner, el Zoológico de Los Ángeles, Glendale, Eagle Rock, directo hasta la casa de Lola.

—Pero ¿quiénes son estas dos preciosidades? —exclamó Lola tan pronto como abrió la puerta—. ¡Pasen! Tengo galletas.

—Venimos a saludar —dijo Olivia—. Quería que conocieras a Diana y Andrea.

Lola se acuclilló para ver a las niñas a su altura.

—¿Tú eres Andrea?

—Soy Diana.

—¡Ah, entonces ella es Andrea! ¿Quién es la mayor?

—Yo —dijeron las dos niñas al mismo tiempo.

Lola sacó unas cuantas hojas de papel y una caja de crayolas, y sentó a las niñas a la mesa para que dibujaran.

—Siempre tengo provisiones para las pequeñas visitas. Las mantiene lejos de la vitrina donde tengo mi colección de muñecas de porcelana —le susurró a Olivia.

—Me fui muy triste la última vez que te vi. En serio pensé que te podía convencer de ayudarme con las gemelas. Ni siquiera me diste una razón.

—No sé si lo entenderías.

—Inténtalo.

Lola sabía que era mejor mostrando que explicando, así que se giró hacia las gemelas:

—¿Quién quiere helado?

Las gemelas gritaron emocionadas.

—¡Vamos a Scoops! —dijo Lola.

La heladería estaba a unos minutos de distancia, pero Lola, en el asiento del pasajero del coche de Olivia, tomó el camino largo, pidiéndole a Olivia que rodeara el barrio mientras señalaba las casas recién remodeladas.

—¿Tienes idea de cuántos amigos he perdido por gente como tú? ¿Ves esa casa? Mi amiga Elisa vivió ahí por años.

La echaron y ahora vive en Victorville, donde le alcanza para la renta. No la he visto desde que se fue.

Pasaron enfrente de otra casa con una fachada moderna.

—¿Ves esa? Era la de mi amiga Rosario. Ahora vive hasta Hemet. ¿Y esa otra de la esquina? Ahí vivía David. Un viejo novio. No lo volví a ver nunca. No es fácil ignorar todo esto y trabajar para ti.

Olivia guardó silencio todo el camino, asimilando el punto de vista de Lola, pero después de pedir el helado y encontrar una mesita para sentarse con las gemelas, dijo:

—Lo entiendo, Lola. No he puesto atención. Yo veo una casa donde otros ven un hogar. Lo siento mucho.

Lola ajustó el babero de Andrea y le dijo:

—No comas tan rápido, mi niña.

Sentó a la pequeña en sus piernas, sacó un pañuelo desechable de su bolsa y le limpió la boca. Luego se inclinó del otro lado de la mesa para subirle las mangas a Diana y limpiar un poco de helado de la mesa.

—Cuidado, preciosa —dijo—. No creo que quieras ensuciar este vestido tan lindo.

Olivia pensó en los incontables momentos en que encontró cariño y seguridad en los brazos de Lola. Primero fueron los raspones en las rodillas, los piquetes de abeja, los juguetes perdidos. Luego fueron las peleas con amigas y las traiciones de los novios, los castigos de sus padres y el constante bullying que Claudia le infligía.

—Yo te voy a cuidar a estas niñas —dijo finalmente Lola—, pero tú me tienes que prometer algo.

—Solo pídelo.

—No vas a remodelar nada al este de La Ciénega.

Marzo

Jueves, 3 de marzo

La promesa de una lluvia sin precedentes en el sur de California, cortesía de El Niño, había mantenido a Óscar despierto toda la noche. Durante el día buscaba en internet cualquier noticia que citara a analistas célebres de la NASA, AccuWeather y The Weather Channel. Todos concordaban con la Oficina Nacional de Administración Oceánica y Atmosférica que marzo seguía siendo demasiado pronto para determinar cuánta agua iba a aportar el fenómeno climático hacia finales de año, pero ya lo estaban llamando el Godzilla de los Niños. En las noches, Óscar bajaba las escaleras en pijama y pantuflas, y se sentaba en el pórtico a esperar las gotas de lluvia; una sola le daría esperanza, pero mientras seguían los meses de sequía, empezaba a preguntarse si el monzón tan anticipado llegaría a suceder.

En sus recurrentes pesadillas todo lo que podía ver era humo; un humo naranja y oloroso, señal de que el fuego estaba cerca y era tiempo de correr por su vida. Esa noche en particular, despertó con un sobresalto, agobiado por una visión de su casa consumida por las llamas; su nieto, Daniel, escapando apenas al colapso de las vigas, rodando por el pasto seco en un intento inútil de apagar el fuego que abrasaba su pijama, su mata de pelo. Esto es lo que significaba la sequía en marzo: incendios en septiembre. Cada planta y árbol era leña en potencia. Intentó calmarse, pero no pudo sacudirse el miedo anticipatorio. Caminó hasta la habitación de Daniel, y verlo dormido plácidamente le ayudó. ¿Qué les esperaba en la próxima temporada de incendios? ¿Su casa en Rancho Verde sobreviviría otro año? Vivir en la interfaz urbano-forestal, la zona donde cohabitaban (¿o colisionaban?) la naturaleza y la ciudad, donde tus cámaras de seguridad grababan a un puma paseando por tu jardín mientras dormías, donde necesitabas meter a tus mascotas adentro de la casa en la noche o podían terminar siendo la cena de una manada de coyotes, donde las aves que anidaban en tus árboles eran halcones y búhos, donde podías encontrar a un venado y su ciervo a unos cuantos pasos de la carretera 405 de ocho carriles, era tan asombroso como aterrador. Óscar no podía dejar de pensar que esta desvergonzada invasión humana era la causa de tanta destrucción.

Siempre que sucumbía así a la desesperanza, recurría a su propio escape: caminó de puntitas hasta la entrada, cuidando no despertar a nadie, subió a su SUV y condujo fuera de la ciudad. Se dirigió al norte por la Interestatal 5 durante dos horas y media, salió de la carretera, tomó una lateral y luego un camino de terracería, en lo profundo del condado Kern. Solo iluminados por los faros de la camioneta, pequeños cúmulos de flores blancas, nubecillas que colgaban de las ramas bajas de los almendros parecían darle la bienvenida en la oscuridad. Se estacionó a una distancia segura de uno de los múltiples apiarios que había visto a lo largo de las hileras de árboles y salió. Traían esas abejas cada año para polinizar justo antes de que empezara la floración. El descanso del invierno había terminado. Pronto las cáscaras de las almendras se endurecerían y las semillas empezarían a formarse. Óscar sabía todo esto porque era dueño de la tierra sobre la que estaba parado. Compró el Happy Crunch Almond Orchard unos años atrás, por impulso, y nadie, ni siquiera Keila —en particular Keila—, lo sabía. Solo la tía Belinda, la hermana de su papá, compartía el secreto, ya que ella estaba a cargo de las finanzas de la empresa, como hubiera querido el papá de Óscar.

En los ochenta, Keila descubrió que Óscar acababa de vender el terreno en Santa Clara a desarrolladores. ¿Por qué no le comentó sus intenciones de venderlo? ¿Le había dado miedo que se opusiera a la idea? ¿O era por el acuerdo prenupcial que la dejaba a ella, su legítima esposa, fuera de su fideicomiso? Para poder heredar, los herederos de la fortuna del gran don Rodrigo Alvarado y doña Fermina de la Asunción Ortega tenían que firmar un acuerdo declarando que sus cónyuges no estarían incluidos en la herencia. Para casarse con un miembro de la familia, el novio o la novia debía estar de acuerdo. Nadie en la familia sabía por qué sus ancestros habían escrito esa cláusula en particular. Algunos especulaban que quizá habían previsto un futuro en el cual la mayoría de los matrimonios no durarían mucho, y en el que su fortuna acabaría finalmente en las manos de las exparejas. Otros no le dieron mucha importancia. Pero para Keila, este requisito había sido una espina desde el principio. Había pasado de cuestionar si acaso era legal excluir a los cónyuges de la fortuna de los Alvarado, hasta acceder a esa demanda ridícula, arcaica, inaudita, como forma de demostrarle a Óscar que lo amaba, a pesar de ser tratada como un miembro de segunda clase en la familia, prueba de que no se estaba casando con él por su dinero.

La omisión de Óscar, si no de comentarlo, por lo menos de informar a Keila su plan de vender el terreno solo la hizo detestar más aquel infame acuerdo nupcial. Fue lo único que la hizo dudar cuando Óscar le propuso matrimonio.

Después de que Keila aceptara que la venta de las tierras había sido en beneficio de la familia y Óscar prometiera incluirla en cualquier decisión comercial en el futuro, este pasó años buscando una oportunidad, pero cada vez que se acercaba a ella con una propuesta para comprar esta o aquella propiedad, Keila lo descartaba rotundamente.

—Tenemos todo el dinero que necesitamos. Podríamos vivir del interés y ni siquiera tocar el capital. ¿Por qué correr el riesgo y tomarnos la molestia de iniciar un nuevo negocio? Ya te puedes relajar. Considérate jubilado.

Como muchos emprendedores, Óscar jamás había considerado el retiro. Siempre se había visto a sí mismo muriendo sobre su escritorio, un hombre de noventa años que a duras penas podía levantar la cabeza o sostener una pluma en su mano temblorosa, los lentes para leer colgando de la punta de su nariz y los dedos cadavéricos y con las uñas largas de los pies sobresaliendo de un hoyo en sus calcetines gastados. Se había imaginado cerrando los párpados por última vez sintiendo la satisfacción de haber multiplicado veinte veces el valor de su herencia. Pero no era tanto por el logro económico. Su intención siempre había sido rendir tributo al legado de sus ancestros, su profundo orgullo y respeto por esta tierra de promesa y posibilidad. Milenios después de que los primeros indígenas californianos se establecieran a lo largo de la costa y hacia el interior, hasta la Sierra Nevada, el abuelo de Óscar, don José, se casó con doña Peregrina, la hija de don Refugio, que había recibido la concesión del rancho de junto, Rancho Peñék, nombrado en honor del legendario felino que habían visto rondando la zona. Ambas familias prosperaban lado a lado, criando ganado y ovejas, y vendiendo cuero y velas. Dos generaciones después, Óscar heredó una pequeña fracción de esa tierra generosa, lo que creía un honor y una responsabilidad fundamental. Estaba seguro de que haría sentir orgullosos a sus ancestros, si tan solo hubieran podido atestiguar su éxito.

Cuando las ganancias de la venta de las tierras en Santa Clara fueron depositadas en su cuenta bancaria, Óscar se acercó a Keila con la idea de comprar casas viejas en Venice y remodelarlas como locales comerciales.

—¿Quién va a querer comprar en Abbot Kinney cuando hay suficientes tiendas bonitas en Wilshire? Es más, ¿quién va a querer rentar un local en Venice, lleno de hippies arcaicos y apestosos, y callejones llenos de sillones abandonados? —respondió Keila rápidamente.

Óscar dejó la idea de los locales comerciales, pero entonces, explorando el concepto aún más, caminó por los canales de Venice y se imaginó un barrio exclusivo, con casas de millones de dólares mirando hacia los canales de agua prístinos.

—¡Estás bromeando! ¿Por qué querría vivir alguien en esos canales, con poco acceso, banquetas deshechas y agua estancada llena de mosquitos y ratas muertas ahí flotando?

Otra oportunidad rechazada por Keila fue la compra de edificios industriales en Culver City para renovarlos como oficinas.

—No hay nada en Culver City, ni siquiera McDonald's. Y los estudios de cine ya tienen sus propios edificios.

Luego fue la fábrica textil en el centro de Los Ángeles que se podía transformar en lofts.

—Estás en L.A., quieres una gran casa bonita, con un jardín y una alberca, no una fábrica de ropa pretendiendo ser un espacio residencial junto a Skid Row. ¿Quieres eso? ¡Vete a Nueva York!

Y finalmente, antes de renunciar a presentarle ideas de negocios a Keila, quien después de todo era una artista y qué iba a saber de bienes raíces, llegó la propuesta de comprar casas en Silver Lake para remodelarlas y rehabilitarlas.

—¿En serio crees que alguien va a mirar por la ventana una presa de cemento enrejada y en vez de eso va a ver un lago, y peor aún, uno de plata?

Ahora, años después, rodeado de hileras de almendros, Óscar caminaba en la oscuridad, arrastrando sus pantuflas sobre la tierra. De pronto se le ocurrió que tal vez no sería capaz de morir orgulloso de su labor. Se arrepentía de haber escuchado a Keila. Con el tiempo, sus ideas de bienes raíces no solo habían demostrado ser buenas, sino visionarias. Si hubiera invertido en todas esas propiedades, habría sido un empresario inmensamente exitoso; sería un verdadero Alvarado. Pero no lo era. En cambio, había comprado un huerto de almendros que había resultado ser un incesante consumidor de agua justo antes de la peor sequía registrada en la historia de California, y ahora todo lo que le importaba era salvarlo sin tenerle que decir a Keila que él era el dueño.

Rompió una varita en una rama, una con pequeños botones a punto de florear, y la dobló un poco para constatar que fuera plegable, una señal de vida. Cuando no se trozó contra la presión de sus dedos, Óscar sonrió, caminó hasta su camioneta y volvió a su casa con una mezcla de renovada esperanza y temor de que Keila se enterara.

Lunes, 7 de marzo

Armados con sombrillas rebosantes de esperanza después de una llovizna matutina sin mayores consecuencias, Olivia, Félix y Lola fueron al consultorio del pediatra, en el hospital, para otra revisión de las gemelas. Las consultas de seguimiento ya no eran tan frecuentes, y esta sería la última relacionada con el accidente de la alberca una vez que el médico las diera de alta.

—Vamos por tacos después —prometió Olivia a las gemelas.

Lola se estaba adaptando rápidamente al hogar de Félix y Olivia —le dieron el cuarto de huéspedes con vistas a la ciudad, horarios flexibles cuando necesitara colaborar en la Asistencia Legal y tiempo libre cuando quisiera, mientras Olivia pudiera cubrirla—, y aunque estaba contenta de ver que su pequeña Olie era ya toda una mamá, Félix le parecía abusivo y arrogante, justo la clase de hombre que siempre había detestado. Si no fuera por su cariño hacia Olivia y ahora hacia las gemelas (que en un instante llenaron su corazón), ya se hubiera ido, de vuelta a Highland Park, y hubiera dejado el negocio de nana.

—Ya vamos tarde —dijo Félix, irritado, mientras seguía una fila de autos rodando lentamente por Vermont Avenue—. Y es tu culpa —regañó a Olivia—. Nunca te puedo sacar de la casa a tiempo. ¿Por qué tenías que cambiar a las niñas de ropa justo antes de que nos fuéramos?

Lola tenía claro que Félix estaba buscando pleito. Uno absurdo, de nuevo, como todos los demás que había presenciado desde el mes pasado que se mudó. Se estiró y tocó el brazo de Olivia. Olivia encontró los ojos de Lola en el espejo retrovisor y supo que no debía contestar la pregunta de Félix.

—Ahí está el Hospital Infantil. Ya casi llegamos —dijo Lola para calmar la situación.

Mientras esperaba afuera del consultorio del pediatra, Lola recordó la promesa que se había hecho a sí misma de siempre defenderse, de nunca ser débil como su madre, sumisa, sometiéndose a la voluntad de su padre. Un macho violento. Quizá era el motivo de que nunca encontrara un marido adecuado. Y ahora ahí estaba, entristecida por ver que Olivia soportaba el carácter y el mal humor de este hombre. De repente sintió una necesidad apremiante de defenderla.

De camino a su casa, Olivia notó en el espejo retrovisor que las niñas estaban en sus asientos hablando con Lola, parte en español, incluyendo unas cuantas palabras en inglés, y otra parte en su propio lenguaje de bebés. Había sido muy firme en educar a las niñas no solo como bilingües, sino como biculturales, con un pequeño toque judío: tacos de carnitas de cerdo de Porkyland —un local de comida mexicana de dueños judíos en El Monte— eran una de sus comidas favoritas; ella, Óscar y Lola les hablaban en español, Keila les hablaba en hebreo o yiddish; en la tarde se escuchaba salsa, merengue, boleros, cumbias y reggaetón por toda la casa.

Cuando Félix se casó con Olivia prometió aprender español, pero nunca lo hizo.

—Haz un esfuerzo. El español no es tan distinto del portugués —decía ella, recordándole qué bien lo hablaba con su madre, allá en Lisboa.

—El portugués es mi lengua materna, como el español es la tuya. ¿Tú por qué no aprendes portugués? —le contestó un día finalmente.

Tenía un buen punto, pensó Olivia. El idioma había sido un tema delicado entre ellos, y por "tema delicado" se refería al precursor de "tema tabú" en el contexto de pleitos maritales. Y justo antes de que se convirtiera en una batalla campal, Olivia decidió dejar de insistir, enfocándose en la educación de las gemelas e ignorando la de Félix.

Miércoles, 9 de marzo
Después de hacer su parada semanal en el autolavado Zen (Claudia amaba ir al cuarto de meditación mientras limpiaban su coche), fue por tacos coreanos. Estaba decidida a nunca comer los elíxires amazónicos desintoxicantes de la kombucha probiótica, los budines de chía con matcha, los licuados de superverduras con kale y cúrcuma, las ensaladas de algas con aguacate masajeado y espirulina inca, los panes sin gluten, los omelets insípidos de espinacas y claras de huevo, las barritas —Dios nos libre— de proteína o lo vegano "no sé qué seas, pero pretendes ser otra cosa", digamos carne o queso, omnipresentes en Santa Mónica, Westwood, Culver City, el Westside, Venice, Silver Lake, Echo Park, Silicon Beach, Koreatown, West Hollywood,

Los Feliz, Brentwood, bueno, bien podría decir "en todas partes". Por mucho que esos clichés culinarios tuvieran adeptos entre ciertos angelinos (Patricia, por ejemplo), la realidad del paisaje gastronómico de la ciudad incluía ingredientes como orejas de jabalí, mollejas de codorniz, testículos de cabrito, pulpo en su tinta, huitlacoche, escamoles, chapulines fritos y sal urbana de Palos Verdes. Claudia integraba en sus recetas cualquier hierba y especia que encontraba y olía con placer, sin importar que fuera parte del repertorio mexicano o no, ya que no sentía la necesidad de acatar la autenticidad a la que otros chefs se sometían en distintas partes del mundo. Granos de paraíso, asafétida, hojas de limón kaffir, hoja santa, chiles pasilla, achiote, chepil o epazote; Claudia tenía todo lo que pudiera imaginar. Con tantos mercados, contrabandistas y proveedores de especialidades, no había nada fuera del alcance de un chef. Excepto *foie gras*, una extravagancia decadente.

—Hay límites en cuanto a condonar comportamientos inhumanos. Ni los gansos ni los patos merecen tal crueldad solo para que la gente pueda disfrutar su hígado asquerosamente repleto de grasa —les decía a otros chefs.

Por fortuna, el gobierno ya había prohibido su venta (intermitentemente con los años, pero bueno). Después de todo, esto era California, y ella respetaba las leyes (a veces).

Para cuando llegó a Vermont Avenue —donde casi todos los letreros comerciales estaban escritos en coreano y español— juró nunca usar tales palabras inexactas y trilladas como "fusión", "global" o "local", "sincrético", "nicho", "asimilado", "mezcla" y, la peor de todas, "gastronomía californiana", que era tan amplia y tan manoseada que ya no significaba nada. En su eterna búsqueda de los mejores alimentos sin importar la tradición culinaria, explorando la vasta cornucopia a su disposición, se había dado cuenta de que en los restaurantes manejados por parejas en locales dentro de pequeños centros comerciales se encontraba la mina de oro de la exquisitez. ¿Por qué? Porque los operaban inmigrantes. Habían traído los sabores de su tierra en maletas y los añadían al experimento gastronómico interminable que se daba a diario en Los Ángeles. Claudia amaba observar, pero, sobre todo, participar en la superposición frecuente de distintas gastronomías, dando como resultado un continuum infinito de delicia y sorpresa. Multiplícalo por más de ciento cincuenta países, y tienes la cocina angelina.

Claudia había considerado poner un camión de comida, pero en cambio creó un programa de televisión y un negocio de banquetes. Había organizado experiencias culinarias temporales con un lleno total en locales emergentes siempre que encontraba alguno adecuado, pero vertía su pasión más que nada en el programa de cocina, y al diablo con las estrellas Michelin.

Dejó su coche con el valet y se sentó en la mesa más alejada, su lugar preferido cerca de la cocina (para percibir mejor los aromas que se colaban hacia el comedor), y pidió los típicos tacos de costilla, con kimchi. Hizo a un lado la servilleta —de acuerdo con Keila, quienes realmente disfrutaban la comida, los verdaderos foodies, no las usaban; se lamían los dedos— y reacomodó los condimentos en la mesa, un hábito suyo. Pero cuando la comida llegó, Claudia estaba dormida, con la cabeza descansando sobre la mesa, junto a la salsa Tsang para freír y la de bulgogi.

Jueves, 10 de marzo

Evitarse en la casa se volvió una clase de deporte sin contacto. Si Keila estaba en la cocina, Óscar se iba a la sala. Si Óscar estaba en el jardín, Keila se quedaba en el interior. Si se cruzaban en la escalera, se daban la espalda para pasar, como hace la gente en los angostos pasillos de los aviones. Óscar se había rehusado a mudarse a otra habitación, así que Keila ponía una almohada entre ellos en la noche, como una barrera, un símbolo de su Huelga de Piernas Cerradas. En la mesa, Keila le decía a Patricia, sentada a un lado de Óscar, cosas como:

—Por favor dile a tu papá que me pase la sal.

—¿Así es como van a arreglar su matrimonio? —preguntaba Patricia, irritada. Pero ninguno de sus padres le contestaba, aparentemente atrapados en su rutina.

Casi siempre, Óscar se iba al Happy Crunch Almond Orchard y volvía hasta muy tarde. Si se quedaba en casa, Keila salía a hacer interminables encargos por todo el barrio, quedaba para comer con sus amigas del club de lectura o se hacía tratamientos de spa en el gimnasio.

Esa noche, acostada, Patricia observó cómo el ritmo de la casa era distinto y se preguntó si estaba siendo testigo, en primera fila y en tiempo real, de cómo implosionaba el matrimonio de sus padres. Enterró la cara en la almohada y lloró.

Viernes, 11 de marzo

A Félix se le olvidó que era cumpleaños de Olivia. Ella no se lo recordó.

Domingo, 13 de marzo

Óscar tenía dos relojes. El bueno y el que usaba siempre que viajaba con Keila.

—Si me asaltan, no me dará pena perder esta baratija —decía, orgulloso de ser más astuto que los ladrones.

Esa mañana, ajustó ambos relojes al horario de verano, deseando poder adelantar las manecillas hasta la época de cosecha y saltarse la complicación de tener que regar sus almendros durante los meses de calor.

Se fue hacia el cuarto de herramientas junto al calentador de la alberca —en la actualidad un pedazo de chatarra inútil ahora que no había alberca que calentar— y se sentó en la mesa de trabajo para estudiar y prepararse. Al día siguiente iría a la Feria de la Almendra donde había mucho que aprender.

Lunes, 14 de marzo

A primera hora de esa fría mañana, a sesenta y dos grados, Óscar tomó la carretera 33 en Lost Hills, donde se llevaría a cabo la Feria de la Almendra, patrocinada por la Extensión Cooperativa de la Universidad de California. Armado con un abrigo, un sombrero, bloqueador y buenos zapatos para caminar, estacionó su SUV y se abrió camino entre las filas de almendros en plena floración hasta donde se encontraba el grupo de productores ya escuchando las pláticas de los expertos sentados en sillas plegables. Se trataba de profesores de UC Davis y conservacionistas de suelos. ¿Él? Él era un buen estudiante; ejemplar, si es que alguien preguntara. Mientras escuchaba a los panelistas desarrollar temas altamente técnicos, como la polinización integrada de cultivos, o las últimas investigaciones sobre abejas azules de huerto, se dio cuenta de lo mucho que había aprendido sobre almendros desde la primera vez que pisó la tierra donde hoy era el Happy Crunch Almond Orchard, y lo mucho que aún no comprendía. Recordó cuando, años atrás, buscando una propiedad para comprar en LoopNet, una página web de bienes inmuebles comerciales, se topó con un huerto de almendros en venta. Las demás opciones que había considerado eran propiedades dentro de la ciudad: edificios de oficinas, complejos de departamentos, ideas interesantes, sí, simples oportunidades de negocios, pero nada hizo que le brincara el corazón. Sin embargo, cuando vio las fotografías de hileras de almendros en flor sintió una inesperada cercanía con su abuelo mexicano, Papá José, y con su abuela, Mamá Peregrina. Imaginó la suciedad debajo de sus uñas, la piel bronceada, las manos callosas de tanto trabajar la tierra. ¿Cómo no iba a ser su misión este huerto? Lo compró en cuestión de semanas y no solo empezó su nueva empresa —una forma de vida natural para un verdadero Alvarado—, sino un secreto familiar que le desgarró el corazón a la mitad: el ventrículo izquierdo lleno de alegría, el derecho de miedo.

Cuando el panel terminó y los productores aplaudieron y se acercaron a los expositores para hacerles preguntas, Óscar se revisó las uñas y ahí estaba: tierra.

Martes, 15 de marzo

¿Destruirlos? ¿Donarlos a la ciencia? ¿Criopreservarlos? ¿Darlos en adopción? La carta del laboratorio de fertilidad llegó un día en que Olivia estaba entregando una casa que acababa de remodelar en Montecito y sucedió que Félix abriera casualmente el correo. Era un aviso de rutina que enviaban cada dos años a las parejas con embriones almacenados ahí para saber si su decisión había cambiado desde su autorización original. La demanda era alta en estos días. Los laboratorios podían dar un mejor uso a los embriones guardados vanamente en el congelador. El turismo de fertilidad había aumentado en países donde la fertilización *in vitro* era ilegal. Parejas desesperadas llegaban a California para adoptar embriones y hacer el implante, volviendo a su casa con la promesa de una familia. Conforme avanzaba el campo de la genética humana, la gente con enfermedades hereditarias ahora podía elegir adoptar embriones con genes más sanos y evitar transmitir enfermedades a su descendencia.

Cuando Olivia llegó a su casa esa noche, Félix le presentó las opciones con su decisión final:

—Destruirlos, por supuesto.

—De ninguna manera vamos a matar a nuestros últimos dos embriones. Son bebés como Diana y Andrea en proceso de gestación.

—¿Y cómo planeas gestar esos bebés?

Las palabras hirientes de Félix la enviaron de vuelta al día en que Diana y Andrea nacieron. Placenta percreta es el nombre que le dieron a su condición. Con treinta y dos semanas de embarazo, sin poder continuar hasta término, la llevaron de emergencia al hospital por una hemorragia severa. Las dos placentas que envolvían a sus bebés habían formado cientos de venas y se habían adherido al útero, provocando ramificaciones intrincadas en todo su sistema reproductor, como las raíces sedientas de un árbol, y habían llegado hasta la vejiga. Era la respuesta de su cuerpo a cuánto deseaba aferrarse a sus hijas.

La cesárea se convirtió en una película de terror, con médicos y enfermeras bañados en sangre, instrumental quirúrgico volando por todas partes, gasa tras gasa que iban a parar a bandejas que eran reemplazadas con gran rapidez, y un montón de indicaciones a gritos y groserías. Tan pronto como Diana y Andrea salieron de su vientre, Olivia perdió el conocimiento y no supo que había dado a luz un par de gemelas sanas hasta seis días después. Se llevaron apresuradamente a las niñas a la cuna para estabilizarlas mientras el doctor retiraba el útero de Olivia. Donadores de sangre hacían fila, en su mayoría miembros de la familia con el mismo tipo de sangre, y unos cuantos visitantes más que recibían luego sándwiches de pollo y jugos, y se iban a sentar en la sala de espera para recuperarse al mismo tiempo que el médico intentaba salvar a Olivia. Para la décimo tercera hora, el doctor se rindió en su carrera para cauterizar cada vena y detener el sangrado, y le pidió ayuda a un equipo de gastroenterólogos que se preparaba para realizar una cirugía de bypass gástrico en un quirófano aledaño.

Después de varios días en estado crítico, Olivia finalmente pudo ver a sus hijas.

—No puedo pensar en un momento más feliz en mi vida —le dijo a Félix con los ojos llenos de lágrimas tan pronto como la enfermera se llevó a las bebés de vuelta al cunero.

Félix negó con la cabeza, incrédulo, pensando en los detalles dolorosos y espeluznantes de lo que Olivia había padecido, y como hombre se sintió repentinamente estafado por la naturaleza al no tener la capacidad de concebir.

Ahora, sosteniendo la carta del laboratorio de fertilidad en su mano, Olivia se dio cuenta de que Félix tenía razón cuando dijo crudamente:

—Sin fábrica no hay producto.

¿Cómo iba a tener más hijos si en su vientre solo había un hueco imposible de llenar?

Félix irrumpió en sus pensamientos, trayéndola de vuelta a la carta del laboratorio de fertilidad que tenía en la mano.

—Estoy harto del drama que nos ha traído nuestra paternidad. Abortos espontáneos, fetos muertos, cirugías, tratamientos. ¡Se acabó!

—¡Pero mira lo que *sí* tenemos! ¡Dos hermosas niñas! ¿No valió toda la pena?

—Mi decisión no te debería sorprender. Sabes qué pienso de todo esto. Esos embriones no tienen posibilidad de todas maneras.

Sacó una pluma de su bolsillo, tomó la carta de manos de Olivia, marcó la opción de destruir los dos embriones restantes que tenía el laboratorio en criopreservación, firmó al final de la página y deslizó la carta sobre la mesa de la cocina para que Olivia la firmara encima de su nombre.

—No la voy a firmar. Tomamos la decisión de preservarlos cuando empezamos el tratamiento y no voy a cambiar de opinión ahora.

—Esta carta se va a quedar aquí, en esta mesa, hasta que la firmes.

Era la misma mesa donde se habían dado incontables conversaciones entre Olivia y Félix. Testigo de su angustia y su desesperación por formar una familia, la mesa permanecía en un rincón adyacente a la cocina, soportando llantos, puñetazos, risas y gritos con el paso de los años. La expectativa antes de un resultado, la decepción que le seguía, el hartazgo rebotando de un lado al otro de la mesa, como una pelota en un juego de tenis. Para cualquier otra persona, era solo una típica mesa de teca con cuatro sillas, moderna, de mediados del siglo XX, diseñada por Hans Olsen en los años cincuenta. Hermosamente redonda. Bien conservada. Apenas y un rasguño. Con el tiempo se habían hecho muchas réplicas, pero esta era original. Olivia la había descubierto durante una de sus excursiones frecuentes a tiendas de segunda mano por toda la ciudad con el fin de ver qué sorpresas encontraba. La reconoció de inmediato, la compró por casi nada y se regocijó todo el camino de regreso a su casa, con las sillas que a duras penas cabían en el asiento trasero de la camioneta y la mitad de la mesa sobresaliendo por la puerta trasera abierta. Pero se sabe que los objetos pierden su significado, y esta mesa era ahora un paisaje de discordia.

—Deja la carta ahí. Ya veré cuando esté lista —dijo Olivia, y salió de la cocina golpeándose accidentalmente la cadera contra la barra.

Una vez en su recámara le escribió un texto a Patricia:

Te necesito.

Patricia iba en un vuelo de regreso a Los Ángeles para tomar algún trago con Eric y coger en su hotel usual, justo afuera del aeropuerto, antes de que él tomara un vuelo a San Francisco más tarde, así que no vio el mensaje de Olivia hasta ocho segundos después de que las llantas del avión tocaran la pista.

¿Qué pasó?

Félix se quiere deshacer de los embriones.

¿Puedo ir más tarde?

No. Está aquí. Mejor paso mañana después del trabajo.

Durante la hora feliz —Negroni para Eric, mezcal para ella— Patricia siguió pensando en Olivia, y también mientras hacían el amor. Pero hacia el final, con el interior de sus muslos presionando las orejas de Eric, y justo antes de que sintiera lo que más tarde calificó como un orgasmo monstruoso, dirigió sus pensamientos de Olivia a Benjamín, su cliente de Target. Esta indeseable visión se estaba volviendo más frecuente, sobre todo cuando se estimulaba el clítoris. ¿Por qué se metía la imagen de Benjamín en su vida íntima con Eric? Ni siquiera era una imagen sexual, solo destellos de Benjamín golpeteando la mesa de la sala de juntas con los dedos, o Benjamín viendo su teléfono y escribiendo con los pulgares, o Benjamín mirando a Patricia a los ojos, diciendo "Tienes toda la razón". Lo sacó de su mente y se concentró en el momento. Su tiempo con Eric era un lujo tan escaso, que tenía que maximizar cada minuto con él. Durante su rutina después del sexo se acurrucó en sus brazos. No era el momento adecuado para encontrar huecos en sus agendas y tratar de coincidir en alguna parte, pero lo hicieron de todos modos.

—Quiero decirte algo que me ha estado rondando la cabeza —dijo Patricia.

Eric se puso la camisa y buscó sus pantalones.

Patricia se sintió obligada a revelar sus pensamientos sobre Benjamín, pero en cambio dijo otra cosa, una sospecha que había estado alimentando por algún tiempo.

—Creo que Daniel es gay.

—¿Estás segura? ¿Cómo sabes?

—No sé. Solo supongo.

—¿Ha dicho algo sobre ser gay?

—No. Ojalá lo hubiera hecho. Parece más irritable e inquieto, incluso cansado. Se queja de que un niño en la escuela lo llama "Bean Queen" por ser mexicano y gay. Tengo el nombre del niño y le dije a la maestra Rodríguez. Exigió que le escribiera una carta a Daniel disculpándose, pero Daniel sigue mal. ¿Qué opinas? ¿Cómo toco el tema?

—Qué bueno que acusaste a ese estúpido niño. No soporto los comentarios denigrantes. Pequeño cabrón. Lo debieron haber suspendido.

—Ya sé. Imbécil.

—En cuanto a Daniel, si quieres mi opinión, me parece sano que todos en tu familia estén abiertos al tema. Pregúntale directamente. No sé.

Patricia había esperado que Eric le diera un poco más de apoyo moral. Pero lo que solía recibir en cada ocasión eran palabras cortantes sobre cómo llevar su relación con Daniel: "¿Dónde está su tarea? ¡Lo dejaste jugar videojuegos otra vez!".

Con el tiempo, Patricia se había vuelto consciente de la incapacidad de Eric para involucrarse emocionalmente, en particular respecto a Daniel. Tal vez era resultado de la estricta educación francesa que había recibido en el Lycée Français, siempre enfocada en enfatizar los fracasos en lugar de alabar los logros. Lo opuesto a lo que ellas habían experimentado en su colegio Montessori.

—Eso pensé también —dijo Patricia, resignada.

Le dio las gracias a Eric, y después de un abrazo y más besos, Eric se subió al autobús del aeropuerto y Patricia se fue a su casa con ganas de recibir más de su marido, pero sin ser capaz de señalar exactamente qué.

Miércoles, 16 de marzo

El lugar más preciado de la casa estilo neocolonial español de los Alvarado era la sala, diseñada para recibir grandes cantidades de invitados que se hundían alegremente en los cómodos sillones salpicados de cojines de distintos tamaños y texturas. Una pequeña colección de arte latinoamericano y chicano decoraba las paredes. Entre los favoritos de Óscar estaban una pintura de Linda Vallejo y un pequeño dibujo de Carlos Almaraz, pero lo que más destacaba eran las piezas de arte creadas por Keila: parejas enamoradas, parejas sufriendo, todas en cerámica policroma de mayólica. Pero Olivia y Patricia no estaban sentadas en la sala esa noche. Preferían la barra de la cocina, encaramadas en bancos, las dos tomando cerveza directamente de la botella.

—No la firmes, solo déjala donde está. Lo olvidará y un día ya no va a estar la carta.

—Imposible. Va a insistir hasta que me caiga muerta de viejita.

—No te puede obligar a destruir los embriones y no puede tomar una decisión unilateral. Si no estás de acuerdo, necesitas un abogado.

—¿Qué? ¡No! Es mi marido. Quiero que podamos ponernos de acuerdo entre nosotros, pero temo que no va a ser posible. Lo mejor que puedo hacer es procrastinar. Sí dijo que me esperaría. A lo mejor cambia de parecer algún día.

Patricia asintió indecisa.

—Mira, lo único que quiero es conservar los embriones, dejarlos donde están. Son una posibilidad, una promesa —continuó Olivia.

—No es que apoye a Félix, pero su punto es válido. No hay mucho que puedas hacer ya, después de lo que pasaste con el nacimiento de Diana y Andrea. ¿Para qué conservarlos?

Olivia guardó silencio un momento. Jugó con la tapa de la cerveza y miró por la ventana sin advertir que el sol, en su acto diario de ocultarse, acababa de pintar todo de naranja.

—Son míos —dijo, fuerte, firme, para que el mundo entero la escuchara.

Patricia se dio cuenta de que Olivia no iba a ceder.

—Si esa es tu decisión definitiva, ¿cómo puedo ayudar? —preguntó después de un largo silencio.

—Solo abrázame.

Patricia se inclinó hacia Olivia y la rodeó con sus brazos.

—Siempre, hermanita.

Y con ese abrazo vino a la mente de Patricia el recuerdo de tantos calendarios familiares llenos de color que habían pegado en el refrigerador año con año para anotar las idas y venidas de todos. El calendario de gatitos, el calendario de perritos, el calendario de Provenza, el calendario de personajes de Disney, todos temáticos, exhibiendo distintas imágenes cada mes. Patricia cayó en cuenta de que había un vínculo muy fuerte con Olivia, lo que la hacía sentirse esperanzada respecto al resto de la familia. Pensó en el compromiso de sus padres de intentar reparar su matrimonio, pero no podía hablar de ningún esfuerzo patente. Y justo cuando su esperanza empezaba a disolverse, Keila entró a la cocina buscando unas tijeras para cortar los listones de las canastas de Pascua que estaba haciendo y descubrió a sus hijas en pleno abrazo.

—¿Qué pasa?

—Félix y yo nos peleamos —dijo Olivia, medio gimiendo. Nunca se atrevería a preocupar a su familia con detalles del comportamiento impulsivo de Félix y sus reacciones desagradables que por fortuna nunca habían llegado a convertirse en un delito de agresión física.

—Ningún hombre merece tus lágrimas —dijo Keila.

—Es mi esposo, mamá. Y no es la primera vez que lloro por él.

—Solo intento apoyarte. Está bien si sientes la necesidad de rechazar mis consejos. No merezco tu confianza —dijo, pensando en el accidente de las gemelas.

—Mamá, por favor, esa es una situación completamente aparte. Enfócate en el dilema actual: Félix quiere deshacerse de los dos embriones sobrantes.

Todavía un poco herida por no escuchar a Olivia decir que ya había recuperado siquiera una migaja de confianza en su madre, y al mismo tiempo comprendiendo la crisis en cuestión, Keila ofreció tímidamente:

—¿Por qué? ¿Es por el dinero? Pensé que tú estabas pagando el almacenamiento.

—Sí, no es eso. No me importa el dinero. Solo está harto del problema. Cree que todo este proceso dañó nuestro matrimonio.

—Entiendo por qué quieres conservar indefinidamente los embriones. Me puedo imaginar tu dolor ante la idea de destruir dos personitas potenciales. Me sorprende que Félix no lo entienda. ¡Son cincuenta por ciento suyas! —dijo Keila, intentando superar el repentino arrebato provocado por la culpa.

—Empiezo a pensar que todo está perdido. Estoy tan cansada de pelear. Discutimos por cualquier cosa desde que nacieron las gemelas.

—Siempre hay una razón, pero a veces no la vemos —dijo Keila, tratando cautelosamente el tema para no alterar aún más a Olivia.

—Sé cuáles son las razones, pero me refiero a que no son tan terribles como para justificar un pleito enorme. Nos peleamos por decidir a qué escuela irán las niñas, el color de las cortinas de la recámara, qué días tiene Lola libres a la semana, si uso la toalla que está junto a la regadera o si me peino de chongo. Cedo la mayor parte del tiempo, y estoy exhausta. Ven, mamá. No nos hagamos daño.

Olivia extendió los brazos y Keila se unió al abrazo. Para un desconocido, estas tres mujeres podrían parecer una bola de queso Oaxaca de compasión, enrollada y bien apretada, pero para Keila, el gesto era una demostración vívida de su profundo amor maternal por sus hijas. Sintió un fragmento de esperanza de una reconciliación, un primer paso hacia el perdón. Pensó que una futura serie de esculturas podía representar este preciso momento de solidaridad familiar, un nudo de brazos, piernas y torsos exudando amor, y se le ocurrió un concepto para crear un par de piezas en gres.

—Sé que encontrarás la manera de resolver esta situación con Félix. Tu mente brillante ya está en ello. Puedo oír los engranes girando en tu cabeza. —Cambió el tema para alivianar el momento, y dijo—: ¿Vienen todos a buscar huevos el domingo de Pascua?

¿Cómo se lo iban a perder? Celebrar la Pascua era una de sus tradiciones más preciadas. Por lo general se saltaban la misa y se iban directamente al almuerzo con champaña y la búsqueda de huevos de chocolate en su jardín, esta última, según Daniel, la mejor parte.

—Intenté llamar a Claudia para ver si puede traer el postre, pero no me contestó. ¿Saben dónde está?

—En Barneys seguro que no —dijo Patricia.

Viernes, 18 de marzo
Cuando Óscar llegó a Happy Crunch Almond Orchard, Lucas, su mano derecha, lo esperaba bajo la sombra de un árbol.

—Qué bueno que viniste a ver a los apicultores llevarse las colonias —dijo Lucas, señalando con la mirada a cuatro hombres cargando colmenas en un camión, no muy lejos de donde estaban.

—Por supuesto. Si pudiera, le daría las gracias a cada abeja antes de despedirlas.

—Se las van a llevar a Idaho este año. Vuelven a California en noviembre.

Lucas había trabajado en el huerto junto con sus primos Mario y Saúl, Los Tres Primos, como les llamaban, desde que Óscar comprara el terreno. Llegó años antes desde Tulancingo, en el estado de Hidalgo, en el centro de México, una ciudad famosa por ser el lugar de origen de El Santo, el legendario luchador enmascarado. Lucas inmigró joven y optimista, sin saber nada y siendo dueño de menos, y gracias a su determinación de tener éxito se había convertido en una autoridad en todo lo relacionado con la agricultura. No solo Óscar, otros vecinos productores buscaban su consejo.

—Van a querer el resto del dinero cuando terminen —dijo Lucas.

Óscar sabía que, cuando cobraran el cheque que estaba sacando de su billetera, se quedaría prácticamente en ceros. Necesitaría conseguir otro préstamo. Se limpió el sudor de la frente y le dio el cheque a Lucas.

—Espero que sea la cantidad correcta. Ten, tú págales por favor. Asegúrate de que te den un recibo.

Óscar no se esperó para ver a las abejas emprender un nuevo viaje. Se subió en su camioneta y manejó de vuelta a Los Ángeles, imaginando el desastroso escenario de quedarse sin dinero y no ser capaz de pagarle a Lucas, a Mario o a Saúl, sus muchachos, su equipo, su gente querida.

Domingo, 20 de marzo

Cuando conoció a Gabriel, Claudia no se sintió tan tremendamente fascinada por su cuerpo cincelado en el gimnasio ni por sus excepcionales habilidades entre las sábanas, como por su profesión. Se presentó ante ella como un cazador de historias, desatando en su imaginación mundos de descubrimientos y espionaje cultural que ella nunca había pisado, mucho menos habitado. Como chef, vivía más que nada en la cocina, entre ingredientes, ollas y sartenes, lidiando con cocineros masculinos en espacios reducidos, blandiendo cuchillos filosos y gritando palabrotas en español. Pasaba horas cubriendo eventos de *catering*, grabando su programa de televisión y escribiendo recetas para sus libros de cocina. Siempre había considerado emocionante su trabajo, pero cuando Gabriel le describió lo que hacía, Claudia concluyó que esa profesión era la más exótica que había oído, incluso más que los exploradores del ártico, los astronautas y los acróbatas de circo. Gabriel percibió su interés y lo usó a su favor durante el breve tiempo que salieron para convencerla de casarse. A cualquiera que lo escuchara le parecía engreído y presuntuoso, pero no a Claudia, que se enamoró de él enseguida.

—Lo más poderoso que la gente puede comercializar, más valioso que el oro o la painita, es una historia chingona —le dijo a Claudia en su primera cita.

Su discurso fue el siguiente:

—*Scout* literario es un título incompleto. Mi trabajo es buscar, encontrar y negociar historias entre autores y estudios de cine, cadenas de televisión, plataformas de streaming y editores. Sé que las mejores historias pueden estar en una librería de segunda mano en Praga, o en el ático de algún difunto escritor de Mississippi, o en el pasado de una YouTuber famosa, o incluso en el recuerdo borroso de un viejo héroe de guerra cayendo en la demencia. Mi trabajo es ser en parte detective y en parte antropólogo cultural. Soy espía, investigador, negociador, marco tendencias, me muevo en sociedad y me encargo de cerrar el trato. Por eso tengo este nicho de una sola persona. Yo proveo al mundo las historias más brillantes de aventuras cargadas de adrenalina inventadas por escritores, acosadores, hackers y personalidades extrañas, que luego producen y comercializan los estudios y publican las editoriales, quienes se acercan a mí con ofertas anticipadas. Yo tengo el poder de convertir el sueño de algún creador desconocido en cien episodios para televisión redifundidos globalmente en sindicación. Puedo encontrar un guion escrito en alguna escuela de cine y convertirlo en un éxito de taquilla. Por eso tengo la puerta abierta de cada ejecutivo de Hollywood y editor de Nueva York.

———

Durante los tres años que llevaban casados, Gabriel había encontrado historias que se habían vuelto éxitos improbables, como la voluminosa y fascinante trilogía de ciencia ficción escrita y autopublicada en línea por un joven y desconocido autor mexicano que se había enseñado a sí mismo a escribir en inglés. Los libros se transformaron en películas que rompieron todos los récords de taquilla, y ya se estaba desarrollando una muy anticipada serie derivada de la historia. En una fiesta de los Óscar, para la que Claudia usó un vestido Chanel que devolvió intacto a la tienda al día siguiente (no le cayó ni una gotita de champaña), se dio cuenta de que Gabriel era una celebridad por mérito propio y que varias personas estarían felices de sacar algo de él, hombres escalando puestos en Hollywood, pero en particular una rubia con senos operados que se le salían del escote. Y, por cierto, ¿el vestido que traía la güera esa no era un Valentino del año anterior? No era precisamente vintage, y eso le dio a Claudia seguridad en sí misma; aun así, como medida preventiva contra una posible invasión hostil, no soltó la mano de Gabriel el resto de la noche, excepto cuando tuvo que abandonar su coctel o saludar al director general de algún estudio de cine importante.

Los constantes viajes de Gabriel de ida y vuelta a través del país, y el hecho de que tenía un departamento con vista a Gramercy Park en Nueva York y vivía con Claudia, Ramsay, un Yorkie que se la pasaba ladrando, y Velcro, su gato, en su casa de la playa en Malibú, lo clasificaba como una criatura bicostal. "No importa si vuelo hacia el este o el oeste, siempre me dirijo a mi casa", solía decir él.

—Me cuesta mucho lidiar con sus ausencias —le confesó Claudia a Patricia una tarde mientras compraban pantalones de mezclilla en Melrose Avenue—. Cuando lo veo empacar su maleta me da una acidez terrible. ¿Cómo aguantas vivir lejos de Eric?

—Tu situación y la mía son totalmente opuestas. Tú no pediste que Gabriel viajara todo el tiempo. Simplemente tuviste que aguantar el estilo de vida que ya tenía. En mi caso, yo negocié con Eric para poderme quedar en L.A. con mamá y papá y Daniel. ¿Ves? Yo lo quise, tú no. ¡Toma las riendas, Clau!

Patricia tenía razón. Para Claudia, los vuelos de Gabriel hacia la costa este se sentían como una espada rebanándola a la mitad: con y sin Gabriel. Resentía el hecho de estar obligada a soportar su ausencia semanal, aun cuando sabía desde el principio que su vida de nómada venía con el paquete. La mayoría de las semanas, él se iba a Nueva York de martes a viernes. Quedaba para desayunar, comer, ir a bares y cenar con una gran variedad de personalidades de la industria que Claudia no conocía.

—No puedo hablar ahora, tengo una junta tras otra —le decía con ese tono neoyorquino demandante, seco y hosco que adoptaba cuando estaba ahí. Una navegación exitosa de costa a costa implicaba más que solo saltar de un lado al otro del mapa. Quienes verdaderamente vivían en ambas costas estaban conscientes de la necesidad de transformarse en neoyorquinos o angelinos durante el vuelo según la dirección.

Para ilustrar por qué elegía trabajar los fines de semana en la alberca cuando estaba en Los Ángeles, Gabriel le dijo una vez a Claudia:

—En Nueva York presumes no dormir en toda la noche. Te llevas tu laptop a tus vacaciones en las Bahamas y te jactas de pasártela en videoconferencias todos los días. Te autoexplotas, llevas bolsas en los ojos como si fueran medallas de honor y cometes el error de creer que los angelinos son flojos y siempre están relajados. En Los Ángeles, las personas son como patos en un estanque. Se deslizan sin esfuerzo sobre la superficie quieta, pero cuando te sumerges ves que están pataleando frenéticamente. Solo que no le dicen a nadie. Tú crees que solo están paseando al perro a las once de la mañana, pero en realidad están haciendo alguna clase de trato por teléfono. Que no te engañen dos mujeres platicando mientras les hacen un manicure. Lo que están haciendo es negociar un contrato. Para sobrevivir necesitas conservar la calma. Los angelinos solo sudan en público cuando están en el gimnasio.

Los días que estaba en Nueva York, o adonde quiera que lo llevara su cacería de historias, Claudia se quedaba en Los Ángeles, comía tacos de aguacate con tocino, se rehusaba a tender la cama, miraba series sin parar en su laptop y ni siquiera se rasuraba las piernas. Rara vez acompañaba a Gabriel a Nueva York, excepto cuando iba en un viaje gastronómico para examinar la escena restaurantera en constante evolución. Los seis años que vivió ahí como estudiante no fueron suficientes para acostumbrarla al tono y la forma de hablar de los habitantes de Manhattan. Ignorante de su propia rudeza habitual, muchas veces terminaba sintiéndose herida por cualquier persona, en su mayoría meseros desagradables y taxistas irrespetuosos que claramente adoptaban una actitud más descortés.

El domingo antes del día de Pascua, cuando Claudia no atendió un evento en el Centro Cultural Skirball (un olvido sin precedentes), Gabriel no escuchó el mensaje de voz que dejó la frenética asistente de Claudia:

—¡Nunca nos avisó de este evento!

Él estaba en Nueva York almorzando con sus contactos de Simon & Schuster para discutir la verdadera historia de un rock star que había sido crucificado voluntariamente, así que se enteró de la crisis de su esposa hasta la noche, cuando ya no quedaban vuelos para volver a su casa. Para cuando llegó a Los Ángeles el lunes, la situación ya se había solucionado, excepto por una demanda que el Centro Skirball amenazaba con presentar.

Después de que Claudia no contestara las llamadas de su oficina el domingo en la tarde y Gabriel no pudiera ser localizado, su asistente llamó a Olivia para pedirle ayuda.

—Se supone que ella iba a ser la estrella del evento. Tuvieron que cancelar y pedirles a todos que se fueran. No había nada de comer.

Olivia fue a Malibú con la esperanza de encontrar a su hermana. La casa de Claudia era angosta, apretujada entre otras similares en una larga hilera que separaba la Pacific Coast Highway del océano. La fachada no tenía nada sobresaliente: una puerta de garaje, una puerta principal y tres botes de basura, uno azul para reciclar, uno negro para la basura común y uno verde para los residuos del jardín. A duras penas quedaba espacio para estacionarse y no había banqueta que protegiera a los peatones de los coches que bajaban a toda velocidad por la carretera.

Olivia estacionó su camioneta junto al Audi TT de Claudia, encontró la llave que había dentro de una canaleta detrás de una maceta y entró a la casa. Ramsay la recibió con pequeños saltos y Olivia pensó por un segundo que quería decirle algo importante, pero la miró a los ojos nada más, ladró y corrió a la terraza.

Claudia estaba descansando al lado de la alberca en bikini, revistas de chismes regadas sobre el piso de la terraza, Velcro acurrucado a sus pies y una copa de vino vacía en la mesita a su lado.

—¿Dónde has estado? Se te olvidó el evento del Centro Skirball. Tu gente ni siquiera sabía.

—Uy.

—¿Uy es todo lo que vas a decir? Todos te han estado llamando. ¿Dónde está tu teléfono?

—A lo mejor se le acabó la batería. No lo he oído.

Olivia caminó hasta el borde de la terraza, se recargó en el barandal y miró hacia el Océano Pacífico frente a ella.

Su superficie ondulante reflejaba destellos naranjas y rojos, como lentejuelas en el vestido de una drag queen. Era una luz —una luz hiperreal, tecnicolor— que solo existía en el celuloide y en Los Ángeles. Quería saber por qué a Claudia no le parecía importante haber olvidado un evento de trabajo. Era tan atípico de ella. Bajo circunstancias normales hubiera saltado del camastro y de inmediato hubiera empezado a ejecutar el control de daños. De hecho, bajo circunstancias normales esto nunca le hubiera pasado a su hermana. Se preguntaba si Claudia estaba bebiendo demasiado.

—¿Cómo pasó? ¿No tenías el evento en tu calendario?

—No lo he revisado últimamente.

—¿No estuvieron en contacto contigo los de Skirball, sobre todo justo antes del evento? ¿Tu gente no sabía?

—No estoy segura si les dije, así que no los culpes. Se me olvidó el evento, se me fue. ¡Deja de hacerme tantas preguntas!

—Mira, no tengo idea de qué está pasando, pero es tu negocio. Vas a tener que arreglarlo. Yo solo vine a ver si estabas bien.

—Estoy bien.

—¿Estás segura? No pareces tú misma.

—Estoy descansando y ya. ¿No puedo?

Olivia no lograba disimular su preocupación. Temía que Claudia lo notara y se empezara a burlar de ella, como siempre.

—Te veo el domingo con mamá y papá entonces —dijo Olivia.

—Sí, ahí estaré.

Claudia se quitó los lentes de sol y levantó una revista, despidiéndose de su hermana.

—¿Lo prometes? —Olivia miró a su hermana a los ojos en busca de alguna clase de compromiso no verbal y notó que sus pupilas estaban inusualmente grandes. A lo mejor no era alcohol. ¿Se estaba drogando?

—Dije que ahí estaré.

De camino a la puerta, intrigada por la falta de reacción de Claudia ante una situación así, Olivia hizo una parada en la cocina para sacar una botella de agua mineral para el camino. Percibió un ligero olor a gas en el aire y notó que uno de los quemadores de la estufa estaba ligeramente prendido. Lo apagó y abrió la ventana para que saliera el olor. Luego rellenó el tazón de agua de Ramsay, alimentó a Velcro y se fue a su casa.

Lola estaba bañando a las gemelas cuando Olivia llegó. Félix había programado mostrar una casa en Hollywood Hills al atardecer, una práctica cada vez más frecuente entre agentes inmobiliarios como él, quienes deseaban mostrar las propiedades en venta con todo el esplendor de su iluminación, y no llegaría hasta más tarde. No había hecho ninguna venta en meses y su malhumor ya empezaba a irritar a todos a su alrededor.

Olivia se subió las mangas y se arrodilló frente a la tina, acompañando a Lola en el jabonoso procedimiento de tallar a Diana y Andrea. Como resultado de su accidente en la alberca, Olivia le había pedido a Lola que llenara la tina con tan poca agua como fuera posible.

—Creo que estás exagerando. No se ve que las niñas tengan miedo. ¡Míralas, qué felices están en el agua! —dijo Lola.

—Soy yo. Me da miedo que pase otro accidente.

—Es otra cosa, Olie. Estás triste, preocupada. ¿Qué pasa?

No tenía caso intentar esconderle su angustia a Lola.

—Es por la carta en la cocina, ¿verdad? —preguntó Lola, sabiendo la respuesta.

—Félix quiere que les diga a los del laboratorio que destruyan los embriones, pero también son mis bebés, Lola. No lo puedo obedecer.

—Te manipula todo el tiempo, Olie. Sabe que eres mejor como mamá que él como papá. Está celoso de tu éxito, pero quiere que ganes dinero para él. Quiere ser el jefe, pero no puede, y está amargado por eso. Y por eso te está torturando.

—Me quiero divorciar de él, Lola.

Olivia se fue a acostar sin esperar que Félix llegara a la casa, como siempre hacía. Lo escuchó entrar a la recámara en la oscuridad y fingió estar dormida. Lo escuchó pegarse en el pie contra el taburete junto al sillón, y después lavarse los dientes en el baño antes de sentir su cuerpo junto a ella, bajo las sábanas.

Lunes, 21 de marzo

¿Qué importa si no quieren aprobar otro préstamo?, pensó Óscar.

—Lo siento —dijo el calvo gerente de la sucursal—. Tendremos que rechazar su solicitud. De hecho, cualquier solicitud en el futuro.

—Pero ¿por qué? Mi casa está totalmente pagada. Nunca me he declarado en quiebra, nunca me han embargado, puede ver mi historial: no me he atrasado en ningún pago, ¡nunca! —dijo Óscar, exasperado.

—Llegó a su límite, por lo menos con nosotros.

—Bueno. Pues tendré que llevarme mis cuentas a otro banco.

—Como guste. Y buena suerte.

Óscar salió del banco con un grueso sobre de manila en la mano. Con tantas instituciones financieras, no tenía nada de qué preocuparse. Solo era cuestión de encontrar la correcta. Sus almendros iban a tener agua a como diera lugar. Encontraría el dinero para pagarla. Era totalmente dueño de su casa. ¿Quizá un préstamo sobre el capital? ¿O una hipoteca? ¿Se lo darían con la cantidad de deudas que había acumulado? Al recibir su SUV del valet, empezó a preguntarse si tendría que haberse puesto un traje en lugar de un atuendo casual. En una ciudad donde la gente más importante era capaz de usar chanclas, pantalones cortos y gorras de beisbol en juntas cruciales, asumió que el código de vestimenta era irrelevante cuando ibas al banco. Intentó desprenderse de esa sensación de inseguridad, se enderezó en su asiento, manejó a su casa y se sentó frente al televisor durante media hora antes de encenderlo.

Miércoles, 23 de marzo

Precisamente a las 10:47 p.m., Patricia salió a fumarse un churro, su camino iluminado por la luna llena. Se recostó en uno de los camastros alrededor de la cicatriz queloide, se acurrucó en su adorado, viejo y holgado suéter mexicano de lana de Chiconcuac como el que Marilyn Monroe solía usar, y miró al cielo. ¿Qué era esa añoranza que sentía? Al parecer Eric tenía una banda ancha muy limitada cuando se trataba de sentimientos: todo era básicamente una transacción, por lo que Patricia a veces sentía que la vida con él era como tener una relación sexual con su cajero del banco, si acaso volvía a tratar con alguno, pues ahora hacía todo lo relativo al banco desde su teléfono. Su conexión intelectual y sexual era satisfactoria, pero los bytes emocionales eran pocos. Se sentía defraudada por el universo, y mirar la luna lo empeoraba. ¿Por qué la tierra tiene una sola luna si otros planetas tienen tantas? Y, ¿por qué nuestra luna no tiene un nombre sexy, como Elara o Ananqué? Solo Luna. Era como tener un perro y nombrarlo Perro.

Viernes, 25 de marzo
El Viernes Santo fue un mal día para Óscar. Se despertó intentando recordar la última vez que fue a la iglesia, pero no podía. La boda de alguien tal vez. O cuando murió su madre quizá. Había sido un buen niño católico, yendo a misa sin quejarse ni rechistar, aterrado de las múltiples estatuas de santos sangrando en agonía, preguntándose si el martirio sería su destino. Incapaz de ver el altar por su estatura infantil, evitaba ver las imágenes ensangrentadas a su alrededor enfocándose únicamente en lo que podía ver desde su punto de vista: los traseros de las mujeres de pie en la banca de enfrente, dejándolo con la tentación de liberar delicadamente sus vestidos de la raya entre sus glúteos.

Haberse casado con una judía no era el motivo de su alejamiento de la Iglesia. Su desilusión sobrevino mucho después, cuando escuchó tantas historias de niños violados por sacerdotes. Ahora estaba demasiado lejos como para que su fe regresara, pero si le preguntaban, siempre respondía que era católico, lo que para él significaba que había perdido su religión, pero no su identidad.

Cuando salió de la cama y se cepilló los dientes, se dio cuenta de que estaba solo, sin ningún dios a quién pedirle ayuda. ¿Cómo resolvería sus problemas con Keila? Tomó el cepillo de dientes de su esposa entre los dedos, lo olió, lo probó y soltó un suspiro.

Domingo, 27 de marzo

Para el Domingo de Pascua, Olivia se sentía mejor sobre su decisión de dejar a Félix y ya había concluido que, por el bien de las gemelas, no haría escándalo hasta que fuera algo definitivo. Nadie tenía por qué saberlo. Todavía no.

La razón de que prefirieran celebrar la Pascua católica en lugar del Pésaj era obvia para todos en la familia: ¿qué era más divertido, buscar huevos de Pascua y comer conejitos de chocolate, o pasar horas en la mesa de Pésaj y comer matzá? Pero los Alvarado sí celebraban ambas fiestas, como era su tradición, y en ese frío domingo a sesenta y tres grados, bajo un cielo sin nubes, la familia se reunió en el jardín con su mejor ropa para rodar por el pasto y sacar tierra de las macetas y jardineras para encontrar los preciados huevos de chocolate que Keila había pasado horas escondiendo desde temprano.

—¿Dónde está Claudia? —preguntó Patricia.

—Alguien llámela —dijo Óscar, un poco preocupado.

Olivia buscó su celular en la bolsa y marcó, pero, de nuevo, no hubo respuesta. ¿Qué le pasaba a su hermana?

Abril

Lo cierto es que Keila nunca se fue de México realmente. A menudo, digamos, una o dos veces al día, su mente dejaba su cuerpo en Los Ángeles, pasaba zumbando sobre San Diego, saltaba el raquítico muro de la frontera, volaba por encima del desierto de Sonora, cruzaba el estado de Durango, la Sierra Madre, Zacatecas, Guanajuato y aterrizaba como helicóptero justo en el techo de su casa en la Ciudad de México, todo en una fracción de segundo. Cuando apenas empezaba a caminar, sus padres compraron una casa demasiado grande para su familia de tres integrantes, justo en medio de la avenida principal de Polanco, la afluente colonia judía, llamada avenida Presidente Masaryk. Por qué una calle tan importante en la Ciudad de México tendría el nombre de un político checo seguía siendo un misterio para Keila, uno que nunca despertó la suficiente curiosidad como para investigar, incluso años después de mudarse a Los Ángeles.

Cada vez que Keila transportaba su mente al techo de su casa, escaneaba la colonia y verificaba qué permanecía igual y qué era diferente. Para su desilusión, gran parte había cambiado. Casi nadie vivía ya sobre Masaryk. Con los años, la mayoría de las mansiones donde habían vivido sus amigos de la infancia se convirtieron en las tiendas de diseñador como Chanel, Prada y Gucci, donde los empleados ganaban una fracción del precio de una sola prenda en todo un mes. Las calles donde andaba en bicicleta de niña, despreocupada y sin supervisión, ahora quedaban bloqueadas por los embotellamientos de coches, pero las multitudes seguían congregándose en la meca de la alta costura para mirar los aparadores, ya que la mayoría de las personas no puede pagar nada de lo que ofrecen esas boutiques, y los que sí, prefieren volar el fin de semana a The Galleria, en Houston, y ahorrar, incluso después de pagar sus gastos de viaje, ya que la mayoría de las marcas de ropa cuestan más en México, sin darle las gracias al Tratado de Libre Comercio.

Pero no todo era comprar. Keila estaba encantada con el hecho de que la colonia también se hubiera convertido en un foco gastronómico donde chefs famosos reinventaban la cocina mexicana para clientes exigentes. Ella se consideraba una sibarita curiosa, pero le molestaba que abrieran hoteles boutique por todas partes, sin ningún rastro de arquitectura mexicana. Podías ir a cualquiera, todos diseñados en un nuevo estilo minimalista y pulcro, y sentirte transportado directo a Nueva York, Londres o cualquier otra metrópoli en el mundo. Ya no había nada singular. Atrás quedaba la influencia del famoso arquitecto mexicano Luis Barragán. No había más paredes coloridas, monumentales espacios geométricos ni vigas de madera. Keila extrañaba el encanto de las fachadas de cantera neocoloniales, ahora reemplazadas con ventanales de doble altura de vidrio y acero. Pero también comprendía la terrible necesidad de los mexicanos de ser percibidos como cosmopolitas para proyectar a su país hacia el panorama mundial. Se requería hacer sacrificios, era necesario perder ciertos elementos de la identidad nacional, y la arquitectura era uno de ellos.

En esta ocasión, Keila estaba ahí realmente, en carne y hueso. No en el techo de su casa, sino en la recámara de sus padres, ahora suya, arreglándose para ver a Simón Brik en su galería y ultimar los detalles de su exposición. Se resistió a ponerse más maquillaje del usual. Se recogió el pelo en una cola de caballo y, si bien había traído una blusa escotada, la dejó en la maleta y se puso un suéter negro de cuello de tortuga, sabiendo que los ojos de Simón vagaban con frecuencia en dirección a su pecho.

Para evitar pasar horas buscando dónde estacionarse, Keila tomó un Uber a la galería. Simón la estaba esperando en la entrada.

Fuera de eliminar a última hora una pieza que Keila odiaba (no representaba sus sentimientos en el momento de su creación), la selección de esculturas de Simón permanecía inalterada.

—Tengo la impresión de que no estás del todo cómoda con la exposición. ¿Hay otra cosa que te gustaría que cambiara? —preguntó Simón, preocupado, mientras daba vueltas por la sala principal de la galería.

—No puedes cambiar lo que yo quiero que cambie.

—Inténtalo.

—No está relacionado con la exposición.

—¿Es sobre nosotros?

—Hay tantas preguntas que necesito responder antes de tocar el tema de nosotros.

—Puedo ayudar. Solo déjame. Por favor.

Simón puso su mano sobre la de Keila. Ella la retiró enseguida, como si la hubiera tocado un hierro candente.

—Esperaré. Soy un campeón en esperar. Solo considera la idea.

—Estoy lidiando con ciertos problemas en mi casa, y necesito hacerlo sola.

Un destello de esperanza iluminó el rostro de Simón.

—Enfoquémonos en la exposición —dijo Keila para cambiar el tema antes de que se arrepintiera de confesar más detalles de su angustia.

Casi todos los amigos de Keila, coleccionistas, fanáticos del arte y aquellos que buscaban tomar una copa de vino gratis asistieron a la exposición esa noche. Por lo menos doscientas personas, según Simón. El tácito código de vestimenta que animaba a la gente a vestirse de negro en las inauguraciones de las galerías dificultaba distinguir el evento de un funeral, y con mayor razón si uno se fijaba en la expresión sombría de Keila, como hizo Simón cuando la encontró escondiéndose en una de las salas de atrás de la galería, en lugar de estar socializando con sus admiradores.

—Podrías ser la viuda en un velorio —dijo Simón con voz suave, señal de respeto por un cadáver inexistente—. Acabamos de vender la séptima pieza. Deberías estar contenta.

—Me da mucho gusto que la exposición vaya tan bien —dijo Keila, dando un sorbo al vino en su copa de plástico—. Mira, lamento arruinar la noche.

—¿Desde hace cuánto te conozco? A estas alturas soy experto en Keila. Podría jurar que esto no va aquí —dijo Simón, pasando su meñique sobre los labios fruncidos de Keila, apenas pintando la punta con el lápiz labial rojo profundo—. Esa sonrisa tuya, siempre ahí, incluso cuando me rechazas con las peores palabras. ¿Dónde está?

—Enterrada en una crisis que no puedo compartir contigo. Todavía no.

—¿Con Óscar?

—Sí, pero no es el Óscar que he amado durante tantos años. Este Óscar es diferente —dijo, preguntándose cuál sería el real, temerosa de admitir que había cometido un error, un desacierto que le había hecho desperdiciar una vida.

—Vete a tu casa, Keila. Lo necesitas.

Domingo, 3 de abril

Se vendieron dieciséis de las dieciocho piezas durante la exposición. Keila volvió a Los Ángeles con sentimientos encontrados. Nunca había estado tan cerca de dejar su mano bajo la de Simón y aceptar su caricia, pero más tarde aplaudió su retirada instintiva. Reconoció su sensación de logro por vender casi todo el inventario. Por supuesto, aún tenía la otra serie de parejas en conflicto, pero Simón le tenía una terrible aversión:

—Tanto darse la espalda en la cama, qué deprimente —le había dicho.

Keila podía empezar una nueva serie, pero se acordó de la Huelga de Piernas Cerradas en protesta del extraño comportamiento de Óscar. ¿Se estaba castigando a sí misma? Aunque extrañaba trabajar en su estudio, sabía que solo producía piezas que representaban enojo o desilusión. Así de reveladora era su obra en cuanto a su estado mental.

Óscar la recibió con su decisión de no volver a terapia, tan pronto como ella insistió de nuevo, como había hecho durante las últimas semanas.

—No tiene caso —dijo él, sentado en un camastro en medio del jardín, frente al parche de cemento en forma de riñón donde solía estar la alberca, esa infame cicatriz queloide para recordarles a Keila y Óscar su descuido casi fatal.

—Te rindes entonces. ¿Una sola sesión con el psicólogo fue suficiente? ¿Para ti ya se acabó nuestro matrimonio?

—Para mí ya se acabó la terapia. ¡Tú fuiste la que empezó toda esta locura! ¡Yo estoy felizmente casado!

—"Felizmente" no describe tu estado actual. No me quieras vender esa.

—Probemos entre nosotros. Sí quiero.

Keila se fue a su estudio y cerró la puerta con llave. Se acostó en un viejo sillón, su amado sofá rojo, y se obligó a calmarse, contando lentamente hasta mil.

Miércoles, 6 de abril

Desde que conoció a Félix, Olivia había sido víctima de las fuerzas contradictorias del amor, presa de episodios de alegría, melancolía, miseria, humillación y violencia que inundaban todo su ser a un mismo tiempo, dejándola drenada, y ahora esos sentimientos mezclados se habían endurecido en uno solo: ira.

En busca de la sensación original, escarbó profundamente en su pozo de mierda, el que no aparece en radiografías de tórax, pero que todos tienen, justo atrás del esternón, y descubrió la aterradora idea de que lo más peligroso que había hecho en su vida había sido besar a Félix en el estacionamiento del auditorio de TED Talk. Ese acto seguía reverberando. Nunca acabaría.

Olivia se sentó frente a la carta que envió el laboratorio de fertilidad, ahora con los bordes arrugados y una mancha de café, y sin firmar. Félix la miró fijamente del otro lado de la mesa, los labios rígidos, como si intentara evitar que su boca escupiera alguna clase de insulto perverso, pero si esa era la intención, fracasó.

—No tengo ningún motivo para traer al mundo a más personas con tus genes y los míos. Es como intentar mezclar agua y aceite.

Algo sucedió cuando Olivia escuchó su rechazo. La fractura en su interior fue sutil, pero definitiva, anunciando que la acumulación de dolor ya había llegado a su límite. No tenía caso desear que Cupido hubiera fallado el tiro. La vida se había dado y ahí estaba ella, en su mesa de la cocina, enfrentando una verdad que había intentado reconfigurar con el paso de los años, un mito de armonía y dicha que le permitiera vivir con Félix.

—Ya no te amo, Félix.

Olivia no podía decidir por la expresión de Félix, desprovista de emoción, si había estado esperando un golpe de tal magnitud o si lo había tomado por sorpresa. Se levantó despacio, tomó las llaves de su coche de la barra de la cocina y se dirigió a la entrada.

—Quiero seguir con mi vida —dijo Olivia, esperando que Félix azotara la puerta, pero no lo hizo.

Olivia pensó si la última salida de Félix de su vida sería tan silenciosa y ecuánime, pero en un segundo reconoció que no esa era su manera de actuar. Empezó a imaginar el desastre y el dolor que acababa de desatar. Félix le iba a quitar la casa. Le iba a quitar a las niñas, pero no por amor paterno, sino por despecho. Iba a pelear por los embriones solo para poder destruirlos. El miedo de Olivia era que Félix sabía cuánto los quería y no la iba a dejar ganar, aun si él perdiera también.

Salió corriendo y golpeó en el parabrisas del coche de Félix, justo cuando empezaba a alejarse.

—¡Félix, espera!

Félix bajó la ventana, impasible.

—Hagas lo que hagas, pase lo que pase entre nosotros, por favor no lastimes a las niñas. No las metas —le rogó.

—Tú y yo ya no tenemos nada que decir. Espera la llamada de mi abogado. Y para que lo sepas, es un monstruo y te va a destrozar.

Al irse aplastó un carrito de supermercado de juguete que pertenecía a Andrea. Olivia recogió los pedazos de plástico amarillo esparcidos por la entrada, los metió al bote de basura y entró a la casa.

Con los ojos llenos de lágrimas, fue al cuarto de Lola y tocó la puerta. Era tarde, pero sabía que Lola se quedaba despierta para ver en Univisión *Corazón de Oro*, la exitosa telenovela mexicana en horario estelar con la que ella también estaba enganchada —una historia de traición, venganza, secretos, pecados terribles, un personaje ciego y otro agonizando eternamente en el hospital.

—Ya está, Lola. Nos vamos a divorciar.

—¿Los dos tomaron la decisión?

—Yo tomé la decisión.

Lola se sobó la cara, como siempre que escuchaba alguna noticia alarmante. Al mismo tiempo, le daba gusto ver que

Olivia estaba reuniendo el valor suficiente para separarse de Félix.

Solo había una relación más permanente que el matrimonio, y era el divorcio. De pronto, todo el peso de esta reflexión presionó el pecho de Olivia y empezó a sollozar otra vez. Siempre estaría divorciada de Félix y no había manera de salir de ello a menos de que se volvieran a casar o uno de ellos muriera. No había divorcio del divorcio. No había cláusula de terminación en ese contrato. Estaba poniendo fin a una relación temporal para empezar una permanente —y corrosiva— con el hombre que empezaba a aborrecer.

—Ven, déjame darte un abrazo.

Olivia permitió que Lola la envolviera, como cuando era una niña. Gimió lentamente y usó la manga de la pijama de Lola para limpiarse la cara. En el fondo, la actriz que interpretaba el papel protagónico de la telenovela en el televisor de Lola también lloraba.

Esa noche, Olivia vio a Félix entrar y salir de la casa cargando maletas y cajas llenas de ropa, zapatos y libros, y meterlas en su coche. Sin decir una palabra, anduvo por todas partes tomando fotografías de la vajilla, los cubiertos, las obras de arte, los muebles, los tapetes, los electrodomésticos y otros utensilios de cocina. Claramente alguien ya lo había empezado a aconsejar mientras ella se enterraba en su cama, incapacitada por la pena. Le tomó más de una semana encontrarse con su amiga Carolina Donoso, que estaba en proceso de divorcio. Esperaba que le diera algunas ideas.

Lunes, 11 de abril

Después de grabar uno de sus programas de televisión, Claudia se fue manejando a Malibú, a su casa, pero terminó en Redondo Beach, una hora y veinte minutos en la dirección contraria. ¿Qué hacía ahí? ¿Cómo se había perdido de esa manera? Mientras daba vuelta y se metía en el carril de viaje compartido, ahora en dirección norte, descartó la confusión como una singularidad de la carretera, el efecto hipnótico del camino que convertía a los conductores en autómatas sin sentido. Cuando al fin llegó a su casa, entró dejando las llaves en el coche y la puerta principal abierta. Por fortuna, Ramsay la siguió a la recámara y se subió a la cama con ella y con Velcro, evitando aventurarse a la calle y ser aplastado por un coche andando a toda velocidad por la Pacific Coast Highway.

Miércoles, 13 de abril

—Pues si su abogado es un monstruo, el tuyo tiene que ser un maldito tiranosaurio rex —dijo Carolina con autoridad.

Olivia y ella estaban recostadas sobre toallas extendidas en la cubierta del *Patito Feo*, anclado en la Marina.

—Yo me voy a quedar con el barco, ¿sabes? Nada más para joderlo —continuó.

—Seguro con el tiempo te va a gustar navegar. —Olivia deseó tener la malicia de su amiga y su habilidad para desquitarse. Definitivamente le serviría ahora que estaba a punto de empezar una cruel batalla contra Félix.

—Poco probable. Pero es un gran escondite cuando quiero desconectarme del mundo. Ni siquiera tiene que dejar el muelle, nunca.

Carolina se dio la vuelta para exponer su abdomen al sol y dio un trago a su Arnold Palmer. Era uno de esos días en que la bruma se había disipado más temprano de lo usual y la gente se bañaba en un ligero sol de media mañana.

—El imbécil se va a quedar con Fang. Y solo porque demostró que es el que lo saca a pasear y recoge su mierda. Sí, por supuesto, mientras yo me reviento los ovarios en la oficina haciendo dinero. Ojalá me hubiera casado con alguien como yo.

Olivia se fue a su casa con una página de notas y recomendaciones, así como el contacto de un tiranosaurio rex, a quien apodaría en adelante, el "T. Rex". La 405, atestada de coches que se movían con lentitud, le dio a Olivia tiempo suficiente para sintetizar su conversación con Carolina. En definitiva, pensó, Dios inventó el tráfico para que la gente pudiera bajar la velocidad y pensar. Para evaluar las consecuencias del proceso de divorcio tenía que basarse en suposiciones, anécdotas de amistades, chismes de celebridades en los tabloides y una gran variedad de películas, telenovelas y libros que exploraban el fin del amor. Sabía que no estaba preparada para una guerra, pero tenía que aprender rápido.

Protegida por la burbuja de su camioneta, aceleró a su casa, decidida a ser ágil y astuta, a eliminar toda pasión y enterrar sus emociones. Más adelante tendría tiempo para llorar y ahogarse en su anhelo insatisfecho de una gran familia feliz. El divorcio sería un acuerdo de negocios, y Félix y ella y las gemelas ganarían. Su lema sería: "Se rompió una copa y nadie se cortó".

Una llamada de Patricia la distrajo por un segundo, pero esperó hasta llegar frente a su casa en Mulholland Drive para hablar con ella.

—¿Puedes ayudar a mamá con lo de Pésaj? Necesita un montón de cosas y Claudia no contesta —dijo Patricia.

—¿Está en la ciudad? No he sabido nada de ella. ¿Qué vas a hacer este fin de semana?

—Me voy a Coachella con Eric. LCD Soundsystem y Calvin Harris encabezan el cartel este año.

—Suertuda. No he ido al festival en los últimos cinco años. Le llamo a mamá. Diviértanse.

—Nada más no compres ese espantoso vino gourmet del rabino que tomamos el año pasado.

———————

Olivia salió del coche, pasó de largo su jardín poblado de cactus y se detuvo frente a la puerta principal. ¿Cuántas veces más podría abrirla y entrar a la casa, su casa? Félix y ella habían buscado una para comprarla. Durante una semana intensa y vertiginosa visitaron decenas de casas en todos los estilos arquitectónicos de L.A.: neocolonial español, búngalo artesanal, renacimiento inglés, Tudor, cabaña de cuatro aguas, neoegipcio y hasta uno estilo *château* en Los Feliz. Finalmente, un agente inmobiliario amigo de Félix dijo que los llevaría a ver una propiedad que necesitaba reparaciones, pero tenía potencial. Y tan pronto como Olivia recorrió las habitaciones y el jardín, le quedó claro que esa propiedad era prácticamente un trabajo de demolición, una pocilga sin remedio. No necesitaba amor, como indicaba con jovialidad el anuncio; necesitaba desesperadamente una resucitación. Se enamoró de ella en aquel segundo y la compró por la mitad de su valor; había estado a la venta por casi un año. Devolverle la vida a esa casa modernista de mediados de siglo XX había sido su obra maestra. En lugar de renovarla, se dedicó a restaurarla, usando materiales originales y respetando la distribución como si fueran los diez mandamientos. Buscó en los archivos del Departamento de Vivienda para confirmar su corazonada: era, de hecho, una casa mid-century diseñada por el famoso arquitecto angelino de los años cincuenta, Jerrold Lomax, a quien veneraba. Cada mañana se paraba junto al ventanal para ver el sol asomarse tras la Sierra de San Bernardino y despertar lentamente a la cuenca de Los Ángeles. La sensación de apertura, de un romance perfecto entre el interior y el exterior que ofrecían las expresiones arquitectónicas del modernismo en Los Ángeles, fue lo que encendió la pasión de Olivia de encontrar casas necesitadas de amor. Las renovaba con un respeto absoluto por la idea original, fuera de ciertas modificaciones para mejorar la iluminación, crear más espacios de almacenamiento y modernizar baños y cocinas. Era en lo que siempre se fijaban los compradores potenciales cuando consideraban hacer una oferta. Con los años había reunido un grupo leal de trabajadores excelentes, todos mexicanos, que la ayudaban a tirar y levantar paredes, arrancar pisos, alfombras y papel tapiz, demoler cuartos, pintar, y arreglar el jardín. Estaba Sergio, el yesero. Tony, el tilero, que trabajaba con sus dos hermanos poniendo azulejos, creando pequeñas obras de arte en los pisos de cocinas y baños de toda la ciudad. Estaba Mauro, el electricista; Javier, el plomero, y Roberto, su rufero, quien reparaba techos tras las lluvias ocasionales. Eran sus hermanos de armas, su segunda familia. Y hasta había tenido el placer de asistir a varias de sus ceremonias de naturalización a lo largo de los años.

Ante la insistencia de Félix, había accedido renuentemente a instalar dispositivos inteligentes por toda la casa: altavoces, sistema de sonido, cámaras de seguridad, termostatos, luces, timbres, alarmas, irrigación y cerrojos digitales.

—Todos esos aparatejos y lucecitas parpadeantes por todos lados rompen el diseño sencillo modernista de mediados de siglo. No quedan en una casa como la nuestra —fue su argumento, pero al final cedió y una vez más arregló sus problemas con Félix actuando sumisa y odiándose después por ello.

El último proyecto de Olivia había sido convertir su jardín en un espacio ahorrador de agua. Había quitado casi todas las plantas y las había reemplazado con suculentas y palmeras nativas: un árbol de Josué al fondo de la terraza volada, una sansevieria al lado, cactus de barril, cola de zorro y erizo de fresa, mezclados con distintas variedades de pasturas altas, como el pampagrass enano, que le encantaba, donde solía estar el pasto; y su favorito, un saguaro joven plantado afuera de la recámara de las gemelas que, con el tiempo, se convertiría en un centinela cuidando la casa, sus brazos extendiéndose hacia el cielo para proteger a los habitantes, cuando alcanzara su altura máxima.

Olivia entró y fue a ver a las gemelas, que estaban en su cuarto de juegos con Lola. Cuando preguntaron por su papi, Olivia les dijo que estaba de viaje, pero luego pensó en las últimas noticias que había tenido de él: Carolina Donoso lo había visto disfrutando el delicioso menú de Providence con una mujer. Se preguntó si ya se había encontrado a otra persona de quién engancharse, una socia exitosa que pudiera admirar y aborrecer al mismo tiempo.

Se le revolvió el estómago, así que, por su propia salud mental, se obligó a pensar en sus hijas, víctimas inocentes de su separación. Sabía que eventualmente tendría que hablar con las gemelas sobre el divorcio de sus padres. Quería que la noticia fuera lo menos dolorosa para las niñas, así que compró un par de libros sobre el tema y los subrayó tanto que la mayoría de las páginas terminaron totalmente amarillas.

Por orden del médico, desde el accidente de la alberca había estado buscando cualquier cosa fuera de lo común en el comportamiento de las gemelas. ¿Reaccionaban con lentitud? ¿Se enfocaban en sus actividades? ¿Cómo estaba su equilibrio? ¿Se despertaban con facilidad? ¿Se veían pálidas? Lucían bien, pero no confiaba en sus observaciones, así que las llevaba con regularidad al pediatra para revisión, incluso después de que las dieron de alta.

Después de un rato de ver caricaturas en su tableta con las niñas, se fue a su recámara para revisar sus notas del divorcio. Llamó al T. Rex y le explicó la situación.

—He trabajado muy duro durante este matrimonio. Contribuí con mucho más de la mitad de nuestro capital. Mi esposo es agente de bienes raíces, pero no gana mucho dinero y para nada es constante. Estoy asumiendo que me puedo quedar la mitad de lo que tenemos. ¿Qué opinas? —preguntó por teléfono.

—Podrías haber estado comiendo chocolates todo el día, viendo televisión en tu cama, no haber trabajado un solo día, y te quedarías con la mitad. Es la ley.

—¿Puedo obtener la custodia de mis hijas?

—Eso va a ser un problema. Régimen de visitas. Siempre es un problema, uno grande. No creas que vas a poder negociar esto fácilmente. Las niñas casi se ahogan bajo tu cuidado. Lo va a usar en tu contra. Podrías perder, ¿entiendes?

—Mis papás las estaban cuidando, no yo. ¿Eso importa? —Olivia se hundió un poco más en su asiento.

—Tú las dejaste con tus papás.

—¿Y la casa?

—Vas a tener que pelear por ella. Lo más probable es que la tengas que vender y dividir las ganancias.

—¿Y los embriones? —preguntó con voz ronca, las palabras batallando para salir de su boca.

—Eso dependerá de qué tan agresivos seamos, pero no veo cómo puedas ganar. Estará en manos del juez.

—¿Cómo sabes que va a ser tan difícil? Ni siquiera te he dado todos los detalles de la situación.

—No es necesario. Ya sé cómo va a ser.

A Olivia le pareció la clase de abogado que enardece a los cónyuges para complicar y prolongar el proceso, llevando el caso a la corte en lugar de mediar. Dijo la palabra "juez", ¿no? Había escuchado de casos que se alargaban años, acabando con el patrimonio de la familia para cubrir los gastos legales, y ella no estaba dispuesta a seguir un plan tan absurdo. Le explicó a la segunda abogada de la lista, una mujer, que quería un divorcio justo y rápido. Carolina la había recomendado por su presteza para negociar y su mano dura, y Olivia pensó que parecía menos agresiva que el primer abogado. Estuvo de acuerdo con Olivia y habló largo y tendido sobre las formas de separarse sin que nadie saliera herido. Se consideraba una experta en divorcios amistosos y le compartió un par de casos —sin revelar los nombres de sus clientes, por supuesto— que bien pudieron haber salido mal y que ella había llevado magistralmente a un mejor resultado.

Después de colgar, Olivia sintió que la cabeza le punzaba como si tuviera un concierto de reggaetón dentro del cráneo. De repente sintió que la sofocaba un pesado manto de dolor. Tal vez todavía estaba a tiempo de preguntarle a Félix si podían hacer las paces y tratar de solucionar su matrimonio. El divorcio no estaba en su visión del futuro. Por un instante sintió que estaba viviendo la vida de otra persona y se abstrajo del cuarto oscuro en su mente al que estaba entrando. ¿Sería un error contratar a un abogado menos belicoso? Se había prometido no lastimar a nadie, pero le daba miedo la amenaza de Félix. Si quería conservar a las niñas y a los embriones, tendría que elegir al T. Rex.

Martes, 14 de abril
Olivia llevó a las niñas a su clase Mommy & Me en una guardería cercana para pasar dos horas de juego estructurado en el arenero. Lola tenía cosas que hacer con Asistencia Legal y estaría ocupada hasta la tarde. De las ocho mamás presentes, dos estaban platicando de sus divorcios, pero Olivia no estaba lista para compartir su historia. Todavía no, o quizá nunca. Así que en lugar de eso les contó del accidente de las niñas y cómo se habían recuperado por completo gracias a la minuciosa atención del pediatra. Todas las mamás quedaron sorprendidas al enterarse del reflejo de inmersión y compartieron entonces los casos que habían escuchado de niños ahogados y madres negligentes incapaces de cuidar a sus hijos en las albercas.

La conversación hundió a Olivia en sus peores pensamientos de autocondena, el lugar en su mente donde cuestionaba su capacidad de criar a sus hijas. Se dio cuenta de que su culpa seguía enterrada muy adentro y se preguntaba si alguna vez se lo podría perdonar.

Cuando terminó la clase y cambió a las gemelas de ropa, empanizadas con arena, como pechugas de pollo, Olivia las dejó en casa con Lola y se fue a comprar un juego de platos para Séder que Keila había visto en una tienda de artículos religiosos en Westwood.

—Asegúrate de que sea la que tiene los nombres en inglés y en hebreo para cada alimento —le dijo Keila por teléfono esa mañana—. No puedo encontrar el juego de tu bubbe. Estoy segura de que estaba en la maleta judía en el garaje. Incluso miré en la maleta católica. ¡Era una antigüedad!

Mientras buscaba dónde estacionarse en las calles alrededor de la tienda, Olivia hizo una nota mental de sus demás pendientes. Más tarde en la semana tendría que comprar toda la comida que necesitaban: nueces de Castilla, manzanas, vino, peras, rábanos, hierbas amargas y una larga lista de otros ingredientes que aún tenía la esperanza de que Claudia consiguiera, si aparecía. No tenía manera de confirmar su sospecha de que Claudia tal vez estaba abusando de algún medicamento, o drogándose, o bebiendo, o todo lo anterior. La iba a tener que enfrentar. Luego, en medio de ese aterrador pensamiento, por fin encontró un lugar dónde estacionarse a una maravillosa cuadra y media de la tienda.

Por suerte, sí tenían el juego completo de platos y Olivia podría llevárselo a Keila más tarde.

—Lo siento —dijo la cajera—, no pasa la tarjeta. ¿Tiene otra?

Olivia sacó otra tarjeta de su bolsa, pero también la declinaron. Buscó la tarjeta de crédito que usaba para su negocio, pero recordó que la había dejado en su escritorio.

—¿A lo mejor la máquina está mal? —preguntó desconcertada—. Tengo por lo menos dos semanas antes del corte.

—Acabo de pasar otra tarjeta y no hubo problema —dijo la cajera, cansada y molesta.

—Ahora vuelvo. —Olivia se fue al coche para revisar las aplicaciones de las tarjetas de crédito en su teléfono y se le fue el aliento al darse cuenta de que Félix se había estado quedando en el Hotel Península de Beverly Hills. A mil ochocientos dólares la noche por una suite superior, más servicio a la habitación, más cargos en una serie de restaurantes de chefs famosos. Se le revolvió el estómago otra vez, pero ahora hasta podía escuchar a su intestino rugir. Por curiosidad, revisó el balance de su cuenta conjunta y se quedó atónita al descubrir un retiro de treinta mil dólares. Su primera reacción fue llamar a Félix.

—Qué mísera e inefectiva forma de cobrar tu estúpida venganza —le gritó al teléfono.

—¿De qué hablas?

—¡Las tarjetas de crédito! ¡El dinero! ¡Vaciaste nuestra cuenta de banco! ¿Crees que el juez no lo va a notar? Si estabas tratando de menospreciarme, de hacerme sentir impotente, ¡no te salió! *Yo* te dejé *a ti*. Recuérdalo.

Ahí estaba la maestra en evitar conflictos liberándose de su atuendo conciliatorio para revelar su nuevo yo. Se terminaba la era en que Félix intentaba hacerla sentir menos. ¡No más humillaciones! Armada con una confianza inusitada, llamó al T. Rex para reportar el incidente. En cuanto a los platos para Séder, tendría que dejarle la tarea a Patricia.

Viernes, 15 de abril
—Vamos a tener que cancelar el viaje a Coachella —dijo Eric en el teléfono—. Lo siento, Pats. —Era casi la hora en que tendría que estar abordando el avión a Los Ángeles.

—¿Por qué? ¿Tienes que trabajar el fin de semana? Compramos los boletos, todo está empacado.

—¿Ya viste el clima? Hay una tormenta de arena en el desierto. Los vientos están tirando postes de luz, arrancando árboles y se están volando las tiendas de campaña en Coachella. No vamos a disfrutar un festival de música así. Vamos el próximo año. Lo prometo.

Más que las tiendas, lo que parecía estar volando era Eric mismo. Últimamente escaseaban más y más las oportunidades de verse. Se interponía esto o aquello. Los planes cambiaban. El cliente, el socio, el vuelo, el viento. Era el viento cambiando de dirección. Abrió su aplicación del clima para asegurarse de que era un evento climatológico y no una metáfora de su matrimonio.

—Está bien. Entonces llevaré a Daniel a una caminata —dijo, resignada.

Sábado, 16 de abril

Sin que Olivia supiera, un coyote se comió al gato del vecino a las 3:38 a.m., justo bajo la ventana de su recámara. A la mañana siguiente encontró restos del cadáver en la entrada y lo demás entre los cactus y las hierbas que tanto amaba.

Domingo, 17 de abril

Después de publicar una serie de mensajes furibundos en sus redes sociales denunciando a la gente antivacunas, en apoyo a la Semana Mundial de Vacunación, Patricia preparó el almuerzo y manejó hacia el oeste con Daniel.

Se estacionó cerca de donde comenzaba el sendero en el cañón Los Liones, en las Santa Monica Mountains. Siempre le había molestado tener que vivir con nombres de lugares y pueblos mal escritos. Los primeros californianos que hablaban español, aquellos que nombraron la mayoría de los lugares en el estado, sin duda habrían perdido hasta el concurso más fácil de ortografía: Los Liones, en lugar de Los Leones; La Cienega, en lugar de La Ciénaga; Calabasas, en lugar de Calabazas; Garvanza, en lugar de Garbanzo; La Jolla, en lugar de La Joya. Y podía seguir, ya que tenía una amplia colección de ejemplos. Sin embargo, prefirió dirigir su atención a Daniel.

—Podemos subir en menos de dos horas si mantenemos un buen paso —le dijo a Daniel—. Luego podemos hacer nuestro pícnic en Parker Mesa Overlook y volver a la casa antes de la cena. ¿Te late el plan?

Le revolvió la melena color caramelo a Daniel, una mata de pelo que alguna vez fue hogar de una colonia de piojos que le contagiaron en la alberca de la escuela.

—¡Me late el plan!

Caminaron por un sendero levemente plano con parches de sombra, evitando la ocasional telaraña y las ramas de los chaparrales, encorvados por la sed. En otros tiempos, el cañón habría estado cubierto de lilas salvajes y las flores en primavera estallarían de color, pero eran tiempos de polvo y muerte sobre la piel de la Tierra. Patricia sabía que caminaba sobre una cama de cerillos, un terreno altamente inflamable que podía convertirse en un infierno en cualquier momento. Podía ver las cicatrices de viejos incendios en las montañas a su alrededor, así que hizo una nota mental de revisar el contenido de su maleta de emergencia. No la había renovado desde la última evacuación y no podía recordar si había empacado las baterías de los celulares, o si estaban en su equipo de supervivencia para terremotos.

Se detuvieron en un claro sobre una cresta para beber de sus cantimploras y disfrutar la vista de la bahía de Santa Mónica, a menos de mil pies, pasando la boca del cañón.

—Qué bueno que bubbe no vino con nosotros. ¡Iríamos muy lento!

—No subestimes a tu abuela. Te parecerá vieja, pero es súper fuerte.

—Dijo que tal vez podríamos adoptar un gato, pero tú tendrías que decir que sí.

—Lo tendremos que platicar con ella. Por cierto, ¿guardaste el cupón para comprar los tenis que quieres? —dijo Patricia, desviando la conversación del gato, pues no era partidaria de los felinos.

—Se vence la próxima semana.

—Bueno, vamos mañana a comprarlos.

Patricia hizo una pausa antes de guiar finalmente la conversación hacia lo que estaba pensando.

—Bueno, ¿y qué pasó con ese niño que te decía Bean Queen?

—Sigue molestando a otros, pero no a mí, o por lo menos no en mi cara. Sé que dice cosas de mí a mis espaldas. Es un idiota.

—¿Todavía estás enojado?

—Me molesta. Ahora hay otros que creen que soy gay.

—¿Y eso cómo te afecta?

—No sé. Estoy enojado, supongo. ¿Qué les importa si soy o no?

—¿Sería terrible para ti si fueras gay?

Daniel guardó silencio hasta que llegaron a la cima del sendero. Tenían frente a ellos la enormidad del océano Pacífico, destellando. Ambos respiraron hondo al mismo tiempo.

—¿Sería terrible para ti si lo fuera? —preguntó Daniel finalmente.

—Por supuesto que no —dijo Patricia con su voz más firme—. Yo te acepto y te amo como seas. Y siempre te voy a proteger. Seré tu fan toda la vida. Me convertiré en una pantera feroz para defenderte. Lo sabes. Si viviéramos en los ochenta, estaría preocupada por tu salud. Si viviéramos en un país represor, donde ser gay es ilegal, me preocuparía tu seguridad. Siempre habrá gente a la que le cueste trabajo aceptar algo que es simplemente natural. Pero aquí estamos en California, en el siglo XXI. No puede ser más progresista que esto. ¿Qué piensas? —dijo, sintiéndose intranquila en el fondo, consciente de que, incluso bajo esas circunstancias favorables, de una u otra manera Daniel eventualmente enfrentaría expresiones de odio. Pero no lo iba a discutir con él, todavía no.

—No sé, mamá. Supongo que estaría bien. Bubbe siempre me dice que tengo que ser honesto con mi yo verdadero. ¿Eso incluye ser gay?

—Claro que sí —dijo Patricia, riéndose en silencio ante la predilección de Keila de citar sus libros de autoayuda.

—Pero ¿cómo sé si estoy siendo honesto con mi yo verdadero? No sé si soy gay.

—¿Cuáles serían las señales?

—¿Que a lo mejor me guste un niño?

—¿Y te gusta alguno?

—Sí, un niño en el equipo de natación, pero no estoy totalmente seguro. También hay una niña. A veces nos intercambiamos el lunch. Su mamá cocina súper rico.

—Supongo que tu yo verdadero, como dice bubbe, se revelará por su cuenta eventualmente. Yo tengo amigos gais que siempre lo supieron, sin ninguna duda. Para otras personas es un proceso. No creo que haya un camino correcto o incorrecto. Solo se da. ¿Por qué no lo tomas como se vaya dando?

Daniel lanzó una piedra por un pequeño barranco. A lo lejos, el océano, contenido por la bahía, estaba en lo suyo, totalmente ajeno al diálogo trascendental que acababa de darse.

—Siempre podemos hablar de esto. Lo sabes, ¿verdad? —dijo Patricia, abrazando a Daniel. En esta ocasión, él no se zafó de sus brazos.

Lunes, 18 de abril

Después de que Daniel terminara la tarea, después de jugar un videojuego, después de acostarse y apagar las luces, abrazó su almohada y pensó en el niño del equipo de natación.

Sábado, 30 de abril

Siempre se celebraba Pésaj en casa de los Alvarado. Habían hecho tan suya aquella festividad como si en verdad fueran religiosos. Daba igual que no lo fueran. A nadie le importaba realmente. Era nada más por tradición. Treinta y tantos parientes y amigos se juntaban todos los años para realizar los mismos rituales, cantar las mismas canciones y comer la misma comida.

Todos se sentaban alrededor de las mismas tres mesas redondas para diez personas que habían rentado y acomodado en el patio, atendidos por los mismos meseros, y disfrutaban la comida de alguien más que no era Claudia, pues esta se rehusaba a cocinar comida de Séder. ¿Hablaban de las mismas cosas? Sí. ¿Contaban los mismos chistes? Sí. ¿Sentían que estaban estancados en un ciclo cómodo y predecible, repitiendo el mismo evento una y otra vez, y que lo que sucediera el resto del año era tan solo intermedio? Por supuesto. Excepto que esta ocasión fue distinta por dos razones.

La primera, Olivia tuvo que inventar un pretexto para explicar la ausencia de Félix en la cena. Como sucede con casi todas las mentiras, la suya era complicada:

—Félix fue a recoger uno de esos árboles que la ciudad está regalando. Es un programa relacionado con el Día Internacional de la Madre Tierra, ya saben. Están entregando árboles. Lo estaba plantando en el cañón y se lastimó la espalda. Nada serio. Pero está en cama, viendo la televisión.

La segunda, y más importante, por lo menos para los miembros de la familia, a quienes no les importaba mucho la ausencia de Félix, Prince había muerto. El clan Alvarado entero, fanáticos acérrimos de su música, pasaron una buena parte de la cena hablando de "When Doves Cry" y "Purple Rain". Conversaron sobre drogas y mencionaron a otras celebridades que habían muerto por sobredosis en los últimos años.

—Estamos perdiendo mucho talento por las drogas —suspiró Patricia.

—¿Y qué me dices de los miles que matan con armas exportadas ilegalmente de Estados Unidos para la guerra entre narcos en México, muchos de ellos víctimas inocentes? —dijo Keila, cuya indignación llegaba al tope cada vez que veía noticias así en Univision.

—Qué bueno que ninguna de ustedes tres se ha metido drogas —dijo Óscar, con una certeza absoluta.

Se hizo un silencio incómodo entre el grupo. Patricia tomó su teléfono, casual, evitando mirar directamente a su padre. Olivia estaba a punto de decir algo cuando sintió que la pateaban debajo de la mesa. Ya que estaba sentada en medio de sus dos hermanas, no estaba segura de quién era la advertencia para callarse. Claudia se comportaba como si no estuviera ahí. Tomó un sorbo no muy entusiasta de vino y con su tenedor removía la comida en el plato, quizá esperando mejorar el sabor.

Keila había notado las pupilas dilatadas de Claudia, quien no había dicho una palabra en toda la cena. Parecía distraída, como una adolescente que no se sabe las respuestas en un examen y, derrotada, decide soñar despierta hasta que suene la campana. Keila sabía que muchos chefs abusaban de las drogas. Había conocido a un amigo de Claudia que se había caído muerto en plena cocina de su restaurante de una sobredosis, la jeringa aún clavada en su vena. Hasta donde sabía, y contrario a la tendencia entre los cocineros, Claudia no tenía tatuajes ni había desarrollado adicción a ninguna sustancia. Pero viéndola ahora, con los tacones, el vestido ajustado (¿era una etiqueta lo que sobresalía de su manga?) y el cabello normalmente perfecto ahora desarreglado, se preguntaba si acaso había pasado por alto alguna señal que hubiera ayudado a Claudia a alejarse del peligro.

Mientras Keila intentaba borrar cualquier pensamiento negativo respecto a su hija y en lugar de eso enfocarse en los rituales de la cena de Pésaj, Claudia se levantó abruptamente, tirando la silla plegable al piso, y se tambaleó en dirección a la casa, zigzagueando de manera errática por el patio hasta que llegó a la cicatriz de cemento en medio del jardín, donde se colapsó de cara al suelo.

Mayo

Domingo, 1° de mayo

Un tumor cerebral benigno no tiene nada de benigno. Incluso uno pequeño, del tamaño de una mora, puede causar un daño irreparable. Keila se preguntaba por qué la gente siempre comparaba los tumores con la fruta: es del tamaño de una uva, es del tamaño de un kiwi, del tamaño de un limón.

—El tumor de Claudia es del tamaño de una naranja —dijo el neurólogo al día siguiente de Pésaj, cuando les explicó los resultados de la resonancia magnética a Keila y Óscar.

En la inmediata conmoción después del colapso de Claudia, la tía Belinda le había vaciado una jarra de agua helada en la cabeza, pensando que había perdido el conocimiento por haber bebido demasiado alcohol. Alguien le quitó los zapatos. Alguien más le aflojó el cinturón. Una prima lejana la abofeteó repetidamente en la cara hasta que Óscar le dijo que parara. Eric gritó en francés órdenes que todos ignoraron, pero Claudia seguía inconsciente. Keila la movía desesperadamente y gritaba:

—¡No te me vayas! —Eran las únicas palabras que le venían a la mente, una frase trillada que los personajes en las series de televisión siempre le decían a una víctima que acababa de recibir un disparo y estaba a punto de morir.

En el caos de la emergencia, nadie se dio cuenta de que los paramédicos que respondieron a la llamada al 911 eran los mismos que unos meses antes habían rescatado a las pequeñas Diana y Andrea de la alberca. Con tal conocimiento del terreno, transportaron rápidamente a Claudia y la llevaron al hospital. Varios amigos de la familia, cada uno en su propio coche, siguieron a la ambulancia, formando una procesión siniestra que simulaba la de un funeral, solo que al doble de velocidad. Por supuesto, la fiesta había terminado.

Una vez que Claudia fue admitida en la sala de urgencias, le hicieron una serie de pruebas, un proceso que duró hasta el amanecer del día siguiente. La resonancia reveló un meningioma monstruoso situado donde debería estar el lóbulo frontal derecho de Claudia. El tumor había empujado el cerebro hacia atrás para hacerse espacio, demostrando de nueva cuenta la innegable ley de la física: dos objetos no pueden ocupar el mismo espacio al mismo tiempo. Y dado que solo había cierto espacio dentro del cráneo de Claudia, el lado derecho de su cerebro se había arrugado hacia un área más pequeña atrás del tumor, provocando toda clase de consecuencias que aparecerían más adelante, si sobrevivía la cirugía.

Lunes, 2 de mayo

Gabriel, que voló de Nueva York tan pronto como escuchó la noticia y fue directamente del aeropuerto al hospital, se perdió el caos inicial, pero Patricia lo había puesto al tanto gracias al wifi del avión. Para cuando llegó al hospital, Claudia ya estaba sedada.

—Va a tomar unos días reunir y preparar al equipo de cirujanos para la operación —dijo Patricia.

—Quiero saber quiénes son esos doctores, cuáles son sus credenciales —dijo Gabriel que, siendo el marido de Claudia, se sentía autorizado para empezar a tomar decisiones en su lugar.

—Uno de ellos viene de Phoenix. Los demás son locales. Te paso toda la información para que tú te encargues.

—Mándame todo por correo —dijo, usando su voz ejecutiva—. ¿Qué posibilidades tiene de sobrevivir?

Patricia no podía contestar, su mente brincando de un escenario a otro, todos devastadores, hasta que finalmente reunió la fuerza suficiente y dijo:

—Pocas.

Martes, 3 de mayo
Por orden de Keila, Olivia y Patricia fueron a casa de Claudia para recoger pijamas, ropa, cosméticos y otras cosas anticipando la recuperación de su hermana, ¿o sería su funeral, Dios no lo quiera?

Después de estacionarse en la angosta entrada y salir del coche, notaron la primera señal obvia de la enfermedad de su hermana (no que no hubieran ya pasado por alto bastantes señales): el buzón retacado, desatendido. Los folletos, catálogos, revistas y aplicaciones de tarjetas de crédito preaprobadas que ya no cabían por la ranura estaban apiladas en los escalones de la entrada, algunas atadas con ligas, lo que claramente era la labor de un cartero ordenado y diligente. Debido al viaje de dos semanas que hiciera Gabriel a Nueva York para cerrar un trato importante para una película, le tocaba a Claudia meter el correo a la casa, pero no se había tomado la molestia. Olivia lo arregló ahí mismo, guardando los recibos y tirando la publicidad al bote del reciclaje al fondo de la entrada. Una vez en la casa, Ramsay y Velcro las saludaron como si fueran diosas de otra dimensión. Olivia alimentó a los animales muertos de hambre y llenó sus tazones de agua vacíos mientras Patricia iba al baño para recolectar el champú y las cremas de Claudia. No había jalado el escusado. La regadera goteaba de manera constante, lo que bien pudo haber salvado al perro y al gato de morir de sed. Había caca de perro por todo el piso de madera y los tapetes. Olivia tuvo que dar saltos para no pisarlas. El arenero del gato se desbordaba con pequeños palitos cafés que parecían Tootsie Rolls asomándose entre la arena. Era como si Claudia se hubiera ido de viaje, abandonando a las mascotas durante días. Pero no podía ser. Cuando Olivia le preguntó en la cena de Pésaj dónde estaba, ya que no había contestado el teléfono, dijo que había pasado los últimos días en su casa. ¿Y qué tal las demás señales de abandono? En la recámara había ropa, zapatos y toallas esparcidas por todas partes. Había restos de comida en platos y en el piso, que Velcro probablemente había aprovechado. Sobre el sillón había una fila de hormigas que acarreaban trozos minúsculos de lechuga marchita. Había tirado una copa de vino en la cama; la mancha ya seca. ¿Durante cuánto tiempo había resistido su hermana, intentando llevar una vida normal sin lograrlo?

—¿Cómo diablos le hizo para manejar a la casa para la cena de Pésaj? —dijo en voz alta Patricia, impactada por el caos total.

—Uber —gritó Olivia desde la cocina—. Su coche está afuera —dijo, orgullosa de su habilidad como detective.

Luego vino su extraño descubrimiento:

—¡Ven! Toda la casa huele a gas.

Olivia apagó uno de los quemadores de la estufa que estaba ligeramente prendido y abrió la ventana.

—¿Cómo no lo olió? —dijo Patricia.

—¿Cómo no vimos que estaba tan enferma?

—Me siento fatal.

—No somos médicos. ¿Cómo íbamos a saber?

—Es tan obvio ahora. Prácticamente nos estaba gritando que no se sentía bien. Pero no la quisimos oír.

—No nos culpemos. Eso no la va a ayudar.

—¿Y si se muere? Debimos darnos cuenta de lo que estaba pasando.

—Pudimos pescar el tumor cuando era del tamaño de un arándano.

—O una wolffia.

—¿Una qué?

—Búscalo en Google.

—¡No tienes por qué ser grosera!

—Lo siento, estoy toda alterada. Es la fruta más pequeña que existe.

Había tanto que asimilar y comprender sobre Claudia. En las últimas horas, desde que se enteraron de su diagnóstico, habían respondido muchas preguntas respecto a su comportamiento reciente. Parecían años desde que la familia se reuniera para la cena de Pésaj. Sus pupilas dilatadas. La falta de interés en las labores cotidianas. Perder citas y entregas. Quedarse dormida en todas partes. No contestar el teléfono. ¡No alimentar a las mascotas! Olivia levantó a Ramsay y lo abrazó con fuerza. Intentó contener las lágrimas, pero sentía que algo reventaba en su interior, quizá el lugar donde residen los sentimientos entre hermanas. Salió a la terraza y los sensores de luz se encendieron. La alberca iluminada estaba quieta. Las olas del mar apenas se escuchaban golpeando abajo contra la playa. Le hubiera gustado quedarse ahí para siempre, sintiendo la brisa casi imperceptible sobre su rostro, pero tenía que juntar las cosas de Claudia, pasar a su casa para dejar a las mascotas y volver al hospital.

Al estar eligiendo ropa y pijamas del clóset de Claudia, no le sorprendió a Patricia encontrar varios vestidos todavía con la etiqueta; la mayoría de Barneys y Saks. Pero, un momento, ¿aquel suéter era suyo? Se acordaba haberlo perdido en una cena a la que Claudia y ella habían asistido juntas. Buscando más, encontró una caja de zapatos llena de lentes de sol, y reconoció varios suyos, perdidos aquí y allá a lo largo de los años. Luego sacó otra caja llena de chucherías que Claudia nunca habría comprado ni eran suyas, o por lo menos no legítimamente, como uno de los premios Emmy a mejor actriz que recibió Claire Danes por *Homeland*. El descubrimiento del trofeo hizo que Patricia inspeccionara todo el clóset. ¿Qué más se había llevado su hermana de las fiestas de celebridades por toda la ciudad? Entre toda clase de uniformes de chef, zuecos y Crocs, había tacones de aguja, sandalias de diseñador y una inmensa colección de pantalones de mezclilla y bikinis, muchos seguramente comprados (o robados) en ofertas de Dover Street Market New York, una de sus tiendas favoritas. Claudia prefería la moda extravagante, y tenía el cuerpo de modelo para lucirla. Patricia se preguntó cómo alguien que se ganaba la vida preparando comida podía seguir siendo talla 2, pero ahí estaba: Claudia no solo era tan delgada como un espárrago, era más alta que sus dos hermanas por varias pulgadas, y podría morir antes de cumplir los cuarenta.

Si Claudia se moría, ¿sería el deber de Patricia devolver toda la ropa no usada a las tiendas? ¿Olivia y ella conservarían parte de la ropa, o donarían su guardarropa entero a la beneficencia? ¿Le devolvería el Emmy a Claire Danes? Tenía una razón legítima para encontrarse con ella en persona y disculparse por el robo de su difunta hermana. También la felicitaría por *Temple Grandin* (carajo, era tan buena para representar personajes con problemas de personalidad). Y *Romeo + Juliet*, bueno, era una obra maestra, en el mismo nivel que *Mujercitas* y *Las horas*. Patricia era en definitiva fan de corazón, pero se detuvo, de pronto avergonzada de estar fantaseando mientras su hermana luchaba por su vida.

—¡Pats! ¡Ven! ¡Mira lo que encontré en la despensa! —gritó Olivia.

Y ahí estaba, en el pequeño cuarto adyacente al comedor, entre toda la vajilla y la mantelería, cuidadosamente apilado en la repisa: el juego de platos para Séder de la mamá de Keila.

Viernes, 6 de mayo
Como al principio de un chiste, un sacerdote y un rabino entraron a la sala de espera del hospital. Ante la emergencia

de Claudia, Keila y Óscar habían acordado una tregua y unido fuerzas para ayudar a su hija, aprovechando la más amplia gama de apoyo celestial a su favor.

—Gracias por venir, padre. Gracias, rabino. Como les dije por teléfono, el tumor es del tamaño de una toronja. La están operando ahorita.

En silencio, Óscar deseó que la descripción de Keila del tumor se hubiera inclinado hacia frutas más pequeñas, como higos, chabacanos o, mejor aún, frambuesas, pero tenía el hábito de exagerar cuando estaba preocupada, y temía que eventualmente llegara a compararlo con melones y hasta con sandías.

Por una vez, Óscar no estaba pensando en la probabilidad de tormentas que se acercaban a las San Gabriel Mountains. No puso atención cuando el Servicio Meteorológico Nacional advirtió sobre el riesgo de posibles rayos, inundaciones repentinas, ráfagas de viento y granizo. Esa mañana, los posibles deslaves en zonas deforestadas por incendios anteriores no estaban en su mente. Era Claudia, su niña, su primogénita, la que ocupaba sus pensamientos.

Después de rezar un poco, tanto el padre como el rabino se sentaron juntos en un rincón lejano de la sala de espera para confortar a cualquiera que necesitara consuelo. Olivia y Eric se sentaron con ellos un rato.

—Han pasado varios días de pruebas y preparación. Uno de los cirujanos voló ayer desde el campus de la Clínica Mayo en Phoenix. La prognosis no es muy alentadora. Tiene diez por ciento de probabilidad de salir viva de la operación. Y si lo hace, hay noventa por ciento de probabilidad de que nunca despierte del coma. —La voz de Olivia sonaba temblorosa y frágil.

—Tenemos que estar preparados para lo peor —dijo el cura, un hombre de sesenta años con la cabeza calva pulida como un foco, quien seguro podía hacer algo mejor que recurrir a una frase tan excesivamente gastada, que ya no significaba nada.

Hacia media mañana, después de cuatro horas en el quirófano, los dos cirujanos salieron a darles una breve actualización a los Alvarado.

—Ya logramos bloquear la arteria que estaba irrigando el tumor. Eso nos ahorró como dieciocho horas de cirugía. Aun así, apenas estamos empezando. Estamos haciendo todo lo posible, pero tenemos que estar preparados para lo peor.

Olivia ya había escuchado esa idiotez suficientes veces y le dieron ganas de vomitar. Llamó a Lola para preguntar por las niñas y siguió a los cirujanos, que se dirigían a la cafetería. Tal vez un té de manzanilla la haría sentir mejor.

—Perdónenme por preguntarles esto pero, si ustedes están aquí, ¿quién está al volante? —les preguntó a los médicos en el elevador, usando una metáfora automotriz.

—Calculamos que la cirugía dure por lo menos hasta la medianoche. Necesitamos ir al baño y comer —explicó uno de los doctores, el guapo con la barba de candado. Se veía bastante hambriento.

—Me temo que digan que sí si les pregunto si el cofre está abierto.

—Lo está. El cerebro de su hermana está expuesto ahora mismo, pero todo está bajo control. Estamos en un ambiente súper estéril. En este momento, una infección es lo último que nos preocupa.

Cuando los doctores se fueron hacia la barra para pedir hamburguesas con papas a la francesa, Olivia sintió que las náuseas aumentaban mientras imaginaba el cerebro expuesto de Claudia, pulsando con una energía cada vez menor, acostumbrándose al insignificante esfuerzo de fallecer.

Las cafeterías de los hospitales no eran ambientes precisamente adecuados para albergar pensamientos profundos; sin embargo lo eran de una manera un poco perversa. Olivia se sentó sola en una mesa de formica pegajosa. Tenía frente a ella un vaso de papel lleno de té ligero, bañado con un exceso de luz fluorescente. Se preguntó si su hermana tenía una lista de deseos y sueños no cumplidos. ¿Alguna vez había querido ir a la Antártica? ¿Quizá aumentarse el pecho? ¿O el deseo de tener un bebé? ¿Volar en parapente? ¿Ganar un maratón? ¿Viajar a la India para tomar un curso de yoga? De saber que tenía un tumor creciendo en su cráneo, ¿se habría arriesgado más, digamos saltar en *bungee* o en paracaídas desde un avión? ¿O eso era demasiado predecible y aburrido? Tal vez aspiraba a robarse un kayak de una tienda de deportes a la vista de todos.

Estas ridículas ideas solo le demostraban a Olivia que su hermana había sido tremendamente hábil para lograr las metas que se había propuesto, metas que en verdad importaban, por ejemplo, volverse una chef famosa, conseguir independencia económica siendo joven y tener un matrimonio envidiable. Gabriel había demostrado ser un marido amoroso, confiable, por lo que Olivia podía ver; de hecho, eso la hería muy hondo ahora que su propio matrimonio se estaba desmoronando. ¿Félix volaría desde el otro lado del país, como Gabriel, si se enterara de que Olivia tenía un tumor? Poco probable.

En las últimas horas, Gabriel había sido muy atento, encargándose de todas las cuestiones prácticas que nadie más en la familia tenía cabeza para arreglar bajo esas circunstancias, como lidiar con el papeleo del seguro. Les había dado a los médicos la voluntad anticipada notariada que indicaba expresamente el deseo de Claudia de que no la mantuvieran viva por medios artificiales, como respiradores. A Olivia le parecía que sentirse útil era como Gabriel lidiaba con la crisis, dando órdenes y ni siquiera intentando controlar un tic nervioso que ella ya había notado antes, que lo hacía tallarse constantemente la ceja derecha.

En la sala de espera aprovechaban la tranquilidad de la tarde. La mayoría de los parientes y amigos de pacientes en cirugía o recuperación ya se habían ido a hacer sus cosas en el mundo de los sanos. Hacía un rato que el sacerdote y el rabino se habían ido a su respectiva iglesia y sinagoga. Eric había pasado todo el día acampando en la sala de espera —sillas amarillas de vinil en hileras opuestas—, mandando mensajes o saliendo al pasillo de los elevadores para hacer llamadas de trabajo, pero ya había tomado su vuelo de vuelta a San Francisco. En cuanto a Félix, nadie preguntó por qué no había ido al hospital para estar con Olivia. Nadie esperaba que lo hiciera en realidad; el paria de la familia. Los cirujanos volvieron al quirófano para seguir intentando salvar a Claudia.

Óscar se sentó cerca de la ventana y miraba hacia el exterior de vez en cuando, quizá esperando que le salieran alas y pudiera escapar hacia la fina atmósfera. Keila, Olivia y Patricia comentaban con Gabriel los adelantos que les iban dando los cirujanos, quienes salían a la sala de espera en intervalos. Cada vez que abrían la puerta, toda la familia se levantaba de sus asientos para rodearlos.

—La buena noticia es que los signos vitales de Claudia están bien. Ya es mínima la probabilidad de una hemorragia fuera de control —dijo el cirujano.

Cuando los Alvarado volvieron a sus asientos, Gabriel dijo bajito:

—Siempre me dijo que quería que la cremaran. Estoy viendo un par de funerarias.

—¿No te estás adelantando? Porque hasta donde yo sé, está viva —dijo Patricia, súbitamente irritada.

—Solo intento ser práctico. ¿Alguien realmente cree que se va a salvar? Casi desearía que no. Podría terminar parapléjica, o Dios sabe qué más. ¿Qué clase de vida va a tener?

—¿Qué clase de vida vas a tener *tú*, obligado a cuidarla? ¿Es eso lo que quieres decir? —le rebatió Patricia, ya visiblemente encolerizada, el Kleenex en su mano sudorosa hecho pedazos.

—Dejen de decir tonterías—insistió Keila—. Todos estamos muy preocupados y tenemos la mecha corta. No nos empecemos a insultar. Necesitamos estar unidos.

—Para que conste, y todos ustedes lo saben bien —dijo Gabriel—, no hay nadie en este mundo que ame más que a Claudia. Y si vive, yo me voy a encargar de su recuperación y sus tratamientos, lo que sea necesario. Lo que dije no tiene nada que ver con mi calidad de vida, sino con la suya.

—Va a vivir. ¿Qué no sabes quién es mi hermana? —dijo Patricia.

—¡Sé realista, por Dios!

—En serio no creo que conozcas a mi hermana mejor que cualquiera en este lugar —dijo Olivia, pensando de inmediato en la lista de Claudia, cuyo contenido no podía ni imaginar. ¿Realmente conocía a Claudia mejor que Gabriel? Se mordió el labio y salió al pasillo.

Patricia la alcanzó en los elevadores.

—Salgamos un rato.

Caminaron por Burton Way hacia Beverly Hills. El trayecto de dos millas que iniciaba cerca del Cedars-Sinai Medical Center era una de las pocas calles en Los Ángeles con un camellón amplio con pasto, y quizá la menor cantidad de tráfico de toda la ciudad.

—Nunca hay nadie en esta calle —dijo Patricia.

—Hay una nana con una carriola por ahí.

—Bueno, una persona.

—Y el bebé.

—Ya son dos, y nosotras, cuatro. Hubiéramos ido mejor al Beverly Center a beber algo. Me va a salir una ampolla en el pie con estos zapatos; no son para caminar.

Patricia se quitó las sandalias de tiras que se había puesto para una reunión esa mañana, pero obviamente era la peor clase de zapatos que podías usar durante lo que resultaron ser horas de espera deambulando por los corredores del hospital, y caminar descalza por el pasto seco. La ciudad había suspendido la irrigación de parques y lugares públicos para poner el ejemplo y que los ciudadanos hicieran lo mismo en sus jardines, así que el paisaje antes verde ahora era un mar de arbustos secos.

Olivia llamó a Lola para contarle.

—Qué alivio. Estoy segura de que está en buenas manos. Esos doctores son los mejores de toda la ciudad —dijo Lola tras escuchar la noticia de que Claudia estaba viva—. Pienso en ella. Dile eso.

—Se lo vas a poder decir tú misma. Yo me quedo con las gemelas para que puedas venir a visitarla. ¿Cómo están, por cierto?

—Andrea está dormida. Diana está dibujando. No te preocupes por ellas. Y si necesitas que me quede con ellas en mis días libres, lo hago. Sé que quieres estar con Clau.

Olivia colgó, rebasada por la tristeza. Una brisa suave y tibia movía las ramas de las palmeras como bailarinas de hawaiano moviéndose en cámara lenta sobre el tablero de un coche.

—¿Te has preguntado qué tendría Claudia en su lista de lo que le gustaría hacer antes de morir? —le preguntó Olivia a Patricia.

—No lo había pensado.

—Tendremos que esperar a que se recupere y nos diga.

—Así es.

—Yo no tengo una lista. ¿Y tú?

—No. ¿Cuándo empieza uno a pensar en estas cosas? —preguntó Patricia.

—Cuando te das cuenta de que tu tiempo en la tierra termina en algún punto, escoges las cosas que más quieres hacer antes de estirar la pata. Todavía no tienes treinta. Probablemente sigues pensando que tienes el Plan de Minutos Ilimitados, pero mira lo que está pasando con Claudia.

—Va a salir adelante.

Los ojos de Olivia se humedecieron y se secó rápidamente las lágrimas con la manga, esperando que Patricia no lo notara.

—Ey, confía en mí, se va a recuperar.

—Lo sé. Es todo lo que está pasando. —Olivia respiró hondo, dejó de caminar y miró a Patricia a los ojos—. Ya no te lo puedo ocultar. Me separé de Félix. Se acabó.

Patricia se detuvo, el pasto seco le raspaba los pies descalzos.

—Guau. O sea que va en serio. Es por los embriones, ¿cierto?

—Es la acumulación. Estoy harta de su carácter y su crueldad.

—No es la persona más agradable del mundo; sabes cómo lo vemos en la familia, pero no pensé que fuera tan malo contigo. Nunca nos dijiste.

—Es terrible, y lo ha sido durante un rato. No los quería preocupar. Al final se redujo al pleito por los embriones. Es mi culpa.

—Eso no es cierto.

—Claro que sí. Acabo de matar mi matrimonio.

Mientras Olivia le explicaba la situación a Patricia, llegaron al final de Burton Way, donde la calle se incorporaba a Little Santa Monica, el distrito comercial de Beverly Hills, y siguieron andando hacia Wally's, una enoteca y restaurante que Patricia quería probar.

La escena en el bar era ruidosa y feliz en medio de, bueno, la hora feliz, así que las hermanas tuvieron que hablar fuerte para escucharse.

Olivia hizo señas al mesero y, con un par de palabras y gestos no verbales aptos para restaurantes, indicando que les sirvieran vino en una copa, las hermanas recibieron sus bebidas en cuestión de minutos.

—No es tu culpa —dijo Patricia, atrayendo la atención de una pareja sentada junto a ellas—. Sí, lo presionaste un poco con lo de la fertilidad, y sí, Félix se unió al plan, te complació cuando seguiste insistiendo y estuvo contigo en todo el proceso, una crisis tras otra, un aborto tras otro, pero llegó a su límite con los embriones que quedaban y eso te llevó a ti al límite. Entonces, ¿de quién es la culpa?

De todos, o de nadie. Pero ¿a quién le importa? Yo diría que pararas el juego de la culpa y te enfocaras en divorciarte rápido. Y mira, si realmente estás segura de salvar los embriones, ya sea que se queden congelados para siempre o encuentren su propio camino hacia el mundo, yo te apoyo. Estoy segura de que tienes tus razones.

—Sabes cuál es la razón. Ya lo platicamos.

Pidieron dos rondas más mientras discutían las estrategias para salvar los embriones, algunas plausibles (llevar a Félix a juicio), algunas absurdas (hacer perdedizos los embriones) y otras francamente ilegales (robar los embriones). Después de una hora de estar maquinando, a Patricia le llegó un mensaje de Keila.

> ¿Dónde están? Gabriel se está portando pésimo.
> Vengan ya.

Asustadas después de revisar sus relojes, Olivia pidió un Uber y, ligeramente pasadas de copas, regresaron al hospital para encontrarse con una auténtica batalla entre Keila y Gabriel, que se estaban gritando cerca de la estación de enfermería.

—Pero ¿por qué chingados traes el testamento de Claudia justo en este momento? —gritó Keila, que tenía un documento en la mano.

¿Chingados? Olivia nunca había escuchado a su madre decir groserías. Miró a Patricia, perpleja.

—¿Qué está pasando? —preguntó.

—Gabriel quiere asegurarse de que todos estemos conscientes de que él es el único heredero de los bienes de Claudia, así que trajo los papeles de su fideicomiso al hospital para restregárnoslo en las narices.

—Perdón. No pensé que fuera algo desconsiderado. Solo estoy intentando encargarme de las cosas prácticas —dijo él.

—¿Desconsiderado? ¿Dijiste desconsiderado? ¡Es insultante! —Keila claramente estaba fuera de sí y necesitaba refuerzos para hablar, así que Patricia se metió.

—Mira, Gabriel, nos vale madres el testamento de Claudia. Si te deja todo, está bien, pero no vengas aquí anticipando su muerte, ¡porque no se va a morir!

—¡Ya enfrenta lo inevitable, Patricia!

Enfurecida, Patricia agarró a Gabriel del cuello de la camisa y lo sacudió con una fuerza desconocida, pero justo antes de que la agresión escalara a violencia, Olivia y Keila se la quitaron de encima. Dos de las enfermeras que habían visto el pleito corrieron a buscar un guardia de seguridad.

—¿Dónde está papá? —preguntó Patricia, sollozando—. Necesito a papá.

—Aquí estoy, chamaquita —dijo Óscar, que acababa de llegar. La tomó y la abrazó con fuerza contra su pecho. Era el abrazo que tanto había extrañado. Era el amor que tanta falta le había hecho en los últimos meses. Lo recibió, envolviendo los hombros de Óscar con sus propios brazos.

—Se tienen que ir ahorita mismo —dijo el guardia de seguridad cuando llegó.

—Mire, señor, acabo de llegar. No he visto a mi hija —dijo Óscar.

—¡A la calle o los voy a tener que reportar!

Todos dejaron en silencio la estación de enfermería y se fueron, cada uno en su coche. Algo se había roto entre los Alvarado y Gabriel. Olivia casi podía escucharlo estrellarse en el piso. Se dio cuenta de que nunca había confiado realmente en él, pero hizo el esfuerzo de ser amigable porque sabía cuánto lo amaba Claudia y, bueno, después de casarse con su hermana ya era familia. Tal vez tenía razón. Tal vez estaban negándose a ver la dolorosa realidad de que Claudia se estaba muriendo.

Domingo, 8 de mayo
Nadie recordó que era Día de las Madres.

Lunes, 9 de mayo
Estas eran las medidas permanentes impuestas por el gobernador para cuidar el agua: quedaba prohibido regar jardines durante los dos días posteriores a una lluvia; no se podían lavar las banquetas con manguera; había restricciones para ofrecer agua a huéspedes de hoteles y comensales en restaurantes, además de otras medidas extremas, como solo descargar el escusado si se tenían que vaciar sólidos. Aunque pocos días antes el norte de California había disfrutado de algunos días húmedos y sus reservas estaban reabastecidas, más del noventa por ciento del estado se encontraba en su quinto año de sequía severa.

Óscar celebró las noticias del ahorro de agua. Era un fiel creyente del dicho "Si es popó, se va; si es pipí, se queda" siempre que usaba el escusado, a pesar de las quejas de Keila. Todavía no reconocía la nueva normalidad en que el agua escaseaba y era necesario usarla con moderación, en lugar de quedarse largo rato en la regadera y tener la llave del lavabo abierta mientras se cepillaba los dientes.

Pero de camino al hospital, decidido a acampar ahí hasta que Claudia se recuperara, sin importar lo que había ordenado el guardia de seguridad, Óscar se daba cuenta de que a los Alvarado les esperaba una nueva normalidad que les cambiaría la vida todavía más.

Miércoles, 11 de mayo

—Necesitas ir a la casa y bañarte. Llevas aquí desde el lunes.

Keila olió el cuello de la camisa de Óscar. Él se alejó, sorprendido por su proximidad.

—Claudia no se va a recuperar porque andes de un lado al otro del hospital todo el día. Está estable, y es la maravillosa noticia a la que nos tenemos que aferrar.

—Es su cumpleaños. No la puedo dejar sola.

—Descansa. Aquí voy a estar yo.

—Bueno, regreso pronto con un pastel. Soplamos las velas por ella.

Óscar le sostuvo la mirada a Keila un poco más, dio media vuelta y se fue a la casa.

Viernes, 13 de mayo

Dos veces en el mismo año era más que suficiente, pensó Daniel de camino al hospital. Había visitado a sus primitas cuando casi se ahogaban y ahora a su tía Claudia. Sentado en el asiento del copiloto junto a Patricia, se preguntaba en silencio si la familia estaba embrujada. Le pareció que, de pronto, cada mes pasaban por emergencias y conflictos.

Cayó en cuenta de que era viernes 13 y se le revolvió el estómago. ¿Sería un mal presagio?

—Sigue en coma, así que tal vez no sepa que estás ahí. No ha pasado suficiente tiempo desde la cirugía para que esté despierta. Pero habla con ella por si acaso te escucha. Seguro la hará muy feliz oír tu voz —dijo Patricia.

—¿Se puede morir mientras estamos con ella?

—Sí. —Hizo una pausa antes de continuar—. Podría morir en cualquier momento, pero ahora mismo los doctores dicen que está estable. Se ve como muerta, pero no lo está. Su cuerpo está usando toda su energía para sanar.

—¿Y si se queda así para siempre?

—Algunas personas se quedan en coma por años, otras solo unos días. Tu tía es súper fuerte. Despertará tarde o temprano. Estoy bastante segura, pero no lo puedo garantizar.

—¿Y si el bip-bip de la máquina se para en lo que estoy en el cuarto?

—¿Has estado viendo *Grey's Anatomy*?

—*House*.

—¡Uf! Peor. La puedes abrazar y besar, pero hazlo con mucho cuidado. No quieres jalar el suero por descuido. Pero estará bien. Yo la abrazo todos los días.

Desde el primer día después de la cirugía, Patricia había visitado a Claudia y había trabajado en silencio desde su teléfono, sentada en lo que debía ser la silla más incómoda que había usado en la vida, fuera de las de la cafetería de la escuela, las salas de espera de las oficinas de gobierno, y el aeropuerto de la Ciudad de México. Pero dado que era la única silla en el área de visitas de la unidad de cuidados intensivos, la acaparaba con gusto. De vez en cuando, si lo permitían las enfermeras, entraba brevemente a la habitación para ver a su hermana recostada, inmóvil en la cama, pálida, más delgada de lo que ya era, deseando que despertara, se vistiera y continuara con su vida. La cirugía había quedado en el pasado. Habían diseccionado y analizado el tumor en un laboratorio, lo que corroboró su naturaleza benigna. El miedo de que Claudia fuera incapaz de respirar por su cuenta se había disipado. Los médicos la habían desconectado del respirador por instrucciones de Gabriel, y ahí estaba, viva.

Patricia, Olivia, Keila y Óscar se turnaban en la habitación, pues solo se podían quedar con ella una hora cada día, según las reglas de la unidad de cuidados intensivos. Pero se prometieron mutuamente nunca dejar sola a Claudia, incluso si tenían que montar guardia afuera, en el pasillo. El aire se tensaba siempre que Gabriel aparecía. Por fortuna, había regresado a Nueva York para tratar con los abogados el caso de una demanda de propiedad intelectual entre dos guionistas, dejando a Ramsay y Velcro con los Alvarado.

Patricia encontró un lugar dónde estacionarse en la calle (algo inusitado en los alrededores del hospital) y caminó con Daniel el par de cuadras hasta la entrada. La habitación estaba en silencio, excepto por el pequeño bip-bip, parte inherente del ambiente. Claudia yacía inmóvil en la penumbra. Solo un poco de la luz de la tarde se colaba entre las cortinas y caía en rayos verticales sobre la manta que la envolvía. Daniel se acercó a la cama y tomó la mano de Claudia.

—Hola, Claudia. Soy Daniel. Vine con mi mamá. Está afuera. Solo dejan entrar a una persona a la vez —dijo

Daniel en un murmullo para no molestar a su tía—. Se supone que te tengo que contar cosas, lo normal, como si estuviéramos platicando. Pero nunca hablamos mucho tú y yo. Solo quería decirte que me gusta mucho Ramsay, pero no creo que te hayas dado cuenta. También me gusta Velcro. Espero que los traigas cuando visites a bubbe para que pueda jugar con ellos. Y a lo mejor un día me invitas a ver cómo graban tu show. Me da curiosidad saber cómo lo hacen. Si sales de aquí viva, definitivamente tenemos que pasar más tiempo juntos.

Daniel tenía más cosas que decirle a Claudia: lo mucho que le gustaba su estilo de ropa y que quería hacer una fiesta en la playa de Malibú frente a su casa, e invitar a todos sus amigos, pero se detuvo de pronto y salió corriendo del cuarto hacia los brazos de Patricia, con los ojos desorbitados.

—¡Me apretó la mano!

Sábado, 14 de mayo

La casa de Olivia era tan transparente, que podías estar parado afuera, frente a uno de los ventanales de piso a techo, y apreciar la vista del otro lado, a través de la sala. A las 7:17 a.m., cuando las gemelas desayunaban en la cocina, una paloma huilota se estrelló contra la puerta de vidrio corrediza y murió al instante. Olivia la descubriría más tarde, su pico apuntando hacia un lado, un ala torcida y manchada de sangre. La sostuvo en sus manos y lloró.

Miércoles, 18 de mayo

—El famoso May Gray no es solo un fenómeno climático local que se da en Los Ángeles durante el mes de mayo; es un estado mental —a veces se decía Óscar en voz alta, y más últimamente. Estaba muy consciente de que, dependiendo de las condiciones climáticas, podía tomar la forma de bruma densa sobre las ciudades costeras, del molesto humo de los incendios forestales empujado por el viento contra las sierras de San Gabriel o San Bernardino, o de una nubosidad persistente que tendía a disiparse conforme calentaba el día. Ninguno le daba más miedo que el humo de un incendio. Era capaz de adivinar qué tan lejos se encontraba un incendio por la densidad y el color de la humareda. Si una fina capa de ceniza cubría su coche, sabía que la distancia era menos de cinco millas, más o menos. Si veía chispas revoloteando, lo más seguro es que fuera tiempo de evacuar. Pero ese día, una inocente bruma cubría el cielo, y suspiró aliviado.

Esa noche (cena familiar acordada a última hora, sin maridos), sentado en la cabecera de la mesa con Keila a su derecha, una silla vacía a su izquierda (asignada a Claudia desde su nacimiento), Olivia y Patricia en sus respectivos asientos más adelante, y Daniel en el otro extremo, Óscar no estaba seguro de cuál era su estado anímico. El evento del apretón de la mano seguía siendo el tema central varios días después, y cada uno tenía su opinión. Keila creía que se trataba de un impulso involuntario, mientras que Patricia les aseguraba a todos que era la primera señal del avance de Claudia. Daniel, al haber sido el receptor de la presión en la mano, habló como la máxima autoridad en el tema:

—Se comunicó conmigo. Yo creo que quería decirme que está consciente de todo lo que está pasando y se está recuperando.

Óscar comía sin su entusiasmo habitual. En otras ocasiones, le encantaba tomar bocado tras bocado de los tamales de pollo bañados en salsa verde y queso manchego al gratín, el famoso Pastel Azteca de Keila. Solo que había demasiada conmoción en su mente para permitirse saborearlos. Para él, la recuperación de Claudia se había estancado. Abrumado por una colección de sentimientos —una mezcla de dolor, depresión, molestia al borde del enfado, ¡qué va!, de la rabia pura, y algo que se sentía como aburrimiento, aunque seguramente se trataba de desesperanza—, decidió que tenía todos los síntomas del fenómeno May Gray. Se disculpó de la mesa y salió del comedor, dejando intacta su comida.

—¿Ven a qué me refiero? —dijo Keila, señalando la puerta del comedor—. Ya no le importa nada. Tengo un marido zombi.

—¿Y si solo está triste, mamá? —Salió Patricia en su defensa, reviviendo en su mente el cálido abrazo que le había dado en el hospital.

—Sí, probablemente está preocupado por Claudia —dijo Daniel.

—Llevo treinta y nueve años casada con tu papá, y el hombre que acaba de salir de este comedor no se le parece en nada. Así que no intenten protegerlo. De lo único que habla, si es que dice algo, es El Niño esto y El Niño aquello. ¿O no te has dado cuenta?

—Sí, mamá, nos damos cuenta, no estamos ciegas —dijo Olivia—. ¿Y qué has hecho para ayudarlo? ¿Ya intentaste llevarlo con un psiquiatra?

Keila se limpió la boca con la servilleta y se fue de la mesa sin decir una palabra.

Jueves, 26 de mayo

—Voy a pasear a Ramsay. Acompáñame, papá —dijo Patricia desde afuera de la puerta de la habitación de Óscar.

—Mañana —dijo Óscar, con su típica voz rasposa matinal.

—Eric viene mañana. No lo he visto en toda la semana. Vamos a pasar el fin de semana juntos. Vamos ahora.

—Estoy en pijama.

—Ponte algo.

Óscar salió de su recámara en pants y una playera, su abundante cabellera gris desordenada, como un nido de buitres abandonado, y siguió a Patricia a la calle.

—Ojalá que con tus tendencias en la moda no nos encontremos a los Selly —dijo bromeando bajo un cielo sin nubes mientras enganchaba la correa de Ramsay a su collar lleno de diamantes falsos.

Óscar sonrió en silencio, sin que le importara un bledo la opinión de sus vecinos. Patricia, su bebé, era la hija cuya compañía apreciaba más. Tenían una alineación implícita de pensamiento, nunca comentada, pero reconocida desde siempre por ambos.

Caminaron por la banqueta sin decir nada, lado a lado, deteniéndose brevemente para permitir que Ramsay oliera el pipí de otros perros en cada tronco de las jacarandas que bordeaban la calle. Era esa época del año cuando las flores caían al suelo y alfombraban las calles de Los Ángeles con exuberantes tonos lila, como si quisieran añadir vitalidad a los paseos de la gente.

—Mira nomás —dijo Óscar, señalando el suelo cubierto de lila—. Es mejor que cualquier alfombra roja de Hollywood.

—Es nuestra propia alfombra morada —añadió Patricia, jalando suavemente la correa de Ramsay.

—Una alfombra mágica. Es una lástima que las jacarandas ya no floreen en otoño. Me acuerdo de cuando era niño; solían florecer dos veces al año. Ojalá los políticos de Washington sintieran los efectos del cambio climático tanto como las jacarandas.

Patricia tomó a su padre del brazo y sacó valor. Desde hacía mucho quería tener esta conversación con él.

—Algo te está carcomiendo, papi, todas lo sabemos —dijo finalmente Patricia al doblar la esquina—. Mamá está a punto de reventar, y tú simplemente vas por ahí, alejándonos a todas. Y no es nada más lo que le pasó a Claudia. Esto empezó mucho antes del tumor. En serio pensé que confiabas en mí. ¿Quieres decírmelo?

Óscar sabía que cuando Patricia quería sacarle algo no tenía opción. Así era ella; nunca se rendía, nunca aceptaba un no por respuesta. Sabía que no iba a poder mantener el huerto en secreto indefinidamente; en algún momento tendría que decirles a Keila y a sus hijas. Y Patricia era la única de toda la familia con quien sentía que era seguro revelar su secreto. Así que, después de años de soportar el miedo paralizante a ser descubierto, el tiempo había llegado. Óscar dejó de caminar, cerró los ojos como si estuviera a punto de lanzarse a un abismo, y dijo:

—Es posible que perdamos la cosecha.

Ya. Lo había dicho y no había vuelta atrás.

—¿Qué cosecha?

—Tenemos un huerto de almendros en el condado Kern.

—Espera, ¿qué?

Una vez que empezó, Óscar le confesó toda la situación a Patricia; la compra secreta del huerto, la sequía, su miedo de perder todo el patrimonio de la familia, la herencia de sus ancestros.

—Tu madre me va a dejar si le digo del huerto, y me va a dejar si no le digo.

Patricia escuchaba en silencio, ignorando la constante vibración de su teléfono en el bolsillo.

—No le puedes decir a nadie hasta que lo resuelva. Prométemelo, Pats.

—Te lo prometo.

Después de levantar responsablemente la popó de Ramsay y reafirmar su decisión de nunca tener un perro, caminó de regreso a la casa con Óscar. Era injusto para ella, pensó, volverla cómplice, la única persona enterada de los secretos de la familia: primero Olivia, con su divorcio secreto, y ahora su padre con el huerto de almendros. Nada más falta que ahora mi mamá me confiese que tiene un amante, pensó.

Viernes, 27 de mayo
Keila se encerró en su estudio, acomodó su silla e inició una videollamada con Simón Brik.

—Quería verte —dijo Keila con una voz inusualmente tierna.

—Qué bueno que me llamas. He estado preocupado por tu hija.

—Sigue en coma, pero al menos está estable. No puedo pensar en nada peor que perder a mi hija. Si se muere, me muero yo después.

—Ojalá pudiera asegurarte que estará bien.

—Nadie puede garantizar nada en este momento, ni siquiera los médicos.

—¿Y tú? ¿Cómo está tu corazoncito? ¿Lo estás cuidando?

—Sí, pero a veces tengo ganas de correr a tu galería y mirarte a los ojos.

—Sabes dónde está la galería. Súbete a un avión. Ven y mira mis ojos todo lo que quieras.

—Con un empujoncito, lo haría.

Keila se dio cuenta de que al decir esas cuantas palabras había llevado su relación con Simón un millón de millas más cerca de la intimidad que él siempre había querido.

—Ah, ¿sí? Bueno, claramente tienes que descansar de la terrible situación en que estás. Es la única forma de que puedas seguir adelante y estar ahí para tu hija en el largo camino que tienen por delante. Nadie sabe cuántos cuidados vaya a requerir cuando se recupere, y tú necesitas toda la energía que puedas juntar. Yo puedo ser la isla de paz que te hace falta ahorita para recargar energía. Solo ven un par de días.

—Eres tan convincente que me asusta.

—Hazlo.

—Tal vez, pero no creo que pueda dejar a Claudia todavía.

—Lo sé. Es mi esperanza la que habla.

Cuando Keila colgó, siguió mirando la pantalla de su celular y se dio cuenta de que no había sentido el corazón latir tan fuerte, su estómago hundirse ni su aliento evaporarse desde que había sentido una atracción devastadora por Aaron Bergman, un compañero de la prepa que nunca la saludó siquiera. Las sensaciones adolescentes eran como electricidad, y a diferencia de Aaron Bergman, Simón Brik era todo suyo. Abrió el buscador en su laptop y tecleó "LAX-MEX vuelos directos".

Sábado, 28 de mayo

Las sábanas blancas que cubrían a Olivia esa mañana se sentían como el escondite de una niña, a salvo del monstruo, del T. Rex. Había tenido una junta desastrosa con él la tarde anterior y luego había llorado toda la noche. Entre suspiros y arranques de llanto, logró escribir sus sentimientos. Es lo que hacía en momentos de angustia. Verlos detallados en papel la calmaba, aunque estuvieran impregnados de insultos y coraje. Aun así, no podía aceptar el escenario que le describió, y seguía dándole vueltas.

—Quiero que estés consciente de que Félix podría obtener la custodia de las niñas —dijo el T. Rex, sentado atrás de su escritorio. Olivia notó un retrato de su familia, su esposa y tres adolescentes sobre la credenza que había contra la ventana, y se preguntó quién sería tan valiente o tan suicida para casarse con aquel monstruo—. Va a sacar el accidente donde casi se ahogan bajo el cuidado de tus padres como razón para no confiarte su seguridad. Probablemente exigirá que destruyan los embriones, alegando que no puede haber una paternidad forzada. Podría quedarse la casa o hacer que la vendas para que le des la mitad de las ganancias.

Olivia, intentando no desmoronarse delante de él, se sentó del otro lado del escritorio, escuchando en silencio el escenario sombrío del abogado, suprimiendo lo que fuera que empezara a bullir en su interior.

—Bajo estas circunstancias, no tenemos más opción que ir a juicio —dijo él.

—No quiero. Fue mi única condición cuando te contraté.

—Si no aceptas mi asesoría, me temo que te voy a tener que despedir.

—¿De cuándo acá un abogado despide a su cliente? —Subió la voz, impactada—. ¡Dijiste que podía conservar la custodia de las niñas sin tener que escalar el proceso legal!

Después de aceptar finalmente la necesidad de ir a juicio, salió del despacho derrotada, y ahora se escondía bajo las sábanas, evitando el haz de luz que se colaba a través de las persianas cerradas y caía sobre la almohada.

No iba a contestar su teléfono, pero era Gabriel llamando desde Nueva York.

—¿Te desperté?

—No. Está bien. Me estaba levantando.

—¿Qué novedades hay de Claudia?

—¡No estamos hablando de una de tus películas! ¿Qué no estás en contacto con los doctores? —le preguntó, furiosa—. Eres su esposo. Tú eres el que debería estarnos informando a nosotros. Tú deberías estar pegado a su cama todo el tiempo. Y en cambio, Dios sabe dónde estás que es más importante.

—He estado muy ocupado. Lo siento.

—¿Te estás escuchando? ¡Tu esposa se está muriendo! ¡En serio no entiendo qué te pasa!

Olivia colgó el teléfono con un sabor metálico en la boca, como si hubiera estado chupando una moneda. No era solo que Gabriel hubiera enfurecido a toda la familia dando la impresión de que prefería una esposa muerta que discapacitada. Ahí estaba ella, nadando en su propia miseria mientras su hermana luchaba por su vida. Se levantó, se vistió y se fue al hospital.

Domingo, 29 de mayo

Félix recogió a las gemelas para llevarlas a un pícnic en Will Rogers Park. Olivia preparó sus bolsas con botanas y sándwiches, botellas de leche, dos cambios de ropa y varios juguetes. Por un instante estuvo tentada de incluir un sándwich para Félix, pero contuvo el impulso de inmediato. Cuando cerró la puerta a las 9:00 a.m., la casa quedó en silencio, un silencio bienvenido. Lola se había ido a su casa, así que tenía todo el lugar para ella sola, para poder sufrir compulsivamente. Se fue a su recámara, corrió las cortinas y se metió a la cama doce horas, momento en que se dio cuenta de que el refrigerador estaba apagado y todo lo del congelador se había descongelado.

—¡Ajá! —dijo, en un instante de iluminación. ¿Por qué no había comprendido lo que estaba pasando últimamente con los sistemas inteligentes de su hogar, su extraño comportamiento pasivo-agresivo? Los electrodomésticos se apagaban o prendían misteriosamente por su cuenta, actuando como si estuvieran vivos. ¿Sería que estaba distraída con la crisis de salud de Claudia? ¿Con el divorcio? Su inocencia la enfureció, odió su falta de presencia en el mundo real. No, su casa no estaba embrujada, los electrodomésticos no estaban en su contra.

Recordó la mañana que se despertó bañada en sudor. Había estado teniendo una pesadilla delirante sobre las víboras de cascabel en Death Valley, cómo se deslizaban por las dunas, dejando sus huellas en la arena, apenas unos pasos atrás de ella. Se había sentado en la cama y había tocado su frente con la palma de la mano. ¿Estaba enferma? ¿La casa estaba siendo devorada por el fuego? Apartó las sábanas empapadas, se levantó y notó que el termostato marcaba ochenta y cinco grados. Luego, un par de días más tarde, después de un largo trayecto desde Westlake Village, donde estaba decorando una casa, llegó y encontró el jardín inundado, el sistema de irrigación encendido al máximo. Alarmada por el desperdicio, buscó por todas partes el panel del riego automático para apagarlo, pero no lo pudo encontrar. Llamó al jardinero, que llegó dos horas después y arregló el problema abriendo una aplicación en su teléfono y cerrando el agua con un solo clic.

Y el peor evento se había dado una semana antes: exactamente a las 3:27 a.m., la versión en vivo de "The Dawn of Battle", de la banda de heavy metal Manowar, empezó a retumbar en los oídos de Olivia. Saltó de la cama, todavía desorientada y medio dormida, y se preguntó si acaso los vecinos tendrían una fiesta. Pero la música estaba adentro de su casa. Corrió al panel del sistema de sonido en el comedor para apagarlo, pero no sabía cómo. ¿Dónde estaban los botones? Se quedó mirando a la pantalla vacía de la tableta adherida a la pared y la golpeteó con los dedos, esperando iluminar el botón de apagado. Ojalá Félix hubiera instalado la aplicación en el teléfono de ella. ¿Por qué no le había enseñado cómo usar este equipo? ¿Por qué ella nunca se lo pidió? Ahora se prendía por su cuenta y la estaba volviendo loca. ¿No que eran dispositivos inteligentes? En menos de un minuto, Lola entró al comedor, las gemelas agarradas de su mano. Las niñas corrieron hacia los brazos de Olivia, asustadas, lloriqueando y cubriéndose las orejas.

—¿Qué pasa? —gritó Lola.

El heavy metal sonaba tan fuerte, que Olivia solo pudo alzar los brazos incrédula.

—¡Es la música de Félix! ¡Es lo que escucha mientras maneja!

Pero Lola no la podía oír. Sacó a las niñas al patio mientras Olivia intentaba apagar el sistema. Para las 4:33 a.m., y solo después de escuchar "Kings of Metal", "Fighting the World", "Hail and Kill" y "Metal Warriors", también de Manowar, finalmente encontró una forma de mostrar un botón de apagado en la pantalla.

Ahora estaba frente a su refrigerador descongelado, maldiciendo a Félix entre lágrimas de ira, y decidió guardar su rabia para cuando volvieran del parque.

—¿Cómo te atreves a acosarme de esta manera? ¡Eres un monstruo! Uno creativo, debo admitir, ¡pero al fin y al cabo un hombre asqueroso!

Las gemelas ya se habían ido por instrucción de Olivia para cambiarse de ropa. Iban a cenar con Keila y Óscar.

—¿De qué estás hablando? —dijo Félix, abriendo los ojos para darle más efecto.

—¡El calentador, el refrigerador, la banda de heavy metal, el riego automático del jardín! No te hagas como si no supieras. Has estado manipulando los sistemas inteligentes a distancia para molestarme. Y a las niñas, debo agregar.

—Deberías darme las gracias por darle un poco de emoción a tu vida.

Olivia pensó decir "vete a la chingada", pero había palabras más adecuadas para insultarlo, así que eligió:

—Eres una rata de metro, un cadáver en descomposición, un espectro subhumano, el hongo de una uña del pie, una sanguijuela chupasangre, una endodoncia malograda, un barro que explota de pus, semen de chango, padrastro infectado, flema de banqueta, pene subdesarrollado y sí, vete a la chingada también —dijo con calma, antes de escuchar a Félix decir:

—*Eso* fue creativo.

Olivia azotó la puerta, su cavidad torácica ardiendo como la misma fiebre.

Lunes, 30 de mayo

Dado que era Memorial Day, había más personas que de costumbre en el hospital. El bullicio de los familiares visitando a sus enfermos ahogó los bips y las alarmas de los monitores de signos vitales. Niños corrían por los pasillos y las enfermeras los regañaban. La habitación de Claudia estaba extrañamente tranquila. Nadie había llegado todavía excepto Eric, que pasó temprano en la mañana de camino al aeropuerto.

—¿Quién es mi cuñada favorita? ¿Eh? —dijo, cerca de su oído, preguntándose si sería capaz de oírlo. Por si acaso, intentó sonar contento en un intento inútil de levantarle el ánimo—. Estoy seguro de que algún día vas a recuperar ese ímpetu tan fuera de serie. Aguanta, guerrera.

Te veo el próximo fin de semana —murmuró, tratando de enmascarar el temor en su voz, sin saber si aún estaría ahí cuando él volviera.

La amistad entre Claudia y Eric había surgido instantáneamente. A él le encantaba ayudar a su cuñada en la cocina siempre que cocinaba en casa de los Alvarado, haciendo alarde de su crianza francesa, como si solo eso lo calificara para ser el crítico gastronómico de la familia: *más mantequilla, menos sal, se coció de más, no es nada que no haya probado antes, no estoy impresionado* o *este platillo merece una mención en el blog de Deliciously Ella*. Claudia le daba cuerda, ya que sus comentarios le parecían muy simpáticos. Y mientras Eric se ofreciera de voluntario para pelar jitomates, picar cebolla, deshuesar cerezas y lavar sartenes y ollas, era bienvenido en su cocina.

Parado junto a su cama, Eric estudió a su cuñada en coma, permitiéndose cuidadosamente sentir esa punzada en el pecho, un dolor mucho peor que cualquier reflujo que hubiera sentido antes, peor incluso que una úlcera sangrante (aunque nunca hubiera padecido una). Envió una pequeña oración al cielo, sin creer realmente que llegara a la divinidad adecuada, y con ojos húmedos, se despidió.

Eric acababa de irse cuando Claudia abrió los ojos. Ideas enredadas empezaron a formarse en su mente. Un manto oscuro de confusión le impedía darse cuenta dónde estaba o qué le estaba pasando. Empuñó una mano y sintió sus dedos enroscándose suavemente, el pulgar tocando las uñas. Estaba acostada en una cama, eso seguro. La cubría una manta. ¿Era una manguera lo que había entre sus piernas? Se sentía caliente y raro. Cerró los ojos de nuevo. Los timbres y bips de las máquinas sugerían el entorno de un hospital. ¿Tenía hambre? No sentía dolor alguno. Se preguntaba si había estado en un accidente, e intentó recordar los detalles, pero no había nada. Pensó en palabras al azar en inglés y en español. Las mezcló: sábana, bed, pipí, dark, tortilla con salsa. Sí, tenía hambre. Entonces, después de lo que pudieron haber sido minutos u horas, en los que movió las manos y los dedos, frunció la nariz, abrió y cerró los ojos en la oscuridad, y pasó su lengua encima de los dientes, escuchó una voz que reconoció y hacia la que sentía incluso una tierna cercanía, pero no podía ubicar quién era.

—Buenos días, Clau. ¿Cómo está mi hermosa hermana esta mañana? —dijo Olivia, sin esperar una respuesta.

El suave toque de la mejilla de Olivia contra la suya, un beso, una sensación de familiaridad que no podía comprender, hizo que Claudia murmurara con mucho esfuerzo:

—No puedo ver.

Junio

Miércoles, 1° de junio

Era un típico día nublado de junio: June Gloom, como era conocido. El mes había iniciado sin ninguna señal de lluvia, solo un cielo deprimente y oscuro, confirmando los miedos de Óscar: El Niño tan prometido era una decepción total. Los Ángeles había ya registrado cinco años consecutivos de sequía, la peor en ciento cuarenta años. Es lo que el meteorólogo había anunciado en la televisión la mañana del Memorial Day. Pero la noticia de último minuto más anticipada llegó unos minutos después, cuando Olivia llamó para decirle que Claudia había despertado del coma y no podía ver. Se apresuró a llegar al hospital, para encontrar a Patricia, Olivia y Keila amontonadas alrededor de la cama de Claudia, escuchando la explicación del médico.

—Su recuperación será lenta. La pérdida de la vista es temporal. Tendrá borrosa la visión, pero el nervio óptico está intacto, así que debería tomar unos días nada más para que empiece a enfocar. Será un ajuste. El cerebro todavía está un poco inflamado. Está produciendo bastante líquido que necesitará drenarse a través de estas pequeñas sondas insertadas en el cráneo. Empezará una fisioterapia muy estricta tan pronto como pueda comer por su cuenta. Es muy fuerte, así que no me preocupa pero, por supuesto, conforme progrese, el tiempo dirá si hay daño en otras áreas.

Viernes, 3 de junio

Dos días después, Óscar iba manejando de nuevo camino al hospital, pensando en lo que había dicho el doctor. ¿Y si estaba equivocado y la ceguera de Claudia era permanente? Se estacionó junto al coche de Gabriel, aliviado y molesto al mismo tiempo de ver que había vuelto de Nueva York. Cuando llegó al vestíbulo se lo topó saliendo del elevador, así que no lo pudo evitar.

—Vaya. Volviste. ¿Ya hablaste con Claudia?

—No quiere hablar, tiene los ojos cerrados y solo resopla. No parece haber mucha mejoría desde que despertó del coma. ¿Cuál es la prognosis?

—¿No se lo preguntaste al doctor?

—No puedo esperar a que salga de cirugía. Ya voy tarde para mi vuelo de regreso a Nueva York. ¿Me mantienes informado?

—Escucha, Gabriel, Claudia tiene a toda su familia cuidándola; no te necesita, pero estoy seguro de que le gustaría tener a su marido cerca mientras se recupera. No sé qué cosa tan importante hay en Nueva York que te impide acampar en el hospital día y noche. Sé que yo lo haría si fuera mi esposa la que estuviera luchando por su vida.

—Pasaré tiempo con ella la próxima semana. Te lo prometo —dijo Gabriel.

Óscar le dijo adiós a su yerno y de inmediato, tan pronto como Gabriel desapareció por las puertas del hospital, se arrepintió de no haberlo insultado. Había sido demasiado débil, demasiado cobarde. Pensó en Keila. ¿Y si en serio fuera ella la que se estuviera recuperando de un coma? De pronto sintió una necesidad urgente de abrazarla con todas sus fuerzas y nunca dejarla ir, pero sabía que necesitaba encontrar una solución a su dilema primero. Qué fracasado, qué mentiroso. Se detuvo justo a tiempo, antes de hundirse en el profundo pozo de autocompasión que ya visitaba con regularidad y salió de él dándose a sí mismo patéticas explicaciones de por qué había comprado el Happy Crunch Almond Orchard en secreto, por qué se lo había ocultado a Keila todos estos años y por qué no se lo confesaba. Lo cierto es que era puro miedo lo que había provocado su comportamiento. Se dio cuenta de que amaba a su esposa ahora más que cuando estaban criando a sus hijas, lo que para él había sido la mejor época de su matrimonio. Pero también concluyó que le tenía demasiado miedo a ella.

Entró a la habitación oscura y fue directo a la cama de Claudia.

—Soy yo —susurró—. ¿Estás despierta?

—Papi —dijo con voz clara, extendiendo su mano para tocar la de Óscar—, no me vuelvas a dejar sola con Gabriel.

Óscar tomó el ruego de Claudia como una llamada de auxilio. Le sostuvo la mano.

—¿Qué pasó? ¿Te dijo algo feo? ¿Te lastimó?

—Me siento de la chingada. ¿Qué tengo en la cabeza? —preguntó, tocando las vendas que envolvían su cráneo.

—Tuviste un tumor cerebral, uno benigno, del tamaño de un kiwi —explicó, seleccionando esa fruta para minimizar el impacto de la noticia—. Lo sacaron, ya no tienes nada. ¡Te estás recuperando muy rápido! Los doctores están muy impresionados. Uno de ellos incluso va a escribir un artículo sobre tu caso.

—Ah, okey —murmuró, adormilada.

Desesperado por sentirse útil, Óscar revisó los drenajes quirúrgicos conectados por delgadas sondas introducidas en su cabeza para drenar el exceso de líquido, pero estaban secos.

—Algo está tapado aquí. ¿Dónde está la enfermera? —Torpemente movió los drenajes para intentar ver mejor. No había ni una gota. Corrió hacia el pasillo, gritando—: ¡Enfermera! ¡Enfermera! ¡Algo está mal!

Para cuando llegó a la estación de enfermería, ya había perdido toda compostura.

—¡Le estoy gritando y no viene! ¿Y si es una emergencia?

—No tiene que alterarse, señor Alvarado —dijo la enfermera detrás del mostrador—. Vamos a ver qué pasa.

La siguió medio enojado, medio preocupado, al cuarto de Claudia. Óscar sabía que necesitaba a las enfermeras de su lado para que le brindaran el mejor cuidado a su hija, así que hizo un esfuerzo por calmarse.

—Los drenajes están tapados —dijo—. Y usted no estaba poniendo atención. ¿Espera que nosotros sepamos qué hacer?

La enfermera revisó los drenajes rápidamente y dijo:

—Está sanando, mejora todos los días. Por eso está produciendo menos líquido. Por favor no se espante así, señor Alvarado. Y la próxima vez use el botón. Estamos aquí afuera.

—Lo siento —dijo Óscar, sintiéndose como un tonto.

—Estaré bien —dijo Claudia cuando la enfermera salió de la habitación.

Más tarde, después de que Claudia durmiera un rato, Óscar se sentó junto a ella y con mucho cuidado le apartó del rostro un mechón de cabello.

—¿Ya comiste?

—Si puedes llamar comida a esa cosa pastosa que me sirven, sí, ya comí. Hasta el Play-Doh sabe mejor —dijo con una voz apenas audible, aún débil por sus días en coma.

Óscar interpretó el sarcasmo de Claudia como una buena señal.

—¿Quieres que abra las cortinas? El día está muy bonito—dijo, sin prestar atención al hecho de que Claudia no podía ver.

—Siempre está bonito el día.

—Hay gente por todo el país que lo cree. La gente de la costa este, la gente del medio oeste. Dicen, "No hay clima en Los Ángeles. Siempre están a setenta y dos grados y soleado", pero no es cierto. Pocas personas consideran que nuestras cinco estaciones no se parecen, pero así es. Tú lo sabes. Yo lo sé, porque hemos vivido aquí desde siempre. Ah, pero dile eso a alguien de la costa este. Nuestra época de lluvias en invierno se sobrepone con nuestra primavera templada y soleada, luego con la época de jacarandas, nuestro verano terriblemente caluroso, y la temporada de los vientos de Santa Ana. Nada más ahí hay cinco estaciones. Claro, algunas personas de la ciudad incluirían la temporada de premios, pero esa no está relacionada con el clima a menos de que les llueva en la alfombra roja de los Óscar. Y luego, ¿qué hay de la sequía, los vientos, la bruma, los incendios, los megaincendios, los deslaves, los deslizamientos, las inundaciones, los ríos atmosféricos, los domos de calor, los anticiclones persistentes, la posibilidad muy real de una megatormenta ARk, El Niño, La Niña, La Nada?

—Estás obsesionado, papi.

Se aferró a la cortina un minuto antes de soltarla.

—A lo mejor tienes razón. Dejaré de aburrirte con todo este tema del clima.

Óscar tomó la mano de Claudia, sorprendido de escucharla llamarlo "papi", como cuando era niña. Ella apretó aún más.

—Hoy empiezas tu fisioterapia, me dijo la enfermera.

Pero Claudia no respondió. Se había quedado dormida de nuevo. Óscar la tapó bien y salió de la habitación. Se encontró con Keila en la puerta, esperando en silencio su turno de visitarla. ¿Lo había estado espiando?

—Claudia está dormida. ¿Quieres ir por un café abajo?

—Me quedaré aquí. Gracias —dijo Keila, un poco sorprendida por la invitación.

—Quiero que sepas que lo estoy intentando —dijo Óscar, y se fue.

En su coche, de camino al Happy Crunch Almond Orchard, se preguntó si necesitarían tomar medidas especiales para Claudia: una silla de ruedas, una rampa o incluso clases de Braille. Claramente no podría vivir sola en Malibú durante su recuperación... si es que se recuperaba. ¿Qué tan inútil era Gabriel? Y luego estaba la extraña petición de Claudia de evitar dejarla a solas con él. No cabía duda de que se había portado horrible durante su cirugía y su recuperación. Óscar quería preguntarle qué había pasado entre ellos, pero no quería entrometerse. Claudia se veía tan frágil todavía. Se prometió a sí mismo complacerla. Seguro se enteraría más adelante.

Mientras serpenteaba por las hileras de tierra, agradeció a todos y cada uno de sus almendros, algunos hasta los abrazó, sintiendo su sed callada, su lucha por vivir. Se detuvo a acariciar las cáscaras aterciopeladas que colgaban de las ramas, endureciéndose mientras las nueces se formaban en su interior. Tendría que regarlos con agua escasa y costosa. ¿Cambiaría el clima y habría lluvia en los siguientes dos meses, antes de que empezara la cosecha? Era poco probable. Extraer agua del subsuelo quedaba descartado. No solo era caro, no era sano para los árboles, con todas esas sales en el agua subterránea. Y reducir los mantos acuíferos ya había hundido el suelo del valle a niveles alarmantes. No podía dejar que su huerto muriera de sed. Los insectos cubrirían los árboles y se extenderían a las cosechas aledañas. Reevaluó su esperanza inicial y se dio cuenta de que estaba llegando al punto que más temía: no solo perder la cosecha, sino los almendros.

Volvió a su camioneta, pensando en el lado oscuro de las almendras, el lado asesino. Si pudiera conseguir e ingerir la variedad con la clase correcta de amargor, podría resolver permanentemente el lío en que se había metido y encontrar descanso eterno. El cianuro no estaba entre sus formas posibles de suicidio, pero quizás debería incluirlo.

Martes, 7 de junio
—Vas a perder los embriones y tendrás que vender la casa para dividir las ganancias con Félix.

Las palabras del T. Rex atravesaron los audífonos de Olivia directamente a su cerebro y rebotaron en el interior, como pelotita metálica en un juego de pinball.

—Pero la buena noticia es que accedió a que el juez te dé la custodia de las niñas —añadió, su voz distorsionada por una mala conexión—. Todavía podrá ver a las niñas ciertos días. Depende de ti aceptarlo. Si prefieres seguirme pagando para impugnar el caso, no hay ningún problema. El abogado de tu marido también está feliz de continuar.

Olivia colgó el teléfono, pero le llamó enseguida.

—Está bien —dijo, sonándose la nariz y secándose las lágrimas con el mismo pañuelo desechable—. Acepto los términos.

Miércoles, 8 de junio

El segundo miércoles de cada mes, durante los últimos treinta y tres años, Keila se reunía con un grupo de amigas para comentar una novela, una antología de cuentos o alguna obra de ficción. Su club de lectura, cariñosamente bautizado por los miembros como el Sumo Team, era mucho más que una experiencia literaria. Era una terapia de grupo, una consultoría de moda, un análisis político, una asesoría vocacional, una orientación sobre la crianza de los hijos y últimamente conversaciones sobre el nido vacío, así como una extravagancia gastronómica. En ocasiones pasaban dos o tres meses sin decidir qué libro querían leer, pero eso no evitaba que se reunieran en una casa distinta cada vez y compartieran sus últimos dramas y platillos. Este unido grupo de ocho permaneció igual por años, habiendo perdido a una sola de sus miembros por cáncer de seno. Cualquiera que aspirara a unirse era rechazada al instante. De hecho, la gente dejó de intentar que la aceptaran y envidiaba sus actividades a distancia. Las mujeres también se reunían entre sesiones del club de lectura para ir de compras o para cenar en la casa de alguna, a lo que estaban invitados los maridos, o en el caso de las divorciadas o viudas, el galán en turno. Organizaban una recaudación de fondos anual para patrocinar procedimientos de eliminación de tatuajes, un servicio que ofrecían gratis a antiguos miembros de pandillas y exconvictos inscritos en el programa de rehabilitación de una organización dirigida por un cura en el centro de Los Ángeles. Cada noviembre se reunían para aprovechar las baratas en Black Friday, abarrotándose en pequeños vestidores para expresar su opinión.

—Ni se te ocurra comprar ese vestido. Te ves como un costal de papas —una le advertía a otra.

Decir la verdad sin filtros era una de las reglas más importantes del club y se imponía con toda firmeza.

—Casi engaño a Óscar —confesó Keila al grupo ese miércoles en particular, tan pronto como entró cargando un Pyrex con crepas de huitlacoche y salsa de chile poblano, receta que había perfeccionado con los años—. Si Claudia no se hubiera despertado del coma, me hubiera ido a México a ver a Simón Brik. Ya tenía mi boleto.

Todas sabían quiénes eran los personajes principales en las vidas de todas. Tenían un chat grupal en su teléfono que las mantenía informadas de los detalles en la vida de las demás en tiempo real, así que no había necesidad de explicar nada más. Las amigas de Keila, sentadas alrededor de la mesa, empezaron a comentar al respecto mientras se lanzaban sobre las crepas de huitlacoche, taquitos, dip de espinacas, quesadillas de flor de calabaza, guacamole y totopos.

—No canceles.

—No lo engañes.

—Dijiste que le ibas a dar un año.

—Tienes que ser honesta con Óscar.

—Recuerda el principio de Tarzán: nunca dejes ir una liana antes de agarrar la siguiente. Yo probaría con Simón antes de dejar a tu marido.

"Dejar a tu marido" eran palabras que Keila jamás imaginó escuchar. Se retorció cuando brotaron de la boca de su amiga Betty, mientras masticaba un taquito de pollo con crema y guacamole. El shock la hizo desconectarse del resto de la conversación, y mientras las miembros de su club de lectura discutían la situación, todas hablando al mismo tiempo, hizo un inventario mental de las veces que Óscar había sido asertivo y atento durante la crisis médica de Claudia. Llevarle un pastel cuando nadie más se acordó que era su cumpleaños por supuesto calificaba como el gesto de un no-zombi. Había hablado con los doctores e informado a la familia, se había asegurado de que Claudia tuviera buenas almohadas en su cama. Tenía que admitir que había hecho algunos intentos, aunque patéticos, de empezar una conversación con ella, como la vez que le ofreció tomar un café en el hospital y ella lo rechazó. En ocasiones parecía estar a punto de decir algo, pero la veía en cambio con ojos apenados. Últimamente se había despertado con la mano cálida de su marido acariciándole suavemente el hombro por encima de la almohada que ella había colocado entre ambos como una barrera, cuando Óscar la creía dormida. No solo estaba fracasando en el cumplimiento de la promesa que había hecho a sus hijas de intentar arreglar su matrimonio, sino que además se resistía a todos los intentos de Óscar. Peor aún, estaba contemplando tener un amorío con Simón Brik. ¿Estaba abandonando el compromiso a mitad del año?

Para cuando terminó el club de lectura, en el que ninguna mencionó el libro que habían leído, Keila se sentía perdida en una maraña de pensamientos. El vino había sido particularmente bueno esa noche, así que manejó a su casa mareada y confundida, deseando llamar a Simón.

O no. Tal vez. Maldición.

Jueves, 9 de junio

Aquel fin de semana estaba lleno de posibilidades. Patricia recogería a Eric en el aeropuerto al día siguiente y se irían a Santa Bárbara para pasar un par de días juntos. Estaba acostada —la casa en silencio, las habitaciones a oscuras— y su mano alcanzó distraídamente su clítoris. Nunca le habían gustado los juguetes sexuales. Sus dedos le bastaban en ausencia de Eric. Pero Eric no era lo único en su mente esa noche, ni la noche anterior, ni la semana antes de eso, cuando había tenido sexo de manera improvisada con su cliente Benjamín en Minneapolis. Quizá se sentía exaltada por la noticia de que Claudia saliera del coma y la atracción que sentía por su cliente la llevó a tomar la decisión equivocada. Es curioso, siendo honesta, que no lo sintiera como una decisión equivocada. Su vida sexual con

Eric había sido más que satisfactoria. Le encantaba coger con él, ella arriba, mirando su rostro contraerse con el placer de la eyaculación. Pero en días pasados había salido a la superficie una sensación que había estado suprimiendo, más fuerte que un antojo y mucho más poderosa que el sexo: quería calidez. Necesitaba cariño. Extrañaba la domesticidad con que la habían criado sus padres.

Este cambio le extrañó, y no lograba señalar qué evento lo había provocado. Al haber crecido viendo telenovelas con Lola (sin que Keila se enterara), desarrolló una aversión por los hombres que se comían a las mujeres a besos y hacían cursis declaraciones de amor. De los muchos novios a quienes sometió con su actitud fría durante los años de preparatoria y universidad, recordaba al peor, un profesor adjunto de sociología cuando ella estaba en último año, que había puesto su corazón palpitante en la almohada de la cama donde hacían el amor y había empezado a recitarle al oído poesía del nivel literario de las tarjetas de Hallmark. Sin haber llegado a la estrofa final, recogió rápidamente la ropa y los zapatos de él, y lo mandó a su casa chorreando miel. Eric era diferente. Cerebral. Calculador. Si alguna vez sentía que estaba derritiéndose con sentimientos de amor, los escondía como un experto. Accedía a sus peticiones sexuales y la dejaba guiar. Era su contrato no especificado y una de las principales razones por las que se había casado con él. Pero ahora deseaba lo que él no podía darle y sentía una explosión de tristeza en su interior.

Sábado, 11 de junio

El cuarto creciente de la luna flotaba en el cielo nunca enteramente oscuro que precedía al amanecer en Los Ángeles, como un trozo de uña cortada que se hubiera perdido entre las fibras de alguna alfombra morada y peluda. Olivia había estado siguiendo su curso durante una hora. Incapaz de dormir, había estado pasando el tiempo afuera, donde creía que podía pensar con más claridad. Estaba recostada en la hamaca que colgaba de su terraza y percibía la leve brisa. El proceso de divorcio avanzaba más rápido de lo que había imaginado cuando le envió los papeles a Félix. Ahora, ambos esperaban a que la corte emitiera su juicio bajo los términos acordados. Qué irónico, pensó, haber luchado tan duro por tener una familia y que esa misma lucha fuera la que provocara su fin.

⸻ ↔ ⸻

Después de organizar una reunión de las gemelas con otros compañeritos de juego y planear el resto de su día con Lola, quien las iba a llevar a que les cortaran el pelo en Yellow Balloon, una estética para niños en Westwood, se fue al hospital. Olivia fue la primera visita del día; los pasillos aún estaban en silencio. Le llevaba a Claudia una caja de macarrones de una tienda en The Grove que a ella le encantaba. Nunca podía ir a ese centro comercial sin detenerse a comprar algunas cuantas de esas deliciosas galletitas francesas.

—Están pasados —dijo Claudia después de mordisquear varios.

—Los compré ayer. Prueba el de regaliz.

Claudia puso medio disco en su boca.

—Nop. Sabe a aire.

—¿Y este? Es flor de azahar.

Lo masticó despacio, intentando percibir el sabor.

—Sabe a trapo —dijo, y le dio un pedazo a Olivia para que lo probara.

—Está delicioso. Me estás preocupando. ¿Ya le dijiste al doctor?

—Sí, y no me gustó su respuesta. Al parecer tengo anosmia. Perdí mi sentido del olfato y mi sentido del gusto. El tumor dañó permanentemente mi nervio CN1. Ni siquiera sabía que ese pinche nervio existía.

Olivia consideró las implicaciones de lo que Claudia acababa de informarle y se sentó en una esquina de la cama.

—Sé lo que estás pensando —dijo Claudia.

—Lo siento. Lo siento mucho.

—La historia está llena de compositores sordos y pintores ciegos. No veo por qué no pueda haber una chef sin olfato ni gusto. Por lo menos está regresando mi vista. Si confío en lo que veo, puedo decirte que estoy en una regadera con los vidrios empañados. El doctor dice que es de esperarse.

Olivia extendió tres dedos frente a Claudia.

—¿Cuántos dedos ves?

—Tres. Esa es fácil. ¿Trajiste algún macarrón de pistache? Déjame probarlo.

Olivia puso el pequeño disco verde en la mano de Claudia y esperó a que lo masticara.

—Nada. Es como si estuviera masticando cartón. No sé qué es peor, haber perdido mi sentido del gusto o haber perdido a Gabriel.

¿Era una alucinación provocada por el tumor o Claudia acababa de soltar una bomba?

—¿De qué estás hablando?

—Tiene una amante en Nueva York, Tammy no sé qué madres, una abogada. Lo confronté dos semanas antes de acabar en el hospital. Pensé que ya sabías.

—¿Cómo iba a saber? Nadie me dijo. ¿Mamá sabe? ¡Cómo puede estar uno al día con esta familia!

—No sabría decirte. ¿Qué Gabriel no les dijo? Le dije que quería el divorcio, lo que debió haberme dolido, pero la realidad es que no sentí nada de dolor. En serio no me importó su amorío cuando finalmente confesó. A lo mejor era el efecto del tumor. Todo me ha valido madres.

—De eso sí me di cuenta. Solo pregúntales a tus clientes del Centro Skirball.

—Pero ya me está empezando a doler. No la cirugía, sino que Gabriel me engañara.

—Le tengo que llamar a mamá. Quédate aquí.

—No iré a ningún lado —dijo Claudia con unas gotas de sarcasmo.

Olivia se excusó y caminó por los pasillos intentando imaginar un posible futuro para su hermana. Le parecía que la vida de Claudia se estaba desarrollando como una telenovela: la chef exitosa, el tumor cerebral, el coma, la pérdida del sentido del gusto y del olfato, el final de su carrera y ahora su esposo engañándola en medio de una crisis de salud. De pronto todo quedaba claro: el hecho de que Gabriel estuviera tan interesado en la posibilidad de que Claudia muriera antes de recuperar la conciencia. No era una omisión accidental de su parte el no decirle a la familia que su esposa lo quería dejar. Se tenía que asegurar de que nadie supiera que le había pedido el divorcio o le hubiera costado mucho trabajo reclamarse como dueño de los bienes de Claudia.

Olivia llamó a Keila y la citó en el hospital. Luego le llamó a Patricia, pero no la pudo localizar, así que le envió un mensaje:

> Llámame, es urgente. El pinche Gabriel engañó a Claudia.
> Se quería divorciar de él desde antes de la cirugía.

> ?!?!?

> Nos vamos a reunir en el hospital.

> Voy para allá.

Su siguiente llamada fue a Lola.

—¿Por qué no me di cuenta? —dijo Olivia.

—Todos esos viajes. Todo el misterio. Muy sospechoso, siempre tan encantador y tan flamante. Pero no es tu culpa que no lo vieras venir. ¿Qué onda con ustedes, niñas? ¿Por qué escogieron tan pésimos maridos?

—Ojalá lo supiera, Lola. —Olivia cambió el tema al sentir una incomodidad profunda. Era la pregunta clave que se tendría que hacer más adelante, cuando la niebla del divorcio finalmente se disipara de su mente—. Regreso más tarde a la casa, por si quieres venir al hospital. Sé que Claudia te necesita.

—Claro.

Finalmente, Olivia le llamó a Gabriel, quien sorprendentemente contestó al primer timbrazo:

—¡Ni se te vaya a ocurrir pararte frente a nosotros de nuevo! Y sabes muy bien por qué —dijo, y colgó sin permitirle decir ni una palabra.

Domingo, 19 de junio

En aquel domingo sin nubes, a noventa y seis grados, Olivia se obligó a salir de la cama, agobiada por el calor que destrozaba cualquier récord climatológico para refugiarse en la frescura del aire acondicionado de su camioneta, y condujo por la 134 para ir a desayunar con Lola. Olivia podía esperar hasta el lunes para decirle que su proceso de divorcio estaba a punto de concluir, pero esa mañana se despertó con la incontrolable necesidad de esconderse en los brazos de Lola, así que llevó a las gemelas al búngalo que Félix finalmente había rentado, las dejó con un cambio extra de ropa, juguetes, mantas y una tarjeta de emergencia con todos los números de contacto de sus médicos en sus pequeñas mochilas, y aceleró hacia el centro, no sin antes evitar la mirada vacía de Félix cuando le abrió la puerta. Nadie dijo una palabra. La interacción con un cajero del supermercado habría sido más cortés.

La calle estaba llena de coches estacionados, algunos viejos y golpeados, otros brillantes y nuevos. Olivia arrumbó su camioneta en el único lugar disponible, a media cuadra de la casa de Lola, y atravesó la elaborada reja de hierro forjado. Había tanto amor y cuidado concentrado en ese pequeño patio: la buganvilia que abrazaba la fachada; las numerosas macetas con hortensias, lavandas, flor de Jamaica y romero; la pequeña fuente con el ángel de piedra extendiendo sus alas; el pequeño huerto de hierbas; las hileras de maíz. Lola abrió la puerta antes de que Olivia tocara.

—¡Qué rápido!

—La autopista estaba vacía. Te traje tamales.

—Y yo hice chilaquiles con tortillas bajas en carbohidratos, solo para ti.

Una vez instaladas en el comedor, Olivia dijo:

—El abogado recibió la notificación del juez el viernes. Ya acabamos. Vamos a compartir la manutención de las gemelas, pero yo tengo la custodia; van a vivir conmigo. Cada uno se queda con su negocio. Tenemos que vender la casa y dividir las ganancias.

Lola le pasó el platón con los chilaquiles.

—¿Qué va a pasar con los embriones? —preguntó.

Olivia no contestó de inmediato.

—El juez decidió que no podía obligar a Félix a ser padre. Se tienen que desechar.

Olivia abrazó a Lola con fuerza, y en sus brazos, su lugar favorito en momentos de angustia, llegó al final de una vida que había imaginado para sí misma, para las gemelas, para Félix y para los embriones. Durante los minutos que duró el abrazo, en el interior de sus párpados vio reflejadas las diapositivas de una realidad que nunca se proyectaría, desvaneciéndose como en un efecto digital. Ya no podría desear unas vacaciones en familia, un viaje en carretera con las niñas cantando en el asiento trasero y ella en el asiento del copiloto, platicando con Félix de cualquier cosa. Se había ido la posibilidad de pasar una noche tranquila en familia, en la sala, disfrutando ver a las niñas jugar mientras ella se acurrucaba con su esposo en el sofá. Lo que podría haber vivido en el futuro, se había esfumado. ¿Cómo puedo extrañar algo que no ha sucedido?, pensó, dándose cuenta de pronto de que estaba en duelo por perder una vida que solo había existido dentro de sus esperanzas.

—Ahora vete y pasa el día con tu papá —dijo Lola—. Es Día del Padre, y por lo que sé, todas ustedes lo han descuidado muchísimo.

Para cuando llegó a la casa de los Alvarado, Patricia ya había preparado un almuerzo para celebrar a Óscar en el Día del Padre —pues Keila se negó a cocinar— y todos estaban sentados. Por recomendación de Claudia, preparó crepas de pollo al curry, una frittata sencilla y tocino de pavo. El despliegue incluía una canasta con panquecitos de maíz y otros bizcochos que Eric había traído de una panadería en La Brea. Pero la mesa estaba medio vacía. Con Claudia todavía en el hospital; Gabriel, que se había ido para siempre, y Félix en su búngalo, la fiesta era más que nada una mezcla de sillas vacías y parejas incompletas. De hecho, la reunión no era ninguna fiesta. De lo único que podían hablar era del inminente proceso de divorcio de Claudia. Óscar se iba a reunir con un abogado más tarde, en la noche, y la familia entera tenía que tomar algunas decisiones y proponérselas a Claudia.

Pero también era el día de Óscar, por lo que este hizo un esfuerzo por estar de mejor humor que de costumbre, aunque fuera para dar gusto a sus hijas. No merecía el reconocimiento. Solo los buenos padres. Quizá había sido un mejor padre antes, cuando no tenía secretos.

—¿Dónde está Félix? —preguntó Keila.

—Está en Oxnard con las gemelas. Están visitando a su otro abuelo —contestó rápidamente Olivia, frente a un plato vacío, su estómago lleno de tamales y chilaquiles. Lamentó no haber pensado una mejor explicación para la ausencia de Félix.

Pero Keila no se interesó lo suficiente para continuar con las preguntas y se dedicó a llenar las copas de todos. Eric había traído dos botellas de la cava favorita de Keila, un regalo recurrente que rápidamente se había vuelto tradición, con sus correspondientes expectativas.

Olivia estaba sentada en silencio, pasando los platones y saltándose el asiento vacío de Félix. Lo imaginó leyendo el periódico en la banca de un parque mientras las gemelas jugaban, supervisadas a medias, en un arenero cercano, metiéndose hojas a la boca, llenándose los ojos de arena, y su humor se amargó todavía más. Félix no merecía a las niñas, ni siquiera en el Día del Padre.

Comprendió que ya no podía seguir ocultándole a la familia su divorcio, pero aún tenía que pensar en una estrategia para anunciarlo sin enfurecer a su madre, dado lo avanzado que estaba el proceso. Y luego estaba la disolución del matrimonio de Claudia. ¿Cuántos divorcios podía aguantar su familia?

Lunes, 20 de junio

Para la mañana del lunes, los Alvarado ya se habían unido en contra de Gabriel, luego de un fin de semana de intensa discusión, primero junto a la cama de Claudia, y después de que el médico les pidiera que se fueran y la dejaran descansar, en casa de Keila y Óscar.

Óscar contrató de inmediato a un abogado y se encargó de liderar la estrategia. La sorpresa de Keila era evidente, aunque no dijo nada. En cambio, permitió que dirigiera a los demás, como siempre había hecho en el pasado.

Óscar no se dio cuenta de su cambio de ánimo; simplemente se enfocó en la tarea de divorciar a su hija lo más rápido posible. De lo que sí se dio cuenta fue de que los persistentes pensamientos suicidas se habían disipado, así que en silencio le agradeció a Gabriel.

Hacia el final del día, el abogado ya había reemplazado cualquier mención de Gabriel en el testamento de Claudia con los nombres de sus hermanas, y había recibido la aprobación de Claudia para proceder. Le ofrecieron un trato limpio en el que Gabriel se podía quedar su departamento en Nueva York y su negocio, pero nada más. Claudia se quedaría con la casa de Malibú, su programa de cocina, regalías, residuales, libros, el negocio de banquetes y cualquier cosa relacionada con su carrera, y no habría ninguna pensión. También se quedaría a Ramsay y a Velcro.

Martes, 21 de junio

Temprano por la mañana, Óscar salió al cobertizo, donde sus herramientas acumulaban polvo estoicamente, para encontrar un momento de tranquilidad y leer el periódico. Bueno, ese era su razonamiento, pero en una meditación más profunda vio que en realidad se estaba escondiendo del dolor de ver cómo se derrumbaba la vida de Claudia. Se sentó en la única silla y extendió el periódico sobre la mesa de trabajo. No uno, sino dos incendios forestales se habían desatado al mismo tiempo: el llamado Reservoir Fire y el Fish Fire. Se preguntó cuántos miles de acres más quedarían calcinados. En unos cuantos días, publicarían la cifra final en el periódico y Óscar añadiría los incidentes a la larga lista de Eventos Meteorológicos de su cuaderno, siempre esperando que no hubiera muertos. A veces aparecían cuerpos irreconocibles bajo las cenizas y los escombros, días o incluso semanas después de que los equipos de limpieza peinaran la zona.

Buscó las imágenes satelitales en su teléfono y reconoció el humo y la cicatriz quemada en la superficie de la Tierra, y sintió lástima por la gente que tal vez había perdido la vida, por los que evacuaron, por los perros, gatos y animales salvajes que huían confundidos y aterrados. Todos parecían estar sufriendo a su alrededor: los coyotes y los pumas inmolados por las abrasadoras llamas, las aves con las plumas encendidas en pleno vuelo, el último que harían en aquel cielo enrojecido. Las imágenes en su cerebro lo aniquilaron ante la desolación.

Miércoles, 22 de junio

En medio de todo esto, Patricia perdió su cliente de Target frente a una agencia rival. Hizo a un lado la noticia y se enfocó en ayudar a Claudia a divorciarse. Podía reemplazar la cuenta con facilidad, pero ahora no. Su hermana necesitaba de su sabiduría.

Jueves, 23 de junio

El martes por la mañana, un *sheriff* en Nueva York entregó a Gabriel los papeles del divorcio cuando salía de su edificio para tomar clase de pilates. Un ataque preventivo era la mejor forma de proceder, de acuerdo con Óscar.

Para sorpresa de todos, la respuesta llegó el jueves, así que la familia accedió a una reunión de emergencia en el hospital para adelantar el proceso tan rápido como fuera posible. Gabriel insistía en que merecía quedarse con Velcro y con la casa de Malibú, aun cuando esa había sido la casa de Claudia durante años antes de conocerlo.

—Que se quede la casa —dijo Claudia—. No quiero vivir en un lugar que me recuerde a él. Pero Velcro no es negociable. Me quiere más a mí que a él. Siempre ha dormido de mi lado de la cama.

—Está bien. Pelearemos por Velcro. En cuanto a la casa, vamos a venderla. No hay ningún motivo para que la pierdas por cuestiones emocionales —dijo Olivia. Le dolía no poder compartir su propio tormento con su familia, sobre todo ahora que Claudia lo estaba viviendo ella misma. ¿Cómo podía eclipsar a su hermana? Pero su comentario no le pasó inadvertido a Patricia, que le lanzó una mirada cómplice al otro lado de la habitación.

Al final del día, accedieron a contestar la demanda de Gabriel con la propuesta de quedarse con Velcro, vender la casa y dividir las ganancias 75 por ciento para Claudia y 25 por ciento para Gabriel.

De vuelta en casa de los Alvarado, Patricia y Olivia siguieron discutiendo el descenso de Gabriel hacia el inframundo de los patanes. Qué rápido había pasado de esposo ideal a esposo preocupado, a esposo ausente y, finalmente, a la horrible persona que ahora era.

—El monstruo siempre estuvo ahí, debajo del encanto, bajo esas pinches camisas rosas que siempre se pone —dijo Olivia, no del todo presente en la habitación, pensando en Félix.

Exhausta por todo, Keila prendió la tetera.

—Un té de tila para calmar los nervios, ¿alguien?

Viernes, 24 de junio

La última llamada entre Claudia y Gabriel se dio así:

—Te llamo para hacerte saber que estoy de acuerdo con tus términos. Podemos acabar con esto muy rápido —dijo Gabriel fríamente.

—Ya veo que te urge casarte con tu amante. ¿Cómo se llama? ¿Tammy? Tengo una colección de fotos de los dos en *Variety* y *The Hollywood Reporter*. ¡Seis alfombras rojas! ¡Ocho premieres! Y quién sabe cuántos eventos más que no salieron en los medios, cuántas cosas más que pasaron mientras yo estaba en coma. Eres tan descuidado que hasta creo que inconscientemente pedías a gritos que te descubriera.

—Sí, a lo mejor sí. Pero yo no te pedí que te divorciaras de mí.

—Me alegra haberlo hecho, y bajo mis términos.

—Hablando de términos, todavía creo que merezco quedarme la casa de Malibú y el departamento de Nueva York. Yo soy el que trabaja en ambas costas. Necesito las dos propiedades. Además, tú ni siquiera sabes si algún día vas a poder vivir sola otra vez.

—Tal vez termine siendo una minusválida metida en alguna institución de asistencia, pero tú ni siquiera puedes escribir una oración y esa es tu peor desventaja. Mueres por ser uno de los escritores que representas e idolatras, quisieras ser el narrador al que descubren, el que crea historias que envían a la gente hacia mundos inimaginables, pero no puedes. No tienes un solo poro creativo en el cuerpo y es lo único que nunca vas a poder adquirir. En términos de talento, siempre vas a vivir en la pobreza. Cómprate tu propia casa en Malibú. Y Velcro se queda conmigo.

Sábado, 25 de junio

El campamento empezaba el domingo, y Patricia y Daniel acababan de llegar a Lake Tahoe después de manejar nueve horas desde Los Ángeles. Daniel iba a pasar las siguientes dos semanas con un grupo de adolescentes LGBTQ+ en el bosque. Había descubierto ese campamento de verano en las redes sociales. Patricia se sorprendió de que existiera. Le gustaría haber tenido una oportunidad como esa durante su adolescencia para explorar sus pensamientos sobre su propia orientación sexual. Se acordó de una niña que le gustaba en séptimo año, una niña guatemalteca que se peinaba con una trenza larga y gruesa, y tenía una sonrisa amplia, pero al final, su atracción por los muchachos terminó jalándola en otra dirección.

Como explicaba la página web del campamento, la meta era crear un ambiente donde los niños pudieran sentirse seguros de expresar sus pensamientos, dudas y sentimientos sin que nadie los juzgara, incluyendo cuestiones de identidad. Qué adecuado, pensó Patricia, que el campamento estuviera en Lake Tahoe, a orillas de un lago dividido entre dos estados por líneas imaginarias pero que es un mismo cuerpo de agua.

—Apuesto a que vamos a montar a caballo —dijo Daniel, emocionado.

—Seguro. Vi en la página que también van a tener fogatas y hacer senderismo con otros muchachos de tu edad. Van a montar una obra de teatro que los papás veremos al terminar el campamento. También habrá un taller de arte y mil cosas más. ¿No está padrísimo?

—Sí. Genial.

—¿Estás nervioso?

—Un poco. No. Mucho. ¿Va a haber mucha gente LGBTQ+?

—El campamento es para ese grupo de niños en particular.

—Es que no sé qué clase de gente cae en el signo de más después de la Q. A lo mejor yo soy uno de esos.

—Ya lo descubrirás. Estoy segura de que aprenderás mucho de esta experiencia. Tal vez hasta sumas más letras al acrónimo.

Al llegar al lugar del campamento sobre una ladera boscosa con vista parcial al lago, padres e hijos de diversas edades siguieron al personal hacia la cabaña principal para una reunión de bienvenida.

—¡Hola a todes! Nuestres consejeres, Tyler y Logan, van a pasar unas canastas con broches de pronombres para que se los prendan en la ropa. ¡También los papás y las mamás! Por favor, elijan el que mejor describa cómo quieren que se les llame. No se preocupen si no están seguros. Siempre podrán elegir uno distinto más adelante —dijo Alex, la instructora, una mujer de casi cuarenta años con una amplia sonrisa y voz dulce.

Daniel dejó pasar la canasta con los broches "Elles", pero seleccionó un broche que decía "Él" y lo prendió del bolsillo derecho de su chamarra. Luego tomó uno que decía "Ella" y se lo puso en el bolsillo izquierdo.

—¿Me puedo quedar los dos? —le preguntó a Logan.

—Puedes hacer lo que quieras con los broches. Ponte los tres si tienes ganas.

—Solo estos dos.

Después de la introducción, Patricia se despidió de Daniel y, para expresar que confiaba en su juicio, le dio la menor cantidad de consejos posible. Por supuesto que se iba a lavar los dientes. Claro que cuidaría su teléfono y evitaría ir al lago solo, además de que acataría las reglas y haría amigos. No le dijo: "Disfruta el campamento". En cambio, dijo, "Disfruta la experiencia".

Algunos de los padres dejaron juntos el lugar y se encaminaron hacia un restaurante cercano para una cena improvisada, pero Patricia declinó la invitación y se fue por su cuenta al pueblo.

La noche de micrófono abierto estaba en todo su apogeo en el Divided Sky. El antro estaba atestado, más allá del límite legal, así que se acomodó en un espacio pequeñito entre dos bancos de la barra para pedir un mezcal.

—¿Te gusta el ahumado? —preguntó el hombre sentado en uno de los bancos.

Patricia bebió un sorbo de su caballito y se tardó en contestar.

—Sí me gusta el ahumado, espadín, pero si me dan un poco de tobalá, canto toda la noche.

—Yo también soy mexicano —dijo, adivinando correctamente.

Se llamaba Jesús. Tenía el cabello recogido en un chongo masculino como la mitad de los hombres en el lugar, una camisa de franela sobre una playera azul marino y unos pantalones de mezclilla que parecían una talla demasiado grande.

—Supe que eras mexicana por la forma como pronunciaste "mezcal" —dijo, contestando una pregunta que Patricia apenas formulaba en la mente.

—Me tengo que ir —dijo después de la segunda ronda—. Van a ir unos amigos a mi casa. ¿Quieres venir?

Sorprendiéndose a sí misma, se fue con él.

Jesús manejó por un camino de terracería hacia el bosque y se estacionó en la entrada de una cabaña de madera. Ya había cuatro coches más estacionados y se escuchaba música fuerte en la casa, así que Patricia descartó la posibilidad de ser violada y asesinada por un leñador solitario en un bosque oscuro como boca de lobo.

—Mis roomies y yo tenemos un club de arte cada sábado en la noche, e invitamos a un montón de gente, algunos nuevos y otros de siempre. Lo llamamos La Cabane Bohéme. Todos traen un proyecto de arte que necesitan terminar antes del amanecer.

—¿Cuál es el tuyo?

—El mío está tomando más tiempo. Es un caballo de Troya. Lo voy a llevar a Burning Man este año. Voy a dormir adentro. Está en la bodega. Te lo enseño al rato.

Los amigos de Jesús bien podían ser clientes del bar, la misma clase de gente. Todos trabajaban esparcidos por el suelo, como si fueran niños de kínder. Un tipo había traído una máquina de coser y estaba ocupado cosiendo un chaleco de peluche color rosa radiactivo. Otro estaba encuadernando un libro usando cajas de cereal aplanadas. Uno más estaba en un rincón al fondo, recargado contra la pared, pintando una caricatura en un lienzo. Patricia podía ver los huecos entre los troncos que formaban las paredes, algunos rellenos con viejos retazos de tela o periódico, aunque había otros claramente abiertos, que permitían la entrada del aire fresco del bosque. Se preguntaba cómo era que aquella gente lidiaba con eso durante los meses de invierno.

Patricia localizó unas cuantas botellas medio vacías de alcohol en la barra de la cocina y llenó un caballito de tequila después de limpiar con su playera ciertas manchas sospechosas que parecían huellas digitales. Encontró un lugar en el suelo, pues el único sofá disponible ya tenía cuatro personas apretujadas una encima de la otra, y se sentó junto a una joven que le ofreció un toque de su churro. Al observarlos con más atención, Patricia se dio cuenta de que eran en realidad estudiantes universitarios. La barba de Jesús y sus cejas pobladas la habían desorientado y no había calculado bien su edad.

—Nos acabamos de graduar la semana pasada —dijo él—. La mayoría de la gente se va a ir del pueblo, pero yo me voy a quedar un rato. La vibra de Tahoe es difícil de resistir.

Ni Jesús ni Patricia se quedaron en la sala para ver cómo evolucionaban los proyectos de arte. Pasaron el resto de la noche en su cuarto, donde las sábanas con olor rancio necesitaban terriblemente una lavada y pilas de ropa aquí y allá semejaban cuerpos tumbados. Pero el sexo con Jesús fue formidable; tan bueno como el sexo con Eric y con Benjamín. Lo añadió a su catálogo mental de examantes: el instructor de Krav Magá de Echo Park, el tipo surfero de Windansea Beach en La Jolla, el artista de serigrafía de Frogtown y el paisajista de Venice, todos excelentes. Los que no habían destacado se habían quedado rápidamente en el olvido. Pensó en Claudia, en Gabriel y su amante, Tammy, y de pronto sintió las manos viscosas.

Domingo, 26 de junio

A la mañana siguiente, manejando de vuelta a Los Ángeles, Patricia se dio cuenta de que, de alguna manera, una pregunta al parecer inocente sobre mezcal había evolucionado en una noche de sexo y abandono. Tenía que admitir que lo había estado buscando. Amaba a Eric pero, ¿qué clase de amor era aquel? Había tantas cosas incompletas en su relación, pero tener un amante desembocaría en una relación incompleta ya no con un hombre, sino con dos.

Luego entró la llamada de Keila.

—Olivia se va a divorciar.

Martes, 28 de junio

Óscar no iba a huir de la noticia del inminente divorcio de Olivia, pensó. Mientras conducía por la carretera, se recordó constantemente a sí mismo que tenía mucho trabajo que hacer en Happy Crunch Almond Orchard. Tan pronto como se estacionó en la reja, se puso a trabajar con Los Tres

Primos, monitoreando, evaluando y combatiendo ácaros depredadores, barrenadores de duraznero, tisanópteros, hormigueros que se alimentan de proteína y ardillas terrestres que podrían arruinar su cosecha. ¿Y qué decir de los malos yernos? Por millonésima vez intentó regresar su atención a la tarea en cuestión: las trampas, los raticidas, la protección de las delicadas cáscaras que estaban a punto de partirse, pero Óscar concluyó que Félix y Gabriel eran las plagas más peligrosas y decidió enfrentar el tema. Ahora tenía dos hijas cuyos matrimonios se estaban desmoronando y no podía hacer nada para ayudarlas, así como tampoco podía ayudar a sus almendros. Así como no se podía ayudar a sí mismo.

No solo tenía que salvar su cosecha, su huerto, sino que debía ganar dinero, tenía que proveer. Claudia podría aprovechar las ganancias de las regalías de sus libros de cocina, pero ¿por cuánto tiempo? ¿Tendría que ayudar también a Olivia? Mudarse a una casa más pequeña o un departamento habría sido una opción para Keila y él, pero ahora, con la situación de Claudia, era poco probable que esta pudiera volver a vivir por su cuenta. ¿Y Patricia? Nunca viviría en otra parte. ¿Tendría el corazón para correrla? ¿Podría ayudar a cuidar a su hermana mayor? Óscar se dio cuenta de lo afortunado que había sido toda su vida, sin tener que preocuparse jamás por el dinero, y ahí estaba, a los sesenta, viendo su fortuna marchitarse en el aire caliente, enrarecido y seco de California.

Julio

Sábado, 2 de julio

El olor a humedad de agua estancada provenía del florero en el centro de la mesa del comedor de Keila. La situación había dado un giro negativo en esa pequeña unidad ecológica: las dalias empezaban a perder sus pétalos furiosamente rojos, que caían caprichosamente sobre la superficie de madera, y sus largos tallos huecos empezaban a doblarse en sumisión, aceptando su inevitable muerte. Al haber sido criada en México, Keila sabía que las dalias simbolizaban el cambio, una nueva vida y nuevas oportunidades. Pero esa tarde no estaba pensando en ese bien sabido dato.

—Pero ¿por qué? ¿Por qué me dejaste fuera de esta situación? —preguntó Keila.

Olivia se mordió el labio con fuerza.

—Papá y tú ya estaban lidiando con demasiado. No quería sumarles otra cosa.

—Te pude haber ayudado. Y, ¿por qué me lo ocultaste a mí nada más?

—Solo Patricia sabía, mamá.

Patricia asintió desde el otro lado de la mesa.

—Quería protegerte, mamá —dijo.

—Protegerme de qué, ¿de los problemas de mi hija?

—le contestó a Patricia, y luego se dirigió a Olivia—: Soy tu madre. Tengo derecho a participar en todas las penurias de tu vida.

Olivia tomó una dalia marchita de la mesa y la aplastó con la mano.

—Te pude haber dado algún consejo para evitar esta terrible consecuencia —dijo Keila, arrepintiéndose de inmediato. ¿Qué autoridad tenía ella para dar esa clase de consejos a su hija? ¿Qué estaba haciendo ella para salvar su propio matrimonio?

—Y, ¿qué hay de las gemelas? —le preguntó a Olivia, maniobrando alrededor del tema—. ¿Vas a sacrificar su bienestar, su familia, por dos embriones, dos mocos que ni siquiera están vivos todavía? ¡Y los van a tener que destruir de todas maneras!

—No son mocos. Y merecen la oportunidad de vivir. Además, los embriones no eran la razón de que quisiera acabar mi matrimonio con Félix. Arruiné nuestra relación presionándolo demasiado. Es mi culpa.

Keila puso su mano sobre la de Olivia y decidió que el silencio era la mejor respuesta.

Patricia se quedó callada durante la conversación, pensando que separarse de Eric era impensable. Sus hermanas ya le habían ganado y ella tendría que esperar un mejor momento, u ocuparse de su matrimonio. Le molestaba que tantas cosas placenteras —o cosas que deberían ser placenteras— se convirtieran en ocupaciones: "¿Sigues ocupada con esa ensalada?", había escuchado decir a incontables meseros preguntarle en medio de una comida, haciendo que contestara, "No es una ocupación. En realidad, la estoy disfrutando".

—Más te vale no estar pensando en dejar a Eric —dijo Keila repentinamente, sacudiendo a Patricia de sus reflexiones.

Lunes, 4 de julio

Óscar había ido al garaje a desenterrar una pequeña bandera de Estados Unidos del archivero donde Keila tenía sus papeles de naturalización. Ahora la estaba pegando con cinta a la cabecera de la cama de hospital de Claudia.

En las horas siguientes, toda la familia desfiló por la habitación de Claudia, uno tras otro. Olivia le llevó algunas revistas de chismes, ya que su vista mejoraba rápidamente. Patricia le llevó pijamas nuevas. Keila le compró un ramo de rosas rojas con orquídeas blancas y moradas. Un grupo de amigos, en su mayoría chefs, la visitó con viandas del Día de la Independencia que no iba a poder probar, ni siquiera el sashimi de atún cola amarilla con salsa ponzu y rebanadas de jalapeño que tanto amaba, de su querido amigo chef Hiroshi.

—Qué pena, me sabe a ligas.

—No te preocupes, se lo puedo dar a las enfermeras —dijo Hiroshi, alejándose con los palillos y la caja de unicel blanco en las manos.

Hasta ese momento, Claudia había estado segura de que podría volver a trabajar después de terminada su rehabilitación. Había perdido el paladar para crear nuevos sabores, pero creía poder confiar en lo que recordaba. Después de todo, el sentido del olfato era un sentido de la memoria. Todavía podía evocar el aroma del cilantro fresco del jardín de su madre; cómo aplastaba las hojas entre los dedos, olfateando la fragancia con deleite. Luego, su imaginación se inundaba de pronto con olores penetrantes, una mezcla de chiles molidos en molcajete para preparar mole rojo. Esos eran sus mejores recuerdos de la infancia, cuando no podía dejar la cocina de Keila, asombrada por los inesperados sabores y perfumes que brotaban de ollas y sartenes cuando cocinaba sus nopales cocidos con cebolla y epazote, estilo Hidalgo; su huitlacoche con calabacitas y bechamel; sus tamales norteños con frijoles negros; su conejo en salsa de chile ancho, o sus camarones con pipián. Y no solo sus recetas mexicanas; recordaba vívidamente además la cocina judía de su madre: su pan jalá casero, el gefilte fish, el holishke, el hígado picado, los knish, los rugelach y su famosa sopa de bolas de matzá.

¿Para ese momento ya se había convertido en una hedonista incorregible, en perfecta sintonía con los suculentos mensajes que penetraban del exterior a través de las ventanas de su cuerpo? No lo sabía. Quizá había nacido equipada con aquel talento, herencia de Keila. Pero se equivocaba respecto al sentido del olfato. Eran los propios olores y sabores los que evocaban recuerdos y no al revés. Sin que su nariz capturara aromas reales, sin sabores que encantaran o asquearan a sus papilas gustativas, todo lo que tenía eran reminiscencias claras de su pasado, pero se sentían insípidos y distantes, como si los viera a través de un vidrio grueso.

—Escuché que cancelaron tu programa —dijo Hiroshi cuando volvió de la estación de enfermeras—. Lo siento mucho.

—De ahora en adelante, solo regalías, si sirve de consuelo —dijo Claudia.

—Qué bueno que grabé casi todos los episodios.

Ese pequeño detalle le dio un soplo de vida a la apaleada autoestima de Claudia. Quizá no podría volver a cocinar, o siquiera a escribir sobre comida. ¿Qué credibilidad tendría una chef que no puede oler ni saborear? Pero su trabajo la trascendería y eso validaba todo.

Hacia las tres de la tarde todos se habían ido ya del hospital para asistir a las parrilladas del 4 de Julio por toda la ciudad, con un clima perfecto de setenta y tres grados, mientras Claudia se quedaba rezagada en su cama de hospital, usando su nueva pijama una talla más grande y sintiendo lástima de sí misma por primera vez en su vida.

Martes, 5 de julio

Una idea persistente entró a la fuerza en la mente de Keila mientras arrastraba dos grandes bolsas de basura llenas de desechos blancos, rojos y azules, y sobras de la parrillada familiar del 4 de Julio para tirarlas en los botes adecuados, diferenciados por colores, a un costado de la casa: ¿Para qué me molesto en salvar mi matrimonio y dar un buen ejemplo a mis hijas si ellas mismas se están divorciando?

Miércoles, 6 de julio

Seres de la carretera antes del amanecer: conductores de Uber llevando pasajeros al aeropuerto para tomar el primer vuelo fuera de la ciudad, fanáticos del ejercicio que quieren apartar su bicicleta favorita para la clase de *spinning*, choferes de FedEx iniciando sus rondas diarias, jardineros en sus trocas Mad Max llenas de herramientas, mangueras y artefactos empleados magistralmente para seducir la tierra, la tierra de alguien más, y embellecerla. Esa era la gente que compartía los carriles con Patricia aquella mañana. También ella iba con una misión.

Se estacionó afuera del laboratorio de fertilidad donde conservaban los embriones criopreservados de Olivia.

—Tengo una cita con la doctora Keller para ver si soy candidata para la fertilización *in vitro* —dijo al llegar al escritorio de la recepción—. Patricia Remillard, ocho en punto.

Después de unos cuantos minutos llenando formas, la llamaron adonde esperaba Mabel, la técnica de ultrasonido. Cerró la puerta y habló bajo.

—¿Olivia está lista?

—Está ansiosa por empezar —dijo Patricia—. Si en serio lo queremos hacer, tenemos que hacerlo rápido. Quedan muy pocos días antes de que el laboratorio reciba la orden judicial. Ya es definitivo.

—Estos son los medicamentos previos —dijo al entregarle una sencilla bolsa de papel café—. Asegúrate de empezar a tomarlos hoy y vuelve en un par de semanas.

Patricia se había hecho amiga de Mabel durante los múltiples procedimientos de fertilidad a los que Olivia se había sometido. Conforme se intensificaban los tratamientos de su hermana, y Félix perdía todo interés, se prometió a sí misma acompañarla siempre y sostener su mano. Fue durante esos múltiples intentos y fracasos que Patricia y Mabel empezaron a verse después del trabajo. Patricia incluso le había presentado a Mabel a un redactor de su agencia. Se enamoraron y terminaron viviendo juntos. Y ahora Mabel y Patricia se habían vuelto conspiradoras en un plan que solo ellas y Olivia conocían.

—Ya tengo todos los papeles listos y aparté los embriones. Por fortuna tenemos una nueva técnica de laboratorio y pude evadirla —dijo Mabel, tranquilizando a Patricia—. No podemos dejar que ese monstruo se salga con la suya y destruyan los embriones de Olivia. Félix es un pésimo perdedor. Si pudiera, ¡los habría subastado en eBay! Hubieras visto el anuncio que quería poner. ¡Y lo presumió con todos en la clínica! Tuvimos que decirle que era ilegal. Increíble.

———

Después de la cita y de camino a una junta en los Estudios Fox, Patricia llamó a Olivia.

—Listo. Mabel me revisó y todo en orden —dijo en el altavoz.

—No está bien, Pats. No podemos hacer esto.

—¿Qué? ¿Te está dando miedo? ¿Después de todo lo que platicamos? No estás robando tus embriones, los estás rescatando. Piensa que eres el Robin Hood de los óvulos fertilizados. Es como un mitzvah.

—Ya sé, pero no me late. Y quiero que sepas que te agradezco muchísimo ofrecerte a tener a los bebés. ¿Hay una mejor mamá sustituta en todo el planeta? ¡No! Pero ¿cómo le vas a explicar tu embarazo a Eric? ¡Va a pensar que los bebés son suyos! En serio no lo hemos pensado bien.

—Ya decidiremos qué hacer en los próximos días, ya verás. Por lo pronto, empezaré a tomar las medicinas.

Olivia tenía razón, pensó Patricia. Eric era una traba que no habían resuelto. O sí. Había una alta probabilidad de que, para cuando se empezara a notar el embarazo, él ya estuviera fuera de su vida. Pero no podía confesárselo a Olivia todavía. Llamó a Keila.

—¿Dónde andas, mamá?

—Estoy en el aeropuerto. Me voy a México, algo de último minuto. Estaré trabajando en una nueva exposición para la galería. Vuelvo el viernes por la noche. ¿Qué pasa, mija?

—Nada. Solo quería escuchar tu voz. Quería agradecerte por haberme dado a luz.

—Ay, Pats. ¡Es la cosa más dulce que me has dicho en mucho tiempo! Me encanta ser tu mamá, lo sabes.

—Lo sé. Te quiero también. Cuídate.

Después de colgar, Patricia se agachó hacia la caja de pañuelos desechables que tenía en el piso del coche y se sonó la nariz. De alguna manera su visita con la doctora le había devuelto una sensación olvidada. Se imaginó a sí misma empujándose a través del cérvix de su madre, de cabeza, encontrando el camino a través de la vagina hacia aquella vida tan incomprensible, que había hecho al ser humano inventar todas aquellas religiones en un intento de darle significado. Presionó el pañuelo contra sus ojos llorosos y lo tiró en el asiento del copiloto.

Jueves, 7 de julio

Un sentimiento de desesperanza inundó el corazón de Óscar mientras lavaba su SUV en la entrada de la casa, usando tan poca agua como fuera posible. Todavía faltaban varios meses sin una gota de lluvia y las reservas ya estaban muy bajas.

Extrañaba a Keila, la Keila que siempre había amado. Extrañaba acurrucarse con ella bajo las mantas, como solían hacer, y hablar de cosas sin importancia. Un gesto de desolación apareció en su rostro. Exprimió el exceso de jabón de la esponja en una cubeta y empezó a acariciar la llanta. ¿Cómo había llegado su vida hasta ese punto? Recordó el día que conoció a Keila en el último año de High School, una estudiante de intercambio de México con una sonrisa que hacía que el corazón se le desplomara hasta lo más profundo de las entrañas. Todavía era capaz de recitar de memoria la nota cuidadosamente doblada que pasó un alumno tras otro hasta llegar a manos de Keila en la clase de matemáticas, con una audaz invitación para ver *One Flew Over the Cuckoo's Nest*, con Jack Nicholson, una película que sin duda ganaría en los Óscar. Luego, conforme avanzó el año escolar y su relación con Keila se cimentaba, fueron a ver a Deep Purple en el concierto de rock Cal Jam II, en el Autódromo de Ontario, y se volvieron clientes frecuentes de restaurantes chinos en el centro, lugares inusuales donde tocaban bandas de punk como los Germs y los Weirdos. A los sesenta años, todavía le encantaban. Incluso después de que Keila regresó a la Ciudad de México el siguiente verano, siguió yendo por su cuenta para extrañarla mientras escuchaba sus canciones favoritas. ¿Cuántas cartas cruzaron la frontera antes de que le diera el sí y volviera a Los Ángeles para casarse con él dos años después, a la mitad de la carrera? Enjuagó las llantas con un chorrito de agua de la manguera y entró a la casa para escribirle una nota a Keila, invitándola al cine. Dobló el papel con todo cuidado y la aventó en el bote del reciclaje.

A mil novecientas millas de distancia, Simón Brik desdobló delicadamente otro trozo de papel que Keila le acababa de pasar sobre la mesa del restaurante en el centro de la Ciudad de México. La única palabra, escrita de puño y letra, era "Sí".

—¿Estás segura? —le preguntó, esperanzado.

Keila asintió, sus ojos fijos en él.

—Entonces, dilo.

—Sí —dijo, sin vacilar.

Se saltaron el postre y se fueron al departamento de Simón en la colonia Condesa, pero al llegar al descanso del segundo piso, Keila se detuvo.

—Tal vez no. —Su voz era casi un murmullo, como si estuviera hablando consigo misma.

—No tenemos que hacerlo, Keila querida —dijo Simón, acariciándole el pelo—. Puedo seguir deseándote. Ya me acostumbré.

Después de un largo silencio en que Keila permitió que Simón acunara en sus manos sus mejillas, dijo:

—¿Qué tequila tienes?

El departamento art decó de 1930 de Simón ocupaba todo el tercer piso. Las paredes estaban tapizadas de arte, el sofá cubierto de gruesos cojines, la iluminación cuidadosamente diseñada para crear una sensación de acogedora sofisticación. Un *gouache* en papel de Carlos Amorales por aquí, un Gabriel Orozco en la pared opuesta, un Iñaki Bonillas y por allá un pequeño Francis Alÿs de sus primeros años, cerca de la ventana, mirando hacia las copas de los árboles del parque que tenía enfrente. Keila reconoció varias de sus propias piezas, algunas de hace dos décadas, antes de la escultura, cuando aún pintaba. El viejo piso de parqué crujía bajo su peso al caminar por la sala.

—Ey, mira, qué bonito Dr. Lakra el que tienes ahí —dijo Keila, señalando una pieza junto a un armario antiguo que había renovado como bar y donde Simón acababa de elegir una licorera de cristal cortado con tequila.

—Arte. Es mi otra obsesión —dijo, mirándola directamente. Sin parpadear.

Hablaron de trabajo durante un rato, comentando las obras de otros artistas contemporáneos mientras bebían unos cuantos caballitos de tequila. Y en algún punto entre las diez y media y las doce de la noche —a ninguno le sería relevante recordarlo—, Simón guio a Keila hacia su recámara y la recostó sobre la cama.

—¿No vamos un poco rápido? —preguntó Keila.

—Te he estado seduciendo por más de dos décadas, pero, claro, podemos ir más lento —murmuró Simón en el oído de Keila—. Te llevo a tu casa.

En lugar de irse, Keila pasó sus brazos alrededor de Simón y se pegó a él. Simón la desvistió y cubrió con las manos sus senos aún suaves.

El sexo tardó veinte años en concretarse, sin embargo, le parecía tan nuevo a Keila. Esa noche, con Simón dormido a su lado, Keila se preguntó si esta sería la primera o la última noche que pasaría en esa cama, con ese hombre.

Sábado, 9 de julio

De todos los maratones que Claudia había corrido a lo largo de todo el país —Boston, Chicago, Nueva York, Anchorage, Honolulu, las cataratas del Niágara—, había uno que le daba más orgullo que cualquier otro, y no solo por haber participado, sino por haber roto su propio récord: el increíblemente difícil Maratón de Grandfather Mountain, en Carolina del Norte.

Pero en esa templada mañana a setenta y cinco grados en Los Ángeles, Claudia estaba viendo el maratón por televisión, en pijama, cuando el atleta Mike Mitchell cruzó la línea de meta en primer lugar. Apagó el televisor y con gran dificultad se tambaleó de la cama hacia el baño para orinar.

Domingo, 10 de julio

Al haber volado a Tahoe el sábado, Patricia tuvo tiempo para hacer una visita nocturna a su nuevo, y definitivamente temporal, amigo Jesús antes de recoger a Daniel. Incluso años después, en su vejez, recordaría el beso de cuarenta y cinco minutos y los susurros de deseo en esa cabaña de madera en el bosque, justo sobre el límite estatal entre California y Nevada. ¿Qué tenían los hombres peinados con chongos? Le parecía tan andrógino, tan sexy. Después de desayunar —él cocinó, nada mal—, cogieron un poco más, ella encima, siempre encima. Luego se bañó, levantando los dedos de los pies para evitar tocar las losetas llenas de moho y manejó hasta el campamento para recoger a Daniel.

La puesta en escena de los campistas, basada en la novela *Middlesex* (abreviada y adaptada para adolescentes), fue un triunfo total. Ayudó que dos de los padres eran actores de Hollywood y se ofrecieron para dirigir a los muchachos. No solo eso, financiaron el programa de becas para varios de los campistas cuyas familias no podían pagar la cuota. Patricia misma había cooperado, al igual que muchos de los otros padres. Era una cosa común en California que la hacía sentir orgullo de ser nativa.

Daniel pasó una gran parte del vuelo de regreso a Los Ángeles haciendo una lista para Patricia de lo más destacado del campamento.

—Me quiero cambiar el nombre —dijo.

Patricia lo escuchó y se dio tiempo para pensar su respuesta.

—¿Cómo te quieres llamar?

—Dani. Es hebreo. Significa "Dios juzgará". Puede ser nombre de niño o niña.

—Me gusta. ¿Cuándo quieres hacerlo? Yo puedo ser tu testigo cuando vayamos a City Hall.

—En verano, pero todos pueden empezar a llamarme Dani desde hoy.

—¿Y qué hay de tu género, Dani? ¿Qué piensas?

—Sé que físicamente soy niño, y me siento bien con eso. Pero a veces quiero hacer cosas de niñas. Me siento más conectado con las niñas, pero también quiero estar con niños. Realmente no tengo por qué asumir una identidad. Alex dice que me puedo considerar de género fluido.

—¿Y te sientes bien con esa definición?

Dani asintió y alzó los hombros al mismo tiempo.

—¿Y amigos? ¿Hiciste alguno?

—Dylan es un gran actor. Bueno, le viste en la obra, en el papel de Cal. Brook es genial. Él es trans. Pero creo que mi mejor amiga es Phoenix. Es de L.A. también. Vamos a seguirnos viendo. ¿Me llevarías a Pasadena a visitarla?

—Por supuesto. También puede ir ella a la casa si quieres.

Y justo cuando el piloto dijo, "Damas y caballeros, vamos a comenzar nuestro descenso, por favor enderecen sus asientos y asegúrense de que su bandeja se encuentre en posición vertical", Patricia comprendió que su hijo no era diferente de la persona que había sido antes del campamento. Se giró hacia Dani, que tenía la cara contra la ventana para tener una buena vista de la vasta extensión de Los Ángeles, y se preguntó qué clase de destino le esperaba en esta ciudad de interminables hileras de casas iguales, rodeadas de jardines, con albercas y garajes independientes, habitadas por personas que bien podrían o no aceptar la fluidez de género de su hijo como ella lo hacía.

Lunes, 11 de julio

No era solo que el agua escaseara. Todo ese dióxido de carbono, todos esos gases de efecto invernadero enviados sin cesar hacia la atmósfera estaban provocando cambios irreparables en el clima del planeta. ¿Qué consecuencias tendría aquello en la calidad del agua? Óscar miró su jardín, de pie sobre la cicatriz queloide, y asegurándose de que nadie lo veía, miró hacia el infinito azul y extendió los brazos, las palmas hacia el cielo, y le rogó al creador, quien fuera, que la humanidad se hiciera responsable.

Miércoles, 13 de julio

Que las cáscaras se pudrieran sería el desastre a mediados de julio. Óscar lo sabía y cada vez estaba más atento. Debía evitar que sus almendras Non Pareil se pudrieran y estaba dispuesto a hacer lo que fuera para procurar una apertura sana de la cáscara, el delicado momento en la vida de una almendra cuando la nuez finalmente exhibe su hermosura. Había estado acortando el tiempo de irrigación desde principios de mes para mantener el nivel perfecto de humedad.

Esta vez la tía Belinda fue con él, una rara ocasión. Su reemplazo de rodilla había salido mal, lo que le impedía aventurarse en el terrero desigual entre los almendros; pero estaba deseosa de discutir las finanzas del negocio con Óscar y la SUV ofrecía una burbuja de privacidad ideal.

—Le vas a tener que decir en algún momento —dijo de camino al huerto.

—No es el momento —dijo Óscar—. Ya conoces a Keila, cómo exagera.

—Esto es insostenible. Ya revisamos las cuentas.

Óscar suspiró. La tía Belinda, su fiel administradora, estaba haciendo sonar la alarma que él no tenía el valor de escuchar. Ella siempre había sido la más ecuánime de los dos. Óscar, siempre soñando con nuevos proyectos, no todos sensatos, al final apreciaba y reconocía su prudencia. Sus consejos habían impedido que Óscar cometiera errores antes, pero nunca en una situación de esta magnitud.

—Tu Papá José siempre escuchó a Mamá Peregrina —dijo, refiriéndose a sus padres, abuelos de Óscar—. Y yo heredé el don para los negocios que tenía mi mamá. Así que te lo digo, ten cuidado, Óscar. Podrías perder todo.

Óscar sintió el peso de las palabras de la tía Belinda, qué cargadas estaban con la tradición familiar, qué enérgica era la advertencia, pero se resistía a aceptar el consejo.

—Todavía es posible que tengamos un clima más favorable. Esperemos por ahora.

Miércoles, 20 de julio

Patricia se registró en el laboratorio de fertilidad y, unos minutos más tarde, la llamó la propia Mabel.

—Manos a la obra —dijo, su adrenalina al máximo—. Tenemos unos bebés que crear.

Luego de idear y descartar decenas de opciones, mientras iban bebiendo de bar en bar por toda la ciudad, desde ir a la clínica a mitad de la noche hasta robar los embriones y realizar la fertilización *in vitro* en algún callejón oscuro, Patricia, Olivia y Mabel acordaron que la mejor manera de llevar a cabo su plan era hacerlo a la vista de todos. Así que Patricia se reunió con la doctora, confirmó que era, de hecho, una buena candidata para el procedimiento, y agendó una cita como cualquier otro paciente.

—¿Te tomaste las pastillas, tus hormonas? —preguntó Mabel.

—Hice todo lo que me dijiste —contestó Patricia—. Gracias por todas esas muestras, por cierto.

—Oye, soy purista cuando se trata de preparar un útero para implantar embriones, y dos semanas es apenas suficiente tiempo para tener todo listo y en condiciones. ¿Estás segura de que no quieres ni siquiera un poquito de anestesia?

—No. Me aguanto el dolor.

Si no hubiera sido una misión secreta, Patricia lo hubiera compartido en vivo con todos sus seguidores. Compartir su acto de maternidad subrogada en nombre de su hermana hubiera sido la máxima experiencia; transparencia en su totalidad. Pero mantenerlo privado ofrecía una clase distinta de misterio, un raro privilegio hoy en día, con toda la exposición de redes sociales que ella apreciaba.

—Será rapidísimo. No te dolerá más que un papanicolaou.

Patricia se puso la bata de exploración, se recostó en la cama y, cuando Mabel comenzó a transferir los embriones, pensó en su hermana que la esperaba en casa. Lo que acababan de hacer era completamente ilegal e imprudente, pero era divino. Antes, Mabel había reemplazado los embriones de Olivia con otros que se iban a desechar de todas maneras. Nadie lo sabría. Ni la clínica. Ni el juez. Ni Félix. Sobre todo, Félix. En el Uber de camino a su casa se convenció de que solo necesitaba lidiar realmente con una persona, pero que este sería un reto considerable, pues se trataba de Eric.

Jueves, 21 de julio

Si este incendio no hubiera amenazado con quemar el icónico letrero de Hollywood, ni siquiera se habrían dado cuenta; apenas consumió dieciocho acres junto a residencias de millones de dólares, esparcidos por aquí y por allá sobre la pendiente de la colina. Ese incendio en particular provocó un caos, pues los conductores en la 101 curioseaban en el aire lleno de humo para tratar de tomar fotografías que pudieran subir a Instagram. El embotellamiento, que sucedió en plena hora pico, les recordó a los angelinos que necesitaban acostumbrarse a una temporada todavía más larga de incendios, los cuales provocaban pérdidas materiales de miles de millones de dólares, incrementaban las trágicas fatalidades y obligaban a evacuar. Entre estos conductores, atorada en el tráfico, estaba Keila, ocupada en hacer sus ejercicios de Kegel mientras manejaba, preocupada por lo relajados que sentía últimamente los músculos del piso pélvico. Se rehusaba a usar pañales en el futuro y ya había tenido un par de accidentes con un poco de pipí.

Para entonces ya se había resignado a no llegar a una cena en Burbank, con una de sus amigas del club de lectura.

—Es un desastre. Hasta puedo ver una casa en la colina quemándose en este momento. Hay tres helicópteros dando vueltas. Ni de chiste llego. Reagendemos. Dame una nueva fecha —dijo, acercándose el teléfono a la boca mientras hablaba por el altavoz.

Se salió de la carretera y dio vuelta, tomando otra ruta por callecitas de vuelta a su casa en una atmósfera llena de humo, semejante a la de *Blade Runner*. Era como si Dios hubiera enviado incendios que oscurecieran el cielo para compensar la eterna luz de sol con que había dotado a la ciudad. Keila pensó enviarle a Óscar la foto que había tomado, pero recordó que estaba enojada con él. Pensó en enviársela a Simón, pero necesitaba apagar ese fuego en particular antes de que se saliera de control, así que guardó el teléfono. Un sutil remordimiento le cosquilleaba en el esófago y de inmediato le dio acidez.

Viernes, 22 de julio

El combustible fue chaparral y arbusto; la causa, desconocida. Con el corazón estrujado, Óscar registró un nuevo incendio forestal en su cuaderno: el Sand Fire en el Angeles National Forest, que se desató en un día caluroso con un récord de ciento diez grados. ¿Su amada California se volvería una inmensa cicatriz oscura de tierra, visible desde las naves espaciales? De camino al garaje para revisar el contenido de sus maletas de evacuación en caso de incendio, se preguntó si había algo que pudiera hacer en lugar de obsesionarse con incendios, deslizamientos y polvaredas. Sí, sí había, pero lo evitaba por puro miedo: necesitaba cumplir la promesa que había hecho a sus hijas y componer su relación con Keila, pero cada vez que pensaba en llevarle flores o sorprenderla con una invitación a cenar, se contenía. Tenía la sensación de que ninguno de esos actos románticos que habían funcionado antes realmente harían que Keila lo aceptara de vuelta en su vida. Ya había perdido la mitad del año y no había tenido ni una pizca de progreso. Pensó que la forma como había manejado la crisis del tumor de Claudia podía ayudar, pero nada ablandaba la postura de Keila. Aunque, espera un minuto, pensó: ¿Y qué está haciendo *ella* para cumplir su parte de la promesa que hicimos a nuestras hijas? Y por su parte, ¿acaso el secreto del huerto no era el único gran obstáculo que debía superar para salir de aquella espantosa situación?

Sábado, 23 de julio

—Vender los embriones en eBay también te habría hecho padre. Pensé que esa era la razón de no conservarlos.

Olivia y Félix discutían comiendo pan tostado con aguacate. Era su último desayuno en la mesa de la cocina. Los de la mudanza estaban en camino y la casa quedaría vacía al terminar el día. Lola había regresado después de una semana de vacaciones, y ahora estaba ocupada en la recámara de las gemelas, empacando ropa y juguetes. Sin embargo, alcanzaba a escuchar gran parte de la conversación, haciendo que se le encogiera el estómago.

—No olvides empacar tu té —le dijo Lola a Félix más tarde en la cocina, sacando de la alacena una lata del tamaño de un galón, llena con hojas que Félix había importado directamente de India—. Todavía queda suficiente para un año.

Félix tomó la lata de manos de Lola y siguió comiendo su pan con aguacate sin siquiera mirarla.

—Se dice "Gracias, Lola" —dijo Olivia intencionalmente.

Félix gruñó, lamió un trozo de aguacate de su labio y dijo con la boca llena:

—¿Cómo supiste que quería venderlos en eBay?

—Una madre todo lo sabe.

—Qué idiotez. Alguien de la clínica te dijo y no me importa. No voy a ocultar nada. Sí los quería vender, ¿y qué? ¿Por qué desperdiciar algo de valor?

—Yo te los pude haber comprado si me hubieras pedido que te hiciera una oferta —dijo Olivia con un tono lo suficientemente sarcástico para que él comprendiera lo que en verdad estaba pensando.

—No lo entiendes, Olivia. ¡Tener más hijos juntos implicaría tener que aguantarte más de lo que ya te aguanto criando a las gemelas!

Olivia se levantó de la mesa, dejando media rebanada de pan en su plato, y sin decir una palabra siguió guardando cosas en las cajas de cartón que la empresa de mudanzas le había dado a principios de la semana. Se tuvo que girar para que Félix no la viera sonriendo. La idea de ya no tener que lidiar con él la hacía sentirse más tranquila. Tendría que cuestionarse seriamente cómo pudo haberlo amado alguna vez, pero esa era una pregunta que analizaría después, meses después, quizás en el consultorio de algún psicólogo. Por ahora necesitaba enfocarse en empacar las pocas cosas que le gustaban y que no le recordarían a Félix. Por suerte, él no estaba interesado en los muebles modernistas que habían coleccionado con los años, así que ella eligió la *chaise longue* Eames, la mesa de centro Noguchi, el comedor Børge Mogensen y la mesa de teca Hans Olsen. Dudó cuando etiquetó esta última pieza con cinta azul, indicando a los de la mudanza que debía irse a su bodega, no a la de Félix. Sabía que le traería terribles recuerdos pero, ¿por qué no reclamarla ahora y superar la negatividad en el futuro? Todo debe sanar, pensó, hasta los muebles.

Qué irónico, pensó Lola mientras manejaba de Mulholland hacia la 101 sur al este de Los Ángeles —un mundo completamente distinto a solo veinte millas de distancia—, que se dirigía de la implosión de un matrimonio a uno que daba sus primeros pasos. La hija de su amiga Lucy, Jessica, la mejor estilista al este de la 5, se iba a casar esa tarde con Yobany, hijo de un exnovio de Lola, que seguramente estaría ahí con su esposa número tres. Lucy invitó a Lola para ser madrina de cojín, uno de los honores más codiciados en algunas bodas mexicanas. Había comprado un cojín de terciopelo rojo en forma de corazón con adornos en una tienda en Broadway que vendía vestidos de quinceañeras y parafernalia de bodas, y lo había personalizado con las iniciales de los novios bordadas en dorado. Amarrarían con listones las argollas de oro sobre la tela del cojín. Tendría que llevárselo al sacerdote en el momento preciso del intercambio de anillos.

La irritación se desbordó en su interior mientras manejaba hacia el sur por la 710. ¿Por qué Olivia no había contestado a los gritos de Félix? ¿Por qué había ignorado su insulto? Se estremeció e intentó enfocarse en el hecho de que el matrimonio de Olivia había terminado y tenía todo un futuro por delante, donde podría aplicar las lecciones aprendidas. O por lo menos eso esperaba.

Se estacionó a una cuadra de la iglesia católica de Nuestra Señora de Lourdes y caminó por la banqueta, agrietada por tantos temblores, pisando con cuidado. Los tacones altos no eran propios para esa clase de terreno, pero se los había puesto porque era obligatorio en las bodas mexicanas. Se enderezó su vestido morado oscuro con una flor de lentejuelas prendida del escote y discretamente se ajustó las pantimedias.

Tuvo unos cuantos minutos para detenerse en el altar del patio y admirar el fresco de azulejo que representaba el famoso momento en que Juan Diego Cuauhtlatoatzin dejó caer docenas de rosas que llevaba en su ayate, revelando la imagen de la Virgen de Guadalupe que milagrosamente había quedado impresa para siempre en las fibras. Inclinó la cabeza con respeto, aun cuando no era una católica del todo practicante, y se apresuró al interior para sentarse en un buen lugar, justo atrás de las bancas de la familia de la novia. Era el lugar ideal desde dónde ver directamente a los mariachis.

Conforme fue llegando la gente, vívidos recuerdos de su infancia brotaron en su mente. Sus padres se habían mudado a East L.A. después de ser violentamente desalojados a principios de los años cincuenta de Chávez Ravine, un vecindario muy unido de mexicanos en las colinas que dominaban el centro de Los Ángeles, donde ahora se encuentra el Estadio de los Dodgers. Ahí criaron a Lola y a su hermano mayor, Sebastián, hasta que murieron en un accidente de autobús, dejando al joven encargado de cuidar a su hermana, sin que se esforzara mucho, para ser honestos.

Lola conoció a Lucy en el primer día de clases, y desde entonces habían sido amigas. Ambas crecieron lejos de la brisa marina, millas por encima de las fallas geológicas, donde los vecinos preferían comer con tortillas en vez de usar cubiertos y llamaban a sus mascotas Chabelo y Tío Gamboín. Paseaban por las calles del vecindario, flanqueadas por jardines tras rejas de hierro forjado y setos de adelfa y arbustos de flor de Jamaica; a veces para ir por algún encargo de sus madres; otras, para cuidar a los niños de esta tía o de aquella, o para escapar de la casa y dejar que sus padres pudieran pelearse a gusto, gritar y aventarse platos, ollas y sartenes de un lado a otro de la habitación. La mayor parte del tiempo salían nada más porque sí.

Lucy había soportado durante años las aventuras de su esposo, Julián, y que este llenara hasta el tope las tarjetas de crédito. ¿Cuántas veces le había dicho a Lola "Qué suerte que nunca te casaste"? Pero ¿era suerte, o una decisión deliberada? Lola se hacía esa pregunta cada vez menos ahora que tenía sesenta años, pero a veces, sobre todo en las bodas, pensaba en la cantidad de pretendientes que había rechazado, uno de ellos el mismo Julián, años antes de que siquiera considerara acercarse a Lucy. Luego estaba Aurelio, el chef de pasta de un restaurante italiano en Brentwood, que maldecía todo el día y olía a ajo y albahaca; Hermenegildo, un mecánico a quien mataron por error en un tiroteo años después de que salieran juntos; Fernando, un plomero, al que le había fallado compartirle un detallito, que estaba casado con otra mujer en México, algo de lo que se enteró un mes después de iniciada su relación. Había habido otros. Muchos. Pero nunca necesitó a ninguno. Su vida estaba colmada y era toda suya. No se arrepentía de nada.

La ceremonia duró casi tres horas, con los mariachis cantando hasta cuando la ceremonia no requería de música: "El milagro de tus ojos" para la entrada, "Por tu amor" durante el Gloria, "Si nos dejan" después de la primera oración, "Hermoso cariño" justo después de la liturgia de la palabra, "Contigo aprendí" después del evangelio, "Amanecí en tus brazos" después de la homilía, "Te amo" para el intercambio de votos y la presentación de las ofrendas, donde Lola tenía un papel protagónico, llevándole al padre el cojín con las argollas. Para la comunión, el mariachi tocó "Mi eterno amor secreto" y, finalmente, "La bikina" para marcar la conclusión de la misa, los novios saliendo de la iglesia seguidos de las damas de honor en vestidos color lila y los amigos del novio en esmoquin azul claro. Después de ellos, sus parientes y padrinos. Lola fue una de las últimas en salir. Se veía espectacular.

Durante el banquete estilo Hidalgo, en el que se ofreció caldo de oso, barbacoa de borrego, salsa borracha, nopalitos y mole, ciento veinte invitados se sentaron en mesas de diez, de acuerdo con las tarjetas de identificación en cada asiento. La tarjeta de Lola estaba junto a Leticia, su amiga más antigua y vecina cuando sus padres aún rentaban el dúplex en Arizona Avenue. Había venido con Pedro, su nuevo marido después de divorciarse de aquel mujeriego espantoso de Raúl Valverde. Otras personas querían pasar tiempo con Lola, así que después de comerse su rebanada de pastel, fue de mesa en mesa para socializar y ponerse al corriente con todos.

Durante el baile en que Jessica, la novia, demostró su talento como estilista —se había hecho su propio chongo, el cual, después de muchos giros y pasos de baile extremos, siguió intacto—, Lola se sentó para recobrar el aliento. Bailar reggaetón, salsa, merengue, mambo, rumba, quebradita y norteña requería aguante, y lo tenía después de años de corretear niños, pero simplemente había demasiados amigos con quienes bailar y necesitaba descansar.

Lucy estaba haciendo sus propias rondas, saludando a los invitados, cuando se detuvo a platicar con Lola.

—Tienes suerte de no haberte casado —le susurró, mirando de reojo a su hija y a su flamante marido.

—Creo que tienes razón —dijo Lola, pensando en Olivia.

Domingo, 24 de julio

Las gemelas no parecían molestas en lo absoluto. Quedarse en casa de bubbe significaba disfrutar su desayuno favorito: huevos revueltos con mermelada de fresa y matzá (sobras de Séder que duraban todo el año por estar bien conservadas en el congelador), cunas portátiles donde podían jugar, y abrazos y besos de sus abuelos. La única diferencia era que, esta vez, mamá también se quedaba. Despreocupadas por aquel hecho inusual, pasaron parte de la mañana en el clóset de Óscar, abriendo los cajones y jalando sus corbatas del gancho para hacerse un nido dónde descansar. Dani (como se había pedido a toda la familia que llamara a Daniel en adelante) se había ofrecido a cuidarlas, así que se sentó en el piso y las miró sacar todos los calcetines, cinturones y, espera un minuto, ¿qué es eso? Tomó un frasquito de pastillas medio lleno de la mano de Andrea y revisó la etiqueta: Viagra. Como hacía con casi todo lo que no conocía, lo buscó en internet, en su celular, y soltó una risita ante la imagen de su abuelo usando estimulantes de erección. En silencio lo guardó en el fondo del cajón de los bóxers, sin darse cuenta de que el medicamento había expirado hacía meses.

—¿Por qué dejaste que Félix vendiera la casa? ¡Es un agente terrible! ¡Y ya no digamos el conflicto de intereses! —dijo Keila mientras ayudaba a Olivia a desempacar la ropa de las niñas y acomodarla en el clóset.

—No veo el conflicto, mamá. Además de mí, es la única persona que quiere sacar la mayor cantidad de dinero posible con la venta. Y estuvo de acuerdo en dividir conmigo su comisión. Pásame esas pijamas, por favor.

—Pero es un corredor mediocre. No ha vendido una casa en más de un año. ¿En L.A.? ¡Hazme el favor!

—Mamá, tenemos cosas más importantes en qué pensar, como cuánto tiempo me voy a quedar aquí con ustedes. Necesito encontrar un departamento cerca con una recámara extra para Lola.

—No hay prisa. Tómate tu tiempo.

—Es temporal. Solo hasta que encuentre un lugar.

Keila deseó que Olivia y las niñas se quedaran con ella para siempre, pero estaba claro que no era una opción viable, aun cuando tenía suficientes habitaciones para alojar a todos. Llevaba en Estados Unidos el tiempo suficiente para comprender que, en esta cultura, era inaceptable que los hijos adultos vivieran con sus padres, impensable incluso. Ya tenía a Patricia en casa. Aun con la excusa de ayudarla a criar a Dani, a la gente le parecía raro, sobre todo a sus amigas del club de lectura, quienes insinuaban seguido que Patricia debería vivir por su cuenta, con su hijo, o todavía mejor, con su marido. Era cierto. Patricia bien podría costearse una vida independiente, tener su propia casa. Pero también estaba el hecho de que todos estaban felices con el arreglo actual. Dani amaba ver todos los días a sus abuelos. Patricia podía hacer viajes de trabajo o visitar a Eric en el norte sin tener que preocuparse, sabiendo que adultos confiables recogerían a Dani en la escuela, revisarían su tarea y lo supervisarían cada vez que llevara amigos a la casa. Y Keila y Óscar tenían a su hija más joven cerca. En serio, ¿era tan mala una convivencia multigeneracional?

Lunes, 25 de julio

—Papá, a lo mejor te interesa esto —dijo Olivia, sentándose a la mesa del desayuno con Óscar, *Los Angeles Times* en la mano—. ¿Conoces el Sable Ranch?

—¿Me vas a decir que se quemó?

—Ah, ya escuchaste la noticia.

—Es una tragedia. El incendio Sand Fire está destruyendo todo a su paso.

—Ahí se filmaron tantas películas y series de televisión. Todos esos sets de filmación desaparecieron. Me gustó *Invisible Man*, con Chevy Chase, y *Men in Tights*.

—Yo me acuerdo de *The A-Team*. Gran show de televisión.

—Un poco anticuado.

¿Era ese un sentimiento profundo de amor filial brotando en el interior del pecho de Olivia? De pronto comprendió que detrás de esa plática hollywoodense por lo demás banal, se sentía el peso de las preocupaciones de su padre. Todo giraba en torno al clima. La forma como la Tierra extendía el calor y el agua sobre toda su superficie podía salvarte o matarte, determinar dónde vivías, si la casa de tu vecino, y no la tuya, se salvaba de las llamas, si salía volando en un huracán contigo adentro, o si te electrocutaba un rayo. Recordó la clase de historia en la preparatoria sobre la misteriosa caída del imperio de Teotihuacán, al parecer causada por la sequía, seguida del hambre. ¿Cuántas civilizaciones colapsaron por causa del clima? ¿Cuántas migraciones humanas han sido provocadas por hambrunas? ¿Cuántas culturas aniquiladas por inundaciones? Y ahora esto en Los Ángeles, en pleno siglo XXI. El barómetro glorificado de su padre, sus constantes registros en su libreta del clima de pronto cobraron sentido y un nuevo significado. Mirar The Weather Channel sin cesar no era el comportamiento de un lunático. Lo que hasta ese momento había comprendido como una excentricidad inexplicable, una obsesión que estaba poniendo en riesgo el matrimonio de sus padres, en realidad era una alarma perfeccionada y justificada. Una vez que las reservas que mantenían a la ciudad viva se acabaran, ¿el agua se volvería un preciado lujo que nada más los ricos podrían permitirse pagar a precios exorbitantes y conservar en sus albercas ahora transformadas en tanques de almacenamiento? ¿Acaso habría un éxodo masivo? ¿A dónde?

Olivia se estiró para tomar la mano de su padre por encima de la mesa del desayuno y la apretó con fuerza.

—Te entiendo, papi.

Martes, 26 de julio

Óscar estaba seguro de que Keila no despreciaría su invitación a cenar en su taquería favorita, Guerrilla Tacos, pero sí lo hizo.

—Lo siento, estoy haciendo la dieta keto. Nada de tortillas para mí —dijo, mientras se ponía el maquillaje frente al espejo del baño.

Óscar sabía que se trataba de una excusa tonta para evitar pasar tiempo con él, ya que había numerosas opciones a base de proteína, como fajitas (sin las tortillas, por supuesto), carnitas, chicharrón en salsa verde, guacamole. ¿Y por qué tenía que ponerse a dieta si ya estaba delgada? Así que insistió.

—Probemos, ¿sí?

—Tú nunca quisiste ir a terapia. ¿Crees que unos tacos lo arreglan?

—Podemos ir a otra parte. ¿Algún lugar italiano? ¿O japonés?

—No es la gastronomía, eres tú. Yo pensé que estabas mejorando después del divorcio de Claudia, pero volviste enseguida a Zombilandia.

—Lo estoy intentando, Keila, en serio. Por favor.

Pero Keila encendió la pantalla de su tableta para revisar los sondeos de las campañas presidenciales, una obsesión que había desarrollado durante los últimos meses, y dejó a Óscar preguntándose si su matrimonio realmente estaba condenado. Ella se preguntaba lo mismo.

Sábado, 30 de julio

El Valle de Guadalupe era el destino más concurrido de Baja California, y Patricia insistió en pasar ahí aquel fin de semana con Eric para poder escribir al respecto en su blog. El clima más cálido y más seco, cortesía del cambio climático, era una bendición para vinicultores y dueños de restaurantes, y el lugar bullía con el turismo gastronómico. Mientras manejaban el Prius de Patricia por la autopista (el Tesla de Eric no hubiera podido atravesar el desierto sin estaciones de carga), Patricia empezó a notar carros viejos, chocados, abandonados a un costado del camino. No cinco ni veinte. Cientos. De toda clase de marcas y modelos, esparcidos por los campos y barrancos, casi todos severamente canibalizados hasta el punto de quedar irreconocibles, como esqueletos.

Le pidió a Eric que se detuviera para tomar una fotografía de una combi Volkswagen con grafiti en todos los costados y sin llantas. Luego se pararon a sacar una foto de una camioneta Country Squire, claramente de los años setenta. Lo que comenzó como un viaje de dos horas, se convirtió en una exploración fotográfica de automóviles destruidos que duró nueve horas.

Cientos de fotografías después, Eric y Patricia llegaron a su hotel en el Valle de Guadalupe y se fueron a la cama todavía preguntándose qué podía haberles pasado a las personas involucradas en aquellos accidentes.

—Probablemente salía más caro mandar a la grúa a recoger un coche que era pérdida total, que abandonarlo ahí —dijo Eric quitándose la ropa y acostándose boca arriba en la cama.

—Definitivamente no es buena publicidad para Baja —dijo Patricia mientras se desvestía—. Estoy segura de que los turistas no quieren recordatorios de lo malas que son las carreteras.

Y antes de terminar la frase, Patricia se montó sobre Eric, encontrando su pene con ansia entre sus piernas y envolviéndolo con fuerza.

Un par de orgasmos más tarde, conforme salía el sol, ambos decidieron que no tenía caso esperar una hora decente para empezar a degustar vinos. Después de todo, Patricia ya tenía una mejor historia que contar en su blog, con todos esos esqueletos metálicos oxidados tan vívidos en su mente. Así que empacaron y se fueron de regreso, entretenidos inventando historias de cómo pudo haber sucedido un accidente u otro. Había un desastre en el que Patricia seguía pensando, pero no lo compartiría con Eric, todavía no, pues la historia seguía revelándose: su matrimonio.

Agosto

Lunes, 1° de agosto

Era crucial evitar que los almendros perdieran sus hojas prematuramente.

—Si se caen las hojas antes de tiempo, los botones no van a crecer al máximo y las nueces no secarán adecuadamente —le advirtió a Óscar su gurú, Lucas, cuando compró el huerto años atrás.

En esa mañana de agosto, tan pronto como Óscar salió de su SUV, Lucas lo recibió con otra advertencia:

—Necesitamos tener mucho cuidado con la polvareda este año. Esa pinche cosa es nuestra enemiga en la cosecha.

Como parte de su bienvenida, Lucas le ofreció a Óscar un plato desechable con dos burritos de carnitas que su esposa había preparado.

—Ya están un poquito fríos, pero la salsa está muy buena.

Se sentaron bajo la sombra de uno de los árboles a comer juntos, como solían hacer. Este sentimiento de camaradería con Lucas y sus primos solo aumentaba su dolor ante la posibilidad de perder los almendros, pero al mismo tiempo, lo motivaba a seguir luchando. Había un huerto que rescatar. Trabajadores que proteger. Un legado familiar que conservar. Un matrimonio que salvar.

—Definitivamente deberíamos conseguir una mejor aspiradora esta vez. Necesitamos poder ajustar la altura de la cabeza con más precisión —añadió Lucas, ajeno a los temores de Óscar—. De lo contrario vamos a acabar con todas las nueces llenas de tierra.

Mientras caminaban entre los árboles revisando que no tuvieran plagas e inspeccionando las almendras, Óscar notó una cierta ansiedad entre Los Tres Primos.

—¿Qué es esa inquietud que noto, Lucas?

—No queríamos que te preocuparas por nosotros, pero ya que preguntas, ¿qué tanta probabilidad crees que haya de que nos deporten?

—Nuestro país no se puede dar el lujo de perderlos —dijo Óscar con convicción, o eso creía.

Más tarde, de camino hacia Los Ángeles a través del Central Valley, vio decenas de pequeños grupos de trabajadores, muchos de ellos indocumentados, lo sabía, plantando, cultivando y cosechando una espectacular cornucopia de frutas, verduras y nueces, una plétora de productos agrícolas, suficientes para alimentar a medio país. No, pensó, estarán bien, pero algo en su interior le dijo que quizá se equivocaba.

Martes, 2 de agosto

En su pesadilla, una recurrente, Patricia se vio a sí misma como una niña de catorce años, llorando, siendo interrogada por un policía. Aunque estaba hablando, no salía voz de su boca, como una película a la que hubieran quitado el sonido. Pero sabía lo que estaba preguntando. Una y otra vez. "¿Diste tu consentimiento?", "¿Te presionó?", "¿Explícitamente le dijiste que se detuviera?", "¿Alguno de los dos estaba borracho?", "¿Usó condón?".

Se despertó con un hoyo en las entrañas y fue al baño, asqueada y mareada, pero no logró vomitar. Le preocupaba tener esos sueños últimamente. ¿Qué ese evento de su pasado no estaba ya solucionado y olvidado? ¿Por qué volvía? Regresó a la cama en la semioscuridad de su habitación, prendió su laptop y abrió el buscador, su lugar ideal para obtener respuestas.

Miércoles, 3 de agosto

Los Ángeles se desarrolló como una ciudad horizontal para que su imagen se pudiera proyectar en la gloriosa Panavision. Era la opinión personal de Patricia sobre su hogar mientras manejaba por Olympic Boulevard, rumbo al hospital. Hizo una nota mental de compartir ese pensamiento en Instagram junto con una panorámica que había tomado recientemente desde el Griffith Observatory con un cielo inusualmente claro, desprovisto de esmog, humo de incendios y bruma, la trifecta de la calidad del aire en L.A. Lo visitaba muchas veces solo para recordarse a sí misma que, puesto que vivía en la ciudad más rica del estado más rico del país más rico del mundo, le habían encomendado la máxima responsabilidad: triunfar en sus propósitos lo más posible en nombre de todos los inmigrantes que no habían tenido esa oportunidad.

Sacó su teléfono mientras esperaba en un semáforo, marcó rápidamente, totalmente consciente de su peligroso hábito, y dejó un mensaje solicitando una cita con una psicóloga que había encontrado en Google.

Cuando Patricia llegó, Claudia ya se había bañado, estaba vestida y había empacado su maleta. Su visión había vuelto a la normalidad, aunque seguía fluctuando por momentos, distorsionando el mundo exterior, obligándola a entrecerrar los ojos.

—Guarda los papeles del hospital en tu mochila —dijo Claudia—. Ya no tengo espacio en mis bolsas. Vámonos.

En el coche, Patricia notó lo pálida, enfermiza y delgada que se veía su hermana. Los meses que Claudia había pasado en el hospital habían resaltado sus pómulos y hundido sus ojos, haciendo que pareciera un retrato cubista.

—En cuanto te sientas mejor, vámonos a un spa —dijo.

—Sí, vamos un día —contestó Claudia, desinteresada. Miró por la ventana hacia los coches de las demás personas, preguntándose qué tanto se había perdido de la vida. Ahí estaba un hombre obeso en un Mazda rojo, inclinado hacia adelante, sobre el volante, como una abuelita sentada en el escusado. Había un tipo en un BMW blanco, su brazo izquierdo colgando fuera de la ventana con un ostentoso reloj, pidiendo a gritos que lo asaltaran. Y más allá había una mujer en su Toyota RAV4 negra, metiéndose el dedo a la nariz. ¿Qué esperaba encontrar aquí, un pequeño aperitivo para poder aguantar hasta la hora de la comida? Ah, y mira, ¿tres personas en el mismo coche? ¿En L.A.? Quizá no se había perdido de mucho en la vida, pensó Claudia. Sabía que sería interesante, incluso con su condición. Podía caminar con bastón y rápidamente recobraba su fuerza y el rango de movimiento de sus piernas, aunque los médicos ya habían confirmado que la visible cojera en su pierna izquierda sería permanente. No había manera de reparar el daño que había causado el tumor en el lóbulo frontal de su cerebro.

Exhausta por el viaje en coche hasta la casa de Óscar y Keila, subió lentamente las escaleras hasta su recámara y se dejó caer en el sofá frente a la cama. Patricia subió las maletas y, con ayuda de Keila, empezó a desempacar pijamas, suéteres, calcetines, pantuflas y tenis.

—¿Qué es esto? —preguntó Keila, asombrada de tener un estetoscopio en la mano.

—¿Y esto? —Patricia acababa de desenterrar un baumanómetro de muñeca de una maraña de ropa interior en la maleta.

Acabaron desempacando dos fundas de almohada arrugadas, con el logo del hospital en azul; un aparato de teléfono, con todo y cable; un medidor del flujo de oxígeno; un reloj de pared; un control remoto universal; una caja nueva de guantes de látex, tamaño mediano; un botón de ayuda; un par de lentes para ver; varios calcetines antiderrapantes todavía sellados en sus empaques, y un oxímetro de pulso.

—¿Qué? —preguntó Claudia cuando finalmente vio todo el botín hundiéndose por el peso en el grueso edredón de la cama.

—Es buena señal, hermanita.

Claudia estaba tan impactada como su hermana cuando le presentaron la evidencia de su hurto, cosas que claramente no le pertenecían, pero que habían salido de su maleta.

—Evidencia número uno —dijo Patricia con una sonrisa, señalando el surtido de cosas—. Para bien o para mal, vuelves a ser tú.

Jueves, 4 de agosto

Exactamente a las 11:47 a.m., cuando el día estaba en su momento más caluroso (ochenta y cuatro grados era su estimado), Óscar caminaba por Van Nuys Boulevard, en Pacoima, un viejo vecindario al norte del Valle de San Fernando, pensando en Claudia. Si ya no podía trabajar como chef, si sus ingresos consistirían solo en las regalías de su programa cancelado, algo que sin duda disminuiría con los años, si no es que los meses; si ya no iba a recibir dinero de Gabriel, ¿cómo se iba a mantener? ¿Iba a tener él que encargarse de su hija? ¿Podría hacerlo si perdiera el huerto de almendros? Siempre había admirado su espíritu y su determinación para triunfar, una actitud muy propia de una primogénita, pero ahora le preocupaba que hubiera perdido esa parte de su personalidad. Se veía tan frágil, tan indefensa.

Examinó los escaparates comerciales, tomando notas mentales: restaurantes de comida rápida; iglesias que antes habían sido cines; casas de empeño y negocios de cambio de cheques y transferencias monetarias en casi cada esquina bajo el intenso sol de agosto. Pasó frente a grandes foros de cine donde seguramente se creaba la magia de Hollywood, y serpenteó por las calles residenciales, observando la vida en las distintas casas que encontraba a su paso. La mayoría de las personas que veía eran latinas. Eran su gente, y Óscar se sentía como en casa.

Cuando estaba en la preparatoria se había prometido a sí mismo caminar por todos los barrios de Los Ángeles para ser capaz de comprender su ciudad en toda su complejidad. A medida que continuaba cumpliendo su objetivo con los años, se dio cuenta de que el ejercicio era imposible.

En cada zona por la que deambulaba, confirmaba lo que ya antes sospechaba: había cientos de ciudades dentro de su ciudad, cada una contando una historia diferente. Necesitaría varias vidas para comprender sus múltiples encarnaciones. Una de ellas, la más obvia, perpetuada por muchos foráneos, era la de la meca del entretenimiento, con calles y parques con nombres de estrellas de cine, locaciones conocidas y vecindarios que estaban prohibidos por la industria cinematográfica pues ya se habían filmado demasiado. La gente que sabe poco de L.A. imagina a todos caminando por ahí con un guion de cine húmedo de sudor bajo el brazo. Después de todo, esta ciudad era la cuna de Hollywood. Pero lo cierto es que Los Ángeles era lo que tú quisieras que fuera, y eso se debía al constante flujo de migrantes que llegaban con sueños, no solo de otros países, sino de otros estados de la nación. Hasta sus famosas palmeras venían de otra parte. Se imaginó a un presentador de un reality show vendiendo Los Ángeles a un público en vivo: "¿Eres un surfero en busca de olas? Este es tu lugar. ¿Qué tal un hípster lanzando una marca de galletas sin gluten o una nueva religión? Por supuesto. ¿Y hay lugar para una familia joven criando niños pequeños? Sin duda. ¿Qué tal una pareja retirada que quiere jugar bingo todo el día? Claro. ¿Ejecutivos de alto rango? ¡Sí! ¿Abogados, doctores, agentes y mánagers? El mejor lugar para triunfar. ¿Fanáticos del ejercicio, jóvenes estrellas, chefs, maestros de yoga, estudiantes, escritores, sanadores, inadaptados, entrenadores, enfermeros? Por aquí, por favor. ¿Te interesa el *cosplay*, el *improv*, el porno, el Roller Derby, el voyerismo, las proyecciones de películas en cementerios, carreras de taco trucks, AA, recaídas, rehabilitación, micrófonos abiertos, cirugías plásticas, catas de vinos, encuentros de motociclistas, karaoke, ir a clubes, S y M, o las salas de escape? ¡Vente!".

Toda raza, religión, nacionalidad, género, orientación sexual y preferencia gastronómica estaba bien representada dentro del condado de Los Ángeles, y era eso lo que más amaba Óscar de su ciudad: su forma de dar la bienvenida a todo y a todos. Era cierto que en siglos anteriores la historia la había salvado de enfrentamientos entre clanes, como la batalla de Glen Fruin, en Escocia; no había sido epicentro de horrendas masacres religiosas, como las Cruzadas, la Guerra de los Cien Años o el Holocausto, ni había presenciado espantosas batallas, como la que se dio en Verdun, Francia, cuyo resultado fue un millón de jóvenes soldados muertos, sus cuerpos destrozados y esparcidos por el campo de batalla. Pero en su breve historia, Los Ángeles ya había tenido su propia porción de sufrimiento humano, drama y eventos sanguinarios, desde la explotación española de los indios, hasta la invasión de Estados Unidos cuando seguía siendo México, la masacre de chinos, la reclusión de japoneses e incluso levantamientos recientes como los Disturbios de Los Ángeles en 1992. Tristemente, cuando los turistas visitaban los lugares emblemáticos de L.A., sobre autobuses sin techo, bajo un sol abrasador, todo lo que escuchaban eran cosas como, "Este es justo el lugar donde Terminator le arranca el corazón al punk".

Óscar llegó a su SUV y, con un resoplido, arrancó la multa del limpiaparabrisas (una más para la colección). Luego se fue hacia el Happy Crunch Almond Orchard, donde sus amados árboles esperaban sus abrazos. Pero al llegar se sorprendió al ver que había alguien más abrazando sus árboles. Unos recién casados estaban posando románticamente para un fotógrafo que parecía dirigir la sesión en medio del huerto de Óscar. Por lo menos, esta gente no era tan invasiva como los de motocross que pasaban zumbando entre las hileras, aventando tierra y haciendo vibrar los árboles con el horrible ruido de sus motos, como ya había sucedido. Aun así, esas lindas personas eran intrusos y se tenían que ir.

—Hola, disculpen, voy a tener que pedirles que se vayan. Esta es propiedad privada y están perturbando las almendras.

—Perdóneme —dijo la novia—. No había nadie.

—Ya son más de las cuatro. Mi gente ya se fue a su casa a descansar, pero eso no quiere decir que este lugar no sea de nadie.

—Es una oportunidad que solo se da una vez en la vida —dijo la novia—. Ya casi acabamos. ¿Podríamos tomar un par de fotos más y luego nos vamos? Se lo prometo.

—¡Ni siquiera es el mejor tiempo del año para tomar fotos! Hubieran venido a principios de la primavera, cuando los almendros están floreando. Esa sí es una vista para la posteridad —dijo.

—¡Todavía ni nos conocíamos en la primavera! No es fácil calcular cuándo llega el amor —dio el novio, riendo.

Ni cuándo se va, pensó Óscar.

—Está bien, pero solo dos más —dijo. ¿Cómo les podía negar a esos jóvenes una pizca de felicidad?

—¿Me puede sostener este reflector? —preguntó el fotógrafo, dándole a Óscar una luna redonda de tela plateada y flexible—. Diríjalo hacia acá para que la luz de la tarde le dé a la novia en el rostro.

Qué descaro, pensó Óscar, pero al mismo tiempo hizo caso a las órdenes, moviendo el reflector para acá y para allá, mientras continuaba la sesión. Aquí estaba una nueva pareja, fresca y tierna y prometedora, lista para el futuro, mientras los matrimonios de sus hijas se deshacían. Y ahí quedaron las oportunidades que se dan una vez en la vida. ¿Y qué hay del suyo? Tenía que decir la verdad, confesarle a Keila lo del huerto y, ojalá, salvar su propio matrimonio. Él sabía que las flores y las cartas de amor no serían suficientes.

Faltaban unos cuantos días para la época de cosecha. Esperaría.

Viernes, 5 de agosto
Con la noticia todavía fresca en su mente —las autoridades acababan de anunciar que las llamas del Sand Fire ya habían sido totalmente contenidas después de calcinar 41 432 acres—, Óscar registró la cifra en su diario y lo guardó nuevamente en el cajón de su buró. Él sabía que habría más incendios y menos agua. L.A. había crecido tanto como para invadir los desiertos circundantes —Palmdale, Victorville, Palm Springs— y su templado clima mediterráneo, el que había convencido a los angelinos originarios de El Pueblo de Nuestra Señora la Reina de los Ángeles de Porciúncula de establecerse ahí, ahora estaba en riesgo. La ciudad le debía su existencia a la construcción del Acueducto de Los Ángeles por William Mulholland, el cual abastecía agua a la ciudad desde el Owens Valley, a cientos de millas de distancia. Sin embargo, ¿había sido esta una estrategia razonable? Sin su propia agua, ¿estaba justificado

el crecimiento de la megalópolis donde vivía? Si desaparecía el acceso de Los Ángeles al agua, ¿la ciudad se convertiría en otra atrocidad hecha por el hombre que se tragaba la tierra, como la vecina ciudad extinta al lado de Salton Sea, un terrible error de muerte y pestilencia?

Pasó de un pensamiento deprimente a otro, este más urgente, apremiante, una amenaza recurrente que sobrepasaba el horrible conteo final de acres consumidos por los incendios forestales, uno cuyo resultado Óscar tenía la posibilidad de controlar: no podía dejar de pensar cómo iba a mantener a sus hijas, empezando una nueva vida en su casa. ¿Y si perdían su hogar en un incendio? ¿Dónde vivirían ahora que Claudia estaba de vuelta? Y Patricia. Y Dani. Y Olivia y las gemelas. Y, ojalá, Keila.

Sábado, 6 de agosto

Así es como estaban las cosas en casa de los Alvarado aquel sábado por la mañana: Keila y Óscar tenían la recámara principal y la salita adyacente donde Óscar miraba The Weather Channel. Keila llevaba un tiempo considerando pedirle que se mudara a dormir al sillón de la sala de televisión, pero ahora, con las niñas de vuelta en casa y después de prometer que intentaría arreglar las cosas con Óscar, le hizo caso a su instinto y dejó todo como estaba, por lo menos mientras averiguaba cómo borrar de su mente la noche que pasó con Simón. Olivia y las gemelas se habían establecido —temporalmente, como recalcó frente a Keila— en la vieja habitación de Olivia, lo suficientemente grande para que cupieran las dos cunas portátiles acomodadas a lo largo, bajo la ventana, forman-do una especie de trenecito. Tan pronto como llegó, antes de desempacar las maletas, se puso a reacomodar los muebles a su gusto actual, preguntándose cómo había podido vivir en ese cuarto tantos años sin que le importara la orientación de la cama. En su defensa, no aprendió geomancia china sino hasta después de mudarse y casarse, así que se disculpó y siguió guardando sus cosas. Dani, que había vivido en la vieja habitación de Claudia desde la niñez, se mudó al *boudoir* que estaba frente a la salita. "Acogedor" fue su forma amable de describir su reducido tamaño. Para que la cama pudiera entrar tuvo que eliminar la repisa donde tenía sus juguetes y donar su colección de dinosaurios, los Legos, varios coches, camiones y motocicletas, casi todos sus libros ilustrados, todos los peluches de conejos y animales lindos (excepto Mr. Monkey, que en realidad era un oso), y la piraña deshidratada dentro de un cubo de acrílico que su mamá le había traído de Brasil a petición suya (misma que le produjo incontables pesadillas que lo hicieron correr a dormir con ella a mitad de la noche). Patricia se quedó en su propia recámara, simplificando la logística ya de por sí complicada. Más tarde, esa noche le vino un pensamiento a la mente y se preguntó si aquello le daba miedo porque se suponía que diera miedo, o porque en verdad era aterrador: siempre había vivido en aquella habitación. Nunca había vivido en otra parte. Tenía veintiocho años.

Claudia, por otra parte, se había ido a la universidad prometiéndose nunca volver a su casa, sin importar cuánto había disfrutado crecer ahí. Había sido parte de su plan, volverse totalmente independiente en todas las áreas de su vida. Hasta aquí llegué, pensó mientras enderezaba la almohada de su sillón. La idea inicial había sido que Claudia se pasara al cuarto de Lola, junto al estudio de Keila, cerca del garaje en la parte de atrás del jardín para que no tuviera que usar las escaleras, pero finalmente decidió que se quedaría en su propia recámara.

—Puedo con las escaleras —dijo, insegura de que en verdad pudiera lograrlo.

Así que Lola estaba feliz de tener su viejo cuarto —con suficiente privacidad y una bonita vista del jardín—, donde había dormido durante años los fines de semana mientras las tres hermanas crecían. Le tomó a Keila varias horas pasar las esculturas y los materiales que había guardado ahí hacia una esquina de su estudio, y dejar espacio para las cosas de Lola. Aunque a Keila le molestaba aquel desorden, le encantaba tener la casa llena.

Lunes, 8 de agosto

Un chorrito de orina bañó la prueba de embarazo de Patricia. En cuestión de minutos, dos líneas rosas bien definidas aparecieron en la pequeña pantalla del cartucho. Patricia se recargó en el lavabo para conservar el equilibrio. No sabía si se había mareado por la noticia o si esa era la primera señal física de su gravidez. Se calmó, envolvió la prueba en papel higiénico y se subió al coche, dejando las llantas marcadas en el pavimento.

Olivia estaba inspeccionando el estuco de una obra en construcción arriba de Hollywood Hills. Parada sobre el andamio junto al inspector, vio que Patricia estacionaba su coche en la esquina y se bajaba con una sonrisa de Gioconda.

—Necesito hablar contigo en privado. ¡Ahorita! —dijo Patricia al comenzar a ascender por la escalera para alcanzar a su hermana.

Olivia le pidió al inspector que les diera unos minutos en privado y él accedió, intrigado, bajando hasta la banqueta.

—Mira, Olie.

Patricia buscó en su bolsa para sacar la prueba de embarazo y la colocó en la mano de Olivia.

—¡Un bebé! —gritó Olivia.

—¡A lo mejor gemelos!

Olivia levantó la prueba hacia la luz del sol y empezó a saltar en el andamio. Patricia hizo lo mismo, besando a su hermana y bailando y lanzando grititos incompresibles de alegría sin que les importara el hecho de estar en un precario armatoste hecho con tubos y tablas.

Abajo, mientras el andamio vibraba y se meneaba peligrosamente con el peso de las hermanas Alvarado, ahora unidas para siempre a través de la maternidad, el inspector contempló atónito la escena.

—Mujeres —murmuró.

Domingo, 14 de agosto

—No debería ser tan difícil. Ya hablas hebreo bastante bien —le dijo Keila a Dani frente a un abundante desayuno de hotcakes y tocino.

—Pero ni siquiera somos tan religiosos. ¡Comemos carnitas! Podríamos no hacer para nada el bar mitzvah y a nadie le importaría —dijo Dani.

—No se trata nada más de religión. Tus abuelos eran judíos, yo soy judía, tu mamá es judía. Es identidad de lo que estamos hablando. ¿Te sientes judío?

—Supongo.

—Cuando te preguntan, ¿qué dices?

—Que soy judío.

—Ahí está. Aun si no vamos al templo, somos lo que somos. Ya te hice una cita con el rabino Nebenzahl, nuestro rabino de cabecera para todo lo judío. Es reformista, así que todo estará bien. Te va a dar gusto haberlo hecho.

—¿Podemos contratar a una banda cool para que toque en la fiesta? Poetic License tocó en el bar mitzvah de Ezequiel.

—¿Por qué no te enfocas por lo pronto en la importancia de cantar la Torá y lo que todo el ritual significa para ti? Podemos discutir la música después.

Miércoles, 17 de agosto

Algunos lo llamaron un remolino de fuego. Otros, un tornado de fuego. Pero lo que provocó la evacuación de ocho mil personas a las afueras de Los Ángeles en realidad se conoció como el incendio Blue Cut. Óscar miraba las noticias horrorizado mientras el restaurante histórico de la Ruta 66, el Summit Inn, quedaba reducido a cenizas y los residentes de la zona huían. Se necesitaron mil trescientos bomberos, cuatro aviones para combatir incendios —conocidos por la gente común como aviones cisterna—, tres aviones anfibios y quince helicópteros para contener las llamas. Óscar pensó en todos los evacuados, dejando atrás sus álbumes de fotos y sus pasaportes y sus mascotas. Era fácil juntar a los perros, pero ¿y los gatos? En el último simulacro de evacuación familiar, unos cuantos días atrás, Velcro se escondió detrás de la estufa, un lugar imposible de alcanzar, ni siquiera con una escoba. Si hubiera sido una verdadera emergencia, lo hubieran tenido que abandonar para quemarse junto con la casa. No puedes correr por todas partes buscando al gato cuando las llamas están abrasando tu techo.

Jueves, 18 de agosto

Ponerle la correa a Ramsay fue fácil. Hacer que Claudia se cambiara la pijama y llegara al exterior fue casi una odisea insuperable, pero Olivia sacó paciencia del cielo y, después de una considerable persuasión, logró sacar a su hermana y al perro a caminar alrededor de la cuadra por primera vez desde la cirugía.

—Pero yo no voy a recoger la mierda —dijo Claudia—. Soy discapacitada.

—Buen intento, pero no te lo voy a permitir —dijo Olivia, pasándole el rollito de bolsas de plástico.

Si bien Claudia había sanado más rápido de lo que los médicos habían anticipado, el contraste entre su recuperación física y su estado de ánimo era evidente. Ya no se quejaba de dolor en la pierna, pero cuando llegaba la hora de cenar bebía una malteada de proteína de pie junto al refrigerador y se subía a su habitación sin decirle una palabra a nadie.

—Te extrañamos en la mesa, hermanita —dijo Olivia mientras caminaban por el barrio lleno de carriolas y nanas. Era el Westside después de todo.

—¿Por qué me tengo que torturar viéndolos a todos disfrutar su comida? —dijo, arrastrándose por la banqueta irregular.

—¿Tal vez porque queremos que seas parte de nuestras conversaciones? —dijo Olivia, intentando aliviar la amargura de su hermana haciéndola sentir necesitada—. Hay muchas cosas que están pasando en estos momentos y a todos nos serviría tu opinión. Aprovecha esa parte enorme de tu cerebro que sigue intacta.

—Vámonos. Ya me cansé.

Domingo, 21 de agosto

El mismo día que la casa de Olivia salió al mercado llegaron seis ofertas. Una pareja con cinco hijos hizo la oferta más atractiva. Todo en efectivo. Sin inspección de la propiedad ni periodo de contingencia. No solicitaron ninguna reparación. Ni siquiera un informe del título de propiedad, ni avalúo. Depósito en garantía en una semana. Sonaba como el sueño hecho realidad de todo agente de bienes raíces, pero no lo era: Félix había malvendido la casa a propósito.

—¿Por qué? —preguntó Olivia incrédula, arrepintiéndose de inmediato por no haberse involucrado en el proceso de la venta. Después de todo, pensó, Félix era el experto en bienes raíces. Pero ¿por qué era tan ingenua? ¿Qué le hizo creer que Félix no se perjudicaría a sí mismo con tal de hacerle daño a ella si es lo que había hecho cuando estaban casados? ¿Por qué se casó con él en primer lugar? Era una pregunta con una respuesta muy larga, una que requeriría tal vez años de autoexploración. Claudia le decía cosas como: "Eres el tapetito de la entrada de Félix". Quizá fuera un buen punto de partida conservar esa vívida imagen en la mente al analizar su comportamiento durante el matrimonio.

—¿Por qué malvendiste la casa?

—Toma tu cheque y vete a vivir tu vida. Yo recibí la misma cantidad y no me estoy quejando —dijo Félix mostrándole un cheque idéntico, este a su nombre—. Y nada más para que sepas, los dueños van a demoler la casa y construir una villa toscana.

¿Una villa toscana? Bueno, eso le dolía todavía más que descubrir que Félix prácticamente había regalado la casa. Había visto esas casas brotar por todas partes en el Westside; la mayoría parecían demasiado grandes para los terrenos, construidas con los mismos planos prefabricados, la misma paleta aburrida de colores, y todas semejando un set de Disneylandia.

Al revisar las cuentas esa noche, Olivia comprendió que Félix había vendido la casa por mucho menos de lo que indicaba el mercado.

—Lo hizo para desquitarse. No lo podía evitar. Todo lo que quiere es chingarte —dijo Claudia.

—Pero se hace daño él también. ¡Qué idiota! Contaba con ese dinero para comprarme un condominio.

—No lo supervisaste. Lo entiendo. La gente inteligente hace cosas idiotas, pero eso fue más que idiota. Ahora te vas a tener que quedar aquí hasta que ahorres.

Jueves, 25 de agosto

Una violación no es sexo, sino violencia. Los violadores quieren tener control sobre la mujer. No actúan por lujuria, sino por poder. Ella no es una víctima, es una sobreviviente. Ese era el mantra que Patricia se cantaba en voz alta mientras manejaba su Prius hasta Thousand Oaks esa mañana, esperando creérselo repitiéndolo constantemente. El tráfico era en particular abominable, pero el tiempo sentada en el coche le permitió seguir percolando las conclusiones a las que había llegado en las tres semanas que llevaba de nuevo en terapia.

Una hora después de dirigirse al este por la 101, fuera de la ciudad, encontró su salida, dio vuelta a la izquierda y tomó un pequeño camino de terracería que bajaba por un cañón. Aunque era una senderista experta, nunca había ido a esa parte en las afueras de Los Ángeles. Se prometió traer a Dani algún día para explorar esos senderos y subir aquellas rocas, y se propuso hacerlo antes de que dicha área sucumbiera ante algún futuro infierno. Agradecía vivir en L.A., donde, si el fuego lo permitía, podía practicar snowboard en las pistas de Big Bear en la mañana y surfear en las olas de Santa Mónica en la tarde, o ir a un almuerzo elegante el domingo en un hotel de moda y luego caminar por las montañas. Por ahora se enfocaría en la belleza a su alrededor mientras duraba. Le ayudaba a calmarse la ansiedad que se le había exacerbado desde que empezara a tener pesadillas.

Después de otros veinte minutos sobre el camino de terracería (¿quién maneja hora y media para ir a ver a su terapeuta?), llegó al rancho donde Irene la esperaba con botas vaqueras y un sombrero Stetson. La cabaña descansaba en el seno de pendientes cubiertas de chaparral: abronia, helechos culantrillo, yuca de chaparral y *Thricostema lanatum*. En el interior, la sala estaba amueblada con cómodos sofás, cojines y mantas, y un taburete extragrande con dos charolas pequeñas donde podías poner tu taza con chocolate caliente. En las paredes colgaban fotografías de caballos y el diploma de doctorado de Irene. Le ofreció a Patricia una taza de té de manzanilla y ambas mujeres se fueron a caminar.

Más adelante en el camino se sentaron en una mesa de pícnic bajo la sombra de un árbol de manzanita y pasaron un rato retomando las conclusiones de la última sesión.

Al explorar su pasado, Patricia se dio cuenta de que casi todos los hombres con quienes había tenido una relación eran físicamente distantes o emocionalmente discapacitados de alguna manera, incluyendo a Eric. Dos de los tipos con quienes había salido en la universidad se mudaron a otro estado, un plan que ella conocía desde el principio. Otro estaba a punto de casarse. ¿Qué les pasaba? ¿O qué le pasaba a ella? Sabía que Eric no se mudaría a Los Ángeles, y desde el inicio aceptó feliz su condición de vivir separados. Ahora anhelaba la cercanía y no sabía por qué empezaba a sentirse diferente.

—Vamos un rato con Big Boy—dijo Irene.

Caminaron una corta distancia por el sendero hasta llegar a un corral redondo donde había algunos caballos congregados en pequeños grupos alrededor de un par de pacas de paja.

Durante la primera sesión, y a sugerencia de Irene, Patricia había apodado Big Boy a un caballo Appaloosa. Él era su otro terapeuta. Se sintió inmediatamente atraída hacia su pelaje moteado; le hacía pensar en un dálmata gigante. No parecía tan agresivo como para inspirar miedo, pero sí tenía suficiente carácter (y un cuerpo de mil libras) para imponer respeto. Pero cuando Patricia se acercó por primera vez, su mensaje implícito hacia él era *Yo mando*, lo que no salió tan bien. Ella se precipitó hacia adelante para acariciarlo y Big Boy retrocedió, asustado, levantó la cabeza y giró las orejas hacia atrás.

—Recuerda que Big Boy es presa, no depredador. Se puede espantar con cualquier cosa que sienta amenazante en lo más mínimo —dijo Irene con voz gentil y paciente.

Le tomó a Patricia toda la sesión comprender que, si iba a desarrollar una relación firme con él a lo largo de su equinoterapia, tenía que tratar a Big Boy con cuidado.

—Necesitas empezar a mirarlo directo a los ojos —dijo Irene—. Haz que se sienta cómodo cerca de ti.

Patricia cambió de estrategia y caminó de puntitas hasta Big Boy. Cuando este se quedó quieto, ella levantó la mano lentamente para tocar su hocico, consciente de que bien podría arrancarle los dedos de una mordida; sin embargo se dejó acariciar, aunque todavía parecía un poco temeroso. Luego, Patricia le acarició la cabeza con suavidad y deslizó la mano por su mejilla, como si la planchara. Se dejó llevar y entrelazó los dedos en su crin y fue entonces cuando notó que Big Boy estaba mirando a otro caballo que arrastraba los cascos sobre la suave tierra, no lejos de donde ella estaba.

—Ella es Mamma, la yegua líder —dijo Irene—. Big Boy le está pidiendo permiso para dejar que lo acaricien. Está bien. Adelante.

Insegura de los posibles resultados de esta clase de terapia, Patricia decidió seguir las instrucciones de Irene.

—Para nuestra siguiente sesión medita sobre esta pregunta: ¿por qué siempre necesitas estar montada sobre tu pareja durante el sexo?

Patricia se despidió, se subió a su coche y volvió a su casa con la pregunta ardiendo en su mente.

Sábado, 27 de agosto

La casa de Claudia estaba tan limpia y acomodada que *Architectural Digest* podría haber ido con fotógrafos y obtener imágenes listas para impresión sin tener que mover una sola cosa. Aun cuando Claudia nunca había sido su favorita entre los Alvarado —demasiado egocéntrica, no muy empática, bastante sinvergüenza si le preguntabas a Lola—, ahora sentía una profunda compasión por ella. Nadie merecía tener un tumor cerebral de ningún tamaño, ya fuera cereza o papaya.

Terminó más tarde de lo que había pensado y manejó por la Pacific Coast Highway hacia la 10, en dirección a East L.A., donde unos amigos de la infancia la habían invitado a una parrillada. Mientras veía el perfil del Westside en su espejo retrovisor y pasaba el centro a su izquierda, sonrió ante este pensamiento: los nombres de las salidas de la carretera, como Centinela, Sepúlveda, La Ciénega, La Brea, Alameda, Santa Fe, César Chávez, Soto, unían a los habitantes de la Ciudad de Los Ángeles, este y oeste, norte y sur, con el México de sus ancestros, les gustara o no, sin importar su raza, creencias, afiliación política o etnia. Ella atesoraba el idioma que sus padres le habían enseñado, juguetón, armónico; escuchaba canciones latinas en la radio todas las mañanas; se sabía los nombres de todos los DJ de las estaciones en español. Las ondas eran estadounidenses y no. La ciudad era estadounidense y no. Y a ella le encantaba así.

Cuando llegó a la comida, un poco tarde, Los Barón de Apodaca reventaban las bocinas situadas en esquinas opuestas del patio, donde los anfitriones habían colocado una mesa larga formada a su vez con tres mesas de distintos tamaños, unidas bajo un mantel rosa brillante. Un zarape corría en medio, de un extremo al otro. Los carbones del asador ya estaban rojos y las montañas de carne asada silbaban sobre la parrilla junto a montones de cebollitas y chiles toreados. Lola saludó a una gama multigeneracional de invitados que bailaban o deambulaban por ahí —calculó treinta más o menos, la mayoría viejos amigos del barrio. Ana y Mateo estaban de pie junto a la hielera, casados el año anterior a bordo del ferry que va a la isla Catalina, rodeados de olas y delfines (y unos cuantos invitados mareados). Más allá, bajo la sombra de la jacaranda, Elena, la hermana pequeña de su amiga de la primaria, se abanicaba el sudor menopáusico. Lola saludó a don Flavio y doña Carmen, abuelos de tres niñas que ella había cuidado intermitentemente cuando era adolescente. Sorprendió a una pareja de niños agarrando tostadas a puños, sumergiéndolas en guacamole y dejando goterones en el piso por todas partes. Tentada a regañarlos, escaneó el patio en busca de los padres que, obviamente, estaban distraídos, pero decidió no decir nada. No eran horas de trabajo, después de todo. Finalmente se topó con Amanda, la anfitriona, cuando sacaba al patio una enorme sartén con nopalitos salteados con salsa de tomate y un chiquihuite trenzado de hoja de palma, seguramente traído desde Oaxaca, con una pila de tortillas calientes de maíz azul envueltas en una servilleta de algodón.

—¿En qué te ayudo? —ofreció Lola, besando la mejilla de Amanda.

—¡Lola! ¡Qué bueno que viniste! Pon más hielo en esa cubeta de ahí y saca más cervezas, por favor. Están en el refri. Ah, y los molcajetes con las salsas; están en la cocina. ¿Los puedes repartir en la mesa?

Lola entró y se topó con otro grupo de amigos, todos amontonados, metidos en el chisme. Paco, Gonzalo y Hugo, compañeros de Lola en la secundaria, la llamaron. Se les unió.

—¡Órale, guapa! —dijo Hugo, echándole un ojo—. Cada vez que te veo estás más joven.

—Ay, párale —contestó, disfrutando el cumplido—. Ayúdame a sacar la cerveza.

Mientras la tarde se perdía en la noche, Lola y sus amigos reían. Ayudaron. Salieron al patio. Comieron. Bailaron. Comieron otra vez. Hacia la medianoche, Amanda ya había cambiado dos veces las bolsas de basura de los botes grandes donde la gente tiraba los platos desechables, las latas de cerveza, las servilletas embarradas de salsa. Lola se despidió de sus amigos y se fue a su casa con el estómago lleno y el corazón rebosante de felicidad.

Domingo, 28 de agosto

—Ni siquiera estoy segura de necesitar algo de esto otra vez —dijo Claudia.

Señaló su rara vez utilizada mesa del comedor para acomodar a doce personas, diseñada por Joseph Walsh; su sofá modular Mario Bellini; su Raúl Baltazar colgando encima de la chimenea; su sofá esquinero Pininfarina, afuera en el patio, junto a la alberca.

—¡Y mira toda esta mierda! —dijo, entrando al pequeño cuarto adyacente al comedor donde tenía las charolas de plata Georg Jensen, platones para servir y cubertería, manteles y vajillas completas para veinte personas compradas exprofeso para las fiestas que nunca organizó.

—¿Lo meto en alguna bodega? ¿O solo organizamos una venta de patrimonio y nos deshacemos de todo? ¿Qué opinas, Olie? —preguntó Claudia.

—Las ventas de patrimonio son cuando alguien se muere. Yo no usaría ese término. Es demasiado deprimente —dijo Olivia, dirigiendo su atención a Andrea justo en el instante que tiraba un cenicero de cristal de Baccarat, que se rompió esparciendo esquirlas por todo el piso.

—Bueno, ese ya no lo tengo que empacar —se rio Claudia.

—¡Lo siento! ¿Dónde está tu aspiradora? —dijo Olivia, levantando a Andrea para que no se fuera a cortar—. Niñas, vayan a jugar al otro cuarto. Ahí no hay nada que puedan romper.

Mientras Olivia aspiraba el piso, Claudia gritaba por encima del ruido:

—A veces me siento muerta.

—Has pasado por mucho, Clau, date un poco de tiempo. Entiendo por qué te podrías sentir como si estuvieras muerta, pero necesitas hacer un plan a futuro. Si hay un plan en marcha, te sentirás más en control, como siempre —dijo Olivia después de apagar la aspiradora.

—El control es una ilusión —dijo Claudia, resignada.

Olivia no era experta en dar discursos motivacionales, pero Claudia parecía haberla elegido para apoyarla y animarla, así que lo hizo, durante horas. Se sentaban en el cuarto de Claudia, como cuando eran niñas, y hablaban de sus divorcios y de la recuperación de Claudia.

—Por lo menos Gabriel ya salió de tu vida. Yo tengo que lidiar con Félix todo el tiempo. Me enferma —diría Olivia, solo para hacerla sentir mejor.

Pero ahora necesitaban tomar decisiones importantes y Claudia estaba pidiendo ayuda.

—¿Por qué no guardas todo en una bodega? Nunca sabes si la ciencia inventará algo que te devuelva el sentido del gusto y el olfato, y puedas volver a tu vieja vida, sin el imbécil de Gabriel —dijo Olivia, sacando su teléfono y empezando a tomar fotos de las distintas habitaciones de la casa.

Al terminar, Claudia se despidió de sus cosas y se fue con Olivia y las gemelas en Homero, su camioneta, de vuelta a la casa de sus padres con el estómago vacío y el corazón lleno de miedo.

Domingo, 28 de agosto

—No era nadie que notaras. En la escuela rara vez saludaba en los pasillos; en general, solo se le quedaba mirando a la gente. Yo ni siquiera me di cuenta de que estaba en la fiesta esa noche. Varios estábamos fumando en la pérgola junto a la alberca, y cuando regresaron a la casa, me quedé para mirar la luna. Recuerdo que estaba llena. Luego él salió de la nada. ¿Qué hacía un tipo de tercer año con alguien de primero? No tenía idea de qué quería. Se sentó muy cerca de mí. No dijo gran cosa. Nada que recuerde. Solo se abalanzó como un animal. Acabó muy rápido.

Patricia, con los ojos hechos un mar de lágrimas, se sonó la nariz con un pañuelo desechable y continuó:

—No sé por qué nunca te conté nada de esto.

Olivia, sentada junto a ella en la cocina, la abrazó con fuerza y dijo:

—No sé por qué nunca te pregunté.

Septiembre

Jueves, 1° de septiembre

Las juntas mensuales con la tía Belinda eran cada vez más devastadoras. A los ochenta y siete, con artritis avanzada y ninguna capacidad ni interés en usar una computadora, era una prodigio de los números, y los números no se veían bien.

—No puedes sacar otro préstamo para pagar las máquinas para la cosecha y los salarios de los trabajadores —le dijo a Óscar.

—¿Y si saco un poco más de la línea de crédito de la casa?

—Ya llegaste al límite, querido. ¿Recuerdas que usaste casi todo ese dinero para pagar las abejas en la temporada de polinización? Y has estado comprando agua más cara.

—¿Ya incluiste el dinero que vamos a ganar con la venta de las cáscaras?

—Eso es el mes que entra. No creo que encontremos a nadie en la industria lechera que pague las cáscaras por adelantado.

La decisión estaba ahí, justo frente a él, pero Óscar aún no podía enfrentarla. Sabía que su única opción era arrancar los almendros y plantar una cosecha que requiriera menos agua. Esto, sin embargo, implicaba gastar dinero que no tenía, a menos de que usara el dinero de la cosecha, su patrimonio, sus propios ingresos.

—No puedes usar el dinero de la cosecha para deshacerte de los árboles y plantar otra cosa. Necesitas pagar todos los gastos de tu familia —dijo Belinda, como si le leyera el pensamiento—. Sobre todo ahora, con tus hijas viviendo en tu casa.

—Le puedo pedir a Patricia que contribuya más de lo que ya aporta, pero no estoy seguro de que Olivia pueda ayudar. Y la situación económica de Claudia sigue siendo incierta. Jamás le pediría el dinero que va a recibir por la venta de su casa. Es posible que sea la única fuente de ingresos que le quede.

Óscar se fue a su casa después de hacerle prometer a Belinda, de nueva cuenta, no decirle a Keila del huerto. Como su cómplice desde el principio, le había estado mintiendo a Keila sobre las finanzas de la familia y ayudando a Óscar a encontrar recursos para financiar el huerto durante la sequía. Pero era necesario acabar con el secreto. Él tenía que ser quien le dijera a Keila, y tenía que ser antes de la cosecha.

Sábado, 3 de septiembre

El camión de la mudanza, que ostentaba orgullosamente un logo azul brillante en el costado que decía Sabra Hazak Moving, se estacionó en la estrecha entrada frente a la casa de Claudia. Cuatro hombres saltaron fuera con agilidad, descargando diablitos y mantas. Patricia y Olivia ya habían empacado las cosas de su hermana, siguiendo con cuidado sus indicaciones en cuanto a qué se tenía que empacar y dónde, y ahora Óscar estaba en la entrada, supervisando la mudanza a una bodega, la misma donde estaban las cosas de Olivia.

Habían vendido la casa a un abogado del mundo del entretenimiento, la clase cuyo trabajo es hacer de niñera de clientes roqueros, seguirlos a todas partes, y pagar por cualquier destrozo que pudieran hacer durante su permanencia en hoteles y escenarios.

—El diseñador viene mañana con un equipo de pintores. ¿La casa estará vacía para entonces? —le preguntó a Óscar después de maniobrar su Porsche en el diminuto espacio junto al camión.

—Sí, por supuesto —dijo Óscar—. Saldremos de aquí en la tarde. De hecho, aquí están tus llaves.

Óscar le entregó las llaves de la casa después de quitar un llavero de plata con un pendiente redondo que tenía las iniciales de Claudia grabadas, un regalo que él le había comprado en Tiffany cuando publicó su primer recetario.

El abogado tomó las llaves, le dijo adiós y se fue. Óscar apretó el llavero en su mano con tanta fuerza que el borde del pendiente de plata se le clavó en la palma. ¿Era rabia? ¿Pena? ¿Vergüenza? Las vidas de sus hijas se estaban derrumbando y, sin embargo, enfrentaban su nueva realidad con dignidad. Qué cobarde era él. Levantó el rostro hacia el cielo sin nubes.

Domingo, 4 de septiembre

Cuando las ardillas brincaban de rama en rama buscando gatos que molestar y se escuchaba con más fuerza el canto de las palomas huilotas y la gente en casa daba sorbos a su café matutino y leía el periódico, Óscar salió a deambular por el pórtico. En esta ocasión, el chivo expiatorio que pagó por sus errores fue una maceta. La pateó hasta que se rompió como piñata y la tierra y la hortensia quedaron regadas en el piso de ladrillo. No tenía un Kleenex a la mano, así que usó su manga para secarse los mocos y las lágrimas.

Miércoles, 7 de septiembre

—Es cierto que me gusta estar encima durante el sexo. Es mi forma de controlar el paso—dijo Patricia, sentándose en la mesa de pícnic con Irene—. Esa es mi respuesta.

—¿Nada más? Elaboremos. ¿Hay algo más que quieras decir sobre la idea de control?

El primer pensamiento que le vino a Patricia a la mente era por qué no se había hecho esa misma pregunta antes si la respuesta era tan obvia.

—No es solo el paso o el ritmo. Me siento más cómoda cuando ellos son vulnerables. Creo que he estado intentando sentirme segura de esta manera. Y lo hago para recordarme a mí misma que tener sexo es mi prerrogativa. Vaquera, misionero invertido, sentada en su cara o montada de lado. No importa. Yo estoy en control de mi propio placer. ¿Y sabes qué? Los hombres lo aceptan. A algunos incluso les gusta. Por lo menos los hombres que yo escojo.

Al escucharse hablar se dio cuenta de que había estado buscando hombres que pudiera controlar durante el sexo, hombres que harían poco o ningún intento por llegar a la intimidad que ella anhelaba. Y no solo una intimidad sexual, sino esa deliciosa clase que la domesticidad aporta. Imaginó tener su propio departamento en algún recoveco de Echo Park, donde pasaría horas entrelazada con su marido en un sofá cómodo, diciéndose nimiedades mientras Dani hacía su tarea en su cuarto.

—¿Cuándo puedo ir a montar con Big Boy?

—No mientras estés embarazada. Tu terapia será en el piso durante los siguientes meses. Tienes un buen camino que recorrer. Sé paciente. Por ahora, necesitas empezar a tomar algunas decisiones.

Viernes, 9 de septiembre

Acabo de aterrizar.

OK te veo afuera de la terminal mi choupinette

Eric le había pedido a Patricia que discutieran por teléfono lo que quisiera decirle y fuera tan importante. No veía necesario volar hasta San Francisco a la mitad de la semana. Pero ella se había negado a decir cualquier cosa hasta estar juntos, cara a cara, no por FaceTime.

El viaje de camino a casa de Eric fue particularmente estresante. No dijeron gran cosa.

—El aeropuerto parecía un manicomio hoy.

—Sí.

Eric subió la maleta de Patricia por las escaleras hacia la recámara. La cama estaba hecha y había un pequeño florero con tulipanes frescos colocados amorosamente en su buró. Lo notó.

—¿Qué pasa? ¿Por qué tanto misterio? —preguntó Eric, dejándose caer en la cama, intrigado.

—Te tengo que decir esto en persona, por eso estoy aquí. Espero tener todo tu apoyo. Lamento no haberte consultado primero, pero necesitaba hacerlo de todas maneras. Estoy embarazada con los embriones de Olivia.

Le tomó a Eric lo que parecieron horas antes de poder reaccionar. Se recargó en una almohada y miró fijamente el abdomen de Patricia, buscando señales físicas.

—No entiendo. ¿Por qué no me dijiste?

—Porque sabía que no ibas a estar de acuerdo.

—¡Por supuesto que no! —dijo, intentando controlar el volumen de su voz—. Es una decisión que debimos tomar como pareja.

—Pero, en serio, Eric, nunca hacemos nada juntos, no resolvemos nada juntos, no vemos televisión, ni siquiera tenemos una cuenta de banco común ni compartimos nuestro salario. ¿En serio somos una pareja?

—Yo pensé que lo éramos —dijo Eric, anticipando una respuesta que no quería escuchar. Se sobó la nariz con insistencia y se peinó con los dedos.

—Tomé esta decisión por mi cuenta porque no nos veo juntos en el futuro.

—¿Estás diciendo que deberíamos separarnos?

—Divorciarnos.

Eric tragó con esfuerzo y luego, sorprendido, dijo palabras inesperadas, sobre todo viniendo de un futurólogo profesional.

—Mierda, no lo vi venir.

—Lo siento mucho.

—Entonces, tú crees que nuestro matrimonio fue un error. ¿Es lo que estás diciendo?

—No. Ha sido maravilloso a muchos niveles, pero sé que quiero cosas que tú no puedes proveer. No es un defecto, así que no te sientas culpable. Quiero un papá para Dani, quiero alguien con quién cucharear todas las noches.

Eric miró en la dirección de los tulipanes para evitar los ojos de Patricia.

—Podría estar más presente, ser más tierno. Incluso podríamos intentar estar medio casados, Pats —dijo, tratando de salvar algo, lo que fuera.

—Hemos estado medio casados.

—Tienes razón. Si quisiéramos que esto funcionara, tendríamos que hacer cambios grandes. Y si soy honesto conmigo mismo, que lo soy, no sabría cómo lidiar con Dani ni con tu embarazo.

Patricia se sentó en la cama junto a Eric y tomó su mano.

—¿Me perdonas? —dijo quedamente.

—¿Cómo? ¿Me avientas un embarazo en el que no estoy involucrado y un divorcio en cinco minutos? Es demasiado que asimilar, Patricia. No puedo producir perdón mientras esperas. No es una hamburguesa que te pasan por la ventana del coche.

Siempre que Eric le decía Patricia y no Pats, sabía que estaba en problemas.

—¿Lo considerarás por lo menos?

—No lo sé todavía. —Eric estuvo a punto de acariciarle la mano con el pulgar, pero se contuvo—. ¿Vas a quedarte con los bebés?

—No. Son de Olivia.

—Y de Félix, supongo. ¿Él está de acuerdo?

—Ese es otro tema que tengo que discutir contigo.

—No me gusta para nada adónde va esto.

El cuarto empezaba a sentirse caliente y pequeño. Los tulipanes se marchitaban frente a sus ojos, los tallos cada vez más flácidos.

—Salgamos a tomar aire. Te explicaré.

Eric manejó por Kearny Street en silencio, encontró un lugar dónde estacionarse y Patricia y él iniciaron un empinado descenso por los Filbert Steps, rodeados de fastuosos jardines. Más adelante, una bandada de pericos pasó zumbando cerca, garriendo.

—Estos pericos han vivido en Telegraph Hill por años —dijo Eric finalmente—. Son toda una colonia. Se emparejan de por vida, ¿sabes?

—Muchas especies de aves lo hacen. Deberíamos aprenderles algo —dijo Patricia con una nota de tristeza y, ¿era envidia?

—Será a la próxima, supongo.

—Incluso si nunca me perdonas, no tenemos que odiarnos mutuamente.

—Por supuesto que no.

—¿Por qué tendríamos que odiarnos?

—Te puedo dar una razón para odiarte, claro, pero sé cuánto amas a tu hermana, incluso más de lo que me amas a mí, claramente, y por qué decidiste ayudarla a traer esos bebés al mundo sin preguntarme primero. No te lo tomo a mal.

Detuvieron su descenso un momento y Patricia trazó con ternura el puente de la larga nariz de Eric con la punta de su dedo, y él se apartó.

—¿Vas a estar bien con nuestra nueva relación?

—¿Qué relación?

—El divorcio. *Es* una relación.

—Es solo que estaba en serio muy cómodo con nuestro matrimonio.

—No necesitamos tener una gran ruptura. Podemos vernos de vez en cuando.

—¿Pero eso no va en contra de las reglas del divorcio?

—Todos tienen derecho a escribir sus propias reglas en el divorcio. Yo estoy en contra de la mala vibra, y creo que tú también.

—Así es.

Siguieron bajando los escalones, cruzando con algunos turistas, unos con binoculares, quizá esperando ver más de cerca a los pericos apareados hasta la eternidad.

—¿Lo hicieron a escondidas de Félix?

Patricia asintió y se mordió el labio inferior.

—Eso pensé. Ay, mierda.

—Mierda es correcto. Félix no sabe que lo hicimos. Es posible que nunca se entere.

—Tengo la sensación de que están a punto de empezar una gran farsa familiar.

—La verdad es que todavía no hemos solucionado ese detalle y ahora me estás poniendo muy nerviosa.

—Siempre me ha encantado tu lado salvaje, Pats, cómo usas tus impulsos para lidiar con las cosas, pero esto es una pinche imprudencia, está patas arriba, ¡tan *sans dessus dessous*!

Cuando llegaron a Embarcadero, en la base de la colina, pidieron un Uber de vuelta al coche, se fueron de regreso a casa de Eric y cogieron toda la noche.

Domingo, 11 de septiembre

—Porque mi bubbe dijo que el bar mitzvah es sobre identidad.

—Está bien, dime entonces, Dani —dijo el rabino Nebenzahl—, ¿cómo te identificas a ti mismo más que nada?

—De género fluido —dijo Dani con una certeza recién descubierta, sin darse cuenta de que acababa de salir del clóset frente a su rabino.

—Planteaba la pregunta en el contexto religioso —tartamudeó el rabino Nebenzahl con su marcado acento judío.

—Entonces, soy un judío no practicante, de género fluido, con un abuelo católico y un padrastro protestante.

Sobra decir que la primera sesión de bar mitzvah de Dani no se dio tan bien, incluso para los estándares de un rabino reformista.

Lunes, 12 de septiembre

—Ni intentes darme un regalo —dijo Keila tan pronto como se despertó.

Óscar seguía durmiendo del otro lado de la almohada king size que Keila aún acomodaba entre ellos cada noche como una triste división.

—¿De qué estás hablando?

—Hoy es nuestro aniversario número cuarenta, por si se te olvidó.

Óscar se sentó en la cama y miró a Keila, su cabello un poco revuelto, pero tan hermoso como el primer día. El aire se sentía seco y quebradizo, y Keila también.

—Lo pensé ayer, pero no me atreví a comprarte nada que me pudieras aventar a la cara.

—Bueno, pues no quiero regalos de todas maneras. No estamos de humor para celebrar. Ya es septiembre y esto no va a ningún lado. Les estamos fallando a nuestras hijas; tú les vas a fallar —dijo Keila a la vez que se preguntaba a sí misma si era ella quien se rehusaba a reconocer su esfuerzo.

—Entonces, vamos por birria mañana —dijo Óscar—. Te invito a salir y probemos.

Keila sintió la aparición de una fisura muy fina en la pared que había construido para alejar a Óscar.

—Acepto ir a la cocina contigo y preparar quesadillas para cenar. Eso es todo. Y no les recuerdes a las niñas nuestro aniversario. No necesito una fiesta. Si tengo suerte, ni se van a acordar.

Incontables veces durante las últimas semanas, Keila había revivido en su mente la noche que pasó en el departamento de Simón Brik. No había vuelto a la Ciudad de México, había estado ignorando sus llamadas y borrando sus mensajes, como si pudiera borrar su traición. Cada vez que Óscar se acercaba a ella intentando subsanar su matrimonio, su culpa se volvía más intolerable. ¿Por qué rechazaba la iniciativa de Óscar? ¿Tenía miedo de que la descubriera, que averiguara lo que había hecho?

Jueves, 15 de septiembre

—Quiero que me escuches. Por favor no interrumpas, no digas nada hasta que haya terminado —dijo Óscar frente al espejo de su clóset, entre viejas corbatas y suéteres desgastados y las gabardinas que no había usado en años. Había estado practicando sus palabras desde las tres de la mañana, motivado por la cena de quesadillas unas noches atrás, en la que Keila había sido capaz de producir una conversación superficial con él durante veinte minutos. Pero cuando escuchó a Keila bajar para preparar el desayuno, comprendió que no le quedaba más tiempo para practicar. Era ahora.

Cuando entró a la cocina encontró a toda su familia tomando jugo y café, disfrutando sus huevos revueltos con matzá y mermelada de fresa. De pronto sintió el peso de tener a todos de vuelta en casa, una sensación tan maravillosa como aterradora.

Tenía que seguir enfocado en su meta: contarle a Keila del huerto de almendros. Esperó que Claudia empezara su fisioterapia en la sala, Olivia llevara a las gemelas a la clase Mommy & Me, y Patricia se fuera a trabajar. No había vuelta atrás.

—Quiero que me acompañes, Keila. Necesito enseñarte lo que ha estado pasando todo este tiempo.

—Ah, ¿es algo afuera de la casa? —preguntó, con un toque de sarcasmo, metiendo el último plato en el lavavajillas.

—Por favor, arréglate. Ponte zapatos cómodos. Te espero afuera.

Una vez en su camioneta, Óscar manejó por Olympic Boulevard, giró a la derecha en Cotner Avenue y tomó la 405 en dirección norte.

—Podemos hablarlo ahora o podemos esperar hasta que estemos ahí. Tú decides. Tenemos unas buenas tres horas de camino.

—De una vez —dijo Keila, en shock por estar tan tranquila ahora que al fin recibiría su tan esperada respuesta.

—De acuerdo. Quiero que me escuches. Por favor no digas nada hasta que termine.

Keila se sorprendió con la asertividad de Óscar, una característica que le encantaba, pero que no había visto en más de un año.

—Te escucho.

Óscar le dio un trago al té de tila que llevaba en un termo. Afuera, el tráfico de la carretera disminuía conforme se alejaban de la ciudad.

—¿Recuerdas ese lugar donde Claudia y Olivia tomaron un curso de manejo defensivo cuando apenas estaban aprendiendo, el Buttonwillow Raceway Park?

Keila asintió, intrigada.

Óscar se tomó su tiempo antes de continuar. Había llegado la hora, este era el momento que había temido durante tanto tiempo. Decir las palabras que lo habían mantenido despierto, dando vueltas en la cama. Dio una mirada fugaz a las montañas rusas de Magic Mountain a su izquierda, señal de que ya iban más allá de Santa Clarita y se acercaban a Castaic. Eran una metáfora de su actual estado emocional.

—Bueno, ¿y qué con Buttonwillow? —dijo Keila.

—Pues, somos dueños de un hermoso huerto de almendros justo ahí, al oeste, hacia McKittrick, en el condado Kern —dijo Óscar finalmente, poniendo fin a años de un tortuoso secreto. Nadie sabía qué pasaría después, pero para bien o para mal, sería consecuencia de sus actos y asumía su responsabilidad.

—¿Desde cuándo?

—Siete años.

—Así que he pertenecido a la agroindustria completamente sin mi conocimiento. Genial. ¿Y esta es la razón de que te hayas vuelto un zombi?

—Por favor, déjame terminar. Empezó muy bien. De hecho, los primeros dos años, el negocio rindió muy buenas ganancias. Pero las almendras son una cosecha sedienta y con la sequía he tenido que hacer más inversiones para regar adecuadamente, y ahora la producción es más baja de lo que ha sido nunca en ese terreno. Encima de todo, no pude plantar más de la mitad de la propiedad. La otra mitad se encuentra en colinas muy ventosas, inadecuadas para los almendros, con los botones tan delicados que se pueden desprender. Y para empeorar las cosas, bajó el precio por libra de las almendras. No te voy a aburrir con los detalles. El hecho es que estoy endeudado. La lluvia no llega. No estoy seguro de que pueda seguir sosteniendo el huerto. Y me he sentido terrible por no contártelo.

—¡Yo tenía que haber opinado en esto!

—Ya sé. Pero cada vez que iba contigo con un plan de negocios lo rechazabas. No te estoy culpando para nada. Yo tomé esta decisión por mi cuenta. No pude evitarlo. Quería invertir el dinero. Y amo los almendros. Cuando están floreando, con las abejas zumbando alrededor, recolectando polen y néctar, y caminas entre ellos, te sientes como si estuvieras en un mundo místico. Solo piénsalo la próxima vez que pongas una almendra en tu boca: una abeja tuvo que polinizar su flor para que tú pudieras comerla. Es así de milagroso.

Óscar se quedó en la 5 rumbo a Stockton, en la intersección con la 99 hacia Bakersfield, y aceleró para adelantar a un semirremolque resoplando humo oscuro.

Keila intentó escuchar todo lo que Óscar estaba diciendo. Se trataba de un ejercicio difícil para cualquiera con opiniones enérgicas, y más porque la involucraba directamente, y más porque era el motivo de que su matrimonio se estuviera desmoronando. Debería estar furiosa, pero mientras escuchaba la explicación de Óscar, algo extraño sucedió: empezó a sentir una tímida compasión hacia él. Sí, le había mantenido oculto el huerto; sí, debería haber pedido su opinión. Pero al mismo tiempo, no había estado tan dispuesta como debía cuando él le planteó otras ideas de negocio. En cambio, optó por sabotear su iniciativa. ¿Por qué?

En algún punto de la carretera 5, Óscar tomó una salida, se aproximó a un camino de terracería y eventualmente llegó al huerto.

—Bienvenida al Happy Crunch Almond Orchard.

Keila soltó una carcajada.

—¿Ese es el nombre de nuestro negocio? ¿Tú lo inventaste?

—¿Qué tiene de malo? —preguntó Óscar, un poco ofendido.

—Es demasiado chistoso, eso es todo.

—¿No te gusta?

—Es tan increíblemente tonto que me encanta.

Le era difícil a Óscar comprender lo que estaba sintiendo. ¿Cómo podría? El alivio era una sensación tan distante como aquellos planetas todavía por descubrir. Había imaginado que Keila montaría en cólera, lo abofetearía, lo mordería, lo patearía y le arrancaría el pelo. Estaba dispuesto a soportar la paliza, una muy bien merecida, pero esta no llegó. En cambio, Keila se rio. Así que Óscar, dudoso, rio entre dientes, se bajó de la camioneta y la rodeó para abrirle la puerta a Keila.

En su camino hacia las hileras de almendros, Óscar le tomó la mano. Keila lo dejó. ¿Cuánto tiempo había pasado desde la última vez que se tocaron? Los dedos de Keila se sentían largos y huesudos entre los de Óscar, y una sensación de calor subió hasta su pecho, haciéndolo jadear. El perdón no podía obtenerse con tanta facilidad, no de Keila. Pero reconoció su reacción como un buen inicio, así que le dio el tour completo por la propiedad sin soltar su mano.

Solo unos días antes, y en contra de la recomendación de la tía Belinda, había conseguido un crédito de noventa días por parte de un prestamista, con una tasa de interés obscena, y contrató una máquina con brazo extensor que en ese momento estaba fija al tronco de un árbol, sacudiéndolo vigorosamente para soltar las almendras de las ramas, dejando una alfombra de nueces en el suelo.

—La máquina para recogerlas viene la próxima semana. Podemos volver y ver esa parte si quieres. Es la culminación de nuestro esfuerzo.

—Bueno, si el Happy Crunch Almond Orchard es mi negocio también, debería estar involucrada y las niñas también ¿Ya les dijiste? ¿Soy la única que no sabía?

—Solo Pats sabe, y muy recientemente.

—Ese es el siguiente paso. Les tienes que decir. ¿Entiendes? Se los debes. Necesitan participar en esto, aun si es justo al final de la temporada.

El final, efectivamente, pensó Óscar, pero no solo el final de la temporada. ¿Cómo le iba a decir a Keila ahora que quizá no habría una futura cosecha, que tal vez perderían los almendros? Una cosa era su secreto; otra, su fracaso.

Viernes, 16 de septiembre
No había señales de lluvia en el ominoso mensaje de The Weather Channel esa mañana. Óscar estaba sentado en su silla frente al televisor, el control remoto en la mano, listo para hundirse en la desolación inducida por el clima, cuando sonó su teléfono. Un texto de cuatro palabras de Patricia apareció en el chat de la familia:

Me divorcio de Eric.

Domingo, 18 de septiembre
—Copiona —fue el comentario de Claudia en la cena.

Después de que Óscar aleccionara a Patricia sobre la terrible forma de compartir su decisión de divorciarse de Eric (no mandas nada más un texto con una noticia tan importante como esa) y de que ella se explicara (iba a darles más detalles en persona), convocó una cena familiar para discutir el tema.

—No es por copiona. Simplemente sucede que todo se deshizo más o menos al mismo tiempo que sus matrimonios; yo tuve que esperar mi turno —dijo Patricia, un poco ofendida.

—¿Y cómo te sientes? —preguntó Olivia.

—Estoy bien. Eric y yo quedamos en los mejores términos. Decidimos hacer una transición hacia otra relación, no estoy segura de cómo será, pero sin duda una positiva. De hecho, quiere hablar con ustedes. Esperen.

Sacó su celular e inició una videollamada con Eric.

—Hola a todos. —Saludó con la mano, sonriendo. Patricia paneó su teléfono alrededor de toda la mesa para que Eric pudiera ver a sus hermanas y a sus padres.

—Hola, Eric. Estamos hablando del divorcio —explicó Patricia.

—¿Ya les dijiste de la fiesta?

—Todavía no. Diles tú.

—Bueno, Patricia y yo decidimos organizar una fiesta para anunciar nuestro divorcio —dijo Eric—. Una pequeña, solo amigos cercanos y familia. ¿La podemos hacer en su casa? Podríamos rentar un espacio, pero realmente queremos que sea algo íntimo. Claudia, ¿nos podrías recomendar un servicio de *catering*?

Si hubiera sido una llamada de voz en lugar de una videollamada, Eric hubiera pensado que se había desconectado, pues nadie articulaba sonido alguno.

—¿Hola? ¿Sí me escuchan?

—Sí —dijo Claudia, rompiendo el penoso silencio—. Mamá, ¿está bien si hacen la fiesta aquí?

Keila asintió, evidentemente incómoda.

—Por supuesto, pero todavía no entiendo por qué se van a divorciar si son tan amigables.

—"Amigable" es la palabra clave, mamá —dijo Patricia—. ¿Nos van a apoyar en nuestra decisión, o no?

—Mira, Pats, espero que entiendas que no es fácil digerir tres divorcios en menos de un año.

—Entonces no preguntes por qué ni cómo —dijo Patricia—. No asumas. No investigues. Confía en nosotros. Esto es lo mejor para ambos. Lo único que tienen que saber es que Eric y yo estaremos bien.

—No crean que se van a deshacer de mí tan fácilmente —dijo Eric, recordándoles de pronto que seguía en videollamada.

———

Después de que Patricia pasara su teléfono por toda la mesa, cada uno despidiéndose de Eric, mandándose besos y abrazos, y después de que todos empezaran a comer, Óscar les dijo a sus hijas:

—¿Saben?, en realidad estoy enojado y quiero que escuchen lo que les voy a decir.

A Keila le sorprendió la firmeza repentina de Óscar. ¿La estaría recuperando?

—Cuando su mamá les avisó en enero que se quería divorciar de mí, ustedes rechazaron firmemente su decisión y no dieron ninguna validez a sus sentimientos. Y aquí están, divorciándose de sus maridos las tres, y esperan que nosotros apoyemos sus decisiones sin cuestionarlas. Sé que cada una lo está haciendo bajo circunstancias distintas, lo entiendo, pero por como se han dado las cosas, noto una doble moral aquí y quiero saber qué tienen que decir al respecto.

Keila se quedó muda. Le tomó unos segundos darse cuenta de que Óscar tenía razón. Y de repente exigía una disculpa de parte de sus hijas, para ella y para Óscar.

Después de lo que pareció un largo silencio, Patricia dijo:

—Mamá, papá, ¡lo siento mucho! He sido tan egoísta. Nunca les preguntamos realmente por qué estaban peleados, por qué el comportamiento de papá era tan terrible que quisieras separarte de él. Solo actuamos como niñas chiquitas.

—Sí, Pats —dijo Claudia—. Todo este tiempo hemos estado exigiendo que mamá y papá se reconcilien, mientras estábamos ocupadas arruinando nuestros propios matrimonios. Qué enfermo. Me siento terrible. Pero si se vale decirlo, mamá, papá, realmente le están echando todos los kilos. Veo un gran avance. En serio espero que se queden juntos, pero solo si quieren. No habrá más presión de nuestra parte. No es justo.

Olivia se tardó en contestar. Conteniendo el llanto, finalmente les dijo a sus padres:

—Toda nuestra vida ustedes nos enseñaron cómo debería ser un buen matrimonio, incluso durante estos meses difíciles en que nos complacieron y se dieron otra oportunidad, pero nosotras fracasamos en los nuestros. Para empezar, todas nos casamos con la persona equivocada, y aunque las cosas salieron bien en algunos momentos, vamos, las gemelas son prueba de ello, mírennos: estamos de vuelta en la casa lamiéndonos mutuamente las heridas, dejando una estela de debacles. Creo que les pedimos que se quedaran juntos porque amamos más su matrimonio de lo que amábamos los nuestros.

Keila se inclinó sobre la mesa y tomó la mano de Olivia, provocando que llorara, ahora con abandono.

Listo, ya lo habían dicho.

Lunes, 19 de septiembre

—¿Y para qué te casaste? —preguntó Dani, confundido, apretando su almohada.

—Es lo mismo que me pregunto yo. Quizá no medito bien las cosas, por lo que me voy dando cuenta. Te daré una respuesta pronto. Lo estoy trabajando —dijo Patricia, sentada en la orilla de la cama de su hijo—. Eric es un buen hombre, pero no es el hombre correcto para nosotros. Por eso nos estamos divorciando.

—No necesitamos un hombre, ni un papá. ¿O tú sí?

—Pregunta número dos. Tal vez no lo necesite.

—Me cae bien Eric, pero casi nunca lo veo. Me pregunto si lo extrañaré.

—Vendrá a veces de visita.

—Eso estaría padre. ¿Me prestas tu iPad?

Y con la pregunta número tres de Dani, Patricia comprendió que su divorcio de Eric no era realmente algo de lo que se tuviera que preocupar. No en cuanto a Dani.

Dani volvió a la cama con el iPad de Patricia.

—Hay más noticias. Una que tal vez te guste —continuó—. Voy a tener un bebé.

—¿Qué? —Dani bajó la tableta, desconcertado.

—Tal vez dos.

—Espera, pero ¿por qué si ya no quieres a Eric?

—Es complicado. Eric ni siquiera es parte de esto. Estoy embarazada con los embriones de Olivia, de los que has estado escuchando en la cena. Ella ya no tiene útero, así que el mío es la segunda mejor opción.

—Guau. ¿Así que serán mis hermanos-primos?

—Serán Alvarado.

—Eso sí que está mega sci-fi.

—Olivia y yo los vamos a criar juntas, como te hemos criado a ti. Seremos hermanas-mamás. Pero no le puedes decir a nadie todavía. ¿Me lo prometes?

—Te lo prometo.

Patricia respiró hondo y se levantó para irse.

—Quince minutos más y apagas la luz, ¿va?

Martes, 20 de septiembre

El mismo día que contrataron un mediador, Patricia y Eric enviaron las invitaciones para su fiesta de divorcio.

—Eric y yo contratamos al mismo —dijo Patricia cuando Olivia le ofreció pasarle los datos de su abogado—. Ya nos pusimos de acuerdo en todo. Así que, ¿por qué deberíamos tener representación por separado?

—Pero mi abogado es un T. Rex. Te puede ayudar a arreglar todo lo de tus bienes —insistió Olivia.

—¿Te refieres a mi colección de zapatos? ¿Mi coche? ¿Mis dispositivos? No poseo nada. Ni siquiera tengo un sartén. No hay ninguna necesidad de abogados monstruosos. Eric se queda con sus cosas y yo me quedo con las mías, tan simple como eso. Lo que sí necesito es *catering*. Claudia no me está ayudando mucho.

—Llamemos a su amigo chef, Hiroshi —dijo Olivia, abandonando la idea del T. Rex.

Después de hacer algunas llamadas y finalizar los preparativos de la fiesta, Olivia y Patricia pasaron el resto de la tarde tomando café y comiendo galletas en la cocina. Para cuando rescataron un poco de pollo que había sobrado del refrigerador, lo sumergieron en mayonesa y lo mordisquearon hasta el hueso, ya habían cubierto toda clase de chismes, excepto La Cuestión que incómodamente quedaba entre las dos.

—Me da miedo preguntarte si lo del embarazo tuvo algo que ver con tu decisión de divorciarte de Eric.

—Por supuesto que sí, para bien. Todo se resolvió al final. En serio necesitas trabajar para tener un buen matrimonio, uno sólido, y ninguno de los dos estaba preparado para eso, ya no digamos una familia. No es culpa de nadie. Y estamos abiertos a alguna clase de relación, la que sea.

—Qué alivio, Pats. Por lo menos una de nosotras tuvo un divorcio amigable.

—Cierto. En serio no hay mala vibra entre Eric y yo. Y en cuanto a los embriones —dijo, sobando su incipiente abdomen—, ¡lo hicimos!

—Sí —dijo Olivia, insegura de si el hecho de no decirle la verdad a Félix era la mejor manera de manejar la situación. Los secretos tienden a salir a la luz eventualmente, de formas inesperadas y desagradables.

Miércoles, 21 de septiembre

¿Podría deshacerse del bastón algún día? Entre más le decía el fisioterapeuta que se iba a recuperar por completo, más se intensificaba el miedo de Claudia. Había perdido algo. ¿Cuál era la parte de su cerebro, ahora obviamente dañada, que siempre la había hecho ser tan osada? Ahora no solo su andar, sino su personalidad, se tambaleaba. Cuando Olivia no estaba en la casa, Claudia le mandaba mensajes constantemente con pequeños y grandes deseos y necesidades: "¿Puedes pasar a la farmacia a recoger mis medicinas?". O, "Necesito una mejor almohada". O, "¿Me quieres?".

Olivia la atendía diligente y amorosamente, ignorando cualquier resentimiento que hubiera albergado por los años que soportó el bullying y la crítica de su hermana. Consentía la incesante necesidad de su hermana y la descartaba, de manera no muy convincente, como algo temporal.

Recientemente había comenzado a notar que Claudia acampaba en la mesa del comedor durante días, tecleando en su laptop. ¿Estaba comprando compulsivamente? ¿Conectando con galanes en internet? ¿Buscando trabajo? Esa tarde, su curiosidad la llevó a mirar la pantalla de su hermana. Sorprendida con la presencia de Olivia, Claudia cerró la laptop rápidamente.

—¿Estás viendo pornografía? —preguntó Olivia, desconcertada.

—Por supuesto que no.

—Entonces, ¿qué estás escondiendo?

—Nada. Es un proyecto personal.

—Claro. No es de mi incumbencia. Solo tengo curiosidad.

—¡Siempre estás metida en mis cosas!

—¡Nada más lo hice una vez hace años!

Olivia recordaba muy bien ese día. Keila y Óscar se iban de viaje a Tulum para bucear, y dejaron a Claudia y Olivia con Lola. Patricia ni siquiera había nacido.

—Cuida mucho tus lentes nuevos. Costaron una pequeña fortuna y ya perdiste unos —le advirtió Keila a Olivia antes de irse con Óscar al aeropuerto.

Esa misma noche, Olivia limpió con cuidado sus lentes y los dejó en su buró antes de irse a dormir. Para su sorpresa, a la mañana siguiente habían desaparecido. Perpleja, buscó por todas partes las siguientes dos semanas, incluyendo en el clóset y los cajones de Claudia, sin éxito.

—Mamá te va a matar por perder los lentes. Apuesto a que te va a castigar un año —le decía Claudia a Olivia, con burla.

Olivia estaba segura de que su hermana los había escondido en alguna parte. Era clásico de Claudia. La torturaba siempre que tenía oportunidad, y Olivia agonizaba ante la amenaza de un castigo.

Por supuesto, los lentes aparecieron misteriosamente en el buró de Olivia el día que Keila y Óscar volvieron de su viaje.

Ahora, años después, de pie frente a su frágil hermana abrazando con fuerza su laptop contra el pecho como si fuera una tabla salvavidas, Olivia sintió que la recorría una tibia oleada de compasión.

—No tienes que mostrarme tu proyecto personal —dijo Olivia.

—Lo haré, cuando esté lista.

Viernes, 30 de septiembre
En la reja de entrada del Happy Crunch Almond Orchard, Los Tres Primos esperaban a que apareciera la SUV de Óscar, las correas de sus sombreros húmedas de sudor por el trabajo. Cuando al fin vieron la nube de polvo alzarse en el camino, anunciando la llegada de un coche, los tres

se enderezaron, se acomodaron el cuello de la camisa y se limpiaron la cara, como si fuera una coreografía.

La primera que salió de la camioneta llena con todos los Alvarado fue Patricia, seguida de Dani.

—*Shanah tovah*, señora Alvarado —dijo Lucas.

—¡Feliz Rosh Hashaná! —dijo Dani, sin cuestionar cómo esos trabajadores mexicanos sabían cómo saludarlos en hebreo en ese día festivo.

—¡Ustedes son Los Tres Primos! Mi papá dijo que nos iban a explicar lo de las almendras —dijo Patricia guiñando el ojo, pues ellos sabían que ella sabía y eran cómplices de la sorpresa para sus hermanas mayores—. Soy Patricia, pero la gente me llama Pats. Este es mi hijo, Dani —dijo. Le dio la mano a cada uno, su piel callosa, endurecida por años de trabajar la tierra.

—Mi abuelo dice que ustedes son los mejores cultivando almendras —dijo, esperando corroborar la aseveración de Óscar.

Lucas se ruborizó y les sonrió a sus primos.

—Hacemos un buen equipo —dijo, y Saúl y Mario asintieron al unísono.

Olivia ayudó a Claudia a bajar de la camioneta y sacó el bastón para que su hermana pudiera maniobrar en el terreno escabroso. Luego se fue hacia la parte trasera para sacar a las gemelas de sus asientos.

—No se vayan muy lejos, niñas. Quiero poder verlas en todo momento —dijo Olivia, escaneando rápidamente las hileras de almendros en busca de peligros potenciales.

Como esperaba, Diana empezó a correr hacia el este y Andrea hacia el oeste, sin esperar ningún tipo de instrucción; Lucas fue tras una y Mario tras la otra, trayéndolas de vuelta a Olivia en cuestión de minutos.

—Perdón, nunca han estado en el campo —dijo Olivia, avergonzada, sintiendo que necesitaba darles una explicación.

—Es lo que el campo abierto les hace a los niños de la ciudad —dijo Saúl—. No lo pueden evitar.

Óscar observó la escena mientras descargaba la canasta del pícnic y la hielera, llevándolas hasta una mesa de madera larga que Los Tres Primos habían preparado a petición de Óscar, revestida con un mantel de plástico floreado y preparada con platos de peltre de la casa de los primos. Un pequeño florero con flores silvestres que habían recogido esa mañana en Carrizo Plain servía de centro de mesa.

—No les voy a decir adónde vamos. Es sorpresa —le había dicho a Keila, a sus hijas y a sus nietos días antes, cuando los invitó a celebrar Rosh Hashaná en un sitio misterioso.

—Entonces, no vamos a ir al templo, ¿cierto? —Patricia le preguntó a Óscar con una sonrisa conspiratoria velada, sabiendo que una visita sorpresa al Happy Crunch Almond Orchard sería la forma en que este revelaría el secreto a sus otras hijas.

—Nos lo vamos a tener que perder. —Keila sospechaba adónde quería Óscar llevar a su familia, así que, aun cuando se consideraba a sí misma una "judía de dos días al año" y disfrutaba las oraciones y los cantos en la sinagoga en Rosh Hashaná y Yom Kippur, no se quejó por tener que faltar ese año.

De camino, Óscar anunció que iba a tener un pícnic en un huerto de almendros, y que iban a conocer a Los Tres Primos, los expertos en almendras, así que podían hacerles preguntas sobre las nueces. Con un poco de ánimo de parte de Keila, todas le dieron gusto, ya que no lo habían visto tan emocionado por nada en mucho tiempo.

Tan pronto como se sentaron a comer y comentar sobre la belleza de los alrededores, Óscar dijo, ceremoniosamente:

—¿Desde hace cuánto no hacíamos un pícnic familiar? Todavía puedo ver a Claudia y a Olivia echándose un volado para decidir quién iba a romper la piñata.

—¿Y qué hay de la vez que un enjambre de avispas persiguió a Pats en Big Bear? —dijo Claudia, interrumpiendo a su padre.

—Estoy segura de que también te acuerdas de esta: la vez que nos hiciste tortas para ese día en la playa, en El Capitán, y todas nos enfermamos —dijo Patricia, todavía enojada con Claudia por burlarse de ella después del ataque de avispas, años atrás.

—Bueno, pues este es un pícnic muy especial —dijo Óscar, intentando redirigir la conversación hacia su gran anuncio—. Quise traerlas aquí como sorpresa porque esta tierra, esos almendros y las colinas que ven hacia allá, al este, son nuestros. Compré este paraíso hace algún tiempo después de vender el terreno en Silicon Valley, y lo compré a espaldas de su madre, así que quiero pedirle otra vez que me perdone, ahora enfrente de ustedes.

Keila se quedó inmóvil, los ojos fijos en Óscar.

—Y también me quiero disculpar con ustedes por comportarme tan horriblemente como lo he hecho —continuó Óscar—. Durante mucho tiempo, las almendras han sido el sustento de nuestra familia, sin que ustedes lo supieran, pero la sequía ha llevado al huerto a la ruina, razón por la que he estado obsesionado con el clima. Ahora estamos en bancarrota, endeudados, y es posible que perdamos las ganancias de la cosecha. Solo tenía que compartirles este terrible secreto que me ha estado matando.

—No sé qué decir, papá. ¿Qué conseguiste con tanta mentira? —dijo Claudia, aún en shock.

—Pensé que podría demostrarles que compartía la habilidad de nuestros ancestros de volverme un gran administrador de la tierra, colaborar con la naturaleza para hacer algo hermoso y delicioso, y no decirle a su madre me daba la libertad de actuar solo y probar mi suerte en la agricultura, pero me equivoqué. No soy el agricultor que esperaba ser.

—Estoy segura de que te debiste sentir horrible guardando este secreto y viendo cómo estaba alejando a mamá —dijo Olivia, en un intento por comprender—. Pudiste haber elegido Yom Kippur para contarlo, pero cualquier día es un buen día para pedir perdón.

—Si puedo decirte algo, con todo respeto, Óscar —dijo Keila en voz baja—, sé lo mucho que admiras a tus ancestros, pero no estás siendo justo contigo mismo al hacer comparaciones. Don Rodrigo Alvarado y doña Fermina de la Asunción Ortega recibieron la concesión de las tierras de parte del gobernador Figueroa porque era amigo de don Juan Bautista de Anza. La palabra clave aquí es "recibieron". No empezaron desde cero.

—Y nosotros tampoco.

—Cierto, lo sé, pero no te quedaste sentado en el pedazo de tierra que heredaste; intentaste acrecentar esa riqueza por nosotros, por nuestras hijas. Yo te voy a ayudar y vamos a salir de este bache. No hemos visto el final todavía —dijo Keila, con ojos húmedos.

—Sí, papá. Nosotras también vamos a ayudar —dijo Olivia, que se había enamorado del terreno instantáneamente.

Patricia estaba callada, hasta que Claudia señaló:

—¿No vas a decir nada?

Patricia dudó un momento, desviando la mirada hacia los platos de comida en la mesa, y dijo:

—Yo ya sabía del huerto.

—¿Cómo te enteraste? ¿Por qué nadie nos dijo a nosotras? —dijo Claudia, molesta.

—Todo lo que tuve que hacer fue preguntar. Tú nunca te preocupaste por qué papá estaba tan triste y tan angustiado todo el tiempo.

—¡Ey! Basta. Nada de andar acusando gente —dijo Óscar—. Todo esto es mi culpa y de nadie más. Quiero que veamos hacia el futuro. Lo que les pido hoy es que trabajemos juntos, como familia, para intentar salvar el Happy Crunch Almond Orchard.

La explosión de carcajadas sobresaltó a Óscar.

—¿Cómo le pusiste al huerto? —preguntó Claudia.

—¿Happy Crunch? —dijo Olivia incrédula.

—¿A ustedes tampoco les gusta el nombre? —dijo Óscar, un tanto ofendido.

Keila se rio con sus hijas, encantada de darse cuenta de que ellas también pensaban que el nombre del huerto era ridículo, pero estaba decidida a defenderlo porque incluía la palabra "happy" y ella estaba lista para sentir felicidad otra vez.

Cuando disminuyó el shock inicial, los Alvarado y Los Tres Primos compartieron el pícnic que Óscar había preparado, empezando con rebanadas de manzana remojadas en miel de abeja, uno de los platillos favoritos de Dani de la comida tradicional para Rosh Hashaná. El kugel de papá estaba tan bueno que Olivia sospechó que Óscar lo había comprado en Canter's Deli en lugar de prepararlo él, pero decidió no decir nada. Luego, en lugar de pecho de res en salsa de vino, Óscar trajo carne asada, una opción mucho más rica. Mario abanicó el fuego en el anafre junto al área de pícnic y calentó la carne, el arroz y las tortillas para todos. No había gefilte fish ni espárragos al horno, pero los frijoles refritos y las rajas de chile poblano con cebolla salteada eran guarniciones perfectas para el platillo principal.

No muy lejos de donde estaban sentados, una máquina cosechadora estaba ocupada aspirando las nueces hacia carritos para su distribución.

—Una vez que acabe ese aparato de ahí —explicó Lucas—, mandamos las almendras a un descascarillador para limpiar la cosecha y separar las cáscaras y las vainas. Nada se desperdicia. Las cáscaras hacen una buena cama para el ganado. A las vacas les encanta comer las vainas y todo el mundo se come nuestras almendras. La próxima vez que veamos las nueces será en la tienda.

Dani levantó la mano, como si estuviera en un salón de clases.

—¿Qué les pasa a los árboles?

—Bajo circunstancias normales, es decir, si no estuviéramos pasando una mala sequía —explicó Lucas—, los árboles pasarían el invierno dormidos. Luego, en marzo, los veríamos florear. Es la época favorita de don Óscar. Es cuando todos los botones se abren. En junio sale el fruto. Es la época que a mí más me gusta. Y al final del ciclo, en septiembre, es la cosecha. Es cuando más ocupados estamos, pero no nos molesta. Es la recompensa, cuando se premia todo nuestro trabajo.

—Pero, ¿qué pasa con los almendros ahora que hay sequía? —insistió Dani.

—Es algo que tu abuelo tiene que decidir —dijo Lucas, frunciendo el ceño.

—Tendremos que esperar a ver qué dice el clima —dijo Óscar, intentando ocultar lo horrorizado que se sentía ante la idea de tener que arrancar los árboles.

Nadie entendía mejor que Los Tres Primos la decisión que debía tomar Óscar. Él les había dicho ya que no quedaba más dinero para preparar los árboles para el descanso en invierno. Ellos sabían que Óscar había sacado préstamos en el banco para pagar el agua y que estaba al borde de no poder pagar un centavo más. No solo temían que pudiera perder los árboles, sino todo el huerto, la tierra, que había usado como colateral en el enorme crédito.

—Yo tengo algo que decir —dijo Keila, interrumpiendo la clase sobre almendras—. Antes de terminarnos estos deliciosos higos con crema, quiero sincerarme también.

—¿Tú también tienes secretos, mamá? Bueno, ¿qué les pasa? —preguntó Claudia.

—Su padre no nos dijo del huerto de almendros porque yo me pasé años saboteando sus planes de negocios. ¡Estaba tan enojada! Y no sabía por qué me sentía tan resentida. Ahora sé que tenía esta espina clavada en el corazón por ser excluida del fideicomiso de sus ancestros. No estaba viendo todo lo que su padre nos ha dado, todo el amor y la atención y los cuidados. Fui una idiota, y lo siento mucho.

Óscar tomó la mano de Keila y permitió que las palabras de su esposa se alojaran en su cerebro para una mejor comprensión en el futuro. Claudia empezó a empacar las sobras en silencio. Olivia abrazó a su madre y limpió una lágrima de su mejilla. Luego de la explicación de Keila, mientras todos se preparaban para regresar a la ciudad, Patricia revisó en silencio la bolsa de Claudia y, sin ninguna sorpresa, sacó un plato de peltre que puso de nuevo en la mesa, justo enfrente de su hermana.

—Carajo, ¿les robas a los trabajadores, clepto?

Octubre

Domingo, 2 de octubre

Por tercera vez desde su separación, Félix llevó temprano a las gemelas a casa de Olivia.

—¿Otra cita? —preguntó Olivia, arrepintiéndose al instante.

—No es asunto tuyo qué hago o con quién salgo, así que ya párale.

Olivia tomó las mochilitas de las niñas de manos de Félix y cerró la puerta, aguantando la respiración. ¿Qué me importa?, pensó.

Había estado considerando y reconsiderando un plan que era aún vago en su mente. Estaba aterrada de lo que Félix fuera capaz de hacer si se enteraba de la verdad, que Patricia estaba embarazada con los embriones que supuestamente se habían descartado.

Cerró rápidamente la puerta, como si eso eliminara el problema, y corrió a esconderse bajo las sábanas. Ese pequeño espacio se había convertido en su altar para meditar. Sin duda se le ocurriría una idea brillante como por arte de magia. Esperó. Y esperó.

Jueves, 6 de octubre

El dinero producto de la venta de la cosecha entraría antes de lo que Óscar había anticipado. Justo a tiempo para mantener a los banqueros satisfechos y contratar un servicio de derribo y trituración de árboles mediante otro préstamo. Sus almendros, de solo ocho años de edad, podrían haber producido otros veinte años de cosechas. Qué desperdicio, se repetía una y otra vez de camino al huerto.

Pero los verdugos de sus amados árboles estaban muy ocupados. Esa mañana le dijeron a Óscar por teléfono que tendrían que agendar la cita para finales de mes, lo que estaba bien por él. Todavía tenía que cobrar más dinero por la venta de las vainas a las granjas lecheras, lo que serviría para pagar más deudas. Cuando todo estuviera dicho y hecho, ya no tendría dinero ni árboles.

Vaya agricultor había resultado ser. Un fraude. Un fracasado. Un fantoche. Un frustrado. Un fiasco. Un chingado farolero. Intentó encontrar otra palabra adecuada que empezara con la letra "f", pero no se le ocurrió nada. Se iba a tener que sentar con Los Tres Primos y la tía Belinda, y considerar sus opciones, pero antes se lo tendría que exponer todo a Keila. Ya había ofrecido ayudar. Era necesario que supiera que pronto perderían los árboles, si no es que el huerto entero. Suficientes subterfugios.

Sábado, 8 de octubre y domingo, 9 de octubre

Noventa y dos grados para festejar una fiesta en el jardín. Nada mal. Patricia y Eric habían contratado a uno de los amigos de Claudia con un negocio de banquetes para servir la cena después de que Hiroshi dijo que no, explicando que no tenía la mano de obra para atender a cuarenta y siete invitados. La famosa DJ local AlleyCat daba un espectáculo al máximo de su talento en medias de red, tacones de aguja y trenzas africanas cosidas y decoloradas, con una diadema de orejas de gato brillantes, sets consecutivos con un gran ritmo, solo vinilos —garage, electrónica, funk-punk, reggaetón, mezclas, lo que fuera—, los invitados brincando en la pista de baile que cubría casi todo el jardín de los Alvarado. Incluso había un pastel de tres pisos bañado en chocolate amargo, sin figuritas del novio y la novia. Patricia se esforzó particularmente por verse radiante, con un vestido negro que parecía pintado sobre su piel.

En silencio, la tía Belinda se preguntaba si el matrimonio entre Patricia y Eric, que a ella le parecía desprovisto de pasión, había significado algo para ellos o simplemente estaban manejando su separación con dignidad y gracia. Tomó un trago de su champaña y pensó en su propio matrimonio. Perder a su marido por cáncer tan joven había sido una bendición de cierta manera. Solía decir, "Toda mujer casada merece al menos diez años de viudez". Si él hubiera vivido, ¿ella lo habría dejado? ¿O habría soportado un matrimonio conflictivo? La respuesta era evidente. Se lo atribuía a la época. En sus tiempos, te aguantabas hasta el final y no había más.

—Si pensaron que íbamos a devolver los regalos de bodas, se equivocan —bromeó Eric durante su discurso ante varias decenas de personas, algunas de las cuales habían volado desde San Francisco para el evento—. Pero nos vamos a separar y queríamos que fueran los primeros en saberlo. Por favor no tomen partido. Los dos los queremos mucho, y dado que Pats y yo seguiremos siendo amigos, no hay ninguna razón para que elijan a uno u otro. ¡Salud!

Después de una potente ronda de aplausos, la fiesta siguió hasta el amanecer, cuando el último invitado, un amigo de Eric zigzagueó borracho hasta la entrada y abordó un Uber con la ayuda del conductor.

Patricia y Eric se colapsaron en la cama de ella y durmieron hasta después de mediodía.

—Acabemos con esto —dijo Patricia al despertar.

—¿Qué vamos a acabar?

—Nuestro matrimonio.

—Ah, ya entiendo.

Patricia se dio la vuelta y montó a Eric, pero esta vez se movió con ternura, como si le dijera adiós agitando suavemente un pañuelo de seda.

Algo había cambiado. La forma como había aprendido a acercarse a Big Boy en el corral, tranquila, despacio, su mirada fija en sus ojos, en completa comunión, le había enseñado a Patricia que no necesitaba estar al mando, y que aun si él pesaba mucho más que ella y podía lastimarla si quisiera, tampoco estaba al mando. Que para encontrar el margen donde florecía la intimidad, necesitaban aspirar a la reciprocidad.

Más tarde, tomando un café, Eric le preguntó:

—Se acabó nuestro matrimonio, pero eso no quiere decir que no nos volveremos a ver, ¿cierto? Me dijiste que íbamos a escribir las reglas de este divorcio. Yo dije en mi brindis que seguiríamos siendo amigos.

—Tú dime. ¿Cómo visualizas nuestra amistad?

—Solo quiero dejar la puerta abierta para otras posibilidades, ya sabes; quizá más adelante podamos formar una triada con alguien.

—¿Como una trieja?

—Algo así. O incluso una relación en V.

Patricia tardó en responder.

—Si crees que el poliamor podría funcionarnos, supongo que podemos dejarlo sobre la mesa para el futuro. Tendríamos que ver dónde estamos en términos de relaciones. Hoy por hoy solo quiero enfocarme en el embarazo. ¿Tienes a alguien en mente?

—En realidad, no. Solo pensaba en voz alta.

—Suena intrigante, pero en este momento no veo cómo esa clase de arreglo pueda tener cabida en mi vida —dijo, señalando su abdomen.

Salieron de la cafetería y caminaron hacia la casa de Patricia. Eric bajó su maleta y pidió un coche.

No se sintió como una despedida.

———

Mientras tanto, Óscar y Keila bebían una copa de cabernet en los camastros del jardín, mirando la cicatriz queloide. Había mesas rentadas, sillas y manteles sucios cerca de la entrada, esperando que vinieran por ellas.

—Gran fiesta —dijo Óscar, temeroso de empezar una conversación que había estado practicando frente al espejo (ahora ya un hábito) durante los últimos días. No se trataba de la pérdida de su huerto, ni de los divorcios de sus hijas, ni de su drama personal. Era un asunto mucho más crucial y necesitaba darle un mensaje perfectamente claro a su esposa si quería salvar su matrimonio.

—No hace falta hablar de trivialidades. Ya sé lo que en verdad quieres decir.

—¿Lo sabes?

—No leo la mente, no te espantes. Te escuché ensayando en tu clóset.

Óscar se tuvo que reír.

—Bueno, pues ya sabes lo que quiero, lo que he querido desde siempre. ¿Qué dices?

—Que sí.

Óscar se levantó y se sentó en el camastro de Keila, junto a ella. Puso las manos sobre sus mejillas con delicadeza, como si sostuviera una paloma herida, y la besó. Arriba, sin que lo supieran, la almohada que Keila había colocado entre ellos en la cama durante los últimos dos años se transformó de una maraña de alambre de púas en un malvavisco gigante de amor.

Miércoles, 12 de octubre

Qué apropiado que Óscar y Keila eligieran Yom Kippur para anunciarles a sus hijas que habían decidido quedarse juntos.

—Bueno, aquí estamos todos juntos esta noche —anunció Keila con voz suave a sus tres hijas—. Ustedes exigieron que trabajáramos en nuestros problemas y nos pidieron que esperáramos un año para decidir si nos quedaríamos juntos o no. Ya lo procesamos como familia, y les agradezco otra vez sus disculpas. Y ahora me da mucho gusto informarles que, de hecho, vamos a seguir casados; no porque ustedes lo pidieran, sino porque nosotros queremos. Aunque todavía falta perdonar mucho.

—Y no es solo entre nosotros, su mamá y yo —añadió Óscar—. Creemos que ustedes merecen una disculpa, por lo menos de mi parte.

—A mí me parece que tú necesitas empezar por perdonarte a ti mismo, papá —dijo Patricia.

—Estoy de acuerdo —dijo Olivia.

—El perdón es tanto para quien es perdonado como para quien perdona —dijo Óscar—. Así que, perdonémonos unos a otros, perdonémonos a nosotros mismos y sigamos adelante con nuestras vidas. Tenemos mucho que hacer como familia y vamos a necesitar la ayuda de todos.

—Tenlo por seguro —dijo Claudia.

Al sentarse alrededor de la mesa del comedor, Velcro en el regazo de Claudia, Ramsay en el de Olivia, las gemelas en la otra habitación, jugando con Dani y Lola, resultó evidente para todos que un mandato cósmico los había unido de nuevo en la casa de Rancho Verde.

—Es momento de terminar el ayuno. Me muero de hambre. ¿Quién quiere huevos a la diabla? —dijo Keila, mirando su reloj.

Viernes, 14 de octubre

Aun sin mirar, cuando despertó a la mañana siguiente, Óscar reconoció el síntoma que se había vuelto incómodamente claro bajo las sábanas: los vellos de sus brazos y sus piernas estaban levantados, como pasajeros de pie en una plataforma, esperando un tren. Temía enredarse en una discusión estúpida con alguien (el año pasado había sido un vecino; el anterior a ese, el jardinero). Se abstendría de manejar su camioneta, ya que había una creciente probabilidad de acabar metido en alguna clase de incidente provocado por una incontrolable furia al volante. Sabía que esto implicaba mantenerse alejado de Keila. Lo primero que tenía que hacer era separar a Ramsay de Velcro, encerrarlos en habitaciones separadas de la casa para evitar confrontaciones entre las mascotas. También tenía que guardar los cojines de los camastros y asegurar las sombrillas del patio. Los vientos de Santa Ana habían vuelto.

Era curioso cómo esto significaba cosas diferentes para cada persona, pensó, mientras cerraba bien la ventana de su recámara. Para Patricia, un viento de Santa Ana implicaba un día de peinado atroz. Para Óscar era un desastre a cien millas por hora electrificando el aire y provocando un caos. Con los años había visto a esos horrendos vientos alimentar incendios devastadores, con una destrucción masiva de propiedades e incontables víctimas. Había visto jacarandas caer sobre los autos, aplastando a los conductores. Había evitado manejar por encima de las ramas que se habían desprendido de las palmeras, esparcidas por todas las calles de la ciudad. Había ayudado a indigentes a perseguir sus tiendas de campaña. Los vientos de Santa Ana eran por sí mismos una estación en Los Ángeles que él esperaba con alarma.

Cuando Keila regresó en una sola pieza de sus compras semanales, esta vez en el mercado de Echo Park, Óscar suspiró aliviado.

—Se volaron varios de los toldos de los puestos de frutas. Un tubo de la estructura le pegó a una mujer en la cabeza. ¡Mira! —Keila le mostró a Óscar una mancha de sangre en su mascada—. La sostuve hasta que llegaron los paramédicos. Yo estaba parada junto a ella. Me pudo haber pegado a mí.

Óscar abrazó a Keila con fuerza y maldijo los vientos de Santa Ana antes de seguir maldiciendo a la sequía, los incendios y una larga letanía de eventos climatológicos que lo habían preocupado hasta convertirse en obsesión en los últimos años. ¿Cómo es posible que hubiera descuidado a la mujer que ahora tenía en sus brazos y en cambio se hubiera enfocado en el clima, algo que en absoluto estaba bajo su control? Se había arriesgado a perderla, ¿y para qué? ¿Por almendras? Era mejor que perderla por cacahuates, pero, de todos modos, no valía la pena.

Más tarde, a las 11:58 p.m. exactamente, se escuchó fuerte la orden de evacuación en los celulares de todos, sacando a la familia entera de la cama. Tal como habían ensayado antes, iniciaron automáticamente su plan de emergencia en caso de incendio: en cuatro minutos exactos ya estaban en la puerta de entrada las maletas empacadas con antelación. Ramsay estaba en su transportadora, ladrando. Las mochilas con las laptops, los discos duros, los cargadores, los pasaportes, las medicinas y dinero en efectivo, todo listo.

Óscar miró por la ventana y vio con horror un brillo naranja arrojando lenguas de fuego que encendían una densa nube de humo atrás de las copas de los árboles del vecino. Patricia sacó unas cuantas fotos con su teléfono y alcanzó rápidamente a Olivia, Lola y las gemelas, que ya se encontraban en el recibidor. Keila tomó a Claudia de la mano mientras bajaba las escaleras.

—¿Dónde está Velcro? —preguntó Claudia, presa del pánico.

—No tenemos tiempo para buscar al gato otra vez —gritó Óscar.

—No voy a ninguna parte sin Velcro —advirtió Claudia y se sentó en el descanso de la escalera, cruzando los brazos en rebelión.

—¡Todos! ¡Encuentren a Velcro! ¡Ahora! —ordenó Óscar, pensando en su miedo constante de perder un gato en un incendio.

La búsqueda frenética tomó doce insoportables minutos. Dani, el héroe de la noche finalmente lo encontró y lo jaló de abajo de un ropero en la sala familiar.

—¡Lo tengo! —gritó, mientras todos corrían hacia la SUV de Óscar.

—¡Trae el arenero también! —le gritó Claudia a Dani desde su asiento, quien corrió de vuelta a la casa.

Una vez huyendo por Sunset Boulevard, empezaron a llover las sugerencias de hacia dónde ir:

—El Centro Recreativo Rancho Verde sin duda estará abierto —dijo Keila—. Estuvo bastante bien la última vez que nos evacuaron ahí, todos fueron súper lindos, considerando la situación.

—Sí, estaban regalando donas Krispy Kreme —dijo Dani.

—Podríamos ir a un hotel esta vez. Mi sous-chef Alicia me dio una lista de hoteles perfectos para evacuar: aceptan mascotas, hay cocineta, sofá cama —dijo Claudia, sacando su teléfono para ver la lista—. Yo pago los cuartos.

—¿Y si vamos a la casa que estoy remodelando? Está vacía. El único problema es que todavía no instalan los escusados; tendríamos que usar el sanitario portátil —dijo Olivia.

Patricia revisó sus mensajes de texto y anunció:

—Oigan, mis amigos Don y Laura están haciendo una fiesta de evacuación. Tienen suficientes *sleepings*. Algunos ya están ahí.

—Mejor vénganse a mi casa —dijo Lola finalmente. Y ahí se fueron todos.

Sábado, 15 de octubre

Como una extensión natural de sus generosos brazos, la casa de Lola acunó a los Alvarado con el calor de la familiaridad. Los había tenido en su casa en fiestas o solo de visita varias veces en el pasado. Claudia y Olivia se quedaron en la segunda recámara. Lola se llevó a las gemelas a su cama. Keila en el sofá y Óscar en el sillón reclinable. Patricia y Dani eligieron el espacio bajo la mesa del comedor. Ramsay prefirió el piso de la cocina. Velcro inspeccionó cada hueco y rincón de la propiedad a lo largo de toda la noche, maullando en un tono de "qué demonios estoy haciendo aquí".

En realidad, es capricho del viento qué casa queda destruida por el fuego, pensó Óscar, los ojos totalmente abiertos, mirando una vieja mancha de humedad en el techo de la sala de Lola. ¿Se salvaría su casa otra vez? Pensó en el pequeño dibujo de Carlos Almaraz que tanto le gustaba, colgado en un marco en la pared de la sala, e imaginó que lo consumían las llamas. Es chistoso: se dio cuenta de que no le importaba. Todo lo que realmente amaba estaba con él, justo ahí, seguros en aquella casita.

Al escuchar los avances del Departamento de Bomberos de Los Ángeles mientras desayunaban (Lola preparó sus chilaquiles especiales para todos y Keila hizo té de tila para calmar los nervios), Óscar supo que el fuego se estaba yendo hacia la costa, empujado por ráfagas feroces de los vientos de Santa Ana, precisamente en la dirección contraria de Rancho Verde. Pero esto no era causa de alivio. Cientos de hogares estaban en peligro de ser destruidos. Y era sabido que las chispas al rojo vivo volaban por todas partes y caían en los techos de tejamanil a millas de distancia del infierno. Así de impredecible era el fuego; la forma como decidía bailar con el viento determinaba quién se salvaba y quién lo perdía todo.

Hacia media tarde se declaró a Rancho Verde fuera de peligro y los residentes pudieron volver a sus hogares. Al entrar a la casa, Keila miró todo con nuevos ojos, como si no fuera su espacio. Todo le parecía extraño. Mientras su marido, sus hijas y sus nietos regresaban de inmediato a su rutina diaria, ella vagaba de habitación en habitación haciendo un inventario mental de las cosas que Óscar y ella habían comprado en cuarenta años de matrimonio: el gabinete antiguo donde guardaba la cristalería, su sofá rojo, las lámparas de Murano que habían comprado en Italia años atrás, sus esculturas, su vajilla. Y así, antes del anochecer, tanto Óscar como Keila llegaron a la misma conclusión por dos caminos diferentes:

—Solo son cosas —se dijo a sí misma.

Domingo, 16 de octubre

Afuera, el vendaval alborotaba las palmeras con suficiente malicia como para preocupar a Patricia. Se puso un pantalón de mezclilla y un suéter y salió a asegurar la cubierta del asador que el implacable Santa Ana había volado al suelo. Limpió una fina capa de ceniza de la mesa. Respiró profundo el aroma del humo que permanecía en el aire y entró a la casa. Se topó con Keila pegando un calendario del año 2016 en el refrigerador.

—Es de la iniciativa conjunta de PETA y el Departamento de Bomberos de L.A. Llegó por correo con los recibos de mis donaciones; acaba de aparecer ahora que reorganicé mi estudio —dijo, admirando las fotos que ilustraban cada mes de los guapos bomberos con el torso descubierto, sosteniendo en sus brazos musculosos a gatitos y perritos rescatados. Pasó las páginas vacías de los meses anteriores y lo abrió en octubre—. Todavía podemos usar los últimos tres meses —dijo. El bombero de ese mes era un chicano fornido con ojos color miel. Estaba sonriendo a la cámara, enjuagando a un tierno perrito en una tina de agua jabonosa. El pie de foto decía "Laundromutt".

Keila tomó un Sharpie verde y escribió el 10 de noviembre: "Limpieza de dientes, 9:00 a.m.".

Patricia tomó un Sharpie rojo de una taza con marcadores de todos colores que su mamá sacó de quién sabe dónde, uno para cada miembro de la familia, y escribió el 16 de noviembre: "Ultrasonido – Ir con Olie".

Dio la vuelta y abrazó a Keila.

—¡Volvió nuestro calendario familiar! —Suspiró encantada.

Lunes, 17 de octubre

¡Lluvia!

El agua golpeando el techo le sonó a Óscar como una ovación de pie en una sala de conciertos. Pensó en los bomberos que seguían apagando pequeños incendios y persiguiendo chispas en los vecindarios circundantes. La sequía había matado más de sesenta millones de árboles por todo el estado desde enero. Por fortuna, sus almendros probablemente se salvarían de ser tragados por las llamas, ya que los caminos ayudaban a detener los incendios; sin embargo, había visto el valle cubierto de ceniza y humo por incendios forestales en bosques lejanos. Casi setecientos mil acres de la interfaz urbano-forestal, donde la ciudad se encontraba con el pie de las colinas cubiertas de arbustos, se habían quemado en los incendios. Óscar se sabía las cifras. Las había registrado meticulosamente en su cuaderno como el orgulloso pirogeógrafo que creía ser. ¿Era esta lluvia el principio del fin para la peor sequía en California de los últimos mil años? El arroyo de lodo serpenteando por el jardín rumbo a las coladeras lo indicaba, pero no había manera de estar seguros. Bien podría ser una mera burla, cortesía del cambio climático, ese pequeño bufón.

Tendría que llevar un registro de las precipitaciones, pero hace tres años, dos ardillas peleando (o copulando) tiraron y rompieron el pluviómetro que había colocado en el jardín. No es que lo necesitara. Pero ahora tendría que comprar uno nuevo, así que se puso ropa seca, agarró su gabardina, la que había relegado al último rincón de su clóset, y fue a un vivero que le gustaba en Torrance.

Al ser la primera lluvia en más de cien días, los caminos estaban resbalosos por el aceite que tiraban los coches: la condición perfecta para hidroplanear. Preocupado por accidentes en el camino, escuchó el reporte de SigAlert en la radio y, efectivamente, un choque de varios automóviles en la 10 rumbo al este había provocado un retraso de dos horas en el trayecto matutino. Un tráiler se había volteado en la 405 rumbo al norte, por Jefferson Avenue, bloqueando tres carriles. Una ambulancia seguía en la escena del desastre. Óscar agradeció que iba hacia el sur, pero sabía que le tomaría por lo menos el triple de tiempo llegar al vivero, con toda esa gente de mirona que frenaba mientras pasaban el accidente al otro lado del camino. Varios otros choques se siguieron reportando en otras calles, pero la mayoría no estaba en su ruta. El meteorólogo dijo que la lluvia no duraría mucho y la temperatura volvería a subir a más de cien para el jueves. ¿Para qué molestarse con el pluviómetro? Debería dar vuelta y volver a su casa, pensó, pero el rayo de optimismo que todavía tenía lo hizo continuar su búsqueda.

Miércoles, 19 de octubre
Los miércoles típicos no se daban así. Óscar había pasado casi toda la mañana buscando las palabras correctas para describir su realidad, palabras que lo pudieran ayudar a aceptarla y comunicársela a Keila. Al final, concluyó que no había una forma bonita de decirlo, así que le dio la noticia con los menos rodeos posibles:

—Ya no tenemos más dinero para invertir en el huerto. Es así de simple. Y todavía tenemos deudas considerables. Las lluvias que hemos tenido hasta ahora han caído en el lugar equivocado. Kern sigue seco. Vamos a tener que vender el terreno.

Keila, que seguía acomodando su estudio, se paró en seco y se sentó en el sofá rojo, dando palmaditas al espacio libre a su lado, indicándole a Óscar que se sentara.

—En primer lugar, la parte que más me gusta de todo lo que acabas de decir es la palabra "vamos". En segundo, ¿ya consideramos rentarlo? Hay otros agricultores cerca que quizá quieran trabajar la tierra —dijo Keila, insegura de que fuera una buena idea.

—Podríamos. Pero si lo rentamos, todo el ingreso tendría que dirigirse a pagar las deudas. ¿Cómo vamos a vivir sin ingresos? Y luego tenemos a las niñas viviendo en la casa otra vez. No hay manera de venderla y mudarnos a algo más pequeño.

—Dame unos días para meditarlo.

Viernes, 21 de octubre

Esa mañana, como resultado de la lluvia reciente, Patricia se sintió con derecho a prolongar su baño cinco minutos más para poder pensar. Se sobó el abdomen aún plano, buscando alguna señal de vida. En su interior, uno u ojalá dos minúsculos corazones estaban latiendo tan débilmente como para que cualquiera los notara. El feto, o bebé, dependiendo de a quién le preguntaras, pronto sería un Alvarado, pero serían también un Almeida, y Félix tenía que saberlo. O no. Pensó en Dani. La mitad de él provenía del niño que la había violado, pero por fortuna nunca mostró ningún interés en el bebé. Sería mejor si Olivia y ella pudieran encontrar una manera de que a Félix no le importara el embarazo. Iba a necesitar mucho más tiempo en la regadera para elaborar un plan, pero por ahora permitió que las últimas gotas cayeran sobre su piel como una mística absolución.

Lunes, 24 de octubre

Claudia se quedó despierta viendo las gotas de lluvia rodar por su ventana mientras escribía en su laptop.

—¿De qué se trata? —preguntó Olivia en la mañana—. Asumo que estás escribiendo algo. ¿Tu reciente experiencia médica quizá?

—Todavía no estoy segura. Son garabatos, supongo.

—¿Como una novela?

—¡Dios, no! Suena demasiado intimidante. Lo que sí quiero probar es escribir el piloto de una serie.

—¿Y mandársela a Gabriel bajo un pseudónimo?

—¡Ja! Sería comiquísimo, ¿no? Pero a la mierda con Gabriel. No me saques a patadas de mi zona creativa mencionando a ese imbécil. Pero es que no creo ser buena para contar historias.

—Bueno, ¿y cuándo puedo leer lo que escribiste?

—Ahora. Pero no seas cruel con tus comentarios.

Martes, 25 de octubre

El aeropuerto de la Ciudad de México era, como siempre, un desastre. Demasiado pequeño para la cantidad de gente que pasaba por ahí; demasiado viejo y construido con materiales baratos; demasiadas adiciones mal planeadas que resultaban en un tortuoso laberinto. Aun así, Keila amaba la sensación de estar finalmente en casa que tenía siempre que llegaba. Se movió por el aeropuerto con destreza; lo conocía muy bien. Consiguió un taxi y se fue a su casa a dejar su maleta, y luego directo a ver a Simón Brik.

—Me voy. Ya no voy a colaborar con tu galería —le dijo tan pronto como se sentó frente a su escritorio.

Simón no parecía sorprendido. Le ofreció un vaso de agua mineral. Lo aceptó.

—Te contentaste con Óscar y te quieres mantener lo más lejos que puedas de la tentación de una posible relación conmigo. ¿Estoy en lo correcto?

—Sí.

—Lo has venido anunciando con tu silencio.

—Ya no quiero más, Simón. No es sano. Nunca lo ha sido. Muchas gracias por tantos años de apoyo. Impulsaste tremendamente mi carrera, pero es momento de decir adiós.

—Tengo unas cuantas de tus piezas guardadas. ¿Hay algún nuevo galerista a quien se las deba mandar? —dijo, resignado, ni siquiera intentando esconder su tristeza.

—Solo mándalas a mi estudio. Gracias.

Keila se inclinó sobre el pequeño escritorio, besó a Simón en la mejilla y se fue. Estaba feliz de que la ruptura hubiera sido tan rápida y eficaz.

En su casa, en el hogar de sus padres, anduvo por las habitaciones y se sintió pequeña y sola. Tal vez podría ponerla en renta por Airbnb. O podría rentarla a alguien que planeara abrir un hotel boutique, como muchos de los que habían aparecido en otras partes de Polanco. Con seis habitaciones y seis baños, sin duda calificaba. Consideró la posibilidad de abrir una casa de huéspedes, pero esa idea requería un capital que no poseía, y era difícil prestarle toda su atención desde Los Ángeles. Cualquiera de esas iniciativas ayudaría a aliviar el problema económico en que estaban metidos Óscar y ella. Por otra parte, junto con la casa entregaría todos los recuerdos que había adentro. La sola idea se sintió como una traición.

Tomó un Uber al cementerio y fue directo a las tumbas de sus padres. Después de quitar las hierbas, les hizo la pregunta: ¿qué deberíamos hacer con la casa?

Esperó una respuesta de su madre, pero en esta ocasión no escuchó su voz.

Jueves, 27 de octubre

Patricia y Eric se encontraron en un bar del Arts District, la clase de lugar creado para la interacción social, donde el ruido de la gente hablando era tal que se hacía imposible conversar. Su matrimonio había quedado oficialmente disuelto y estaban brindando por el futuro. Negroni para Eric, Virgin Mary para Patricia.

—¿Puedo tocar? —preguntó Eric, y sin esperar su permiso, puso una mano sobre el abdomen de Patricia.

—Es muy pronto, tonto. Espera hasta el quinto mes y podrás sentir todas las patadas que quieras —dijo, riendo.

Eric se puso serio, como si tuviera algo importante que decir.

—¿Sabes?, todo esto de tu embarazo podría salir tan mal, y tan rápido si Félix se entera de mala manera que estás embarazada con sus embriones.

—Ya sé, pero todavía no tenemos un plan. ¿Alguna idea?

—Entre más lo pienso, más creo que esto solo podría funcionar si viviéramos en Telenovelandia. ¿Por cuánto tiempo crees que podrán sostener esta farsa antes de que se entere y las demande a Olivia y a ti?

Patricia captó la mayoría de las palabras de Eric a pesar del mar de música y parloteo en el bar. El resto lo suplió leyendo sus labios, una habilidad que había adquirido en lugares y restaurantes ruidosos durante la universidad. Tenía que darle crédito por pensar racionalmente, el único con la cabeza fría en lo que se perfilaba a ser un desastre sin solución. Le dio un sorbo a su bebida, habiendo decidido dejar de usar popotes de plástico.

—Te puedo ofrecer esto —añadió Eric, mirándola sin parpadear—. Si me pregunta, diré que nuestro divorcio no fue por tu embarazo, lo que es totalmente cierto.

Viernes, 28 de octubre

¿Qué pasa con este tráfico de fin de mes? Era ese día del año en que monstruos, brujas y criaturas inundaban las calles exigiendo dulces. Aunque Halloween propiamente era el treinta y uno, era costumbre que los niños pidieran dulces el viernes anterior, justo después de clases. Olivia acababa de dejar a Diana (una pequeña Frida Kahlo, con uniceja y toda la cosa) y a Andrea (una pequeña Amelia Earhart con casco y goggles) después de recolectar una cantidad considerable de dulces por todo el barrio. Lola les iba a dar de cenar a las gemelas mientras ella llevaba a Claudia al doctor para su cita de seguimiento, como siempre hacía.

Cuando regresaron a la casa, Patricia ya las estaba esperando.

—¡Apúrense! Nunca vamos a encontrar dónde estacionarnos —dijo.

De vuelta en el coche, ahora en el Prius de Patricia, las tres hermanas apenas cabían con sus disfraces: Claudia estaba vestida como C-3PO.

—Puedo caminar como si estuviera apretando una papa entre las nalgas sin fingirlo —dijo.

Patricia había decidido ir como R2-D2, pero sus piernas sobresalían del cilindro en lugar de ruedas, lo que rompía la ilusión. Olivia había escogido representar a la Princesa Leia y seguía intentando fijar a su cabello los rollos de canela falsos cuando llegaron a West Hollywood.

—Es aceptable que vayamos juntas, pero no era necesario escoger disfraces de la misma franquicia —dijo Patricia cuando sus hermanas revelaron sus opciones para el desfile de Halloween de ese año en West Hollywood.

—No es como si lo hubiéramos planeado —dijo Claudia—. ¿Ves? Tenemos una conexión de hermanas. Deberíamos celebrarla.

—¡Un lugar, parquéate! —gritó Olivia.

Sábado, 29 de octubre

Cuando Keila llegó a su casa después de su viaje a México, encontró a Óscar subido a una escalera, reparando una canaleta que se había desprendido del estuco y colgaba a un costado de la casa. Notó a Keila parada a unos pasos de distancia, todavía acarreando su pequeña maleta.

—¡Ya regresaste! ¿Cuánto tiempo llevas ahí parada? —preguntó, sorprendido.

—Me gusta mirarte trabajar en algo que habías abandonado.

—Todas las canaletas están tapadas con hojas secas. Qué bueno que las revisé. Tenemos que prepararnos para las lluvias. ¿Qué tal estuvo México?

—Brik & Spiegel ya no me van a representar; los acabo de despedir.

—Espero que sea la decisión correcta; Simón ha sido tu galerista mucho tiempo.

Keila ya había decidido no compartir con Óscar la razón de separarse de la Galería Brik & Spiegel. Le había dado vueltas al asunto durante todo el vuelo hacia Los Ángeles, y para cuando aterrizó el avión estaba convencida de que decirle sobre su flirteo de toda la vida y su romance de una noche con Simón solo dañaría su matrimonio después de que sobreviviera a duras penas su peor crisis. Pero cuando encontró a Óscar en el patio, limpiando las canaletas largo tiempo ignoradas, sintió la necesidad de ser honesta. ¿Por qué perpetuar una historia de secretos?

—Lo cierto es que Simón se ha pasado los últimos veintitantos años persiguiéndome, no solo como artista, sino como mujer. Y me acosté con él. Una vez. Recientemente. Estaba muy enojada contigo.

Óscar se bajó de la escalera y miró a Keila durante un minuto que pareció infinito. De la cantidad de pensamientos que produjo su cerebro a la velocidad de la luz, una pregunta resaltaba: ¿podría vivir sabiendo esto? Revisó sus sentimientos y se dio cuenta de que no estaba sorprendido. No había ira, ni una horrible sensación de traición.

Ninguna humillación. Solo Keila, ahí, diciéndole la verdad. Vio frente a él un campo de flores silvestres moviéndose en la leve brisa de un día despejado y se sintió limpio, transparente, renovado. Así que, abrazando esa imagen y antes de cambiar de opinión, la besó larga y dulcemente, ni siquiera intentando evitar mancharle la ropa.

—Ya lo sé. Bienvenida, mi amor —dijo, y rodó su maleta hacia la casa.

Domingo, 30 de octubre
Justo antes del flan de cajeta casero que había hecho Keila, y después del legendario pollo con mole de pistache y chile poblano, Patricia pidió silencio, golpeando su copa con el borde de una cucharita. Tenía noticias.

—Estoy embarazada.

Le tomó un instante a Claudia recuperarse de la sorpresa y contestar:

—¡Pero te acabas de divorciar de Eric!

—No es de Eric. Estoy embarazada con los embriones de Olivia, y Félix no lo sabe.

Ya. Lo había dicho.

Nadie comprendió lo que acababan de escuchar decir a Patricia de manera tan contundente y discordante, como una granizada repentina a mitad del verano.

—¿Por qué hicieron esto? —La voz de Keila expresaba sorpresa, temor y encanto al mismo tiempo—. ¿Qué el juez no ordenó que se destruyeran los embriones?

—No íbamos a dejar que se desperdiciara un Alvarado —dijo Patricia.

—Solo vamos a tener que encontrar una manera de darle la noticia a Félix. Necesita saber que estoy embarazada, solo no con los embriones de Olivia y él.

—¿Para qué inventar un nuevo secreto que nos puede acosar por años? —dijo Keila.

—Bueno, este año hemos demostrado que somos muy buenos para guardar secretos.

—¿Y si se entera? ¡Las puede demandar! —le advirtió Keila a Olivia.

—Valdría la pena.

—Fue increíblemente irresponsable, niñas, y en este momento no sabemos cuáles serán las consecuencias, y sin duda habrá consecuencias, horribles, pero tengo que decirlo: ya está hecho y ahora tenemos que estar juntos y criar a ese bebé con todo nuestro amor.

—¿Tendremos gemelos? —preguntó Óscar, ahora encantado después del impacto inicial.

—Todavía no sabemos, papá. Pero sea como sea que lo manejemos con Félix, Olivia y yo acordamos criar a nuestros hijos juntas, como hermanas-mamás —dijo Patricia.

De pronto, Claudia, que había estado callada durante toda la revelación, se levantó de la mesa, le aventó su servilleta a Olivia y salió hecha una furia del comedor.

—¡Claudia! —gritó Olivia—. ¿Qué te pasa? ¡Ven acá!

Olivia corrió tras Claudia, seguida de Patricia, hacia la cocina. Claudia estaba de pie en la península, furiosa.

—¿Qué te pasa? —preguntó Olivia, confundida.

—¡Te robaste los embriones del laboratorio de fertilidad!

—Sí, técnicamente. Supongo que los robamos —dijo Patricia, dándose cuenta de pronto de la enormidad de lo que habían hecho.

—¡Nunca, en la vida, me vuelvan a llamar cleptomaniaca! —dijo, liberando su ira, sus gritos convirtiéndose en risa y abrazando a sus dos hermanas, que seguían procesando su reacción.

—¿Cómo puedo robar algo que es mío? —preguntó Olivia.

—¡Medio tuyo! —la corrigió Claudia—. Ya supéralo.

Óscar y Keila observaron el exabrupto de Claudia desde la puerta de la cocina, calibrando la magnitud de la noticia. Cuando todos se calmaron y regresaron a sus asientos, Óscar tuvo claro que el corazón no era un pay. Si fuera así, las rebanadas se volverían más y más angostas con cada nuevo bebé. Él podía sentir su corazón creciendo para dejar espacio al nuevo integrante, o mejor aún, integrantes. Se maravilló ante este descubrimiento, y la lluvia comenzó justo cuando declaró:

—¡A celebrar!

Lunes, 31 de octubre

La máquina IronWolf 700B, un coloso de cincuenta toneladas, esperaba a los Alvarado en el Happy Crunch Almond Orchard, con los colmillos de acero del rotocultivador alertas y su motor rugiendo impaciente. Cerca, Los Tres Primos discutían con el consejero de la Extensión Cooperativa de la Universidad de California y el operador de la maquinaria sobre las múltiples ventajas de usar este novedoso método para extraer los almendros, en lugar del proceso tradicional de varios pasos que convertía los árboles en astillas.

Preguntando en UCLA, su alma máter, Patricia se topó con este nuevo método, contactó a los investigadores que estaban ayudando a comercializarlo y negoció con ellos: los Alvarado ofrecerían el huerto para que la universidad realizara una demostración a sus alumnos, sin costo para Óscar. Iban a retirar el huerto entero. Se estaban haciendo pruebas con métodos más ágiles y baratos, usando otras máquinas, como trituradoras horizontales, pero dada la situación económica de Óscar, no había costo ni rapidez que le ganara a un servicio de extracción de árboles gratis, así que canceló el servicio que había contratado inicialmente.

Cuando los Alvarado llegaron, unas cuantas decenas de estudiantes ya estaban ahí, amontonados alrededor del IronWolf, listos para contemplar la formidable hazaña que estaba a punto de suceder.

Diana y Andrea se habían quedado en casa con Lola, pero le dieron permiso a Dani para faltar a la escuela. Con su disfraz de Halloween de Imperator Furiosa —la parte superior de su rostro pintado con carbón, su brazo izquierdo cubierto con un aparato de metal que semejaba una prótesis mecatrónica—, se subió al techo del IronWolf y, jugando a ser ella, gritó palabras incomprensibles mientras blandía una rama con su brazo bueno.

—¿No le va a pasar nada allí arriba? —preguntó Patricia al operador mientras tomaba una foto de su hijo con su teléfono.

—Este no es un tráiler de batalla a toda velocidad. Será como recrear la película en cámara lenta. Estará bien. Solo pídale que se ponga los goggles protectores.

Se subió a la cabina del IronWolf, le dio a Patricia un par de goggles y aceleró el motor.

—¿Listo, Mad Max?

—No Mad Max, ¡soy la verdadera heroína temeraria, Imperator Furiosa! —gritó Dani, emocionado.

Nadie más entre los Alvarado parecía compartir el entusiasmo de Dani. De hecho, la atmósfera era sombría y nerviosa, como si estuvieran a punto de presenciar a alguien quemado en la hoguera.

Los colmillos de la bestia, acostumbrados a romper hielo y roca, empezaron a moverse. Las ruedas hicieron girar las orugas que aplastaban la tierra lentamente con su peso, como un tanque trepándose implacable y sin miramientos sobre los escombros de una guerra. Cuando la máquina empujó el primer árbol, Keila vio con horror cómo devoraba su tronco y ramas, despedazándolo por completo, triturándolo y reincorporando sus huesos y entrañas a la tierra, todo en cuestión de un minuto.

—Ya no puedo ver más —dijo Keila, después de que hubiera desaparecido una hilera de almendros entera.

—Estaba esperando que alguien lo dijera primero —dijo Claudia, sentada en una silla plegable que había traído de la casa.

—Esto va a tardar una semana. Creo que ya vimos suficiente —dijo Olivia.

—Fascinante, vale la pena compartirlo en redes sociales, pero ya estoy lista para irme. Es demasiado deprimente —dijo Patricia, aún documentando el proceso con la cámara de su teléfono.

Para Óscar era desgarrador ver a sus amados árboles desaparecer bajo la trituradora, pero lo soportó estoicamente como parte de su castigo autoimpuesto. Lo que no podía soportar era ver a Keila sufrir.

—Vámonos, pues —dijo, aliviado también.

Noviembre

Martes, 1° de noviembre

Después de que se cortara las uñas a ras de piel (el manicure bonito le era vedado a las escultoras en arcilla), Keila trajo una caja grande y la dejó en la mesa de trabajo con algunas herramientas que había comprado en línea y unos cuantos esmaltes que quería usar en su próximo proyecto. Pero mientras organizaba los nuevos materiales, decidió descartar la idea que había estado desarrollando de esculturas con familias apiñadas y la reemplazó con una más apremiante. Haber visto cómo ese monstruo mecánico mutilaba y digería los almendros le había despertado temores que necesitaba plasmar en su obra. Abrió la bolsa de plástico que contenía un bloque maleable de barro café oscuro y lo amasó como si estuviera preparando un pan. Luego aplanó una porción en la mesa con un rodillo y cargó la extrusora con el resto del material para producir varios cilindros y espirales de arcilla de distintos grosores y longitudes. Más tarde modeló el material con los dedos para semejar ramas rotas, troncos partidos, hojas sin esperanza, astillas tristes y raíces desesperadas. Mientras trabajaba en los elementos de su futura instalación, su rabia se hacía más y más intensa. ¿Por qué apenas empezaba a preocuparse por la sequía?

¿Por qué no había entendido la obsesión de Óscar con el clima? Su displicencia le había impedido ver la verdad. Solo tenía que leer las noticias, escuchar a su marido, visitar el condado Kern y mirar las cosechas sufrir para aceptarlo. Ahora tenía la necesidad de unir su voz a las de quienes se preocupaban por la Tierra, expresaban un mensaje urgente y vital, cuya negación sería pecado mortal. Se uniría a la cruzada de Óscar a su manera, a través de su arte. Crearía instalaciones de arcilla de bosques destruidos, glaciares derretidos, desiertos cada vez más grandes, ciudades costeras inundadas, cicatrices quemadas vistas desde el espacio. Sería una guerrera del planeta. Desde su estudio.

Jueves, 3 de noviembre
Definitivamente había algo ahí, en esa pequeña historia que Claudia había escrito. Olivia no era ninguna crítica literaria, pero sí le gustaba leer más que a nadie en la familia y podía discernir un texto decentemente conformado. A su parecer, estaba bien narrado, un poco cargado de diálogos, pero se sentía coloquial, natural, y eso no era fácil de lograr, ya no digamos para alguien que solo había escrito libros de cocina. Sin embargo, el tema que abordaba le incomodaba a un punto tal que consideró aventar las páginas a la basura, fuera de su vista, sobre todo porque reconocía el evento y la hacía sentir ansiosa.

En una de las escenas, el personaje principal, una famosa chef, estaba manejando por la carretera en su convertible, hablando por teléfono con su asistente. El diálogo se daba así:

—Oye, perdón por haberte colgado —dijo la chef—. Una patrulla me estaba siguiendo, pero se salió de la carretera, así que ya pasó.

—No hay problema. ¿Todo bien?

—Mis sobrinas tuvieron un accidente en la alberca. Se cayeron al agua. Voy camino al hospital. Escribe este menú en caso de que haya un funeral y necesitemos preparar la comida: los minitamales de flor de calabaza, las brochetas de cola de langosta asada con dip de tamarindo, las miniquesadillas de chilorio, las tostadas de ceviche de Culiacán, y revisa nuestro inventario de tequila. No compres nada todavía. Veamos cómo se dan las cosas. ¡Carajo! ¡Me pasé la pinche salida! No puedo hablar y manejar. Llámame después.

En la historia, las sobrinas morían.

Martes, 8 de noviembre

El día terminó en luto. Como la mayoría de los angelinos, Óscar se fue a dormir con un dolor debilitante en el estómago. La vida que su gente había trabajado tan duro para conseguir ya no era posible, todos sus sacrificios en vano. ¿Los últimos inmigrantes serían deportados de inmediato o los dejarían en el limbo? Se preguntó qué les pasaría a Los Tres Primos y sus familias, a tantos campesinos que alimentaban al país con su extenuante labor. Intentó dormir, pero una profunda tristeza lo mantuvo en vela toda la noche. Sabía que no había mucho que pudiera hacer por todos los mexicanos que sufrirían la ira y la intolerancia del recién electo presidente de Estados Unidos. Así que lloró.

Miércoles, 9 de noviembre

—¿Y si nos mudamos a México? Todavía tenemos la casa de mis papás. Es lo suficientemente grande para que todos vengan con nosotros. Podríamos irnos con las niñas y nuestros nietos, y establecernos ahí. No muchas personas tienen esa oportunidad. Deberíamos sentirnos afortunados.

—No. Me rehúso a permitir que alguien me eche de mi país.

Jueves, 10 de noviembre

Cuando Keila inmigró por primera vez a Estados Unidos años atrás, le dijeron que, en este país, cualquiera nacido en Estados Unidos podía llegar a ser presidente. Tomó esa aseveración como señal de esperanza de que iba a vivir en una democracia real, en la que cada elección era limpia y cada voto contaba. Rápidamente desarrolló un gran orgullo, consciente de que era una fina hebra en el inmenso entramado de Estados Unidos. Pero esa mañana, sentada frente al dentista y escuchando a su doctora hacerle pregunta tras pregunta que no podía responder con la boca abierta y llena de bolas de algodón, recordó lo que le habían dicho. Sí, cualquiera podía ser presidente. Lo que no le habían dicho es que eso aplicaba literalmente para cualquiera. Le preocupaba que el nuevo presidente dirigiera su bola de demolición hacia instituciones de toda la vida, y lloró en silencio.

—¿Te estoy lastimando? ¿Quieres más anestesia? —preguntó la doctora.

Lunes, 14 de noviembre

—Empiezo clases en enero. Es un curso de narrativa.

Claudia lo anunció ante Keila, Óscar, Olivia y Patricia en un restaurante japonés. Hiroshi, el chef, dueño del lugar, y amigo de Claudia, se sentó a la mesa con ellos durante cinco minutos antes de regresar a la barra de sushi. Había ido a visitar a Claudia a menudo durante las últimas semanas. Aunque le había dejado claro que él no creía que comer grandes cantidades de wasabi serviría para que reaccionaran sus papilas gustativas, le seguía la corriente y le servía platitos llenos de la pasta verde en forma de conos. Esa noche no era distinta, y mientras los metía a su boca uno tras otro sin inmutarse siquiera, explicó sus razones para volver a estudiar.

—Ya no puedo cocinar. No me voy a quedar todo el día en la casa deprimida. Necesito ayudar a mamá y papá con las cosas de la casa. Estoy aburrida. Ya me cansé de enfocarme en mi recuperación. Necesito un desfogue creativo.

Podía haber seguido dando más razones, pero decidió que las que había ofrecido eran suficientes para convencer a su familia de que estaba en su sano juicio y aún valía como ser humano. Se le ocurrió una razón más, pero se la guardó para sí: esperaba que Gabriel, el imbécil de Gabriel, se retorciera de la envidia.

Miércoles, 16 de noviembre

Cuando el primer ultrasonido de Patricia en la semana diecisiete de su embarazo mostró dos figuras lado a lado en la pantalla borrosa, la doctora, una mujer asiática en sus cuarenta que parecía tan emocionada como las hermanas Alvarado, dijo:

—¡Gemelos! Y miren aquí, ¡este es niño! ¡Eso es un pene!

—¡Seguro va a hacer muy feliz a alguien con eso! —dijo Patricia.

La pequeña protuberancia que salía de una masa más grande desapareció rápido, transformándose en otra imagen: dos minúsculas luces parpadeantes.

—Esos son sus corazones, latiendo.

—¿Qué es eso? —preguntó Olivia.

—Uno de los bebés se está chupando el dedo gordo del pie, ¡y también es niño!

Olivia rompió a llorar.

—Vamos a criar a los cinco niños juntos —le dijo a Patricia, sollozando, intentando distinguir las figuras de sus bebés en la pantalla.

Ninguna de las dos estaba pensando en las futuras complicaciones de tal aventura; estaban demasiado emocionadas para ver a los embriones convertirse en bebés, vivos, sanos. Pero más tarde, en el coche de Olivia, de camino a recoger a Lola, Diana y Andrea del parque, discutieron el escenario que probablemente les esperaba.

—Nuestro arreglo no tiene nada de especial. ¿Cuántas viudas de guerra han hecho lo mismo a lo largo de la historia? —dijo Olivia, queriendo tranquilizarse.

—Cierto. Es totalmente normal. Por supuesto que podemos cuidar a cinco niños entre las dos. ¿Quién necesita a los papás?

—Sí contamos con nuestro papá. Él puede ser la figura paterna.

—Sí, claro.

—Y mamá puede ayudar.

—Y Lola.

—Y Dani. Ya está grandecito.

—Claudia puede ser la tía loca.

—No creo que le gusten mucho los bebés.

—Será una mejor influencia cuando sean mayores.

—Con que no les enseñe a robar cosas —dijo Patricia con un toque de pánico en la voz, consciente de que los bebés existían como resultado de un hurto.

—¿Dónde vamos a poner las cunas?

—En mi cuarto, por supuesto. Diana y Andrea ya duermen en el tuyo.

—Cierto. Además, los vas a estar amamantando.

—Ay, caray. No había pensado en eso.

—Podrías extraer la leche en biberones y yo me encargo de alimentarlos en la noche para que puedas dormir.

—Lo haremos por turnos.

—Nos apoyaremos en todo. Ya pasamos por esto las dos, con Dani y las gemelas.

—Excepto cuando vomiten. Yo no puedo con eso.

—¿Estás diciendo que yo me quedo encargada del vómito?

—Por favor.

—Está bien, pero tú te encargas de cambiarles los pañales.

—Siento que me tocó la peor parte del trato.

Viernes, 18 de noviembre

Las piezas de Keila llegaron de la Ciudad de México en cajas bien empacadas. Simón las envió con una nota amable, pero impersonal. Nada más. Keila guardó las cajas en el garaje sin abrirlas. No veía la entrega como el final de algo, sino como un principio. Se fue a su estudio, abrió su laptop y buscó "galerías de arte en el centro de Los Ángeles".

Sábado, 19 de noviembre

—Adivinen qué... ¡Su tía Pats va a tener dos bebés, y son niños! ¡Están en su pancita! —Olivia les dijo a Diana y Andrea mientras se vestían y empacaban para ir a pasar el fin de semana con Félix.

—¿El tío Eric va a ser su papá? —preguntó Diana.

—No. El tío Eric ya no es el marido de tu tía. ¿Recuerdas la fiesta donde se despidió de ti? Ahora encontró a alguien más con quién tener bebés: el Señor Banco de Esperma. Él va a ser el papá.

—Oh —dijo Diana, medio interesada, cuando se oyó el timbre.

—Ya llegó su papá. Vamos.

La semilla de la Gran Farsa Familiar había quedado plantada.

Domingo, 20 de noviembre

No se podía hacer nada en Los Ángeles. El fin de semana había quedado arruinado. Las playas estaban desiertas.

Los fieles no habían ido a misa. Las reservaciones para el brunch quedaron canceladas en todas partes, incluso en restaurantes techados. No había parrilladas. No había natación. No había voluntariados. No había carreras. No había compras ni encargos. Las calles eran un desastre. El tráfico estaba insoportable. Una tormenta invernal había entrado a la ciudad. Se había organizado una vigilancia para anunciar inundaciones repentinas en las zonas quemadas durante la última temporada de incendios. Era tiempo de regocijarse. Era la llegada oficial de la época de lluvias por la que habían estado rezando.

Cuando Félix apareció en el umbral de la casa de los Alvarado esa noche, empapado, para entregar a las gemelas, Olivia le pidió a Patricia que preparara un baño caliente para las niñas y se las pasó. Mientras cerraba la puerta, Félix la detuvo.

—Me enteré de que Patricia está embarazada —dijo.

—Ajá.

—Y supongo que no necesita un marido.

—Supongo que no.

—Me pregunto qué tal le va a caer eso a Eric.

—Eric no tiene nada que decir.

—Diana entendió que el padre es un tal Señor Banco de Esperma, ¿lo puedes creer? —se rio.

—¿Por qué no habría de creerlo?

—Tan linda, su inocencia.

—Sí, qué chistoso —dijo Olivia secamente, aguantándose la risa—. Uno no puede decir nada cerca de estas niñas. ¡Todo lo oyen!

Lunes, 21 de noviembre
Óscar no se había alegrado el día anterior. Había visto la lluvia golpear con fuerza el pavimento, los arroyos junto a las banquetas desapareciendo rápidamente en las coladeras del desagüe, los limpiaparabrisas frenéticos de los coches, sombrillas volando, la gente corriendo para resguardarse. Debería estar encantado. Era la lluvia anticipada por años. En cambio, un pensamiento horroroso lo embargó mientras miraba hacia abajo desde la ventana de su habitación, hacia el jardín inundado: ¿había destruido sus almendros en vano? ¿Había actuado muy pronto? ¿Ya se había acabado la sequía? Esa mañana, con el césped todavía húmedo y las ardillas sacudiendo el agua de su pelaje, se cayó de rodillas y golpeó el marco de la ventana con la cabeza.

Martes, 22 de noviembre
Pasaron semanas antes de que las piezas de Keila se secaran por toda la humedad. Pero ahora estaban finalmente listas para el horno, así que las acomodó con cuidado en el interior y prendió el gas.

—Esto no es ecológico —se dijo en voz alta—. Voy a tener que reemplazar este horno con uno eléctrico. No será el mismo resultado, pero todos nos tenemos que adaptar.

Miércoles, 23 de noviembre
Una erótica estatuilla netsuke hecha nudo fue todo lo que Keila vio cuando encontró a Claudia y Hiroshi teniendo sexo en su recámara, ella con las piernas en el aire, él con

el cuerpo de lado, cubriendo el torso de Claudia, y más brazos de los que pudo contar.

—Necesitamos encontrar otro lugar dónde coger —dijo Hiroshi después de que Keila se disculpó y cerró la puerta.

Jueves, 24 de noviembre

—Bueno, nuestras oraciones fueron escuchadas —dijo Óscar, de pie en la cabecera de la mesa mientras iniciaba su tradicional discurso del Día de Acción de Gracias con voz ceremoniosa—. Vamos a tener más lluvia de la que podemos soportar. Es un giro muy positivo. Dios sabe lo mucho que necesitamos lluvia en California. Estoy agradecido, pero sí creo que hubiéramos podido salvar los árboles si nos hubiéramos esperado unas semanas.

—¡Qué grave error! ¡Arrancar esos árboles! —se lamentó Claudia, golpeando la mesa con el puño, evitando apenas pegarle al plato frente a ella.

—¡No sabíamos que iba a llover tanto! No es culpa de papá —dijo Patricia, saliendo en defensa de Óscar.

—No digo que lo hiciera a propósito. Solo que el momento estuvo de la fregada. ¿Y ahora qué?

—¡Párenle ya! —gritó Keila—. No necesitamos pelearnos por esto, y mucho menos cuestionar la decisión de su padre. Es el Día de Acción de Gracias y deberíamos enfocarnos en lo bueno.

Todos siguieron callados.

—Bueno, yo empiezo —dijo Óscar, aclarándose la garganta—. No ha sido un año fácil para ninguno en esta mesa, pero juntos sobrevivimos a la posibilidad de un ahogamiento, un distanciamiento, un tumor cerebral, tres divorcios, el robo de unos embriones, una evacuación por incendio y la pérdida de nuestro huerto de almendros. Pero no es el final. Necesitamos trabajar juntos como familia para compensar esas fuerzas poderosas y oscuras que trabajan contra la armonía de nuestro país y nuestro planeta.

—Yo propongo hacer una lista de medidas que podemos tomar para contrarrestar esta tendencia. ¿Quién se apunta? —dijo Patricia.

Todos levantaron las manos y las agitaron como si quisieran atrapar mariposas.

—¡Dejar de usar bolsas de plástico! —dijo Dani.

—¡Dejar de usar botellas de plástico! —dijo Claudia.

—¡Yo ya dejé los popotes! —dijo Olivia.

—Yo también —dijo Keila.

—¡Movernos en un solo coche lo más posible! —dijo Claudia.

—Eso va a ser difícil en L.A. —dijo Keila—. No vamos a poder desprendernos tan fácilmente de los coches.

—Me voy a comprar uno eléctrico cuando venda el piloto de mi serie —dijo Claudia, aún ignorante de las dificultades de vender propiedad intelectual en Los Ángeles.

—Yo juro diseñar y construir casas con un consumo eficiente de energía —dijo Olivia.

—Yo no voy a jalarle al baño a menos de que sea absolutamente necesario —dijo la tía Belinda, sorprendida con la repentina expresión de asco de todos.

—Yo me voy a unir a las marchas contra las políticas antimigratorias —intervino Óscar.

—Yo quiero proponer algo más radical —dijo Patricia—. Volvámonos veganos todos juntos. Ya no consumir carne nos llevará a un mundo más compasivo y amable para los animales. Y menos emanaciones de metano —dijo, levantándose para dar énfasis a sus palabras, buscando una inclinación de cabeza, un sí, hagámoslo. En cambio, los omnívoros sentados alrededor de la mesa fijaron las miradas, salivando, en el humeante pavo en su platón, la piel perfectamente dorada y crujiente, y el huachinango a la veracruzana, con sus ojos vidriosos apuntando sin vida hacia el techo, que si bien no era un platillo tradicional de aquella fecha, sí era uno de los más populares en el amplio repertorio de Keila.

—¡Ay, ándenle, comprométanse! —dijo, frustrada.

—A mí no me importa. Me uno. Todo me sabe igual de todas maneras —dijo Claudia.

—¿Por qué no comemos ahorita y nos comprometemos después? —dijo Keila—. Pásame el huachinango.

Viernes, 25 de noviembre
Ante la opción, Patricia prefería el Cyber Monday al Black Friday. No tenías que manejar a ningún lado. No había multitudes. Eran mejores ofertas. Más cosas para elegir. Pero en esta ocasión fue al centro comercial solo porque Olivia se lo pidió y para supervisar a Claudia, quien explicó que ella también debería opinar sobre qué clase de cunas tendrían los bebés, en lugar de solo acompañarlas.

—Solo vamos a ver qué hay —dijo Olivia.

—Entonces, no vayamos —dijo Patricia—. El punto es aprovechar los descuentos. Si nada más vamos a ver, regresemos a la casa y volvamos otro día, cuando haya menos gente.

—Si no quieres comprar las cosas de los bebés ahora porque tienes miedo de otro aborto, déjame decirte, Olie: esta vez no es tu útero. Los bebés la van a librar —dijo Claudia desde el asiento trasero del Prius de Patricia.

Las palabras de Claudia aplastaron a Olivia con un golpe seco, como si alguien le hubiera soltado encima un saco de piedras, las suaves y redondas piedras de río de México, como las que se usaban en el paisajismo, en los caminos, en las entradas de las casas. Su hermana tenía razón. Pero, ¿por qué le había dolido aquel comentario tan rudo? ¿Qué no estaba extasiada por la bondad de Patricia de cargar por ella a los bebés? Mientras Patricia aceleraba por Santa Monica Boulevard hacia Century City, Olivia cerró los ojos y guardó silencio, intentando escuchar sus sentimientos. Sí, estaba encantada por el regalo de la maternidad en sus circunstancias imposibles, pero la sensación de pérdida superaba su alegría. Se obligó a sí misma a reconocer todo, abrió la ventana y gritó hacia el aire que irrumpía en el coche:

—¡Acepta lo bueno!

Diciembre

Viernes, 2 de diciembre

Otra vez era un día de Santa Ana. Lo decían los vientos de ochenta millas por hora que silbaban a través de cañones y pasos. Lo decían los inflables de Santa Claus, los renos y una gran variedad de decoraciones navideñas que salían volando de tejados y jardines. Muebles y sombrillas de jardín caían volcadas a las albercas, los autos pequeños intentaban permanecer en sus carriles en la carretera, y los peatones se cuidaban de las ramas de las palmeras que pudieran caer —todos indicadores de que la temporada de Santa Ana estaba al máximo. El cabello de Patricia, por lo general arreglado, ahora era una ingobernable maraña, un juguete para el viento, cuando llegó al restaurante y le dio las llaves de su coche al valet. Habría buscado dónde estacionarse en la calle, como tantas veces hacía, pero ya iba tarde para su almuerzo con Benjamín, su excliente de Target.

—Vamos a grabar un comercial el lunes, pero quise volar antes para verte —dijo Benjamín.

—Bueno, es maravilloso verte, considerando que tu equipo le dio la cuenta a otra agencia.

—No fue mi decisión, Patricia. Yo siempre admiré tu trabajo y me encantaba verte en la oficina. ¿Quizá podríamos pasar el fin de semana juntos?

—¡Guau! Eso fue un poco abrupto. No nos hemos visto desde junio que tuvimos sexo. Han pasado muchas cosas. Me divorcié de Eric y ahora estoy embarazada con los embriones de mi hermana.

—¿Eso es todo? Un as de las redes sociales convertida en madre sustituta divorciada.

—Una cosa no excluye la otra. Síguenos en nuestra nueva cuenta de Instagram: @2.mommy.sisters.

—No te veo en unos meses, ¿y pasa todo esto?

—Sí. Y como podrás imaginar, no estoy saliendo con nadie ahora. ¿Quién sabe? Quizá en el futuro. Pero en este momento mi mundo es Dani, mi trabajo, mi embarazo, mi hermana Olivia y mis papás, que se acaban de contentar después de un largo periodo bastante gris.

—Bueno, pues, brindemos por ese mundo tuyo que parece tan lleno como una alberca infinita.

—Yo quiero un mojito sin alcohol.

Domingo, 4 de diciembre

Félix sonaba inusualmente apenado cuando le dio la noticia a Olivia. El umbral de los Alvarado se había vuelto su punto de reunión habitual cuando dejaba a las niñas los domingos en la noche. El tapete de sisal en la entrada de la casa decía la palabra "Bienvenido", pero no era cierto. No para Félix. Pero ahí hablaban, siempre brevemente y, en últimas fechas, únicamente sobre cuestiones de las gemelas. Se tomó su tiempo para abrazarlas antes de que corrieran al interior para cenar con Keila.

—Espera, no cierres la puerta todavía. Necesito decirte algo importante —le dijo a Olivia, que ya había dado un paso hacia adentro de la casa—. Surgió una oportunidad. De trabajo. No sé cómo decirlo. No te va a gustar: me mudo a Vancouver. El mercado de bienes raíces está tremendo allá con todos esos multimillonarios extranjeros comprando mansiones o penthouses.

A Olivia le urgía que se fuera.

—¿Cómo te imaginas que podrás ejercer tus derechos de visita viviendo tan lejos?

—Esa es la cosa. Tal vez no pueda —dijo en un tono que Olivia entendió como contrición—. Pero, por favor, evitemos volver esto un problema. No tenemos que acabar en un juicio.

Olivia actuó una respuesta medianamente molesta, ocultando su satisfacción.

—Entonces vas a abandonar a tus hijas. No me sorprende. Nunca quisiste que las tuviéramos. —Se detuvo ahí para no hacerlo cambiar de opinión y que se quedara.

—Entiendo por qué estás enojada conmigo. Sé que esto implica que la responsabilidad de criar a las niñas recae sobre todo en ti.

No que eso cambie nada, pensó Olivia. Recordó las pocas ocasiones en que él en realidad había asumido esa responsabilidad, aunque reticente: una vez, cuando ella tuvo que viajar a Houston por tres días para evaluar una propiedad y él se quedó en casa para cuidar a las niñas, y la otra cuando se tropezó con una manguera en el jardín y se rompió el cúbito. Tuvo que cuidar a las niñas dos días mientras ella estaba en el hospital para que le reconstruyeran el brazo.

—Intentaré venir a visitarlas en invierno. Es temporada baja para corredores allá.

—Anda, hazlo —dijo Olivia, intentando sonar fría y molesta.

—Lamento hacerte esto.

Como si lo necesitaran, pensó Olivia, cerrando la puerta sin decir otra palabra.

Miércoles, 7 de diciembre

La pira funeraria perfectamente acomodada involucraba troncos, ramas, palos y ramitas hechas de arcilla sin esmaltar. Encima, una bola raku craquelada, sumergida en esmalte azul cobalto con manchas de hierro, simulaba la Tierra. Un charco de esmalte rojo brotaba de la parte inferior de toda la estructura. Keila levantó la repisa del horno y la bajó con cuidado sobre la mesa, junto a piezas similares exhibiendo al planeta en diversos escenarios: en una tumba recién cavada, en la mesa de embalsamar de una funeraria, su pie sobresaliendo bajo una manta blanca con una etiqueta de la morgue que decía TIERRA, y una lápida con un epitafio gravado que decía AQUÍ YACE LA TIERRA. TE LO ADVERTÍ.

—Debe ser tu mejor serie hasta ahora —dijo Óscar, de pie en la puerta, asustando a Keila.

—¡Me espantaste!

—Perdón. Estoy impresionado con lo que estás haciendo.

—No estoy segura de que mostrar la muerte de la Tierra sea el mensaje correcto. En realidad, no se trata de salvar a la Tierra, sino de salvar la vida. La Tierra al final sobrevivirá, seguirá dando vueltas sin humanos y otras especies. Ya ha sobrevivido cinco extinciones masivas. Es la Sexta Gran Mortandad lo que me gustaría expresar. Quizá tenga que replantear todas las piezas.

—Tienes tanta razón. Es lo que algunas personas no ven.

—Sin embargo, me queda claro que estamos atrapados en nuestra burbuja de California, hablando entre nosotros, los conversos. Hacemos películas sobre la ciencia, creamos arte basado en investigaciones, se nos ocurren evidencias tan obvias como glaciares que se derriten, pero todo lo que escuchamos en otros ámbitos, si acaso se dice algo, es "No creemos", como si estuviéramos hablando de religión.

—No es cuestión de creencias. No es algo basado en la fe, sino en hechos.

—Y luego está la otra cuestión que acabo de comprender: mi obra es tan inútil como un megáfono descompuesto. ¿Cuántas personas podrían estar expuestas al mensaje en una galería de arte? Es un medio tan elitista. Me gusta trabajar con arcilla, y lo seguiré haciendo, pero también quiero unirme a la causa y la lucha.

Esta era la Keila que Óscar amaba. Sintió una oleada de fascinación inundando todo su cuerpo, haciéndolo sentir mareado. Ahí estaba, su esposa durante cuarenta años, con su cabello castaño corto, su característico mechón gris cayendo a un costado de su rostro, mostrándole el camino con su mente clara, sus convicciones. Se acercó a ella despacio, le quitó el delantal de cuero, su playera manchada de arcilla, el brasier, y pasó las manos por sus clavículas, sus hombros desnudos, hacia los senos, trazó la areola con su dedo índice, haciendo una breve parada en una minúscula peca que estaba a punto de escalar el pezón.

—Cuenta conmigo —murmuró antes de besarla.

Keila lo empujó hacia el sofá rojo y devolvió el beso, desabrochando su cinturón.

Viernes, 9 de diciembre

De camino al restaurante de Hiroshi, Patricia, que dirigía hábilmente su Prius a través del espantoso tráfico del atardecer por Olympic Boulevard para darle un aventón a Claudia a su cena, dijo:

—¡Deja de juzgar cómo manejo!

—Yo no dije nada —dijo Claudia, sentada en el asiento trasero para poder estirar su pierna.

—Te estoy viendo por el retrovisor. Me estás echando esa mirada otra vez. ¡Ya!

—Okey, okey, pero estoy a punto de vomitar aquí.

—La próxima vez toma un Uber.

Las dos hermanas guardaron silencio, pero cuando Patricia cruzaba la intersección en Bundy dijo:

—Encontré uno de los nuevos chupones que compré para los bebés en tu cuarto. ¿Alguna explicación?

—¿Qué estabas haciendo en mi cuarto?

—Sacando tu ropa sucia para lavar. Pero eso es irrelevante. Me prometiste que ya no robarías. ¿Por qué lo haces? Tienes el dinero para comprar lo que quieras. Y aunque no lo tuvieras, es ilegal, poco ético. ¿Lo haces nada más porque puedes?

Claudia entrecerró los ojos y arrugó la frente como si estuviera mirando directamente al sol.

—Pero tú robaste los embriones.

—La mitad de los embriones le pertenecen a Olivia. Era un plan de rescate. Ahora, no cambies de tema, esto es importante. ¿Son los nervios de sentir que te pueden atrapar? ¿Te parece emocionante? —añadió Patricia.

Al doblar a la izquierda sobre Lincoln y dirigirse hacia Pico, Patricia escuchó una pequeña voz salir del asiento trasero, la voz de su hermana mayor, ahora una niñita regañada:

—Soy adicta. Necesito ayuda.

Domingo, 11 de diciembre

La meteoróloga en la televisión, una mujer coreana con falda pegada y tacones altos, informó con tono vívido la inminencia de una pesada precipitación, y que Los Ángeles estaba experimentando su año más húmedo en Dios sabe cuánto tiempo. Más de catorce pulgadas de lluvia desde octubre claramente era un récord para la ciudad. Era más del doscientos por ciento de la típica lluvia en cualquier año. No que nada fuera común ahora.

Tan pronto como comenzó el reporte del tránsito, Keila dejó su copa de vino y miró por la ventana. En efecto, la lluvia empezaba a caer con fuerza. Eran las 8:07 p.m. Se preguntó, inquieta, si por la mañana habría noticias sobre un deslizamiento, casas desplomándose por las colinas lodosas a lo largo de la costa, o una inundación llevándose autos y árboles. Si todo salía bien y no había tragedias, seguro los ruferos de todo el país estarían vueltos locos parchando goteras en los techos de las casas, como la que ellos acababan de descubrir en el garaje.

—¿Óscar? —gritó.

—Ya lo estoy anotando en mi registro. En la mañana reviso el pluviómetro —contestó desde la habitación con voz amortiguada.

Y de pronto, en ese intercambio sin mayor trascendencia, Keila y Óscar, una frente al televisor y el otro en su clóset, se dieron cuenta de que habitaban el mismo mundo de nuevo.

Lunes, 12 de diciembre

—Tengo otro secreto —le dijo Keila a Óscar sin rodeos. Estaban comiendo sushi en el restaurante de Hiroshi por tercera vez en las últimas dos semanas, cortesía del propio Hiroshi.

Óscar dejó caer sus palillos, pero se recuperó rápidamente.

—Estás bromeando, ¿cierto?

—Cuando fui a México a despedir a mi galerista, puse la casa de mis papás a la venta. En la mañana me habló el agente. Ya se vendió.

—¿Por qué hiciste eso? Es lo único que te quedaba de tus papás. Te encanta esa casa.

—Sí, pero amo más la plusvalía.

—No entiendo.

—Decidí no decirte hasta que fuera un hecho. Tú no ibas a querer que la vendiera.

—Debes tener una buena razón, supongo.

—Sí. Vamos a usar el dinero para salir de deudas y empezar un nuevo negocio. Ya registré el nombre; ahora me toca a mí: "Happy Sunshine Fields".

Miércoles, 14 de diciembre

Hiroshi Mukai aterrizó en Los Ángeles desde Osaka algunos años atrás, atraído por la libertad de crear platillos japoneses sin restricciones. Había trabajado en un lugar de okonomiyaki, en Dotonbori, y eventualmente se sintió limitado; con la excepción del fugu, que requería años de entrenamiento, él quería preparar takoyaki, kushikatsu, yakiniku, tempura, udon, soba y hasta sushi, pero las expectativas de su clientela le impedían ahondar en estos otros platillos. Había escuchado que en California podías comer todo eso bajo un solo techo si querías, así que empacó y estableció un diminuto restaurante con solo cuatro mesas en una esquina anodina de Pico Boulevard, lo que quería decir que bien podía tratarse de cualquiera de sus cientos de esquinas, pues la calle completa era, por definición, sin personalidad definida. Su extensión entera estaba salpicada de tintorerías, tiendas de mascotas, talleres, joyerías, mini centros comerciales, salones de manicure, mercados de carne kosher y pequeños restaurantes iguales al de Hiroshi, ofreciendo distintas gastronomías de todos los países del planeta. Allí estaban los restaurantes mexicanos con delicias de Oaxaca, Puebla, la Ciudad de México, Tijuana y muchos otros estados y ciudades al sur de la frontera. Por allá estaban los locales etíopes, franceses, salvadoreños, coreanos, guatemaltecos, griegos, chinos, argentinos, peruanos, brasileños o indios, dependiendo del barrio por donde cruzara la larga calle.

Hiroshi pronto descubrió que los estadounidenses, no los verdaderos sibaritas, sino las personas en general, se sentían mucho más inclinados a probar sushi que cualquier otro platillo japonés, y algunos hasta creían que no había más.

—Es el síndrome del taco —le explicó Claudia cuando Hiroshi y ella comentaron el asunto—. Pregúntale a la mayoría de la gente y te dirá que la cocina mexicana es nada más tacos, nachos, quesadillas, burritos (que ni siquiera son mexicanos) y guacamole con totopos. En el caso de la cocina japonesa, son el sushi y la tempura. Es muy triste. —Suspiró.

—Tengo fe en el sentido aventurero de los angelinos en lo referente a la comida japonesa. No pierdo la esperanza —dijo Hiroshi—. No hay ninguna necesidad de imponerle a nadie la cultura sibarita de California. El proselitismo gastronómico no es lo mío.

Y así continuaron su conversación, una sucesión de ideas eruditas sobre la cultura gastronómica, rebotando opiniones toda la noche con el único propósito de impresionarse mutuamente.

Al principio, Hiroshi se había establecido en la trastienda, acomodando su futón en el piso, entre cajas de comida y sacos de arroz. El alojamiento supuestamente sería temporal mientras juntaba suficiente dinero y desarrollaba una sólida historia crediticia para rentar un departamento, pero conforme pasó el tiempo ya no se veía a sí mismo en ningún otro lugar, así que se quedó ahí y disfrutó de esta inmersión total, un estilo de vida culinario las veinticuatro horas. Todo encajaba a la perfección, hasta que su *sous-chef*, sosteniendo un cuchillo en una mano y un filete de salmón que acababa de entregar el pescadero en la otra, los encontró a Claudia y a él en medio de una complicada posición sexual.

—Tenemos que encontrar otro lugar dónde coger —dijo ella.

En una carta a sus padres (sí, Hiroshi todavía escribía cartas a mano y las enviaba por correo a través del océano Pacífico) les contó que estaba saliendo con una mujer mexicoamericana cuatro años mayor que él y divorciada. La respuesta llegó bañada en consternación (¿qué no había jóvenes japonesas solteras en California?), pero ignoró su preocupación y siguió viendo a Claudia.

Claudia, por su parte, estaba encantada de que anduviera tras ella. Durante un tiempo después de la cirugía se consideró mercancía dañada. Pero Hiroshi rápidamente la había hecho cambiar de opinión. Y ella cambió la de él.

—Podrías añadir a tus rollos de sushi ingredientes como chipotle, elote, nopales, queso Cotija, papaya, manguitos con chile, salsa Tampico, chile poblano, lo que sea —dijo, sentada en el futón—. Alócate. No tienes que ser tan ortodoxo.

—Vente a vivir conmigo —dijo él.

Claudia esperó antes de contestar la propuesta de Hiroshi. Por supuesto, no se refería a mudarse con él a la trastienda del restaurante. Tendrían que buscar un lugar adecuado, un departamento con luz natural y una cama de la que ella se pudiera levantar. El futón era definitivamente un reto. Pero eran detalles fáciles de solucionar. Había algo más que le impedía aceptar la invitación de Hiroshi, por mucho que se estuviera enamorando de él, y le tomó un largo minuto comprender qué era.

—No dejaré a mis hermanas. No ahora. Quizá nunca.

Viernes, 16 de diciembre
Llovió mucho. Toda la noche.

Sábado, 17 de diciembre
El golpe seco los despertó a todos. Eran las 5:23 a.m. y los Alvarado rápidamente saltaron de la cama y se reunieron en el cuarto de televisión, ya que era el lugar seguro previamente acordado en caso de terremoto. Pero nada se movía.

—¿Qué fue eso? —preguntó Óscar—. Esperen aquí.

Bajó y miró por la ventana para descubrir que el viejo árbol de eucalipto de los Selly se había caído en el jardín. La barda y los camastros estaban debajo, aplastados, y la copa se esparcía por toda la cicatriz queloide y el seto del otro vecino.

Después de darle la noticia a todos, sugirió que volvieran a dormir.

—Otra víctima del Santa Ana —dijo estoico.

—Se pudo haber caído encima de la casa —dijo Patricia.

—Pero no lo hizo —dijo Claudia.

De nuevo en su cama, Patricia se envolvió con la colcha, pero no consiguió sentir la seguridad que necesitaba. Por primera vez sintió una extraña angustia. Estaba cargando los bebés de su hermana, su pancita ya era evidente, y la responsabilidad de tal compromiso la apabulló repentinamente. Tendría que mantenerse alejada de peligros, evitar accidentes de tránsito y árboles cayendo.

Domingo, 18 de diciembre

De vuelta en el condado Kern, Óscar y Keila fueron a visitar a Los Tres Primos para despedirse y celebrar sus nuevos empleos. Tan pronto como se corrió la voz, varios agricultores les ofrecieron trabajo, pero solo aceptaron el que propuso contratar a los tres juntos como equipo.

Keila y Óscar llevaron toda clase de comida: el coloradito de Culiacán de Keila, tamales de elote, empanadas de morilla y salpicón de cazón, transportados en diversos contenedores reutilizables, una docena de cervezas y una orquídea en una maceta de terracota. Lucas insistió en recibirlos para comer, y ellos a su vez propusieron que fuera "de traje", a lo que Los Tres Primos accedieron con gusto. Mario y Saúl, que vivían cerca, ya estaban ahí con sus respectivas esposas y sus hijos.

Martha, la esposa de Lucas, seguía en la cocina calentando una vaporera grande llena de tamales encima de dos quemadores, pero eso no le impidió empezar la fiesta. Se repartieron botellas de cerveza. Apareció un tazón con totopos y guacamole, y la radio sintonizaba la estación en español a todo volumen. Había un póster enmarcado de la Virgen de Guadalupe colgado muy alto en la pared de la sala, junto con las fotos de graduación de los niños, algunos con brackets apretándoles los dientes y otros con sonrisas hermosas. Media docena de pequeños electrodomésticos ocupaban la barra de la cocina, junto a un molcajete de piedra tradicional. Había un zarape colorido encima del sillón reclinable, junto a un brillante árbol de Navidad esquinado. El televisor de gran tamaño estaba encendido en medio de un partido de futbol americano: las Águilas de Filadelfia contra los Cuervos de Baltimore.

Después de que se pusiera el sol, ganaran los Cuervos
y se dieran muchos besos y abrazos, los Alvarado dejaron
el hogar de Lucas con el estómago lleno y un sentimiento
de tristeza.

Lunes, 19 de diciembre
—Realmente no deberías escribir detalles autobiográficos
que involucran a tu familia —dijo Olivia. Afuera había
unos inauditos cuarenta y cuatro grados—. Me ha estado
molestando. Tenía que decírtelo.

Claudia se sirvió otra taza de té verde para calentarse y
miró a Olivia a los ojos, sentada frente a ella en la cocina,
del otro lado de la península.

—Lamento que te moleste, pero no puedo prometerte
eso. Solo puedo escribir de lo que sé y mi familia es lo
más cercano para mí. Es lo que realmente enciende mi
creatividad.

—¿Por qué tuviste que matar a las gemelas?

—Es más dramático.

—¿Por qué no escribes tus memorias, algo con lo que
todos podamos vivir, que sea la realidad de nuestra vida?

—Nuestra vida es aburrida.

Olivia soltó un sonoro:

—¡Ja!

—Tiene que ser más dramático. Quiero que esta historia se vuelva una serie de televisión. Es el género literario
más redituable hoy en día, claro, aparte de las notas de
rescate, con las que no me voy a meter por obvias razones.
Eso de cortar letras de las revistas para formar palabras...
qué monserga.

—Entonces escribe un guion basado en nosotros, pero limítate a los hechos.

—¿Y dónde está la diversión en eso?

Miércoles, 21 de diciembre

Las personas que ahora Claudia estudiaba como si fueran personajes de su serie de televisión en proceso se subieron a la camioneta de Óscar en dirección al condado Kern. Incluso en el coche, los Alvarado respetaban los asientos asignados desde siempre por orden de nacimiento, el cual había sobrevivido numerosas rebeliones a lo largo de los años, empezando por Patricia (¿por qué me tengo que sentar atrás de papá donde no hay espacio para las piernas?), luego Olivia (el asiento de en medio es el peor; no hay lugar para poner los pies), luego Claudia (cuando mamá no esté en el coche, puedo ir adelante porque soy la mayor). Dani tenía permiso para sentarse donde quisiera en la tercera fila, y cuando llegaron las gemelas, él decidió sentarse en medio de los dos asientos de las niñas, levantando chupones y juguetes del piso, y encargándose de darles de comer, como el buen niñero que era.

Óscar, al volante, se preguntó aquella mañana si tendría que reemplazar su SUV y comprarse una camioneta para mariachis o uno de esos pequeños camiones de pasajeros que circulaban por todo Hollywood con turistas bronceados para dejar espacio al nuevo par de gemelos que venía en camino.

Después de tres paradas, una para llevar a Andrea al baño, otra para comprar fresas a un costado del camino y una más para que Patricia vomitara, llegaron a lo que había sido el Happy Crunch Almond Orchard.

—Sé que es deprimente ver esta tierra tan pelona —dijo Óscar cuando se bajaron y estiraron las piernas—, pero quiero que la vean como una hoja en blanco. Su mamá y yo hemos seguido adelante y tenemos la mirada puesta en el futuro. Así que, ¡bienvenidos a los Happy Sunshine Fields!

Óscar esperaba escuchar una fuerte carcajada de sus hijas y no lo decepcionaron. Después de una serie de bromas, Olivia preguntó:

—Bueno, ¿y qué vamos a plantar?

—Vamos a plantar acres y acres de paneles solares —dijo Keila, orgullosa de su literalmente brillante idea—. Vamos a cosechar la luz del sol.

Y, como si lo hubiera planeado, en ese momento empezó a llover.

Jueves, 22 de diciembre

Tan pronto como recibieron el dinero de la venta de la casa en México, Óscar y Keila pasaron casi toda la mañana en el banco pagando las deudas, mandando cheques con liquidaciones considerables a Los Tres Primos, y abriendo cuentas para su nueva empresa, Happy Sunshine Fields, LLC. El mundo se alejaba rápidamente de los combustibles fósiles hacia la energía limpia. No había vuelta atrás, y Óscar y Keila lo sabían.

En casa había un equipo cortando frenéticamente y arrastrando pedazos del tronco y las ramas del eucalipto caído, pues habían prometido acabar ese día.

—Hubiera sido maravilloso también plantar molinos —dijo Keila en el coche, de camino a comer, de nuevo en el restaurante de Hiroshi—. Imagina un ejército de gigantes creando energía del aire con sus brazos giratorios. Es tan poético.

—También lo pensé, pero nuestra tierra no es adecuada, excepto quizá en las colinas. Tendríamos que asociarnos con muchos vecinos. Definitivamente sería una operación mucho más complicada. Estoy feliz con nuestra decisión de irnos por la energía solar.

Viernes, 23 de diciembre

—Somos un montón de debiluchos; no aguantamos ni una lluviecita —dijo Claudia, manejando por primera vez desde su cirugía, en medio de una supertormenta, justo la clase de Navidad que los compradores no necesitaban, no en los centros comerciales al aire libre que había por toda la ciudad.

—No estamos acostumbrados, no nos critiques —dijo Patricia, casi hipnotizada por el paso acelerado de los limpiaparabrisas moviéndose, como si fueran una invención reciente. Había escuchado que Claudia iría a hacer compras de Navidad y decidió acompañarla para asegurarse de que no pusiera nada en su bolsa sin pagarlo, ahora que había empezado terapia para atender su cleptomanía.

—Nunca has vivido fuera de Los Ángeles —dijo Claudia con autoridad—. ¿Los inviernos en Nueva York? Eso sí es clima.

—Pasé mucho tiempo en Minneapolis. Sé lo que es clima de verdad. Pero lo que digo es que todo es relativo. La gente de la costa este y del medio oeste están acostumbrados al frío extremo, a los tornados, a los huracanes, así como nosotros estamos acostumbrados a la sequía, el calor extremo, los incendios y las inundaciones. Así que no me señales como si no aguantara nada —dijo.

—¡Mira a ese idiota! ¡Muévete! —gritó Claudia mientras pasaba un Honda lento y un par de autos parados en una calle inundada donde el agua cubría la banqueta—. Yo solo digo, rezamos para que llueva, y cuando finalmente llueve, nos quejamos.

—Esto es L.A.

Domingo, 25 de diciembre

Después de un abundante almuerzo compuesto de sobras de la cena de Navidad —el bacalao de Keila, romeritos y huauzontles rellenos de quesillo—, la familia se reunió en la sala, sentados en sillas o en el piso cerca del árbol de Navidad, rodeado de cajas de todos tamaños y envueltas en papeles de colores. Cerca, en el gabinete de la madre de Keila, una menorá aún tenía los cabitos de lo que habían sido velas delgadas como lápices.

Afuera, la lluvia seguía cayendo, recia y persistente.

Dani fue el primero en abrir su regalo: una guitarra. Las gemelas siguieron, sacando peluches de sus respectivas bolsas: un unicornio y un oso con un tutú de ballet azul. Claudia recibió un monitor para su escritorio, Olivia y Patricia recibieron dos hermosas cunas, y Óscar y Keila recibieron un fin de semana en un spa de Palm Springs. Podría haber sido una mañana de Navidad común para los Alvarado, pero no lo era.

El nuevo calendario 2017 había aparecido pegado en la puerta del refrigerador unos días antes. Keila lo había mandado hacer en línea, personalizado con distintas fotos de la familia para cada mes. Patricia pasó las páginas para encontrar una foto de las gemelas saliendo del hospital en enero; había una de Óscar mirando por la ventana en febrero; una foto familiar, menos Claudia, durante el almuerzo de Pascua en marzo; Patricia y Dani, sudados y polvosos, en su caminata en abril; Claudia en una cama de hospital con Keila y Óscar en mayo; una selfi de Olivia y Óscar en el Día del Padre en junio; otra selfi de las tres hermanas desempacando las cosas de Olivia en la casa de los Alvarado en julio; Dani de camino a la preparación de su bar mitzvah en agosto; una foto familiar de Los Tres Primos en el picnic de Rosh Hashaná en el Happy Crunch Almond Orchard en septiembre; Dani vestido de Imperator Furiosa justo antes de sacar los árboles en octubre; una foto de la familia en la mesa de los Alvarado el Día de Acción de Gracias en noviembre; en diciembre, una foto grupal de toda la familia, de pie en la tierra yerma que se convertiría en su nueva empresa, Happy Sunshine Fields.

Qué tan arbitrario es el paso del tiempo, pensó Patricia. En la mañana, después de que todos abrieran sus regalos de Navidad, se sentaron en círculo en el piso y compartieron sus propósitos de Año Nuevo, como si la vuelta al calendario ofreciera un nuevo comienzo, como si cada lucha, crisis o proyecto pudiera resolverse hacia finales del año, en espera de los nuevos retos que surgirían en enero. Patricia pensó en sus padres, que apenas se habían contentado. ¿Qué clase de nuevo drama traería 2017 a su matrimonio? ¿Cómo lanzarían su empresa de energía solar? ¿Qué tipo de crisis se escondía justo bajo la superficie, esperando saltar en el momento menos esperado? ¿Y Claudia? Iniciando una carrera totalmente nueva, una escritora en ciernes todavía recuperándose de las consecuencias de su tumor cerebral. ¿Qué le esperaba en sus clases de creación literaria? ¿Su nueva relación con Hiroshi los llevaría hacia el matrimonio? Se sobó el abdomen y se preguntó si el embarazo sería complicado, si los bebés nacerían sanos, si Olivia le permitiría compartir la maternidad, como habían acordado. ¿Los Alvarado seguirían viviendo juntos en la casa de Rancho Verde, o cada quien tomaría su camino? ¿Se quemaría la casa en un incendio? Las historias de su familia nunca quedaban totalmente resueltas hacia el final del año. Solo seguían, y se sentía bien este continuum. Quedaban tantas incógnitas, tantos cabos sueltos; había tanto que esperar y tanto que temer. No le extrañaba que los cuentos de hadas terminaran con "...y vivieron felices para siempre. Fin". Una vez que todos los conflictos se resolvían, las historias se volvían aburridas; por eso se terminaban. No quedaba nada que pudiera dejar el narrador para alimentar la imaginación del lector. ¿Qué más se podría contar?

Patricia revisó las entradas que ya se habían marcado en el calendario, en enero de 2017. Estaba la reunión de Óscar y Keila con los inversionistas para la granja solar el diecisiete; Claudia había registrado la palabra "escribir" sobre una larga y en exceso optimista línea marcada con Sharpie que cubría todo el mes; Olivia iba a llevar a las gemelas a una fiesta de cumpleaños el veintiuno. Patricia tomó el Sharpie rojo de la taza junto al refrigerador (su color asignado) y escribió "Primera clase de Lamaze" en el doce y "Cita de Dani en el ortodoncista" en el cuatro. Luego notó una entrada de Keila el diez: "Mastografía con Dr. McLean".

—¿Mamá? ¿Qué tu revisión anual con el doctor McLean no es en mayo, cerca del Día de las Madres? Lo anotaste en enero.

Keila estaba ocupada guardando una pila de platos en la alacena, pero se detuvo para contestar:

—Ah, sí. Quiero que me revise este bultito en mi seno izquierdo. Es del tamaño de un chícharo. Probablemente no sea nada.

—¿Nada? —dijo Patricia ahogada, alarmas sonando en su cabeza—. ¡No te puedes esperar hasta el diez! ¡Vamos a ver al doctor ahora! ¿Y por qué no nos dijiste?

—En primer lugar, es Navidad. Intenta encontrar un médico. En segundo, no quería arruinar la fiesta. Se los iba a contar mañana.

—¿Qué clase de prioridades son esas, mamá? ¡Por Dios! A primera hora mañana vamos a ir al consultorio, tengamos cita o no. Es lunes, alguien seguro estará ahí para atender las emergencias. Y más vale que les digas a todos ahora.

Cuando Patricia y Keila entraron en la sala, donde el resto de la familia estaba ocupada levantando pedacitos de papel para envolver, cajas y moños para tirarlos a la basura, anunció:

—Mamá tiene algo que decir. ¡Escuchen!

—No creo que sea causa de alarma —dijo Keila con voz diminuta—. Encontré una bolita en mi seno y voy a ir a que me revisen. Es todo.

A Óscar se le fue la sangre de la cabeza al estómago. Una sensación de náuseas lo hizo sostenerse del respaldo del sofá para no caer.

—¿Cuándo lo sentiste?

—Hace un par de días —dijo Keila, esperando un regaño por no haberlo dicho de inmediato.

—¿Qué somos, desconocidos? ¿Qué no teníamos derecho a saber tan pronto como te diste cuenta? —dijo Óscar con voz rasposa, aterrado, enojado, confundido, atónito.

Claudia y Olivia corrieron a abrazar a Keila en solidaridad.

—Todo va a estar bien, mamá —dijo Olivia—. Incluso si es cáncer, las probabilidades de sobrevivir son inmensas hoy en día.

—¡No digas esa palabra! —gritó Claudia.

Óscar se tambaleó hacia el jardín, absorto en la negación, y se quedó de pie en medio de la cicatriz queloide bajo la lluvia torrencial. ¿Cuánto tiempo se quedó ahí, empapado, su mente una maraña de pensamientos, conjurando posibles consecuencias para Keila, para sí mismo, para sus hijas? Qué manera de terminar el año, y qué manera de empezar uno nuevo.

Unos minutos más tarde, Keila y las niñas salieron corriendo al jardín, brincando charcos, protegiéndose con una sombrilla grande de valet, y se acomodaron alrededor de Óscar, toda la familia abrazada para evitar mojarse. Y en ese momento, Óscar comprendió que, en medio de la incertidumbre que le aguardaba a quienes más amaba, había algo innegable: nunca antes su familia había sido un nudo tan apretado de amor.